L'HORIZON D'UNE NUIT

Camilla Grebe est déjà célèbre en Suède pour sa série de polars écrite avec sa sœur. *Un cri sous la glace*, son premier livre en solo, s'est hissé en tête des ventes dès sa sortie. *Le Journal de ma disparition* a reçu le Prix du meilleur roman policier suédois en 2017, le Glass Key Award qui couronne le meilleur polar de tous les pays nordiques réunis en 2018 et le Prix des lecteurs du Livre de Poche en 2019. *L'Archipel des larmes* a lui aussi remporté le Prix du meilleur roman policier suédois en 2019 et, plus exceptionnel encore, à nouveau le Glass Key en 2020.

Paru au Livre de Poche :

L'ARCHIPEL DES LARMES
LE JOURNAL DE MA DISPARITION
L'OMBRE DE LA BALEINE
UN CRI SOUS LA GLACE

CAMILLA GREBE

L'Horizon d'une nuit

TRADUIT DU SUÉDOIS PAR ANNA POSTEL

CALMANN-LÉVY

Titre original :

ALLA LJUGER
Publié par Wahlström & Widstrand, 2021.

ISBN : 978-2-253-26016-5 – 1re publication LGF

À mes filleuls – Max, Disa et Sofia

MARIA

1

N'est-il pas étrange qu'un événement, une seconde, puisse, avec une précision chirurgicale, couper une vie en deux, la mutiler, séparer à jamais le présent du passé ?

Le samedi 16 décembre 2000, ma vie changea pour toujours. Ce jour-là, ma famille fut projetée dans un maelström d'événements incontrôlables, insoutenables.

Voilà comment tout a commencé.

La sonnerie du téléphone m'a arrachée au sommeil. Dans la maison plongée dans les ténèbres, j'ai entendu Greta entrer dans la cuisine à pas de loup pour décrocher. Elle a marmonné une réponse puis s'est approchée de mon lit et m'a secouée délicatement.

— Maria, c'est Samir. Tu dois venir.

J'ai repoussé le drap humide et traversé en tâtonnant cette chambre qui ne m'était pas familière. Un courant d'air glacial s'est engouffré par la fenêtre mal isolée. Pas étonnant, cette maison de vacances située au fin fond de l'archipel de Stockholm n'était vraiment habitable qu'en été – pas au beau milieu du mois de décembre.

Quand je suis entrée dans la cuisine, pieds nus sur le sol mouillé et froid, mon cœur s'est mis à battre la chamade. À peine quelques heures plus tôt, dans cette même pièce, nous échangions des confidences, résumions l'année écoulée et riions du fait qu'un an plus tôt, en décembre 1999, nous nous inquiétions de voir le monde – ou en tout cas le système informatique – s'effondrer au passage à l'an 2000.

Nous avions discuté des derniers films sortis au cinéma – *Coup de foudre à Notting Hill* (le préféré de Greta qui a un faible pour les happy ends) et *Matrix* (Keanu Reeves est un vrai apollon, en dépit de son visage juvénile).

Les restes du dîner de la veille s'entassaient sur le plan de travail : assiettes sales, verres à pied, bols de chips et d'olives. Bouteilles de vin vides, à moitié pleines, ou renversées, épluchures de crevettes qui empestaient déjà. J'ai entendu le claquement d'un radiateur électrique, poussé au maximum pour combattre le froid hivernal.

Je me suis emparée du téléphone posé à côté d'un cendrier.

— Samir ?

Je n'avais bien sûr qu'une idée en tête : mon fils. Car même si Vincent jouissait généralement d'une bonne santé, il avait contracté une pneumonie à l'automne et avait dû enchaîner deux traitements antibiotiques. À mon départ la veille au soir, il toussait de nouveau : une toux rauque et courte qui rappelait des aboiements de chien et les bronchites dont il souffrait si souvent enfant.

Pour être tout à fait honnête, j'avais eu un peu de mal à le laisser tout seul avec Samir et Yasmin. Pendant presque toute sa vie, nous n'avions été que tous les deux, une communauté étroite et fonctionnelle dans laquelle je ne pensais laisser entrer personne.

La respiration de Samir était lourde à l'autre bout du fil. Il laissa échapper un sanglot, puis un autre.

Un coup d'œil à l'horloge de la cuisine. La peur m'a saisie pour de bon. Quelle que soit la raison de son appel, c'était de mauvais augure. On ne téléphone pas à quatre heures du matin pour prendre des nouvelles, on téléphone parce qu'il y a un gros, gros pépin.

— Il faut que tu rentres, a-t-il dit dans son suédois teinté d'un accent que j'aimais depuis le moment où il m'avait adressé la parole pour la première fois. C'est… Yasmin. Elle a…

Nouveaux sanglots.

J'ai d'abord ressenti un immense soulagement : il n'appelait pas au sujet de Vincent, mais de Yasmin, sa fille. L'instant d'après, la honte m'a submergée : il lui était arrivé un malheur ! Et moi qui étais là, rassurée, comme si je me fichais éperdument de ce qui pouvait advenir d'elle…

Des pas derrière moi, le grincement du parquet. Greta a posé une main hésitante sur mon épaule.

— Tout va bien, Maria ?

J'ai secoué la tête, reculé de quelques pas.

— Samir, que s'est-il passé ?

— Elle… *elle*…

— Calme-toi.

Mais Samir en était incapable. Ses hoquets se sont mués en cris et au bout de quelques secondes une autre voix s'est fait entendre dans le combiné. Une voix grave, inconnue, un peu formelle, à l'autorité légèrement surjouée. L'homme a demandé si j'étais bien

Maria Foukara. J'ai répondu par l'affirmative. Il s'est présenté comme policier.

— Il s'agit de votre fille, Yasmin. Malheureusement, nous pensons qu'elle a tenté de se donner la mort.

Et après ?

Je sais que j'en ai parlé avec Greta, que certaines des autres filles se sont réveillées et nous ont rejointes. Je me souviens que Johanna m'a aidée à m'habiller, comme une enfant : elle m'a mis mes chaussettes, m'a passé mon pull en laine par-dessus la tête et m'a peignée. Elles ont dû regarder les horaires des ferries, constatant qu'aucun bateau n'était prévu avant plusieurs heures. J'imagine que quelqu'un – Greta, peut-être – a appelé les habitants de l'île, parce que l'image qui me revient ensuite est celle de Greta, Johanna et moi qui traversons la pinède en direction du port.

Le mois de décembre est le mois le plus sombre.

En décembre, la vraie lumière du jour est absente et les nuits sont plus noires que la poix. Lorsque nous marchions dans la forêt, loin des constructions, j'avais du mal à distinguer ma main placée devant mes yeux. L'obscurité était si dense qu'on pouvait presque la toucher, un mur solide de néant qui s'élevait autour de nous, nous plongeant dans une atmosphère onirique. Seul le fragment de forêt et de myrtilliers éclairés par la lampe torche semblait réel. Greta en avait pris une énorme. Cet objet lourd et encombrant qui vous fatigue le bras rien que de le regarder. Personne ne disait rien, je n'entendais que nos pas contre le sol gelé, ma propre respiration et le vent qui sifflait dans la cime des grands pins au-dessus de nous.

Un homme dont j'ai oublié le nom nous attendait sur le ponton, dans un bateau, pour m'emmener au port de Stavsnäs où était garée ma voiture.

— Tu es sûre que tu peux conduire ? a demandé Greta.

J'ai hoché la tête, j'ai peut-être même souri – j'avais bu moins que les autres pendant la soirée. Depuis ma rencontre avec Samir, l'alcool n'exerçait plus sa force d'attraction.

J'ai serré Greta et Johanna contre moi et j'ai enfilé un vieux gilet de sauvetage déchiré. Il avait l'avantage de me protéger de la morsure du froid.

Puis nous avons quitté l'île.

Yasmin n'était pas ma fille, elle était ma belle-fille. Ou bien ma fille « en prime » comme on dit en Suède. Une expression sympathique. Un peu comme si on avait gagné un lot à la tombola. Pourtant, Dieu sait que Yasmin n'était pas un cadeau. Il n'y avait pas une once de méchanceté en elle, mais elle était irresponsable, impulsive, naïve au plus haut point et elle causait régulièrement toutes sortes de problèmes. Je ne pouvais pas vraiment lui jeter la pierre, elle n'avait que dix-huit ans, après tout.

Peut-être qu'un adolescent n'est aimé inconditionnellement que par ses parents. Seul le lien du sang permettrait d'avoir de l'indulgence pour tous les caprices et les négligences.

Je n'étais pas la mère de Yasmin.

Bien sûr que je l'aimais, mais pas du tout de la même façon que Vincent.

Mon fils Vincent avait dix ans et j'aurais pu mourir pour lui. Pour moi, être parent, c'est ça : faire passer le bien de son enfant avant le sien, dans toutes les situations. Simple, mais fascinant.

Le père de Vincent, Brian, et moi avons eu une relation éphémère. Lorsque j'ai découvert ma grossesse, il a emballé ses affaires dans trois sacs en plastique et un étui à guitare et a disparu avant même que je ne prononce les mots « reconnaître l'enfant ». Lui, un musicien irlandais de vingt-quatre ans, n'avait aucune envie de fonder une famille avec une trentenaire enseignante en banlieue qu'il venait de rencontrer.

Je ne peux pas lui en garder rancune – qui voudrait des enfants avec une inconnue ?

Moi, justement. Peu importe avec qui. En fait, Brian ne m'intéressait guère, c'est Vincent que je voulais. Enfin, à l'époque je rêvais de maternité. Quand Vincent est né et qu'il s'est avéré que ce fils tant désiré avait reçu en partage non pas deux, mais trois chromosomes au niveau de la paire 21, j'ai été renforcée dans ma certitude qu'il valait mieux se débrouiller sans Brian.

La trisomie 21. Le syndrome de Down.

Bien sûr que la nouvelle m'a ébranlée. Il y avait tant de choses que j'ignorais, bien que j'aie rencontré des enfants touchés pendant ma formation d'enseignante. Je me croyais libérée des préjugés et informée sur tous les types de handicaps. Je pensais qu'il ne pourrait jamais parler, qu'il ne fréquenterait pas une école ordinaire, qu'il passerait toute sa vie adulte dans des institutions, qu'il ne pourrait pas travailler, qu'il ne connaîtrait pas l'amour.

Pourtant, lorsque ce petit être tout chaud reposait entre mes bras, que je le regardais, contemplais ses petites mains, son visage tout fripé, et croisais son regard, je le trouvais parfait. C'était mon bébé, mon fils parfait, quoi qu'en disent les professionnels de santé. Ils parlaient beaucoup, les médecins, sans arrêt même, de tous les problèmes auxquels Vincent serait confronté.

J'aurais aimé qu'ils me félicitent, au moins l'un d'entre eux. Si seulement on m'avait dit aussi à quel point ça allait être beau !

Tout cela semblait si loin… Loin et presque un peu ridicule. Dix années étaient passées et certes, ça n'avait pas toujours été rose : l'allaitement avait été un enfer, en tout cas au début, et j'avais dû rester longtemps à la maternité. À quelques mois de vie, Vincent avait dû subir une opération du cœur pour refermer un orifice entre les ventricules droit et gauche. Il avait marché tard. Il avait suivi des séances d'orthophonie et pendant un temps j'avais même appris des rudiments de langue des signes pour simplifier la communication. Puis les mots sont arrivés, ont afflué, se sont déversés de ses lèvres, presque. Difficiles à comprendre au départ – lents, traînants, comme étrangers à sa petite bouche – puis de plus en plus clairs.

Il a également appris à lire et à écrire, il lui a juste fallu un peu plus de temps que les autres. Il a même pu fréquenter une école ordinaire avec l'aide d'une accompagnante. Il avait des rêves, des peurs, des espoirs, mais surtout il était un individu à part entière, pas quelqu'un d'assimilable à toutes les personnes qui par hasard avaient reçu un petit chromosome en plus.

Comment était-il, Vincent ?

Il adorait préparer à manger, confectionner des gâteaux. Il était très précis et ordonné en cuisine. Pas uniquement en cuisine, d'ailleurs. Il était le seul de la famille à posséder un don naturel pour le rangement. Un talent qui faisait défaut à Samir comme à moi. Quant à Yasmin, elle traversait la maison comme une tornade, laissant derrière elle une traînée de déchets, de vêtements et de maquillage.

Vincent avait une passion pour les animaux, désirait plus que tout avoir un chien et ne cessait de le réclamer. Mais le souvenir de son précédent animal de compagnie, un hamster, et le traumatisme causé par la mort de ce malheureux rongeur me faisaient hésiter. Ça et d'autres interrogations, bien sûr – qui s'occuperait du chien pendant la journée ? Samir et moi travaillions à plein temps, et Yasmin allait à l'école. D'ailleurs, on ne pouvait pas compter sur elle pour ce genre de responsabilités.

Vincent aimait aussi dessiner, et il dessinait bien. Mieux que moi. Ses œuvres étaient des explosions de couleurs que j'accrochais aux murs de la cuisine – il ne restait presque plus de place. Il était têtu comme une mule et tenait à l'équité dans toutes les situations – ce qui posait parfois problème à l'école. S'il se sentait victime d'une injustice, il pouvait ne plus adresser la parole à la personne qui l'avait lésé pendant plusieurs mois. Il ne se fermait néanmoins jamais totalement, comme s'il avait un besoin constant de contact social. Quand il excluait quelqu'un par son silence, il compensait son mutisme sélectif par des bavardages incessants avec ses autres amis.

J'essayais de me convaincre que son entêtement lui serait utile plus tard dans la vie. L'opiniâtreté est souvent une qualité, n'est-ce pas ? Pour Vincent, qui était toujours confronté aux préjugés de son entourage, je me disais que cette caractéristique serait précieuse. Car le problème, ce n'était pas Vincent, mais la perception qu'on avait de lui. Les fois où je m'inquiétais pour son avenir, c'est à ça que je pensais : comment serait-il considéré par les autres – tous les gens porteurs d'un caryotype intact ? Les gens normaux qui le regardaient de travers et le traitaient de « mongol » dans son dos. Ou pis, devant lui.

Vincent avait par ailleurs une intuition étonnante. Comme s'il pouvait flairer les sentiments. Quelqu'un mentait ? Il le savait. Quelqu'un avait du chagrin ? Il le sentait. Quelqu'un allait se mettre en colère ? Il le devinait. J'ignore comment il faisait, ça ne pouvait pas être la conclusion d'un raisonnement. J'y pensais souvent comme une forme de sensibilité musicale, il lisait les gens comme d'autres lisent une partition.

Je suis arrivée à Kungsudd vers six heures du matin. Notre petite maison – une ancienne habitation de jardinier en bois peint en vert et à fenêtres à croisées – était plongée dans l'obscurité au milieu des arbres nus. Çà et là, quelques taches de neige illuminaient la nuit. Seule la fenêtre de la cuisine était éclairée. La vieille voiture déglinguée de Samir était stationnée dans l'allée. À côté, un véhicule de police était garé un peu de travers comme si le conducteur, pressé, avait dérapé depuis la route.

Je me suis garée un peu plus loin, me suis emparée de mon sac contenant des vêtements pour deux jours et ma trousse de toilette et me suis dirigée vers la porte.

Samir est venu à ma rencontre dans l'entrée. Il est resté planté là, dans la pénombre, j'imagine qu'il avait dû m'entendre arriver. Ses yeux étaient noirs, son visage tordu de douleur. Je l'ai serré dans mes bras. Il a posé sa joue humide contre la mienne. Il sentait la sueur. Tout son corps tremblait.

— Ça va aller, ai-je murmuré.

Il n'a pas répondu.

Nous sommes entrés dans la cuisine.

Deux policiers en uniforme étaient installés à la table devant des tasses de café vides. Ils se sont levés en me voyant et se sont présentés. J'ai reconnu la femme – grande, la cinquantaine – prénommée Gunilla. Elle était venue dans mon école au début de l'année scolaire pour aborder la question de l'alcool et des stupéfiants avec les élèves. Face aux nombreux problèmes de drogue à Kungsudd, l'éducation et la police avaient décidé d'unir leurs forces.

Nous les avons rejoints autour de la table. Tout était à la fois familier et inconnu, j'étais à la fois à l'aise et effrayée. Combien de fois Samir et moi nous étions-nous assis à cette table élimée avec les enfants ? Des centaines ? Des milliers ?

Aucune de ces fois ne ressemblait à celle-ci.

J'ai croisé le regard de Gunilla.

— Que s'est-il passé ?

Samir était recroquevillé sur sa chaise, les yeux rivés sur la table. Il triturait une petite brèche dans le bois. Il a arraché une écharde, semblait l'examiner. Il frissonnait encore, comme s'il avait froid, malgré la chaleur agréable de la pièce.

— Une femme a remarqué quelque chose hier soir, tard, en haut du rocher du Roi. Elle promenait son chien non loin de là.

Gunilla a noué ses mains devant elle, sur la table. Elle affichait un air grave, un visage calme, mais son regard était fuyant, comme réticent à se poser sur moi.

— Ah oui ?

— Elle a vu quelque chose, ou plutôt quelqu'un, tomber dans la mer. Elle a trouvé cela très étrange, mais est rentrée chez elle. Pourtant, quelques heures plus tard, comme l'image ne la quittait pas, elle a décidé d'y retourner. Au sommet du rocher, elle a découvert une paire de bottes. Dans l'une d'elles, il y avait un papier. Elle l'a lu : il s'agissait d'une lettre d'adieu. Elle a appelé les secours.

— Le rocher du Roi n'est pas tout près, dis-je, comme si cela avait une importance dans le contexte.

Et en fait, ce n'était pas si loin, peut-être à cinq minutes de marche à un bon rythme.

Gunilla a jeté un coup d'œil à son collègue avant de poursuivre :

— Nous avons fait du porte-à-porte dans les environs. Et quand nous avons parlé avec… (La femme a montré Samir d'un geste de la main.) Eh bien… Votre fille ne se trouvait pas dans sa chambre. Nous avons téléphoné à son employeur qui nous a informés qu'elle n'était pas venue travailler hier soir.

Quand j'ai compris ce qu'elle disait, ce qu'elle voulait *vraiment* dire, au-delà du compte rendu factuel des événements, j'ai senti des frissons me parcourir l'échine. En même temps, une sorte d'instinct me poussait à me distancier de la situation. Ce n'est pas ma fille, voulais-je leur dire. C'est ma belle-fille. Quoi qu'il arrive, ce n'est pas mon enfant. Le mien est à l'étage, endormi. Il va bien.

Il est en vie.

Gunilla a continué :

— Samir a confirmé qu'il s'agissait bien des bottes de Yasmin. Nous pensons qu'elle a voulu se suicider.

J'ai songé au rocher du Roi, l'un des points les plus hauts de Stockholm. Aux falaises de granit sombre qui se jettent dans la mer Baltique, et à toutes les fois où j'ai exhorté Vincent à ne pas s'y aventurer seul. Malgré cela, je l'ai trouvé là-bas une fois, accroupi devant le précipice, fixant l'eau en contrebas, comme hypnotisé par les vagues qui déferlaient sur les pierres au pied de la falaise.

Le policier – probablement l'homme que j'avais eu au téléphone – a pris la parole.

— Est-ce que Yasmin vous a semblé déprimée ces derniers temps ?

— Mais voyons, ai-je répondu, qu'est-ce qu'on fait ici ? On ne devrait pas être en train de la chercher ? Imaginez si elle est dans l'eau ! C'est glacé ! On est en plein hiver. On doit faire quelque chose !

Je m'apprêtais à me lever quand Gunilla a posé la main sur mon bras.

— Plusieurs patrouilles sont sur place. Les pompiers aussi. Nous faisons notre possible pour la retrouver.

Je me suis laissé tomber sur ma chaise et j'ai plongé le visage dans mes mains, tentant d'ordonner mes pensées, de clarifier mes idées.

— Est-ce qu'elle était déprimée ? a répété l'homme.

J'ai pris une profonde inspiration, je me suis redressée, et j'ai croisé son regard.

— Je ne sais pas. Elle est… (Je cherchais mes mots.) De plus en plus renfermée sur elle-même. Elle ne mange rien. Il y a quelque chose qui ne va pas, mais est-ce qu'elle est déprimée ? Je l'ignore. Si c'était le cas, je ne suis pas sûre qu'elle m'en parlerait. Nous ne sommes pas très proches. Enfin, on s'entend bien, mais elle est plus proche de son père, c'est tout.

— Avez-vous une photo récente de Yasmin ?

— Je crois que oui.

Je me suis levée pour aller dans le salon et j'ai soulevé une pile de photographies que j'avais mises de côté pour les ranger dans l'album. Les mains tremblantes, j'ai sélectionné le cliché le plus récent de Yasmin. Il avait été pris au lycée. Son visage souriant et très maquillé se découpait sur une de ces toiles de fond gris jaspé dont les portraitistes raffolent. Ses longs cheveux étaient noués en queue-de-cheval. Aux oreilles, elle portait les petits dauphins en or offerts par sa mère.

Je suis retournée dans la cuisine, le cliché à la main.

— Tenez.

Je l'ai tendu au policier.

Samir a levé les yeux. À la vue du portrait, il a de nouveau fondu en larmes. Ses épaules tressautaient au rythme des hoquets.

J'ai entendu des pas dans le couloir et la porte s'est ouverte en grand. Vincent se trouvait sur le seuil, ses cheveux roux clair collés aux tempes, les yeux apeurés.

— Maman ?

Je me suis avancée jusqu'à lui.

— Ne t'inquiète pas mon chéri. Viens, on remonte. (Je me suis tournée vers les policiers.) J'en ai pour dix minutes.

J'ai pris Vincent par la main pour l'attirer vers l'escalier.

— Qu'est-ce qu'ils font là les policiers ? Qu'est-ce qu'ils font là au milieu de la nuit ?

— C'est le matin, Vincent, ai-je répondu, comme si cela expliquait quoi que ce soit.

— Mais *pourquoi* ils sont ici ?

— Ils pensent qu'il est arrivé quelque chose à Yasmin.

Nous sommes entrés dans la chambre de Vincent. Bien ordonnée, comme d'habitude. Les jouets alignés sur le sol, les blocs à dessin consciencieusement empilés et les craies rangées dans leurs boîtes sur le bureau. Les vêtements, soigneusement pliés, posés sur la chaise. Sa petite lampe de chevet brillait, c'était une de ces lanternes ornées d'animaux qui tourne quand on l'allume.

Une étoile de Noël pendait à la fenêtre, la seule décoration que nous avions eu le temps d'accrocher. Mais les cadeaux étaient achetés et le sapin commandé à la pépinière près du terrain de football.

Vincent a écarquillé les yeux.

— Quelqu'un a été méchant avec Yasmin ?

J'ai repoussé quelques mèches de cheveux de son front trempé de sueur et secoué la tête.

— Non, je ne pense pas. Dors, on en parlera plus tard.

— Mais si quelqu'un a été méchant avec Yasmin, elle est peut-être triste.

— Dans ce cas, on la consolera.

J'ai vu dans son regard qu'il ne me croyait pas, mais il a semblé se satisfaire de la réponse, car il a cligné des paupières, a bâillé et s'est couché sur le côté.

J'ai éteint la lampe et lui ai à nouveau caressé les cheveux. J'ai déposé un baiser sur sa joue en humant l'odeur de mon enfant adoré.

— Dors bien, mon chéri.

Je me suis faufilée hors de la chambre.

De retour dans la cuisine, je me suis assise à côté de Samir. Il s'acharnait toujours sur la petite crevasse dans le bois de la table. On aurait dit qu'elle s'était élargie.

— Que disait cette lettre d'adieu ? ai-je demandé, m'efforçant de garder une voix calme.

Le policier a sorti une pochette en plastique transparent et l'a poussée vers moi. J'ai immédiatement reconnu l'écriture arrondie, légèrement inclinée en arrière de Yasmin. Je me suis penchée pour mieux voir.

Pardon, je n'ai plus la force de continuer. Je vous aime. Y

2

Un nouveau jour s'est levé sur Kungsudd. Enfin, façon de parler, car de jour il n'était point question. L'obscurité de décembre reposait encore, lourde, devant la fenêtre, et des rafales de vent s'engouffraient entre les branches du cerisier, qui fouettaient les carreaux.

J'ai regardé ma montre : dix heures.

Samir, qui était sorti à la recherche de Yasmin dès le départ des policiers, sommeillait à côté de moi dans le lit. Je ne l'ai pas réveillé, il avait certainement besoin de dormir tant qu'il le pouvait. J'ai quitté la chambre sur la pointe des pieds et me suis dirigée vers celle de Yasmin. J'ai entrouvert la porte et allumé la lumière.

Le lit était vide et la pièce dans son état habituel – on aurait dit qu'une bombe venait d'y exploser. Des vêtements gisaient au sol, en boule, abandonnés. Son petit bureau était jonché de maquillage, de canettes de Coca-Cola, de fers à friser et d'emballages de hamburgers. Un tas de journaux dans un coin, une basket sur le bord intérieur de la fenêtre à côté d'une plante en pot en train de mourir et d'un reste de tartine.

En d'autres termes, tout était normal, il ne manquait que Yasmin.

Mon regard s'est arrêté sur la photo en noir et blanc accrochée au mur qui représentait Yasmin, sa sœur cadette Sylvie et leur mère Anna.

La première femme de Samir me ressemblait beaucoup. Cheveux blond foncé aux épaules. Yeux clairs scandinaves et un sourire un peu mystérieux, comme si elle cachait un secret. J'étais peut-être légèrement plus ronde, mais j'avais aussi quelques années de plus qu'elle sur le cliché.

Anna était suédoise ; elle était arrivée en France comme jeune fille au pair et n'était plus repartie. Au début des années quatre-vingt, elle avait épousé Samir et ils avaient eu deux filles, Yasmin et Sylvie. Mais l'année des quatorze ans de Yasmin, celle-ci, sa sœur et sa mère avaient eu un accident de voiture sur l'autoroute, juste au nord de Paris. Apparemment, il faisait froid et le sol était glissant ce jour-là. Sous un pont routier, une grande partie de la chaussée était couverte d'un verglas quasi invisible, la voiture avait dérapé, Anna avait perdu le contrôle du véhicule qui s'était déporté sur l'autre file, juste devant un camion.

Anna et Sylvie étaient mortes sur le coup, mais Yasmin avait survécu presque indemne, comme par miracle.

D'ailleurs, Samir appelait Yasmin « ma petite miraculée ».

Il parlait peu d'Anna, mais, les rares fois où cela lui arrivait, ses yeux brillaient et sa voix tremblait.

— Tu sais, elle était tellement belle qu'à Paris les gens s'arrêtaient dans la rue en la voyant. Mais elle n'avait pas la grosse tête. Elle était gentille avec tout le monde.

Bien sûr, mon cœur se serrait à ces mots, même si je savais qu'il était absurde et déplacé de jalouser une défunte.

J'ai contemplé la femme souriante entourée de ses deux filles – à présent, il ne restait que Yasmin.

Vraiment ?

Une sensation de malaise m'a envahie, ainsi qu'une nausée dont j'ignorais la cause – la disparition de Yasmin, le vin que j'avais bu ou ma quasi-nuit blanche ?

Je suis retournée me coucher, je me suis glissée dans la chaleur de la couette et j'ai écouté : Samir respirait-il ? Je n'entendais rien. Inquiète, j'ai allumé la lampe de chevet. Par réflexe, il a plissé les paupières. J'ai éteint immédiatement. Je me sentais ridicule : il n'y avait aucune raison de croire qu'il aurait cessé de respirer par pur désespoir. Pourtant, j'ai poussé un soupir de soulagement.

Il vivait. Samir, mon amour.

Mon pauvre amour.

J'avais rencontré Samir à une fête deux ans plus tôt. Chez Greta, celle qui avait organisé le dîner entre copines à Sandhamn. Quand j'y pense, plusieurs des invitées de Sandhamn participaient aussi à cette soirée. Nous étions une bande de filles, de femmes plus exactement, nous nous connaissions depuis le lycée et plusieurs d'entre nous vivaient toujours à Kungsudd.

Greta avait décidé de me caser avec une de ses connaissances, un expert-comptable. Dès le moment où elle a évoqué son métier, je me suis montrée sceptique. Ça avait l'air tellement rasoir ! L'homme s'avéra aussi ennuyeux que son métier – gentil, mais barbant.

Pas de chance, il en pinçait pour moi. J'avais passé la majeure partie de la soirée à l'éviter dans cet appartement enfumé et bruyant. Jusqu'à ce que le clou de la soirée fasse son entrée, guitare à la main, prenne place sur une chaise au milieu du salon et se mette à jouer et à chanter en français.

— Samir, chuchota Greta à mon oreille. Un ami de mon cousin. Médecin. Et excellent musicien aussi, tu ne trouves pas ?

— Tu le paies pour jouer ?

Elle éclata de rire.

— Tu crois que je roule sur l'or ? C'est un invité, il le fait pour le plaisir.

Elle hésita avant de poursuivre :

— Mais lui, il est à moi. Alors pas touche !

Je lui ai souri – après son divorce, Greta m'avait dit qu'elle ne voulait plus jamais avoir affaire à la gent masculine. Elle semblait avoir changé d'avis. J'ai contemplé l'homme sur la chaise, ses cheveux ondulés attachés en queue-de-cheval, sa peau couleur miel et ses doigts qui caressaient les cordes de son instrument.

J'avais toujours eu un faible pour les musiciens – ce qui explique en partie pourquoi je me suis éprise de Brian, le père de Vincent. Parfois je me demande si je suis tombée amoureuse de l'homme ou de sa musique. C'était peut-être la même chose. Quoi qu'il en soit, Brian était un blanc-bec, un garçon tout juste lancé dans la vie adulte, qui n'avait pas la moindre envie de s'engager.

Samir était tout à fait différent.

C'était un *homme*. Il était plus âgé que moi, ça se voyait malgré la distance – ses joues étaient un peu creusées, ses cheveux fins et ses tempes grisonnantes. Les articulations de ses doigts semblaient noueuses sous sa peau délicate.

Lorsqu'il a eu fini de jouer, je me suis approchée de lui avec un verre de vin. Il a levé le sien et s'est présenté : Samir Foukara. Il parlait plutôt bien suédois, avec quelques fautes et un accent français prononcé mais charmant, et il avait mille questions. Quel était mon travail, mon plat préféré, est-ce que je dormais sur le ventre ou sur le dos, et ne trouvais-je pas que l'hiver était la plus belle saison en Suède, quand le soleil repose sous l'horizon et que l'herbe et les arbres dorment sous la neige ? C'est vraiment ce qu'il a dit – que l'herbe et les arbres *dorment* sous la neige. C'était irrésistible, bien sûr, je crois qu'il en était conscient. Je crois qu'il comprenait exactement l'effet que produisaient sur moi ses chansons, son accent étranger et ses petites observations poétiques. Quand je lui ai dit que je parlais un peu le français, il s'est mis à saupoudrer ses phrases de quelques mots de sa langue :

— Tu sais, *au début**[1], je trouvais la Suède ennuyeuse. Les gens, c'était très difficile de, *tu sais**, d'entrer en contact avec eux. Puis j'ai compris que c'était de la *timidité**.

J'ai ri de lui, et avec lui. J'ai avalé mon verre de vin et un autre après ça.

— Viens, a-t-il dit. On sort d'ici. On va se baigner à la suédoise.

Nous étions au début de l'automne et Greta vivait dans le seul immeuble de tout Kungsudd et qui se trouvait juste au bord de l'eau.

1. Les mots et expressions en italique suivis d'un astérisque sont en français dans le texte. *(Toutes les notes sont de la traductrice.)*

— Tu es sérieux ?

Sans attendre ma réponse, il a saisi ma main et m'a entraînée à travers la pièce. A zigzagué entre mes amis éméchés en direction de la porte avec une détermination impressionnante. Devant la porte, il s'est tourné vers moi.

— Il nous faut des chaussures, non ?

J'ai éclaté d'un petit rire. J'étais tout de même professeur de suédois et cette formulation, qui mêlait question et négation était amusante, retranscrite dans ma langue.

Nous nous sommes échappés dans la nuit. Légèrement ivres, pieds nus et sans scrupule, nous sommes descendus sur les rochers qui se jetaient dans la mer à côté de chez Greta, pour nous baigner « à la suédoise », ce qui d'après lui signifiait dans le plus simple appareil. Les mots de mon amie – *Il est à moi. Alors pas touche !* – étaient depuis longtemps oubliés.

À cet instant précis, la bataille était perdue, ou gagnée, selon le point de vue. Je suis tombée raide dingue de ce Français exubérant qui n'était pas seulement musicien, mais aussi père d'une fille de seize ans (Yasmin), médecin et chercheur en cancérologie à l'institut Karolinska de Stockholm. Il en avait bavé, il avait quitté son pays natal pour repartir à zéro après la mort tragique de son épouse et de sa benjamine sur une autoroute verglacée de la banlieue parisienne.

Je me disais parfois qu'il avait vécu notre rencontre comme je l'avais vécue, moi. Il avait été marié à une Suédoise, il était tombé amoureux et avait plongé dans le caractère scandinave – la pâleur, la blondeur, la timidité. Peut-être reconnaissait-il cela en moi comme je reconnaissais en lui la musique et cette pointe d'exotisme ?

Peut-être l'amour est-il ainsi – nous n'aimons jamais seulement une personne, mais aussi ce qu'elle éveille en nous : les souvenirs d'autres amours, une sensation vague mais rassurante de quelque chose de familier, même si nous nous croisons pour la première fois.

Peut-être ne voit-on pas non plus les gens pour ce qu'ils sont vraiment, puisque l'amour est aveugle et *rend* aveugle. C'est un impératif. Sinon, pourquoi imposerions-nous à notre vie un virage à cent quatre-vingts degrés pour tout recommencer avec quelqu'un d'autre ? Pourquoi voudrions-nous nous installer ensemble, bousculer nos vieilles routines et accepter des compromis sur tout ce qui importe ?

L'amour a besoin du changement et le changement fait souffrir.

Ce soir-là, nous avons consolidé notre nouvel amour dans mon vieux canapé. Puis sur le sol de la salle de bains. Et dans mon lit le lendemain matin, au moment où l'aube chasse l'obscurité.

Vincent passait la nuit chez ma mère qui vivait dans une résidence pour seniors à Nacka. Il ne rentrerait que le lendemain après-midi. Lorsque j'avais raconté à Samir que j'avais un fils de huit ans atteint de trisomie 21, il s'était contenté de sourire.

— Il est joyeux, *n'est-ce pas** ? Les enfants Down sont souvent joyeux.

Je n'ai pas corrigé sa faute de langue. On *n'est pas* Down, on *a* le syndrome de Down. On n'*est* jamais son diagnostic, on est un individu avec un éventail de caractéristiques, de qualités et de défauts. Par ailleurs, c'est un préjugé courant, énoncé en toute bienveillance, de dire que toutes les personnes porteuses de trisomie 21 sont des boute-en-train exubérants à la gaieté communicative. Certes, Vincent était le plus souvent de bonne humeur, et il représentait une source intarissable d'allégresse. Il n'empêche qu'il pouvait mettre ma patience à l'épreuve comme personne.

Dès lors, nous ne nous sommes plus quittés. C'était si simple, nous n'avions pas besoin de réfléchir. Nous étions d'accord sur presque tout : l'éducation des enfants (liberté et responsabilité), la politique (quelque part au centre, mais plus à gauche qu'à droite) et la musique (c'était mieux avant). Nous nous voyions aussi souvent que possible et au bout de quelques semaines à peine, il avait rencontré Vincent. Cela n'aurait pas pu mieux se passer : pendant que je cuisinais, ils dessinaient et jouaient ensemble. Samir était un lion et Vincent une antilope ; Samir le cheval et Vincent le cavalier ; Vincent le cyclope et Samir le garçon qui devait rentrer chez lui à travers les bois. Sous la table de la cuisine, il y avait une grotte. Si l'on tendait des couvertures sur la table, c'était encore plus effrayant et une lampe de poche pouvait servir de feu de camp.

Ensuite, j'avais passé une heure à tout ranger, mais qu'importe ! Mon fils semblait adorer l'homme que j'aimais, et réciproquement.

Tout n'était pas aussi simple, bien sûr. Ça ne l'est jamais, n'est-ce pas ? Il n'y a que dans les films et dans les romans que deux personnes avec un passé se rencontrent et vivent heureuses jusqu'à la fin de leurs jours sans que ce qu'on appelle « la réalité » s'en mêle.

La réalité a de nombreux visages.

Prenez ma mère, par exemple. Elle se montrait très méfiante à l'égard de mon « Arabe », comme elle l'appelait. J'avais beau lui répéter qu'il était français, pas arabe, qu'il était né et qu'il avait grandi à Paris, qu'il avait été marié à une Suédoise et parlait la langue bien avant de s'installer ici, pour elle, il était arabe – le nom, la peau sombre, les gestes amples –, et avoir vécu dans un pays européen n'y changeait rien. Y être né non plus.

C'est quelque chose que l'on a dans le *sang*.

Pourquoi devais-je toujours tomber amoureuse d'étrangers ? Et qu'aurait dit mon père s'il était encore en vie ?

Je lui répondais qu'il n'aurait eu aucune objection. Pour la simple raison qu'il ne s'intéressait pas aux autres, quelles que soient leurs origines. Il n'avait d'yeux que pour ses plantes et ses chiens. Tout ce qui n'avait ni poils ni feuilles – y compris ma mère et moi –, il s'en fichait royalement.

Que Samir soit médecin était toutefois une circonstance atténuante pour ma mère : au moins, il ne vivait pas aux crochets de la société comme tous ces immigrés qui s'entassent dans la salle d'attente du centre de santé quand elle doit consulter son médecin traitant pour ses problèmes d'arthrose. Or, même le fait que Samir œuvre à l'éradication du cancer ne contrebalançait le fait qu'il soit né musulman, même s'il n'avait jamais mis les pieds dans une mosquée ni prononcé la moindre prière et qu'il se régalait de mes côtelettes de porc. Ma mère, qui venait de lire *Jamais sans ma fille*, était convaincue que Samir pourrait se radicaliser spontanément, du jour au lendemain, avec des conséquences dramatiques.

Je prenais sa réaction avec calme, je la laissai partager son inquiétude sans la contredire. C'est ainsi, quand on est heureux, non ? les petits soucis ne nous touchent pas. Nous sommes tolérants et patients.

Oui, tout était simple. Tout n'était que bonheur, désir, fougue et indulgence magnanime pour les griefs de ma mère. Tout allait pour le mieux dans le meilleur des mondes, jusqu'au jour où Yasmin est entrée dans la danse.

Samir s'est retourné dans le lit à côté de moi, a allumé la lampe et exhalé un profond soupir.

La lumière a afflué. J'ai cligné des yeux, posé une main sur son épaule, contemplé son visage fatigué.

— Comment te sens-tu ?

— Pas terrible. Je l'ai cherchée. J'ai marché, tu sais, le long de la mer, jusqu'au pont, et je suis revenu.

— La police a trouvé quelque chose ?

Il a fermé les yeux.

— Non. Ils ont promis de téléphoner ce matin. Et ils m'ont donné un numéro.

Il a détourné le visage, fouillé du regard la table de chevet et s'est emparé d'un morceau de journal où étaient griffonnés des chiffres.

— Désolé. (Il s'est assis.) Je dois les appeler maintenant. Après, je repartirai à sa recherche.

J'ai entendu ses pas dans le couloir puis dans l'escalier.

Je me suis redressée dans le lit. Un frisson m'a parcouru. Nous habitions dans une maison de la fin du

XIXᵉ siècle. Une belle bâtisse à la façade richement décorée de lambrequins sur les pignons et de moulures aux fenêtres. À l'intérieur, les soubassements des murs étaient couverts de panneaux de bois et le haut des murs était lambrissé. Tout était un peu de guingois, un peu gauchi, comme souvent dans les constructions centenaires, mais il y faisait surtout un froid de canard. En hiver, nous passions la nuit en épais pyjamas et grosses chaussettes.

Je me suis enveloppée dans ma vieille robe de chambre, m'apprêtant à suivre Samir au rez-de-chaussée.

Vincent se tenait sur le seuil, sa Game Boy à la main. Il était fou de sa console, il pouvait y jouer des heures et se mettait dans tous ses états si on lui demandait de la poser.

— Bonjour mon chéri. Tu as bien dormi ?

— Où est Yasmin ?

Je me suis avancée vers lui, l'ai serré dans mes bras et j'ai caressé ses cheveux.

— On ne le sait pas encore. Tu as faim ?

— Je veux que Yasmin revienne.

Il a tiré sur son pantalon de pyjama à l'effigie de Superman.

— Moi aussi.

— Est-ce que Yasmin s'est fait mal ?

— Je ne sais pas.

Nous sommes descendus au rez-de-chaussée et nous nous sommes dirigés vers la cuisine. Dans le salon, Samir parlait au téléphone à voix basse. Vincent voulait aller le voir, mais je l'ai pris par la main et lui ai dit que nous allions d'abord préparer le petit déjeuner.

— Samir doit être mort de faim. Yasmin aussi, si elle rentre.

Les doigts tremblants, j'ai versé du café dans le filtre et ouvert la boîte à pain. Les routines rassurent, elles permettent de se concentrer sur des éléments concrets : le pain à couper, la table à dresser.

Au moment où je posais le beurre et le fromage sur la table, on a sonné à la porte.

Je me suis dirigée vers l'entrée, mais Samir m'a précédée, s'est précipité dans le couloir et a ouvert avant même que je sois sortie de la cuisine.

Sur le seuil se tenaient un homme et une femme que je ne connaissais pas. L'homme, qui devait avoir l'âge de Samir, était très beau. Il portait une épaisse parka, un jean et une casquette. Il a ôté son couvre-chef, dégagé une mèche de cheveux bruns striés de blanc de son front et décliné son identité : Gunnar Wijk, enquêteur à la brigade criminelle. La femme, elle aussi en civil, était plus âgée, peut-être la soixantaine. Elle avait de courts cheveux couleur acier, les traits doux et le visage rond. Elle m'a serré la main et s'est présentée comme Ann-Britt Svensson, la collègue de Gunnar.

— Nous voudrions vous parler de la disparition de votre fille.

Elle a salué Samir d'un geste de la tête et a retiré son manteau de loden vert.

— Bien sûr. Nous allions tout juste prendre notre petit déjeuner.

Ann-Britt a souri à Vincent qui a rapidement enfoui son visage dans ma robe de chambre.

Gunnar a affiché un air embarrassé. Il s'est raclé la gorge et a trituré sa casquette.

— Pour tout vous dire, nous aurions besoin de vous parler seul à seul.

3

C'est ainsi qu'il y eut un avant et un après. Or, pour comprendre l'événement qui changea nos vies, cette ligne de partage des eaux, je dois commencer mon récit par l'avant.

L'avant était plein d'amour et de lumière. L'avant était plein d'animation – des repas à préparer, des portes claquées (Yasmin), de la musique qui braillait (encore Yasmin). Avant, il y avait les soirées du vendredi en famille, les miettes de chips dans le canapé, les tas de linge sale dans les coins, les entraînements de football (Vincent) et de basket (Yasmin). Avant, ce n'était pas simple, il y avait des problèmes – après tout, nous étions une famille moderne, recomposée, qui comptait des membres un peu partout dans le monde – mais notre existence était pleine de vie, d'espoirs et de rêves, et surtout, elle était prévisible.

L'après n'était qu'une grande étendue meurtrie où régnait l'incertitude. C'était le désespoir, l'incapacité, l'impuissance, et mille autres sentiments que je n'avais jamais éprouvés auparavant. Ma confiance inébranlable se changea en lancinante méfiance, ma colère bouillante pâlit lentement pour devenir un douloureux chagrin.

Mais surtout, il y avait la conscience que rien, jamais, ne serait plus comme avant.

Ann-Britt et moi nous sommes assises dans la cuisine tandis que Samir et Gunnar sont montés à l'étage. J'ai autorisé Vincent à regarder un film d'animation, activité fortement rationnée en temps normal. Il s'est installé dans le salon, devant la télévision, avec son petit déjeuner.

J'ai proposé un café à la policière qui a accepté, mais elle a décliné la tartine – elle avait déjà mangé.

Elle me rappelait ma mère – peut-être était-ce son corps tout en rondeur ou les traits doux. Ou encore ses yeux. Fixes, curieux. Elle a pris la parole.

— Nous avons ouvert une enquête préliminaire pour homicide.

— Pour *homicide* ? Mais pourquoi ?…

Elle a esquissé un geste de la main pour m'arrêter.

— Cela ne signifie pas que quelqu'un a réellement tué Yasmin. Pas même qu'elle est morte. Mais un témoin a observé des choses suspectes cette nuit.

— La femme qui promenait son chien ? Celle qui a trouvé la lettre ?

Ann-Britt a hoché la tête.

— Oui. Quand nous l'avons interrogée ce matin, elle nous a dit qu'elle n'avait pas vu une seule personne sur la falaise, mais deux.

— Mais… cela ne signifie pas qu'on a voulu faire du mal à Yasmin, si ?

Au bout de quelques instants, Ann-Britt a répondu :

— La femme a indiqué que l'une des personnes a jeté ou poussé quelque chose du bord de la falaise.

Silence.

— Ou quelqu'un. Il faisait nuit, elle voyait mal.

Ann-Britt a marqué une courte pause. Elle semblait m'examiner.

J'ai posé ma tartine au fromage dans mon assiette – je savais que je ne pourrais plus rien avaler, la nausée était revenue avec une force redoublée. La bande-son du *Roi lion* me parvenait depuis le salon. J'ai balayé la cuisine du regard. Tout paraissait tellement idyllique, les meubles peints en vert, la vieille cuisinière à bois qui avait survécu à la rénovation, le plan de travail en marbre que nous avions choisi malgré son incommodité, et les dessins de Vincent qui couvraient tous les murs.

Et les photos, bien sûr – Vincent dans la neige, à côté du gigantesque bonhomme de neige qu'il avait fabriqué l'an dernier, Yasmin et Vincent avec les vaches dans la ferme que nous avions visitée cet été. Je pouvais presque sentir l'odeur des animaux en regardant la photo, deviner la chaleur humide de leurs grands corps rassurants. Tout en bas il y avait un agrandissement d'une photo de mon mariage avec Samir. J'étais assise sur une grume de bouleau. Ma robe, achetée dans une boutique en ville à un prix exorbitant, était froissée et l'ourlet s'était décousu. Samir se tenait derrière moi, penché en avant, et m'embrassait sur la joue. Bien que son visage soit en partie caché, je voyais l'amour dans ses yeux. C'était aussi évident que les taches noires sur le tronc et l'herbe haute autour de nous en cette fin d'été.

Ann-Britt a suivi mon regard et contemplé le mur.

— Il dessine bien, votre fils.

J'ai acquiescé sans rien dire.

— Nous espérons que tout va rentrer dans l'ordre, a-t-elle poursuivi d'une voix calme. C'est souvent ce qui se passe, mais je suis tout de même obligée de vous poser quelques questions. Où vous trouviez-vous hier soir ?

Lentement, j'ai compris.

Qu'est-ce que je croyais ? Qu'il s'agissait d'une visite de courtoisie ? Qu'elle cherchait à me consoler, à me tenir la main ? Sa question expliquait pourquoi elle et son collègue appartenaient à la brigade criminelle. Ils n'enquêtent ni sur des suicides ni sur des adolescents fugueurs, si ?

— Je participais à un dîner avec des amies sur une île de l'archipel, à Sandhamn. Je suis partie hier après-midi et je suis restée jusqu'à ce que… jusqu'à ce que Samir m'appelle pour me dire que Yasmin avait disparu.

— Quelle heure était-il ?

Elle a chaussé ses lunettes de lecture et esquissé quelques notes dans son petit calepin.

— Quatre heures et demie du matin environ.

— Est-ce que quelqu'un peut confirmer que vous vous trouviez là-bas ?

Lentement, j'ai saisi la portée de ses mots. La pièce est devenue floue, les lignes se sont estompées. Cela arrivait vraiment. À moi, à ma famille.

— Vous êtes sérieuse ? On me soupçonne de quelque chose ?

Ann-Britt m'a fixée par-dessus la monture de ses lunettes, le visage inexpressif.

— Ce sont des questions de routine dans ce type de situation.

J'ai hoché la tête, je lui ai donné le nom des filles et le numéro de téléphone de Greta.

Ann-Britt a continué à prendre des notes. Écriture soignée, lignes droites sur papier blanc. Pas de tremblements, pas de joues écarlates, rien. Pour elle, c'était la routine, le boulot, *business as usual*. Sa mission finie, elle rentrerait chez elle retrouver sa famille, son chat ou ses romans, et nous, nous resterions là dans notre jolie maison en pagaille, toujours aussi perdus.

Prisonniers de l'incertitude.

— Vous avez trouvé quelque chose ?

Ann-Britt a posé son stylo à côté du bloc-notes et a tiré sur son pull qui épousait sa poitrine.

— Nous avons fait quelques découvertes sur les rochers. Et dans l'eau. Je ne peux pas vous en dire plus pour le moment. Mais nous n'avons pas trouvé Yasmin.

— Elle a peut-être fugué.

— Avait-elle une raison de vouloir fuguer ?

J'ai réfléchi. Longtemps. Que dire ? Que *pouvais-je* dire ? Qu'est-ce qui était le plus judicieux pour Yasmin, pour Samir, pour ma famille ?

— Elle n'était pas elle-même depuis un petit moment.

— Qu'est-ce que vous entendez par là ?

J'ai essayé d'avaler une gorgée de café, mais ma main tremblait tellement que j'ai dû reposer la tasse.

— Elle s'est isolée, a installé une serrure à la porte de sa chambre. Et elle a perdu du poids. Elle était déjà fine au départ alors…

Je laissai la phrase en suspens.

— Elle était déprimée ?

— Peut-être.

— Il s'est passé quelque chose en particulier ?

— Je n'en ai aucune idée, ai-je menti. Je crois surtout que c'est la crise d'adolescence, vous savez…

— Non, je ne sais pas ? Pouvez-vous expliciter ?

J'ai soupiré.

— Elle en a ras le bol de l'école. Vraiment. Elle a peut-être aussi des problèmes avec son petit ami, je ne sais pas vraiment. Elle ne m'en parlerait jamais. Il vaudrait mieux demander à Samir.

— Son petit ami… Tom Borgmark, c'est ça ?

— Oui.

— Comment est-il ?

J'ai pensé à Tom. Je le connaissais depuis sa plus tendre enfance. J'avais été sa baby-sitter, je m'étais occupée de lui un nombre incalculable de fois, j'avais changé sa couche, je l'avais rassuré, bercé pour l'endormir.

— C'est un très gentil garçon.

Nouvelles annotations dans le bloc-notes ; le stylo grattait contre la feuille.

— Comment le savez-vous ?

— J'ai vécu ici toute ma vie. Mon père était jardinier paysagiste au domaine de Kungsudd. Il…

— Au château ?

— Oui. Notre maison faisait partie de la propriété à l'époque, mais mes parents l'ont achetée dans les années soixante. Quand mon père est décédé, ma mère s'est installée dans un appartement et je l'ai reprise. Tout ça pour dire que ça fait une éternité que je connais Tom, je peux vous garantir que c'est un bon garçon.

Peut-être trop bien pour Yasmin, ai-je songé, tout en me gardant évidemment de le mentionner. J'étais de moins en moins sûre que la femme en face de moi

– cette femme aux traits délicats et au ton insidieusement doux – était de mon côté.

— Hum, nous avons parlé avec Tom. Il a l'air ébranlé.

— Est-ce qu'il a eu des nouvelles de Yasmin ?

— Non. Il est resté tard au bureau hier soir. Il a un job dans le secteur de la finance.

J'ai hoché la tête, je le savais déjà. Tom étudiait à Handelshögskolan, une grande école de commerce, et travaillait comme téléconseiller le soir. Il vendait des services financiers à des petites entreprises, ou quelque chose dans ce style.

— Et votre mari ? (Ann-Britt a relevé ses lunettes sur son nez.) Où se trouvait-il hier ?

Sa question m'a fait penser qu'à cet instant précis, Samir était installé avec son collègue à l'étage et répondait au même genre de demandes. Comme j'étais naïve ! C'est pour ça qu'ils voulaient nous interroger séparément ! Ce n'était pas par sollicitude qu'ils étaient deux, ce n'était pas pour soutenir une famille en détresse.

— Samir est resté à la maison avec Vincent toute la soirée.

Elle m'a dévisagée en silence.

— Comment le savez-vous ?

Cette question abrupte m'a décontenancée et contrariée. Quoi qu'il soit arrivé à Yasmin il n'y avait aucune raison de soupçonner ni Samir ni moi. Yasmin n'avait pas besoin de nous pour s'empêtrer dans un tas de problèmes.

— Je me trouvais à deux heures d'ici, ai-je déclaré sur un ton inutilement sec. Je n'avais pas la possibilité de vérifier ce que faisaient Samir et Vincent, et je n'avais aucune raison de le faire. Samir ne ferait jamais de mal à Yasmin, même si elle s'était fourrée dans je ne sais quel pétrin. Elle est tout pour lui.

Après une légère hésitation, j'ai continué :

— Il a déjà perdu un enfant.

Ann-Britt a opiné du chef.

— Je suis au courant.

À nouveau cette sensation d'impuissance. Comment pouvait-elle le savoir ? Avait-elle fait des recherches sur notre vie, notre histoire, avant même de venir ?

La policière s'est raclé la gorge.

— Maria, vous n'êtes soupçonnés de rien, ni vous ni Samir. Ce sont des questions de routine. Vous comprenez ?

J'ai hoché la tête, muette.

— Très bien. N'oubliez pas cela. Vous avez dit que Samir aiderait Yasmin même si elle s'était fourrée dans le pétrin. Je me demande donc si elle a l'habitude de « se fourrer dans le pétrin » ?

J'ai haussé les épaules.

— Vous savez comment sont les adolescents…

— Non. Dites-moi.

— C'est une lutte incessante, des négociations interminables. Sur ses sorties, ses petits copains, le ménage, l'alcool. Ce genre de choses. Rien d'étonnant. Juste des trucs d'ados.

Elle s'est penchée en arrière dans sa chaise et a retiré ses lunettes.

— Je crois que ce sera tout. Je vous laisse ma carte, vous pouvez m'appeler. Si vous pensez à quelque chose qui vous semble important, si vous avez des questions. Nous sommes là pour vous, sachez-le.

Ses mots m'atteignirent comme un affront. Je n'avais vraiment pas l'impression qu'elle était là pour nous. J'avais l'impression qu'on nous inspectait, qu'on nous jugeait. Après tout, la fille de Samir avait disparu, ne devraient-ils pas être dehors en train de la chercher plutôt que de nous faire subir un interrogatoire croisé ?

— Je voudrais vous demander, à Samir et à vous, de passer en revue les affaires de Yasmin pour voir si rien ne manque. Si pour une quelconque raison elle était partie de son plein gré, elle aurait apporté quelques vêtements, de l'argent, etc. Cherchez aussi son passeport.

— Entendu.

— Est-ce que je peux échanger quelques mots avec votre fils avant de partir ?

— Vincent ?

— Oui.

J'ai secoué légèrement la tête.

— Vous pouvez tenter. Mais je pense qu'il ne vous dira rien.

Elle haussa un sourcil, de façon presque imperceptible.

— Il ne parle pas avec les gens qu'il ne connaît pas. Rien de personnel.

— On peut essayer ?

Je suis allée voir Vincent dans le salon.

— Quelqu'un a été méchant avec Yasmin ? a-t-il demandé à nouveau en m'apercevant.

Impossible de dire s'il nous avait entendues ou s'il sentait que quelque chose ne tournait pas rond.

— Je ne sais pas.

Que répondre ? Je craignais de l'inquiéter inutilement. Il était très attaché à Yasmin. Mais je ne voulais pas non plus mentir.

— Pourquoi ils sont revenus, les policiers ?

— Parce que si quelqu'un a été méchant avec Yasmin, ils veulent l'arrêter.

Après quelques instants de réflexion, il a demandé :

— Qu'est-ce qu'elle fait, la police, avec les méchants ?

— Les méchants vont en prison.

Silence. Vincent a jeté un regard en biais à la télévision et a esquissé une grimace.

— Combien de temps ?

— Qu'est-ce que tu veux dire ?

— Combien de temps ils restent en prison, les méchants ?

J'ai pris une profonde inspiration. C'était une étrange question, mais Vincent raisonnait souvent de manière un peu particulière. D'ailleurs ses interrogations – Dieu sait qu'il en avait beaucoup – me tapaient parfois sur le système.

— Si quelqu'un a été méchant avec Yasmin, la personne passera sans doute toute sa vie en prison.

Je lui ai saisi la main. Il m'a accompagné à contrecœur dans la cuisine, les yeux toujours fixés sur la télévision. Nous nous sommes assis.

— Bonjour, a dit Ann-Britt. Je suis de la police et je participe aux recherches pour retrouver Yasmin. Je voudrais te poser quelques questions.

Vincent n'a pas répondu.

Ann-Britt a attendu patiemment, puis a continué.

— Tu te souviens ce que Samir et toi avez fait hier soir ?

Vincent s'est mis à se balancer d'avant en arrière sur sa chaise, le regard rivé à la table.

— Vous avez fait quelque chose de sympa ? Regardé la télé par exemple ?

Pas de réponse.

— Tu te rappelles ce que vous avez mangé ?

Silence.

Nous sommes restés ainsi un long moment, reposant dans le mutisme de Vincent, qui pouvait durer des jours, des semaines, même parfois des mois. Mais ça, Ann-Britt ne le savait pas. J'ai vu qu'elle était étonnée, déçue peut-être aussi, et je mentirais si je disais que cela ne me procura pas une certaine satisfaction.

Nous ne te connaissons pas, ai-je songé, *nous ne faisons pas confiance aux inconnus.*

4

Yasmin signifie « fleur » en arabe, mais Yasmin n'avait rien d'une fleur. Certes, elle était très belle : svelte avec de longs cheveux noirs et des yeux verts en amande. Une grande bouche et un sourire communicatif. Une traînée de taches de rousseur sur son gracieux petit nez.

J'ai fait sa connaissance en novembre, quelques mois après ma rencontre avec Samir à cette fameuse soirée. Nous avions beaucoup discuté, Samir et moi, de la meilleure manière de présenter nos enfants l'un à l'autre – si tant est qu'on puisse qualifier Yasmin d'enfant, elle avait presque dix-sept ans, un corps de femme, une attitude déjà un peu égocentrée.

Ils étaient arrivés avec trois quarts d'heure de retard. Samir s'était excusé dès que j'avais ouvert la porte, prétendant que la voiture refusait de démarrer. C'était peut-être vrai, il possédait effectivement une vieille bagnole déglinguée, mais ça aurait pu aussi être la faute de Samir lui-même. Il avait beau être un brillant chercheur, il était tête en l'air, le week-end il pouvait s'endormir au beau milieu de la journée ou rester scotché des heures devant la télévision. Il était ainsi. Un bohème dans un corps de médecin, une âme d'artiste qui avait dû se résigner à des conventions sociales qu'il aurait préféré rejeter.

Yasmin m'avait serré la main et avait esquissé une révérence. Cela m'avait semblé curieux, bien que plutôt mignon. Elle avait dû recevoir une éducation très stricte. Ou peut-être qu'on faisait ça en France ?

Quoi qu'il en soit, ma première impression avait été à cent pour cent positive.

Yasmin semblait gentille, douce, si vous voulez. Et puis, elle était si serviable, elle débarrassait après le repas et s'efforçait de discuter avec moi. Le dîner fini, elle avait disparu avec Vincent qui jubilait, bien sûr ! Il l'avait adoptée sur-le-champ, ce qui était inhabituel. Il se montrait toujours méfiant envers les inconnus. En même temps, il possédait cette intuition, cette drôle de capacité à identifier les personnes qui l'appréciaient, lesquelles étaient rapidement conviées dans son monde.

Yasmin avait été choisie, c'était clair dès le début.

Nous avons entendu des gloussements et des éclats de rire à l'étage, puis de la musique, et çà et là des petits cris et des bruits de chocs.

Samir et moi avons trinqué, nous félicitant que tout se soit aussi bien passé. La grande différence d'âge entre nos enfants facilitait peut-être les choses ?

Au bout d'un moment, une demi-heure peut-être, ils sont redescendus. Vincent hurlait de rire, le dos drapé d'une peau de mouton fixée à l'aide d'une corde à sauter et des fausses dents reçues à un goûter d'anniversaire dans la bouche.

— Ahhh, je suis un monstre, maman !

Il grognait en plaçant ses mains devant lui comme des griffes.

Nous avons éclaté de rire.

— On a pris la peau de mouton, j'espère que ça ne pose pas de problème, dit Yasmin.

— Bien sûr que non. Mais maintenant, on se calme, sinon jeune homme tu n'arriveras pas à t'endormir.

Au cours des semaines et des mois qui ont suivi, j'ai passé beaucoup de temps avec Samir. Nous allions au restaurant, au concert, au théâtre. Parfois, Vincent et moi l'accompagnions à un match de basket de l'équipe de Yasmin.

C'était à de nombreux égards une période idyllique. Nous avons appris plus sérieusement à nous connaître et j'ai découvert de nouveaux côtés de Yasmin. Au printemps, elle m'a aidée dans le jardin et s'est montrée très intéressée par les légumes du potager derrière la maison.

— Maria, pourquoi tu plantes des oignons tout autour des carottes ?

Elle a enfoncé un doigt dans la terre.

— Les oignons ont besoin de soleil et de chaleur. Il faut s'assurer que les fanes de carottes ne leur fassent pas d'ombre. En plus, d'après mon père, l'oignon repousse la mouche de la carotte. Je ne sais pas si c'est vrai.

Nous avons semé, éclairci, désherbé, récolté. Nous avons préparé des jus, de la confiture, des légumes fermentés. Et quand Yasmin m'a confié que sa mère lui manquait, j'ai senti un pincement au cœur. Pauvre enfant ! Si jeune, elle a déjà connu une perte aussi dévastatrice.

Elle m'en a parlé lorsque nous étions accroupies sous la pluie, en train de sarcler.

— Si seulement ma mère pouvait me voir ! Ce qu'elle me manque parfois !

— Je comprends. Je comprends vraiment.

Samir et moi nous sommes mariés en août. La cérémonie a été célébrée dans l'intimité sur la plage de l'île de Sandhamn. Nous avions opté pour un mariage civil – nous n'étions pas croyants, encore moins pratiquants – et nous trouvions romantique de se dire oui près de la mer, les pieds dans le sable, avec les vagues qui se brisent à quelques mètres de nous.

Yasmin et Vincent avaient tressé des couronnes pour tous les invités – des roses et de petites marguerites, qu'ils avaient sans doute volés, venaient sertir les branches de bouleau enchevêtrées. Je portais cette fameuse robe qui m'avait coûté une petite fortune et qui s'était évidemment déchirée dès mon arrivée sur la plage, parce que Samir avait marché dessus.

Ensuite, nous avons dîné chez Greta – même si par le passé elle avait été folle de Samir, elle avait accepté notre relation et nous avait même, dans sa grande magnanimité, prêté sa maison dans l'archipel. Nos enfants étaient là, bien sûr, ainsi que ma mère et mes amies les plus proches. Les deux parents de Samir étaient décédés et il n'avait pas de frères et sœurs. En revanche, il avait dix cousins, mais il n'en fréquentait qu'un seul, Mohammed, lequel était venu de Marrakech avec sa femme Mona.

J'appréhendais un peu le dîner, sans doute parce que Mohammed et sa femme sont musulmans : je me demandais s'ils pourraient manger de tout, s'ils seraient choqués que nous servions de l'alcool.

Samir avait ri de moi et m'avait rassurée. Je devais me détendre, disait-il.

— Maria, ce ne serait pas une réaction typiquement suédoise, ça ? Juste parce qu'il est musulman, tu vas croire qu'il ne boit pas, qu'il ne sait pas s'amuser, qu'il est terroriste pendant qu'on y est !

Samir avait raison, bien sûr : Mohammed a bu plus de vin que tous les autres, et Mona a passé la nuit à bavarder avec ma mère et Yasmin. Quand Samir a sorti sa guitare pour entonner un tube en arabe, son cousin et sa femme se sont levés pour chanter avec lui, à tue-tête et, si je ne m'abuse, j'ai vu des larmes briller dans les yeux de ma mère.

Quelle chance nous avons, me suis-je dit, que Mohammed et Mona soient si ouverts, sympathiques et intéressants !

En plus, comme par miracle, ma mère n'a pas prononcé une seule fois le mot « Arabe », qui dans sa bouche n'est jamais neutre. Et le temps était radieux : le soleil dardait ses rayons, un vent doux susurrait dans les cimes des arbres et la mer s'étirait, lisse comme une étoffe de soie devant la petite maison de Greta. La nuit tombée et les invités partis, nous nous sommes assis sur la plage pour attendre le lever du jour.

— Je suis heureuse !

Samir m'a caressé le dos et son regard s'est dirigé vers le rai lumineux à l'horizon.

— Le bonheur est fugace. Il est comme un été suédois. Soudain, il apparaît. Aussitôt il s'en va, sans prévenir.

J'ai éclaté de rire, je crois, parce que sa formulation maladroite était à la fois juste et cocasse.

Je n'imaginais pas qu'il puisse avoir raison.

Après notre mariage, Samir et Yasmin s'installèrent dans la maison de Kungsudd. C'était la meilleure solution, nous étions tous les deux d'accord : il y avait beaucoup de place, Yasmin pouvait continuer de fréquenter le même lycée, au prix d'un temps de trajet un peu plus long et ça ne dérangeait pas Samir de faire la navette. Encore une de ses qualités : il ne reculait pas devant les problèmes pratiques. Passer quasiment deux heures par jour dans la voiture ne le gênait aucunement. D'ailleurs, son travail n'avait pas l'air très stressant. C'était compliqué, ça je l'avais compris. Cela exigeait des années d'études et une intelligence hors pair. Malgré tout, il ne semblait jamais fatigué ou à bout quand il rentrait le soir.

Il acceptait toujours de jouer au foot ou de dessiner avec Vincent, et la plupart du temps c'est lui qui cuisinait. Et quelle cuisine ! Nous mangions beaucoup de plats du Maghreb, du couscous à l'agneau, du zaalouk, de la harira. Du houmous maison plein d'ail et de citron, du pain frais et du thé à la menthe, plante que Samir faisait pousser dans les vieilles jardinières de mon père. Il veillait à ne pas trop relever les préparations pour qu'elles plaisent à Vincent qui supportait mal le piment.

— Une pointe de couteau de harissa, c'est bon pour l'estomac, riait Samir.

Le ménage, c'était une autre paire de manches. Aucun d'entre nous, à l'exception de Vincent, n'aimait ça. Conséquence : la vaisselle s'accumulait dans la cuisine et le linge sale traînait. Les moutons de poussière gros comme des rats se cachaient dans les coins et les plantes en pot étaient assoiffées. Le désordre pouvait durer des semaines si personne ne réagissait et la première à réagir c'était évidemment moi. Je n'appréciais guère ce rôle de responsable du foyer, ça ne m'allait pas, et je ne voulais pas être la petite fille modèle, toujours en train de répéter que la maison tombait en ruines. J'imagine que c'est souvent comme ça dans les relations. On nous assigne un rôle, ou on se l'assigne à soi-même, selon le point de vue. L'un devient Prof (Samir), l'autre Timide (Vincent) et une fois que j'avais endossé le rôle de la petite fille modèle, je ne pouvais plus m'en départir.

Qui était Yasmin ?

Je ne le savais pas alors, je ne le sais pas plus aujourd'hui. D'ailleurs, comment peut-on être sûr d'une chose pareille ? Nous ne savons que ce que nous voyons, la facette que les autres choisissent de nous montrer. Même nos proches peuvent nous cacher leur véritable personnalité.

Non, j'ignorais qui était vraiment Yasmin, même si j'étais assez sûre qu'elle aspirait à être Blanche-Neige.

Juste après le mariage, Yasmin avait changé. Presque du jour au lendemain. Elle s'était mise à se maquiller, à tracer de furieux traits noirs autour de ses beaux yeux. À cacher sa peau sous d'épaisses couches de fond de teint et à s'asperger de tant de parfum que Vincent éternuait en entrant dans sa chambre. Sans parler de sa tenue : pour aller à l'école, elle s'attifait comme pour sortir danser.

Cela me faisait mal, elle était tellement plus belle avant ! Je ne pouvais pas le lui dire, bien sûr. La fille qui bêchait le potager avec moi me manquait, je voulais qu'elle revienne.

Mais je ne pouvais pas le lui dire non plus.

Sans compter qu'elle était devenue susceptible, elle prenait ombrage si j'osais commenter sa manière de s'habiller ou de s'exprimer. Pas que je me permette des réflexions : je n'étais pas sa mère et je n'avais aucune intention de le devenir. Bien sûr qu'il m'arrivait de lui suggérer, par exemple, de se vêtir un peu plus chaudement quand les températures baissaient dehors. Cela lui déplaisait, elle prenait mes remarques de travers. Je voulais juste lui éviter d'avoir froid, au fond ça m'était égal qu'elle porte des débardeurs décolletés quasiment transparents et des jupes si courtes qu'on apercevait sa culotte quand elle se penchait pour enfiler ses chaussures.

En revanche, je trouvais cela étrange que Samir n'aborde pas ces questions avec elle. Je suis une féministe convaincue : je pense évidemment que les femmes doivent avoir les mêmes droits et les mêmes possibilités que les hommes, mais je suis aussi réaliste, et dans notre société on ne peut pas faire abstraction de ce qu'on dégage.

Yasmin dégageait une aura sensuelle.

La porte d'entrée claqua et je vis les policiers se diriger vers leur voiture. Gunnar d'abord, voûté contre le vent, la démarche souple. D'une main il tenait sa casquette et de l'autre sa serviette. Ann-Britt le suivait à petits pas sur le sol verglacé, les mains enfoncées dans les poches de son loden.

Le jour s'était levé, un ciel gris acier reposait au-dessus des cimes et quelques rares flocons dansaient dans le vent ; ils descendaient pour mieux remonter en tournoyant. Les arbres et les buissons tendaient leurs branches nues vers le peu de lumière qui subsistait, sachant pertinemment que le printemps reviendrait. Le gazon était touffu. Çà et là, on devinait des taches de boue gelée aux endroits où Vincent avait joué. On voyait clairement les traces de ses petites chaussures. Givrées, rigidifiées, figées dans l'espace et le temps. Derrière la haie d'ifs de l'autre côté de la pelouse, on apercevait le pré et le toit couleur vert-de-gris du château de Kungsudd.

Malgré son nom, Kungsudd – « le cap du roi » – n'est pas une langue de terre, mais une île, reliée à la terre ferme par un pont. Le cadre est idyllique, presque bucolique. Le château est bordé d'une cinquantaine de propriétés, la plupart de la fin du XIXe siècle. Beaucoup appartenaient initialement au domaine et ont été vendues dans la première moitié du XXe siècle, d'autres sont depuis toujours les résidences secondaires de familles nanties de Stockholm.

L'été, l'habitat dispersé est entouré d'une végétation touffue, et de quelques petites forêts. Sur les rochers en bord de mer se dressent des maisons récentes prolongées par de grands pontons qui s'avancent dans l'eau. Dans cette banlieue huppée, le verre, le béton et l'acier dominent. Sur les allées s'alignent des automobiles allemandes aussi rapides qu'onéreuses.

Notre belle île de Kungsudd est également très sûre. Nous avons échappé à la criminalité et nous sommes sortis quasiment indemnes de la vague de trafic de drogue qui a déferlé sur les environs de Stockholm.

Tout n'est pas toujours rose, bien sûr : à l'automne dernier, près du pont, une femme d'une soixantaine d'années ivre au volant de sa voiture avait percuté une fillette, laquelle s'en était tirée, contre toute attente, au prix de lourdes séquelles. Dans l'une des villas luxueuses du bord de mer, un mari s'était pendu lorsque sa femme l'avait plaquée pour son prof de tennis. Pour ajouter une autre ombre au tableau, il y a quelques semaines, l'aide à domicile colombienne de la famille de Vegh, propriétaires du château de Kungsudd, s'était volatilisée, sans même sortir les gâteaux qu'elle avait mis au four. Elle n'était jamais revenue.

J'ai entendu des pas s'approcher depuis le couloir.

Je me suis arrachée à ma contemplation et me suis retournée.

Samir est entré dans la cuisine. Il s'est laissé tomber en face de moi et a croisé mon regard. Son visage était pâle, son front luisant de sueur. Je me suis levée et me suis assise à côté de lui. Je l'ai entouré de mes bras.

Il a pris une profonde inspiration.

— Moi ? Ils me soupçonnent, moi ! Ils pensent que j'ai fait du mal à Yasmin.

— Bien sûr que non. Ils m'ont posé les mêmes questions. Des questions de routine.

Il a éclaté d'un rire sec, s'est libéré de mon étreinte.

— Comment ils peuvent croire une chose pareille ? Comment ils peuvent avoir cette idée ? Moi, son père. Ma. Propre. Fille.

Son discours était saccadé, interrompu par les larmes qui montaient. Il a plongé la tête dans ses mains, ses épaules tressautaient à cause des sanglots. En voyant l'homme que j'aimais souffrir à ce point, en entendant l'angoisse qui imprégnait chacun de ses mots, en sentant l'odeur de sa peur, la colère m'a envahie et j'ai abattu mon poing sur la table.

— Pourquoi ne font-ils rien ? Pourquoi ne la cherchent-ils pas au lieu de nous poser ces questions absurdes ? Qu'est-ce qu'ils ont trouvé sur les rochers ? Cette femme, Ann-Britt, a indiqué qu'ils avaient fait des découvertes. Qu'est-ce que ça veut dire, bordel ? Ils ne sont pas obligés de nous dire ce qu'ils ont trouvé ? On n'a pas le *droit* de savoir ?

Samir n'a pas répondu.

— Tu as appelé ses amis ?

— Quelques-uns.

— Pourquoi pas tous ?

Il a poussé un gémissement et a noué ses cheveux en queue-de-cheval avec un élastique qu'il portait autour du poignet.

— Tu sais, je n'ai pas tous les numéros. Et certains n'ont pas répondu.

— Et Tom, tu lui as parlé ?

Il se tortillait sur sa chaise, manifestement agacé. Comme chaque fois qu'on parlait de Tom. Il avait une dent contre lui et ses raisons m'échappaient. Selon moi, Yasmin avait eu une chance inouïe d'avoir rencontré un tel garçon.

— J'ai laissé un message.

Je me suis levée et j'ai tiré le tiroir de la cuisine où sont rangés les papiers d'identité et les cartes de vaccination de toute la famille. J'en ai sorti les passeports et j'ai ouvert le premier.

Yasmin me souriait depuis la photo.

— J'ai déjà vérifié qu'il y avait son passeport hier. Je suis allé dans sa chambre. Je crois qu'il ne manque rien.

— Maman ?

Je me suis retournée. Vincent se trouvait à côté de moi, je ne l'avais pas entendu entrer. Il a incliné la tête.

— Tu es triste.

Ses yeux clairs brillaient dans la faible lumière du jour et son sourire était si discret qu'on le voyait à peine dans son petit visage rond.

Je n'avais aucune raison de mentir. Je me suis contentée d'acquiescer.

— Tu es inquiète pour Yasmin. Et en colère. Très en colère.

Je hochai à nouveau la tête, étonnée de cet étrange gamin qui pouvait percevoir avec une telle justesse les sentiments et prendre la température d'une situation. Il a saisi ma main, m'a conduit jusqu'à la chaise à côté de Samir. Je me suis assise. Il a grimpé sur mes genoux et a collé un baiser mouillé sur ma joue.

— Je vais te consoler, maman.

5

Quelques mois après que Samir et Yasmin se furent installés chez Vincent et moi, la jeune fille avait commencé à fréquenter un dénommé Anton. Ce n'était pas le premier garçon qu'elle ramenait à la maison, il y en avait eu d'autres, tous gauches, mutiques, et manifestement sous son charme. Un jour, j'étais tombée sur Anton en pleurs sur notre canapé, le visage baigné de larmes et de morve. Quand je lui avais demandé ce qui s'était passé, il avait d'abord refusé de répondre, puis il m'avait raconté que Yasmin avait joué avec lui, qu'elle faisait ça avec tout le monde. Maintenant que le jeu était fini, elle lui avait demandé de partir. Comme ça.

À ce moment-là, j'avais presque trouvé cela drôle. L'idée que Yasmin, cette fille mignonne qui avait esquissé une révérence quand nous nous étions rencontrées et avait chahuté toute la soirée avec Vincent, serait une sorte de femme fatale me paraissait absurde, même si son style vestimentaire témoignait de ses efforts pour se conformer à cette épithète.

Quand j'ai relaté l'événement à Samir, il a semblé plus mal à l'aise qu'amusé.

— Elle devrait se concentrer sur l'école plutôt que sur les garçons. Elle devrait étudier plus.

Il avait raison, car c'est à partir de là que les notes de Yasmin avaient commencé à baisser, lentement mais sûrement. Le rêve de Samir, qu'elle devienne médecin comme lui, s'éloignait de jour en jour.

Puis, quelques mois après son dix-septième anniversaire, Yasmin avait rencontré Pito, et tout avait changé.

Pito n'était pas un gamin. Il avait trente ans, presque deux fois son âge, organisait des soirées et arborait des tatouages colorés sur les bras et le cou. Il n'était absolument pas gauche, ni mutique d'ailleurs, même si parler avec quelqu'un d'autre que Yasmin ne l'intéressait pas le moins du monde.

Samir et moi avons été aussi choqués l'un que l'autre. Plus par la différence d'âge que par ses tatouages et son comportement, mais bientôt Samir avait déniché des informations sur lui : il avait été condamné pour trafic de stupéfiants. Mon mari ne l'entendait pas de cette oreille. Il avait demandé à Yasmin de cesser de voir Pito sans quoi il menaçait d'appeler les services sociaux et de la déshériter, elle serait comme morte pour lui. Il lui avait dit tout un tas d'autres choses, que mon français ne m'avait pas permis de saisir. Quant à l'arabe, je ne le comprenais pas du tout.

Je sais qu'il ne le pensait pas. Il était très sensible, il pouvait fondre en larmes devant un dessin animé ou hurler sur Yasmin pour une mauvaise note. Mais ses sentiments, qui s'exprimaient avec tant de force, s'apaisaient aussi vite qu'ils s'étaient embrasés. Et Yasmin, quoi qu'elle fasse, resterait toujours sa petite miraculée.

Elle en était consciente, bien entendu. Elle en profitait, le menait par le bout du nez jusqu'à obtenir ce qu'elle voulait. Qu'il s'agisse d'argent, de l'heure à laquelle elle devait rentrer le soir, des fêtes qu'elle pouvait fréquenter.

Yasmin sortait toujours victorieuse de leurs disputes.

J'avais abordé la question avec Samir, avec autant de précautions que possible. J'avais tenté d'expliquer que Yasmin, comme tous les adolescents, avait besoin de règles. Des règles non négociables, nécessaires parce qu'elles représentaient une limite rassurante et stable définissant ce qu'était un comportement acceptable. Des règles qui étaient des murs, pas des chevaux d'arçons qui pouvaient être déplacés sur le terrain que Yasmin avait dessiné.

Je crois qu'il comprenait, mais il n'arrivait pas à lui dire non. Il arguait qu'il ne le pouvait pas. Pas maintenant, pas encore. Yasmin était une âme sensible et elle avait tant souffert.

Pouvais-je comprendre ?

Oui, je comprenais. Elle avait perdu sa mère et sa sœur, avait été traînée d'un pays à l'autre comme une vieille valise et avait été casée ici, à l'étage d'une bicoque, avec une belle-mère et son fils. Il n'empêche, je trouvais qu'il avait tort. J'étais également certaine que son laxisme ne rendait pas service à Yasmin. Enseignante, je sais que les règles créent un sentiment de sécurité, qu'elles ne nous limitent pas nécessairement, mais qu'elles représentent une base sur laquelle nous appuyer, une stabilité sur laquelle nous reposer quand les temps sont durs.

Yasmin avait fini par promettre de ne plus voir Pito, lequel n'était plus venu. Or, si nous pensions qu'elle se calmerait en cessant de le fréquenter, nous avions tort.

Un jour, l'été où Yasmin a commencé à sortir avec Tom, je suis entrée dans sa chambre et je l'ai fouillée.

J'avais l'intuition qu'il y avait un problème, un gros problème.

J'ai soulevé les piles de vêtements par terre, j'ai farfouillé dans la poubelle, j'ai regardé dans son bureau – il n'y avait que du maquillage, du bric-à-brac et encore du bric-à-brac. J'ai sorti de l'interstice étroit sous le lit des vieilles culottes et des sachets de bonbons vides sans rien trouver d'autre. Enfin, j'ai retiré les vêtements de sa commode, l'un après l'autre, et je les ai posés sur le lit. Là, tout au fond, sous les soutiens-gorge, j'ai trouvé un petit sachet renfermant quelque chose qui ressemblait à un bouillon cube. Je l'ai ouvert, j'ai approché mon nez, même si je me doutais déjà du contenu.

J'ai réfléchi un instant, mais pas très longtemps, car je savais ce que j'allais faire, ce que je devais faire. Greta avait une cousine, Bella, qui travaillait dans la police. S'il y avait bien quelqu'un qui pourrait me conseiller, c'était elle, non ?

Ce soir-là, Bella et moi avons attendu Yasmin dans la cuisine. Vincent se trouvait dans sa chambre et Samir au travail. J'avais consciemment évité de l'appeler, j'étais sûre qu'il s'opposerait à mon plan. À ses yeux, Yasmin était toujours une victime innocente, et c'était peut-être vrai, mais cela ne signifiait pas que nous lui rendions service en balayant ses problèmes sous le tapis.

Yasmin est rentrée vers dix-sept heures. Elle a fait tourner la clé dans la serrure, a franchi le seuil et a claqué la porte derrière elle, faisant trembler les tasses. Puis elle a jeté un coup d'œil dans la cuisine, comme ça, en passant, en route vers sa chambre. Ses longs cheveux noirs étaient noués en chignon au sommet de son crâne et, malgré le froid, elle ne portait qu'une veste en cuir légère par-dessus son haut décolleté. Elle avait le bout du nez rougi et son maquillage avait coulé, formant des cernes sombres sous ses yeux. Elle a posé sur nous un regard interrogateur.

— Bonjour.

— Bonjour, a répondu Bella.

Puis Yasmin a aperçu sur la table le pochon renfermant le bouillon cube qui n'en était pas un et son visage a pâli sous le fond de teint. Le sac en toile contenant ses livres de cours qu'elle tenait à la main s'est écrasé par terre.

— Je voudrais te parler de ça.

Bella indiquait du doigt le sachet.

Yasmin a reculé vers l'entrée, mais s'est arrêtée au bout de quelques pas et immobilisée. L'étonnement sur son visage avait été remplacé par de la peur et de la rage.

— Je te présente Bella, ai-je dit. La cousine de Greta. Elle a travaillé dans la police pendant de nombreuses années, mais plus maintenant. Je lui ai demandé de venir parce qu'elle a une longue expérience de…

J'ai esquissé un geste vers le morceau de haschich.

Yasmin est montée sur ses grands chevaux, évidemment. Elle a fondu en larmes et a répété que le cannabis ne lui appartenait pas, qu'elle ne savait même pas comment il s'était retrouvé dans sa commode. Et Pito, elle ne l'avait pas vu depuis des mois. En plus, de quel droit fouillais-je dans ses affaires ?

Bella a parlé calmement du chemin dans lequel Yasmin s'était engagée et du genre de vie qui l'attendait si elle poursuivait sur cette voie – le passage aux drogues dures, la délinquance, la prostitution. Une marginalisation imaginable. Yasmin a fini par exploser, elle a hurlé que je n'étais pas sa mère, que je lui pourrissais la vie, qu'elle regrettait que Samir et moi nous soyons rencontrés.

Rien de tout cela n'était particulièrement surprenant, mais j'en ai été blessée malgré tout. Je trouvais que Yasmin et moi nous entendions assez bien, que notre relation était fondée sur un respect mutuel et même, peut-être, une amitié. Nous nous appréciions et j'espérais qu'elle comprendrait un jour que je faisais ça pour son bien, parce que je tenais vraiment à elle.

Une fois que Yasmin a eu fini de vociférer, elle a couru se réfugier dans sa chambre.

Bella a esquissé un petit signe de tête et m'a glissé :

— Ce que tu vas faire, c'est appeler la police anonymement et dire que ce connard de Pito vend de la came à des mineurs. C'est évident que ça vient de lui. Et pour ce qui est de Yasmin…

Elle marqua une pause, tambourina des doigts sur la table avant de poursuivre :

— Laisse-lui du temps. Elle va sans doute t'en vouloir encore un moment.

C'était un euphémisme. Il avait fallu des semaines avant que Yasmin daigne à nouveau m'adresser la parole, et l'incident avait donné lieu à des tensions entre Samir et moi.

Pourquoi ne lui en avais-je pas parlé d'abord ? Étais-je obligée d'impliquer des tiers dans les problèmes de sa fille ? C'était une affaire de famille, cela devait rester entre nous.

J'ai essayé de lui expliquer que je voulais juste aider Yasmin. Et lui aussi, d'ailleurs, car en abordant la question directement avec elle, je lui évitais d'essuyer les coups.

Je crois qu'il a compris.

Mais ça ne s'est pas fini là. Sur les conseils de Bella, j'ai appelé la police et j'ai dénoncé Pito. Quelque temps plus tard, on a trouvé de grandes quantités de haschich et de cocaïne dans son appartement. Il a été détenu et à nouveau condamné pour trafic de stupéfiants. Pendant le procès, Yasmin a été citée comme témoin à plusieurs reprises.

Je ne lui ai jamais parlé de mon signalement à la police, mais j'ai bien vu qu'elle me soupçonnait. Les regards qu'elle me lançait quand on venait la chercher pour être interrogée étaient pleins de colère.

J'avais l'impression qu'elle me haïssait.

C'était samedi soir. Près de quarante-huit heures s'étaient écoulées depuis que cette femme qui promenait son chien avait vu deux individus sur le rocher du Roi. La nuit était à nouveau tombée. Avait-il vraiment fait jour ? Aucune idée. Après le départ de la police, j'avais décidé de consacrer un peu de temps à Vincent.

Nous avions fait du pain. Pas parce que nous en avions besoin, le congélateur débordait, mais parce que c'était son activité favorite.

Samir était reparti à la recherche de Yasmin.

Évidemment, c'était inutile d'errer ainsi, seul, sans but, dans le noir, pour tenter de retrouver une personne disparue depuis près de deux jours. Mais j'aurais sans doute fait pareil pour Vincent.

Vincent et moi avions bu du thé, mangé du pain frais, puis j'étais allée le coucher. Il semblait apaisé, il demandait encore où était Yasmin, mais ne paraissait plus aussi chamboulé. Et il faisait tout pour que j'aille mieux. C'était poignant, ce besoin de prendre la responsabilité de mes sentiments et de ceux des autres membres de la famille. J'imagine que c'était le revers de la médaille. Percevant intuitivement nos états d'âme, il se sentait obligé de nous consoler, de réparer ce qui était brisé.

Samir est revenu vers vingt et une heures trente, tremblant de froid. Il s'est assis sur sa chaise dans la cuisine, pâle et voûté. Il frissonnait. Son corps était agité de soubresauts, malgré la couverture que j'avais posée sur ses épaules.

Je me sentais si impuissante… Je voulais l'aider, je voulais aider Yasmin. Mais comment ?

Vivait-elle encore ? Que s'était-il passé exactement ?

Au fil du temps, ma capacité à réfléchir semblait s'être rétablie. J'ai tenté d'analyser la situation, d'émettre des hypothèses.

J'ai tâché de comprendre.

J'ai fixé Samir.

— Encore du thé ?

Il a secoué la tête.

— Non merci.

— À ton avis, qu'est-ce qu'il s'est passé ?

Il a détourné les yeux, regardé par la fenêtre. J'ai contemplé le reflet de l'homme que j'aimais dans la vitre, son visage sans expression portait la marque d'une extrême fatigue.

Je me suis raclé la gorge.

— Tu penses qu'elle a essayé… qu'elle a voulu se faire du mal ?

Il n'a pas répondu, mais je l'ai vu serrer et desserrer le poing sur ses genoux.

— Et ces gens que la femme a vus sur le rocher… Comment pouvait-elle distinguer quoi que ce soit d'ailleurs ? Il devait faire nuit noire et le sentier n'est pas tout près du précipice.

— Hier, il y avait un clair de lune.

— Ah bon ?

— Oui, en tout cas quand j'ai couché Vincent.

J'ai réfléchi. Il n'y avait pas de clair de lune quand nous avons traversé la forêt sur l'île de Sandhamn, il faisait noir comme dans une cave, mais on était alors plusieurs heures plus tard.

Je me suis assise sur la chaise à côté de Samir, j'ai placé la main sur son poing fermé.

— Samir, parle-moi. Honnêtement. Tu connais Yasmin bien mieux que moi. Tu crois qu'elle s'est…

Je n'ai pas réussi à achever la phrase.

Et là, Samir a craqué. Il s'est penché en avant et a posé le front sur la table. Son corps était agité par les sanglots, des filets de salive coulaient de ses lèvres sur le bois.

— Oui. Oui. Je crois qu'elle s'est suicidée.

6

Lundi matin, deux jours après la disparition de Yasmin.

Nous avions passé le dimanche dans cet insupportable néant qui était – je commençais à le comprendre – la nouvelle normalité. Nous avions passé des coups de fil : Samir à Mohammed et à son chef à l'hôpital. Moi, à Greta, puis à la directrice de mon école pour l'informer que je serai absente quelques jours, et à ma mère.

Ma mère a fondu en larmes en apprenant la nouvelle. Que Yasmin, ce petit être innocent et fragile, se soit suicidée, ou pire, ait été victime d'un crime, était inimaginable pour elle.

C'est vrai, c'était inimaginable. Même moi, pourtant dans l'œil du cyclone, je ne parvenais pas à me faire à l'idée que Yasmin était morte. Disparue pour toujours. Pour l'éternité. Qu'elle ne ferait plus jamais irruption dans la maison en claquant violemment la porte et en criant : « Coucou ! Je suis rentrée ! »

Que je ne ramasserai jamais plus ses habits jetés par terre, je ne lui demanderai jamais plus de baisser la musique, je ne la verrai jamais plus recroquevillée avec Vincent sous une couverture à lui lire un polar ou peut-être un thriller, ou n'importe quel livre pour peu qu'il ne convienne pas aux enfants.

Mon cœur souffrait. Pour Samir, bien sûr, lui qui avait déjà perdu la moitié de sa famille dans un terrible accident, mais aussi pour Vincent. Yasmin était devenue la sœur qu'il n'avait jamais eue. À présent, elle n'était plus là.

C'était injuste. Une insulte à la vie même.

Ceux qui ont perdu un être cher savent que la peine fait mal, et pas seulement à l'âme. Votre corps est endolori, votre peau vous pique, votre respiration devient lourde, comme si une ceinture se serrait autour de votre poitrine. Le chagrin semble vous paralyser. Il se pose comme un filtre, une membrane sur votre conscience et entrave toute volonté d'action. J'ai tenté malgré tout de faire tenir notre quotidien. J'ai accompagné Vincent à l'école, je lui ai parlé en long et en large de la neige qui venait de tomber, vaine tentative de perpétuer une sensation de normalité. Il m'a lancé un long regard triste, il comprenait bien sûr, mon enfant adoré, dépositaire d'une telle sagesse.

Sur le chemin du retour, je suis passée par le rocher du Roi. Je ne pouvais pas m'en empêcher. Des rubalises blanc et bleu, fixées à des sortes de blocs mobiles, voletaient dans le vent, mais je ne voyais ni policiers ni badauds. En contrebas, j'ai aperçu un cargo en route vers le centre de Stockholm.

J'ai songé à enjamber les rubans en plastique, à m'avancer vers le précipice – peut-être espérais-je distinguer quelque chose, n'importe quoi, qui puisse m'aider à comprendre ce qui s'était passé. Mais la crainte qu'on me remarque à l'intérieur de la zone bouclée m'a retenue. Peut-être avais-je peur, aussi, de contempler l'eau noire, de voir les cailloux acérés saillir près du bord de la falaise. Peur que cela ressemble à une plongée en moi-même, au miroir de la situation à laquelle ma famille et moi faisions face.

Si cette situation avait été un endroit, elle aurait ressemblé à un gouffre.

À présent, Samir et moi étions attablés dans la cuisine. Personne ne disait rien. Il n'y avait rien à dire.

J'ai regardé par la fenêtre. La neige tombait dru, masquant les branches et le toit du château de Kungsudd. Les taches brunes glacées sur la pelouse, laissées par les pas de Vincent, avaient été recouvertes d'une couche blanche de plusieurs centimètres.

Un ronronnement de moteur s'est fait entendre et une ombre s'est approchée entre les arbres. L'instant suivant, une voiture s'est garée dans l'allée et un homme en est descendu, une serviette sous le bras. Il s'est arrêté, a semblé contempler notre maison, puis s'est acheminé vers notre porte. Bien que sa casquette ait été remplacée par un bonnet, je l'ai immédiatement reconnu. C'était Gunnar, le policier avenant qui avait interrogé Samir.

La sonnerie a retenti et je suis allée ouvrir.

— Bonjour. J'aimerais vous parler, vous permettez ?

Je l'ai invité à entrer, il a retiré son manteau et son bonnet, dégagé quelques mèches humides de son front et m'a observée. Ses yeux d'un bleu si intense, son regard plein de quelque chose qui ressemblait réellement à de l'empathie.

— Comment allez-vous ?

— Pas fort.

Il a acquiescé et suspendu ses vêtements à une patère.

Il m'a emboîté le pas dans la cuisine.

Gunnar a salué Samir d'un signe de tête et s'est assis à côté de lui. Son regard a balayé les murs, s'est arrêté sur les dessins de Vincent et les portraits de famille, témoins d'une époque révolue. Il s'est raclé la gorge.

— Nous avons fait quelques découvertes sur le rocher du Roi et autour. Je voudrais vous montrer des photos.

Il ouvrit sa serviette et en sortit quelques images. Il en plaça une sur la table.

Elle représentait une veste en cuir posé sur une sorte de banc en inox. Elle était humide et déchirée d'un côté au niveau du poignet. Pourtant je la reconnus immédiatement.

— C'est la veste de Yasmin. D'où vient-elle ?

— Elle a été trouvée dans la mer, près des rochers.

Mon estomac se révulsa et je fus soudain prise d'un violent haut-le-cœur.

— Excusez-moi, dis-je.

Je me suis levée d'un bond et j'ai couru aux toilettes. J'ai tout juste eu le temps de soulever l'abattant avant que mon petit déjeuner remonte – le thé et le pain de seigle confectionné avec amour par Vincent. Je me suis redressée, j'ai tiré la chasse d'eau, je me suis rincé la bouche et le visage à l'eau froide, et je me suis consciencieusement lavé les mains. J'ai observé mon reflet dans le miroir. Cheveux blonds broussailleux, lèvres fines et tendues, yeux injectés de sang. L'angoisse était manifeste : sur ma peau, dans les traits de mon visage. On aurait dit qu'elle suintait par tous les pores, comme si mon corps ne pouvait ni ne voulait la contenir.

Lorsque je suis revenue dans la cuisine, Gunnar avait sorti un autre cliché. On y voyait les bottes de Yasmin – des bottes en daim noir aux talons interminables ornées de boucles dorées au niveau des chevilles. Quand nous les avions achetées, j'avais poussé de hauts cris, tant à cause de leur prix que de leur incommodité.

La photographie avait dû être prise sur le rocher du Roi : les bottes se trouvaient sur la corniche, à quelques centimètres du précipice.

Samir avait le visage enfoui dans les mains.

— Oui, ai-je dit pour l'aider. (Je ne voulais pas que ses yeux se reposent sur cette image, je ne voulais pas qu'il prononce l'indicible.) Ce sont bien ses bottes.

— Hum.

Gunnar a caressé son menton piqué d'une barbe naissante.

— Mais elle, vous ne l'avez pas trouvée ?

— Non, nous avons fait venir des chiens spécialisés. Et des plongeurs. Ils poursuivront leurs recherches quand la météo sera plus clémente. Il y a du courant à cet endroit, son corps a pu être emporté. Ça peut prendre du temps de le retrouver, vous devriez vous y préparer.

C'était tellement étrange de l'entendre parler ainsi, l'entendre parler d'elle comme d'un *corps*. Personne n'avait mis les mots sur cette réalité, n'avait osé reconnaître que Yasmin était probablement morte.

L'image de ma belle-fille en train de couler, couler dans l'eau noire, passa en vacillant sur ma rétine : ses longs cheveux qui flottaient autour de ses épaules, ses yeux ouverts. L'espace d'un instant, j'eus l'impression d'être attirée avec elle dans l'obscurité glaciale.

— Nous avons aussi trouvé du sang, a ajouté Gunnar.

— Du sang ?

— Sur la corniche, près des bottes. Et sur les rochers de surface.

Mon estomac s'est révulsé à nouveau, ma bouche s'est asséchée. La nausée est revenue, moins violente cette fois, comme une douleur lancinante à hauteur du diaphragme.

— Nous allons réaliser une analyse ADN. J'aurais besoin d'un élément de comparaison venant de Yasmin.

— Mais… nous n'avons pas de son sang.

Il a secoué la tête.

— Pardon, je n'ai pas été clair. Nous n'avons pas besoin de sang. Pouvez-vous me donner sa brosse à dents, ou sa brosse à cheveux peut-être ?

— Bien sûr.

Je suis allée chercher les objets. Gunnar les a glissés dans des sachets en plastique qu'il a consciencieusement scellés.

— Nous devons également prélever des échantillons de votre salive. Et prendre vos empreintes digitales. Pour que nous puissions vous identifier lors de l'analyse technique.

J'ai vécu cela comme une offense supplémentaire. Je sais, cela peut paraître ridicule, mais je me sentais de plus en plus oppressée : on s'introduisait d'abord chez nous, puis dans nos corps. Où cela allait-il finir ? N'aurons-nous plus de vie privée, plus rien de protégé ?

— D'accord.

— Parfait, je vais demander à un collègue de s'en occuper.

Après le départ de Gunnar, Samir s'est laissé tomber dans le canapé. Il a allumé la télévision. C'était du golf. Le sport ne l'intéressait pas le moins du monde et il ne semblait pas non plus regarder l'écran. Peut-être avait-il besoin d'entendre autre chose que les pensées qui tournoyaient dans sa tête.

Il feuilletait un ouvrage posé sur ses genoux. Au bout d'un moment, je me suis approché de lui. Je voulais lui proposer de déjeuner, mais mon regard s'est arrêté sur le livre épais, à la couverture verte richement décorée d'étoiles géométriques et de texte arabe doré.

— Qu'est-ce que tu lis ?

Il a dirigé vers moi des yeux vides.

— Le Coran.

Sa réponse m'a étonnée. Samir n'était pas croyant. Je ne savais même pas qu'il possédait ce livre sacré. Puis j'ai aperçu le bloc-notes et le stylo à côté de lui. J'ai déchiffré les pattes de mouche.

Yasmin. Sylvie. Yasmin. Sylvie. Yasmin. Sylvie.

Des lignes et des lignes remplies des mêmes mots. Les noms de ses filles.

Ses filles décédées.

Plus tard ce jour-là, vers quinze heures, on a sonné à la porte. J'ai ouvert. C'était Tom, en veste huilée légère. Ses cheveux humides pendaient sur son visage.

Nous sommes tombés dans les bras l'un de l'autre.

— Je ne peux pas y croire, murmurait-il entre deux sanglots. Je ne peux pas y croire.

Je me suis libérée de son étreinte et j'ai refermé la porte. Le vent s'y était engouffré, charriant de la neige qui avait recouvert le paillasson.

— Entre, je prépare du thé.

— Et Samir ?

— Il dort.

Un éclair de soulagement est passé sur le visage de Tom.

Samir ne voyait pas d'un bon œil la relation de sa fille avec ce garçon, ce n'était pas un secret. Cela dit, aucun des amoureux de Yasmin n'avait trouvé grâce à ses yeux. Peut-être était-il le genre de père qui ne parviendrait jamais à accepter que sa petite fille chérie ait grandi.

J'ai aidé Tom à retirer son manteau dégoulinant, je l'ai accroché à un cintre.

Nous nous sommes installés dans la cuisine. J'avais allumé un feu dans le poêle. Plus pour réchauffer l'ambiance que pour faire monter la température. Le bois humide crépitait, grinçait, gémissait.

Tom sanglotait.

— Je n'arrive pas à y croire. Elle n'avait aucune raison de…

— Tiens, Tom.

Je lui ai tendu une tasse de thé et je me suis assise à côté de lui. J'ai repoussé délicatement ses cheveux mouillés.

— Je l'aimais. On était faits l'un pour l'autre. Je voulais l'épouser.

Je dois avouer que j'ai été surprise. Bien sûr qu'il était épris d'elle, comme tous les garçons. Ensorcelé, séduit. Leurré aussi, sans doute. Je n'ignorais pas qu'il était fou d'elle, je l'avais même mis en garde une fois. Je n'avais pourtant pas compris qu'il envisageait de passer sa vie avec elle. Si je l'avais su, j'aurais peut-être été plus franche avec lui, je lui aurais dit ce que j'avais sur le cœur – Yasmin était immature, elle n'était pas prête à s'engager dans une relation aussi sérieuse. Ni avec lui ni avec personne. Yasmin était synonyme de problèmes. De drames, de manigances, de manipulation.

Même morte, elle crée des conflits !

Je reconnais que cette idée m'a traversé l'esprit, mais je me suis ressaisie. J'ai eu honte.

Une jeune femme est décédée, une vie s'est éteinte. Ma propre belle-fille. Comment pouvais-je penser des choses pareilles ?

— Tu lui as parlé vendredi ?

— Non, j'étais en cours pendant la journée. J'ai travaillé toute la soirée. Puis je suis sorti avec mes collègues. On a fini tard.

Tom a marqué une pause avant de reprendre :

— La police m'a posé les mêmes questions. Ils ont demandé à parler à mon chef et à mes collègues. Ils voulaient écouter les enregistrements de mes conversations avec les clients pour s'assurer que j'étais bien au bureau. Ça m'a fait chier. J'avais l'impression qu'ils me soupçonnaient.

Nous sommes restés un instant silencieux, à écouter le crépitement du poêle à bois, à contempler les flocons de neige tournoyer vers le sol. Tom grattait une petite plaie au bout du pouce, il s'arrachait les cuticules de ses longs doigts fins.

— Tu trouves qu'elle avait l'air déprimé ?

Il a secoué la tête. Ses boucles brunes humides dansaient au-dessus de ses épaules. Il m'a fixée avec une expression à la fois interrogative et provocatrice.

— Pourquoi le serait-elle ?

— Je ne sais pas. À la maison, elle s'était repliée sur elle-même. Entre Samir et elle, les prises de bec étaient constantes.

— À quel sujet ?

La question m'a déroutée. Je ne pouvais pas lui en parler. Pas ici, pas maintenant. Sans doute jamais, en toute honnêteté.

— Je ne sais pas. Je ne comprends pas assez bien le français.

C'était vrai. Ces disputes à répétition ! Impossible pour moi de tout saisir. Mais je me rappelais précisément les mots qu'ils se balançaient à la figure comme des pierres. Les cris, les pleurs. Les regards apeurés de Vincent quand il se glissait dans mon lit et me disait qu'il ne pouvait pas dormir, pas quand papa Samir et Yasmin étaient aussi en colère. Pourquoi étaient-ils fâchés ? Yasmin avait-elle fait une bêtise ? Si oui, ne pouvait-elle pas s'excuser pour que papa Samir arrête de hurler ?

Des questions, toujours des questions.

Je ne pouvais pas y répondre. Quand je demandais à Samir les raisons de leurs disputes, il me racontait qu'il s'agissait de l'avenir de Yasmin, de sa scolarité. Ou plutôt de l'absence de scolarité. Elle séchait les cours si souvent que c'en était inquiétant.

Je savais qu'il me cachait des choses : chaque fois que je mettais le sujet sur le tapis, il détournait le regard, répondait froidement.

— Ils disent qu'on l'a peut-être tuée, a dit Tom en tournant la tête vers la fenêtre, vers la neige qui tombait toujours aussi dru dans le crépuscule bleu au-dehors.

— Je ne suis pas convaincue par cette théorie. Pourquoi aurait-on voulu tuer Yasmin ?

Tom a lentement tourné le visage vers moi – ce visage que je connaissais depuis qu'il était petit garçon. À présent il était adulte, les traits plus durs, plus ciselés. Une barbe de trois jours au menton, des ridules autour de ses yeux injectés de sang et gonflés à force d'avoir pleuré. Les mains constamment en mouvement – il tirait sur ses doigts, touchait sa plaie au pouce, caressait la table de la paume.

Bonne question, pourquoi aurait-on voulu tuer Yasmin ?

7

La première fois que j'ai rencontré Tom, j'avais quinze ans. Lui n'était qu'un nourrisson. La famille Borgmark vivait dans l'une des spacieuses villas en bord de mer. Je n'avais pas l'habitude de fréquenter les habitants du quartier huppé, les « nouveaux riches », comme les appelait mon père.

Mon père parlait beaucoup de classes sociales, c'était important pour lui. Socialiste convaincu, il mentionnait souvent ce mur invisible mais infranchissable qui divisait les humains et qu'on appelait la « classe ». Ce mur qui pouvait, *devait*, être détruit un beau jour par les travailleurs du monde entier, unis dans leur lutte commune. Le fait qu'il soit lui-même un rouage dans le grand engrenage féodal ne le gênait pas le moins du monde. Il était, comme son père avant lui, le jardinier paysagiste de la famille de Vegh au château de Kungsudd. Le salaire était modeste, mais la propriété – cette imposante bâtisse de la fin du XXe siècle lovée dans un cocon de verdure – suffisait à mon géniteur.

Il disait souvent que les de Vegh étaient des gens bien, ils n'étaient simplement pas comme nous. C'était une « vieille fortune ». Que je n'aille pas me mettre en tête que je pouvais devenir l'une des leurs. Cela me rendrait seulement malheureuse.

Quand j'avais demandé à mon père ce que ça voulait dire, « être une vieille fortune », il avait frotté ses larges mains gercées et avait expliqué que c'était le contraire « d'être des nouveaux riches », comme ceux qui vivaient dans le quartier cossu en bord la mer.

— Et nous, on est quoi ? avais-je demandé.

Il avait éclaté d'un long rire.

— Nous, on n'a pas de fortune du tout, Maria. Tu dois en être fière. Chaque couronne placée à la banque est une couronne volée à quelqu'un d'autre, ou une couronne qu'on a été trop pingre pour donner.

Ses opinions politiques n'avaient pas changé jusqu'à la fin de sa vie, bien que la société de classe ait été abolie depuis longtemps dans ce pays socialiste qu'est la Suède. En tout cas, c'était mon avis – je n'ôtais pas mon chapeau en croisant la famille de Vegh, ce n'est pas parce que nous vivions dans la maison jouxtant le domaine que nous étions des serfs. À l'école, je ne traitais pas les enfants différemment selon leur origine sociale.

Quoi qu'il en soit, les parents de Tom Borgmark faisaient partie des nouveaux riches. Ils avaient déjà deux fillettes lorsque Tom était venu au monde, et ils vivaient dans l'une des plus grandes villas au bord de l'eau, une œuvre architecturale moderniste en béton que ma mère surnommait le « bunker ».

Le père de Tom travaillait dans la finance, je ne me souviens plus exactement dans quel domaine. Sa mère était femme au foyer, mais elle était toujours très occupée par une multitude de projets de bienfaisance. Il y avait des singes qui avaient été libérés de leurs cages et devaient se réadapter à la vie sauvage, des enfants malades du cancer, et des femmes du tiers-monde qui devaient suivre des cours d'économie et de planification familiale.

La mère de Tom était si occupée qu'elle avait besoin d'aide pour prendre soin de son nouveau-né. Elle avait accroché à l'épicerie une annonce manuscrite avec des languettes à arracher indiquant un numéro de téléphone. J'étais en première et je venais de perdre mon petit boulot. Le magasin qui m'employait avait dû fermer en catastrophe, apparemment pour une affaire de détournement de fonds.

J'avais appelé, on m'avait invitée à une sorte d'entretien d'embauche qui ressemblait plus à un thé mondain, et quelques jours plus tard, je m'occupais de Tom pour la première fois.

Il avait la peau douce, le crâne glabre, de grands yeux bleus toujours écarquillés de surprise. Ses doigts serraient les miens avec une force impressionnante, ses jambes potelées pédalaient dans l'air, son ventre grondait et gargouillait constamment à cause d'un mal nommé « coliques » qui pouvait le faire hurler pendant des heures.

Je me souviens que j'avais peur de le blesser. Je n'avais pas de frères ni de sœurs cadets, j'ignorais comment manipuler un bébé. Il semblait si fragile, on pouvait si facilement le faire tomber ou l'étreindre un peu trop fort par mégarde…

J'avais progressivement pris confiance en moi, appris à bien soutenir sa tête. Changer les couches, habiller, donner le bain – ce n'était pas beaucoup plus difficile que de jouer à la poupée. Mais Tom n'était pas une poupée, il était mon premier amour, un petit être charmant à qui ses parents n'accordaient pas assez d'attention.

Au début, je m'occupais de lui une fois par semaine. Puis de plus en plus souvent. C'était mon seul job étudiant, et même plus tard, lorsque j'avais commencé à enseigner à plein temps, je le gardais souvent le soir ou le week-end.

Tom grandissait vite – je n'aurais jamais cru qu'un corps si fragile puisse renfermer un tel élan vital. À l'âge de six ans, il était déjà grassouillet et ses camarades se moquaient de lui. Il se confiait à moi : en sanglots, il me racontait les insultes, les coups de pied et de poing. Je le consolais, je le serrais dans mes bras, je lui expliquais qu'il était beau, qu'il était intelligent, et qu'il était très bien comme ça. Que personne n'avait le droit de rire de lui.

Un jour, lorsqu'il était en deuxième année d'élémentaire, il était rentré à la maison en sang, frigorifié. Les élèves de sa classe l'avaient forcé à se déshabiller et à se recroqueviller dans un trou creusé dans le sol. Ils lui avaient jeté des pierres. Choquée, j'en avais parlé à sa mère. Je ne m'étais pas arrêtée là, j'avais aussi contacté sa maîtresse et, voyant qu'elle ne prenait pas la chose suffisamment au sérieux, je m'étais tournée vers la directrice de l'école. Je me sentais responsable de lui et je ne faisais pas confiance aux parents pour prendre à bras-le-corps le problème du harcèlement dont leur fils était victime. Ou plus exactement, je *savais* qu'ils ne feraient rien – ils étaient trop occupés à choyer leurs aînées et à vivre leur vie élégante et bien remplie.

Il m'arrivait aussi de garder Casimir de Vegh. Il avait le même âge que Tom et habitait avec sa famille dans le château. Ils s'amusaient bien ensemble, Tom et Casimir, malgré leurs différences. Casimir était blond et avait toujours été athlétique. Il exhibait une sorte de solidité, à la fois physique et mentale. Rien ne semblait en mesure de le déséquilibrer. Je regrettais souvent que Tom ne lui ressemble pas plus. Pas pour moi, je l'aimais comme il était, mais pour son bien. Il aurait eu besoin d'un peu plus de stabilité et de confiance en soi.

À l'instar de Tom, Casimir était le troisième de la fratrie. Il avait deux frères aînés : Douglas, un garçon gentil, et Harold, qui était bagarreur depuis son plus jeune âge et que je tentais à tout prix d'éviter.

Avec le temps, le quotidien de Tom s'améliora, mais ce n'est pas seulement grâce à moi. Beaucoup de choses changèrent dans sa vie. Il fréquenta un autre collège, se fit de nouveaux amis – de *vrais* amis. En un été, il perdit ses kilos superflus. Le ventre rond et le double menton fondirent, dévoilant un jeune homme dégingandé aux cheveux frisés et aux épaules larges. Mais le manque de confiance demeura, cette sensibilité qu'il avait depuis l'enfance. Je la décelais dans ses yeux quand ses copains se permettaient un commentaire pouvant s'apparenter à une critique, ou quand il regardait une fille qui lui plaisait. Je voyais l'angoisse qui avait fait son nid dans sa poitrine – elle était comme un petit animal, toujours présente, toujours sur ses gardes. Et lorsqu'elle se réveillait, je devais intervenir, jouer le rôle de la maman qu'il n'avait jamais eue.

Bien sûr, je n'étais plus sa baby-sitter, mais j'étais toujours son amie, et je lui en serai à jamais reconnaissante.

Je cultivais cette amitié, je m'assurais d'être là quand il en avait besoin, de ne pas le trahir comme tant d'autres l'avaient fait. Même si nous ne nous voyions plus aussi souvent qu'avant, je prenais toujours le temps de l'écouter quand il me téléphonait. Parfois nous faisions une promenade le long de la mer ou nous déjeunions ensemble. Nous parlions de la vie, des filles qui lui plaisaient, de l'avenir.

Quand Vincent est né, Tom m'a apporté des fleurs. Il est l'une des rares personnes qui m'aient félicitée sans déplorer au même moment la trisomie de mon enfant. Il a toujours été adorable avec Vincent ; il voyait l'individu, pas le syndrome.

Tom jouissait d'une intelligence hors du commun, c'était évident dès son plus jeune âge. Au lycée, il excellait dans presque toutes les matières. Certes, il arrivait que je lui donne un coup de main pour un devoir à rendre, mais en réalité il n'avait pas besoin de mon aide, il avait naturellement envie de réussir.

Après le lycée, il était parti un an à l'étranger, faire du ski, de la randonnée au Népal, du surf au Sri Lanka. C'est ce que font les jeunes, en tout cas les nantis – anciennes fortunes ou nouveaux riches. À son retour, il avait intégré la prestigieuse école de commerce Handelshögskolan. Il s'apprêtait à marcher dans les pas de son père.

Ça m'avait fait réfléchir, je n'étais pas du tout sûre que cette filière lui corresponde. Je le voyais bien travailler au contact des gens, se former à un métier où sa sensibilité serait un atout. Peut-être médecin ou psychologue. Mais je connaissais les limites de notre relation – il était adulte à présent, il prenait ses propres décisions et je ne comptais pas remettre en question son choix de vie.

Lorsque j'ai compris que Tom et Yasmin étaient en couple, j'ai fondu en larmes. Ce n'étaient pas des larmes de joie. Cela peut sembler cruel, Yasmin n'était pas méchante, mais c'était une ado à problèmes. Tom venait de mettre de l'ordre dans sa vie – il avait enfin de vrais amis, il s'était lancé dans des études. Peut-être qu'il avait même commencé à combler ce manque de confiance en lui qu'il traînait depuis si longtemps.

Tom et Yasmin s'étaient rencontrés à une fête chez Casimir. Des soirées, il y en avait beaucoup au domaine, lorsque les parents étaient en voyage. Parfois, la musique résonnait jusque chez nous. Un matin, nous sommes tombés nez à nez avec un jeune qui cuvait son vin dans notre jardin, à côté des fraisiers – sa veste de smoking était suspendue à un groseillier à maquereau quelques mètres plus loin et son nœud papillon ressemblait à un grand escargot noir échoué dans l'herbe perlée de rosée.

Il arrivait que Yasmin soit invitée et c'est à l'une de ces occasions que Tom s'était entiché d'elle. Ils avaient commencé à se fréquenter – Tom, Yasmin et parfois même Casimir. Un drôle de trio qui traînait ses basques dans le domaine. Ce qu'ils faisaient, je n'en sais rien – que fait-on à cet âge ?

On écoute de la musique, on s'embrasse, on boit du vin ?

Samir, qui venait de se remettre de l'histoire de Pito, ne fut pas ravi d'entendre que Yasmin avait un nouveau petit ami. J'avais eu droit à un interrogatoire en bonne et due forme :

— C'est quelqu'un de bien, ce Tom ?

— Bien sûr. C'est un garçon adorable. Intelligent et sérieux. Il se pose beaucoup de questions, si je puis dire. Je m'inquiète plus de la manière dont Yasmin va le traiter que l'inverse.

Samir avait affiché un air choqué.

— Qu'est-ce que tu veux dire par là ?

— Mais enfin, Yasmin est tellement… (Je m'étais ravisée au dernier moment et j'avais opté pour une formule plus diplomatique) jeune. Si jeune ! Et la coqueluche de tous les garçons. Ça peut être difficile pour lui.

Puis il y avait eu ce fameux soir. Quelques mois plus tôt. Samir et moi avions assisté à un concert et Vincent dormait chez ma mère.

Nous étions rentrés assez tard, vers une heure du matin. Nous venions d'éteindre quand nous avons entendu des voix au-dehors, des gloussements, de petits cris et des phrases indistinctes plus ou moins fortes dans la nuit d'automne parsemée d'étoiles.

Nous nous sommes approchés de la fenêtre – notre maison étant plutôt isolée, il était rare que des gens passent devant sans se diriger vers chez nous, *a fortiori* à cette heure tardive.

Dans l'obscurité, j'ai aperçu deux silhouettes.

Yasmin et Casimir.

Yasmin, pieds nus, a esquissé quelques pas de danse devant le jeune homme, a éclaté de rire, ondulé des hanches et penché la tête en arrière. Ses longs cheveux frôlaient la pelouse.

Je les ai observés sans prendre conscience de ce qui se jouait. Peut-être que je me demandais, un peu distraitement, où était Tom – nous avions bu quelques verres de vin, Samir et moi, par conséquent, quelles que fussent mes réflexions, elles ont disparu dans les limbes de ma mémoire.

Tout à coup, Casimir s'est avancé, a saisi le poignet de Yasmin et l'a attiré vers lui.

Je n'ai pas compris tout de suite qu'ils s'embrassaient. Je croyais qu'ils étaient ivres, que Yasmin s'appuyait contre lui.

Pour Samir, ça n'a fait aucun doute.

— *Merde** !

Il a sauté dans son jean et a dévalé les marches, torse nu.

J'étais encore à la fenêtre quand la porte s'est ouverte d'un coup et que Samir est sorti en faisant des moulinets avec les bras.

Je n'ai pas entendu ce qu'il a dit. Ça n'avait aucune importance.

Mes pensées étaient ailleurs, auprès du petit garçon rondelet que j'avais vu pousser, qui était enfin devenu grand et qui avait cru attraper le plus bel oiseau de la forêt.

Un jour, une semaine environ après l'incident avec Casimir, Tom a frappé chez nous.

Je lui ai ouvert. Il était essoufflé.

— Yasmin est là ?

— Je crois qu'elle est au travail. Il s'est passé quelque chose ? Je lui demande de t'appeler ?

Il a secoué la tête et a baissé les épaules, fixé le sol et serré son manteau autour de son corps pour se protéger du vent glacial.

— Entre !

Il avait l'air si misérable ! Je me suis dit que Yasmin l'avait peut-être quitté.

Nouveau signe négatif.

— Je devrais…

— Allons nous promener, j'ai besoin de prendre l'air.

J'ai enfilé à la hâte un des manteaux de Samir et glissé les pieds dans mes bottes en caoutchouc fourrées.

Nous avons marché en silence.

L'air du soir était lourd des senteurs de l'automne – des plantes en décomposition, des pommes tombées qui pourrissaient lentement, la fumée d'un feu lointain et la mer, bien sûr, qui semblait toujours présente à Kungsudd. Quelques feuilles virevoltaient dans le noir. De temps à autre, une goutte de pluie s'écrasait sur ma joue.

— Comment ça se passe, au fait, entre Yasmin et toi ?

Il s'est figé, s'est tourné vers moi et a fixé un point dans l'obscurité.

— Je ne sais pas, elle est tellement… Impossible de savoir ce qu'elle pense.

J'ai posé une main sur son bras, serré doucement et réfléchi à ce que je pouvais répondre.

— Tu es assez grand pour faire tes propres choix de vie, mais fais attention avec Yasmin.

Il s'est caressé la lèvre supérieure du bout du doigt et m'a dévisagée.

— Qu'est-ce que tu entends par là ?

— Je veux dire qu'elle est jeune. Instable comme on est à cet âge.

Il s'est libéré de ma main et a plongé ses yeux dans les miens.

— *Instable ?* Comment ça, instable ?

J'ai regardé les feuilles voler dans le vent et j'ai songé que « volage » était précisément le terme que j'aurais voulu employer. Mais j'en avais déjà trop dit. J'aimais Tom, je voulais le protéger, mais c'était le seul avertissement que je pouvais lui adresser.

Samir et moi avions discuté de ce qui s'était passé entre Yasmin et Casimir ce soir-là. Nous étions d'accord : il fallait qu'elle se calme. Pas seulement parce que ses résultats scolaires pâtissaient de toutes ses sorties, mais également parce qu'elle jouait avec les sentiments des autres, sans que cela semble l'affecter le moins du monde. Elle avait bien sûr le droit d'avoir un petit ami, mais si c'était Tom, il était cruel d'entamer une relation avec Casimir.

— Fais attention, c'est tout, ai-je conclu, résistant à l'envie d'en dire plus. Prends soin de toi. Et de Yasmin aussi, bien sûr.

8

Une semaine s'était écoulée depuis la disparation de Yasmin. Sept jours de chaos et de chagrin, de silence et d'attente, de questions pensées, mais non formulées, car nous craignions qu'elles ne trouvent jamais de réponse.

Le corps de Yasmin n'avait pas été retrouvé.

Les recherches continuaient, mais de manière circonscrite. J'imagine que la police suivait d'autres pistes, mais les informations étaient distillées avec parcimonie. On nous appelait chaque jour avec le même message : hélas, nous ne l'avons pas trouvée, non, nous n'avons rien de nouveau.

Nous vivions, ou plus exactement, nous survivions, dans le sillage de la catastrophe. Tiraillés entre l'espoir et l'accablement, incapable de faire autre chose que d'attendre. Samir était avare de paroles bien qu'étonnamment calme. Il passait des heures dans son fauteuil, devant la télévision éteinte, les mains sur les genoux. Je m'étais assigné le rôle de celle qui fait fonctionner les routines – je cuisinais, j'amenais Vincent à l'école, j'allais le chercher, j'ouvrais le courrier, je répondais au téléphone.

Lorsque nous allions faire des courses, Vincent et moi, j'apercevais les décorations de Noël dans les maisons voisines : les étoiles de l'Avent, les bougies allumées aux fenêtres, les sapins adossés à la façade, attendant d'être rentrés et habillés de guirlandes et de boules.

Nous avions décidé de ne pas fêter Noël cette année. Bien sûr, Vincent recevrait des présents, mais nous n'allions pas préparer de buffet comme le veut la tradition, et surtout, nous n'allions voir personne.

Lorsque j'ai sorti du placard les cadeaux de Vincent pour les placer devant le poêle dans le salon, comme d'habitude, deux paquets rouges et brillants sont tombés.

Les cadeaux que j'avais achetés pour Yasmin.

Plus que tout, elle souhaitait un téléphone portable, mais Samir et moi trouvions l'idée mauvaise. Le prix était exorbitant. Et puis, si elle avait besoin de passer un coup de fil en ville, elle pouvait chercher une cabine. Ce n'était pas si compliqué.

J'avais plutôt opté pour un chemisier de chez H&M qu'elle avait repéré et un mascara qui, paraît-il, allongeait les cils. J'ai rangé les paquets tout en haut de l'armoire, derrière les vieilles nappes en lin tissées à la main de ma grand-mère.

Maman nous a rendu visite quelques fois avant Noël avec des plats préparés en portions individuelles. Lasagnes, boulettes de viande et gratin de poisson. Elle avait confectionné des brioches au safran dont elle sait que je raffole. Je m'efforçais de me montrer reconnaissante, même si je n'avais pas la force de parler à quelqu'un d'autre qu'à Samir et Vincent.

De temps en temps, des collègues et amis au courant de la disparition de Yasmin nous envoyaient des fleurs que nous placions dans le salon. Vincent, qui était un peu allergique, éternuait chaque fois qu'il s'installait devant la télévision. Mon fils gardait sa bonne humeur – peut-être n'avait-il pas conscience de la gravité de la situation. Peut-être essayait-il de nous remonter le moral.

Je penchais pour la deuxième option.

Ce qui ne l'empêchait pas de demander plusieurs fois par jour quand Yasmin allait revenir. Finalement, le jour de Noël je crois, je l'ai pris à part, je ne voulais pas que Samir entende, et je lui ai dit que Yasmin était morte, qu'elle ne reviendrait pas.

Vincent m'a dévisagée de ses grands yeux clairs. Le regard fixe, concentré comme s'il tentait de résoudre un exercice de mathématique.

— Morte ? Comme Pouf ?

Pouf était ce malheureux hamster que nous n'aurions jamais dû offrir à Vincent parce qu'il l'empêchait de dormir quand il galopait dans sa ridicule petite roue. Et puis, c'était beaucoup de boulot de s'en occuper.

— Oui. Comme Pouf.

Le 26 décembre, juste après le petit déjeuner, on a frappé à la porte.

Je me suis levée pour ouvrir, en pyjama, robe de chambre et chaussettes en laine – les températures avaient à nouveau baissé, nous nous emmitouflions dans des vêtements chauds même dans la maison et allumions le poêle dès le réveil.

Sur le seuil se trouvaient Gunnar et Ann-Britt, de la brigade criminelle, flanqués d'autres agents en uniforme que je ne reconnaissais pas.

Samir est sorti du salon. Il était, lui, déjà habillé. Il portait un épais pull en laine islandaise tricoté main ayant jadis appartenu à mon père et son jean habituel, qui lui faisait de jolies fesses, mais qui était troué aux deux genoux. Ses cheveux sales pendaient sur le visage. Ses mouvements étaient lents, comme s'il avait vieilli de plusieurs années pendant les fêtes de Noël.

Les policiers nous ont brièvement salués puis le couperet est tombé : Samir était en état d'arrestation. Il était soupçonné de meurtre et devait les accompagner au commissariat sur ordres du procureur. Je n'ai pas tout entendu, je devais être trop choquée, mais je me rappelle avoir hurlé.

— Samir ne ferait jamais de mal à Yasmin ! Vous devez faire erreur…

Gunnar a posé la main sur mon bras et m'a fixée de son étrange regard bleu.

— Venez Maria, allons dans la cuisine, je vais tout vous expliquer.

Samir s'est emparé de sa parka, s'apprêtant à suivre les agents en uniforme. Je me suis interposée.

— Non ! Vous n'avez pas le droit de le toucher ! Il n'a rien fait !

Je me suis agrippée à mon mari. Il y a eu une lutte. Le plus âgé des policiers tenait Samir par un bras tandis que je tirais sur l'autre.

— Lâchez-le tout de suite ! a rugi Ann-Britt et je lui ai obéi, aussi choquée par ses ressources vocales que par mon propre comportement – ma peur et mon instinct de protéger Samir s'étaient exprimés de manière si physique…

Samir s'est retourné et m'a contemplée, ses yeux sombres tourmentés, la tête penchée en avant, apathique.

— Ne t'en fais pas, Maria. Tout va s'arranger. Je vais revenir vite.

Une fois Samir et les uniformes partis, Ann-Britt et Gunnar m'ont conduite dans la cuisine et demandé de m'asseoir.

— Vous voulez boire quelque chose ? Du thé ? Un verre d'eau ?

J'étais incapable de répondre, les larmes dégoulinaient le long de mes joues, mon corps tremblait de façon incontrôlée. J'étais frigorifiée. Ce n'était pas le froid habituel, mais une sensation qui prenait sa source dans les profondeurs de mon âme et se diffusait, lentement mais sûrement, dans mes membres.

Ann-Britt s'est assise à côté de moi. Ses traits s'étaient durcis et sa voix était formelle.

— Votre mari a été placé en garde à vue, Maria. Il sera assisté par un avocat et interrogé. Le procureur a trois jours pour décider s'il doit être libéré ou déferré.

Elle a marqué une brève pause, comme pour me laisser prendre la mesure de ses mots, puis a poursuivi :

— Le procureur a également demandé une perquisition. Nos techniciens sont en route, nous avons besoin d'accéder à votre domicile et à vos véhicules. Enfin, nous aimerions vous poser quelques questions subsidiaires, si vous le voulez bien.

J'étais incapable de parler, je n'avais plus de mots, ils m'avaient abandonnée au moment où Samir avait été emmené. En moi grandissait un cri qui demandait à sortir, mais quand j'ouvrais la bouche on n'entendait qu'un faible gémissement.

Gunnar s'est laissé tomber sur la chaise à côté de moi et a placé sur la table un petit dictaphone.

— Maria.

Il a attendu que je retrouve mes esprits, suffisamment pour croiser son regard. Alors il a posé une main chaude et lourde sur mon avant-bras.

— Je ne peux pas imaginer l'épreuve que vous traversez, mais je pense que vous voulez découvrir la vérité. Samir est mis en examen pour un crime grave, si vous savez quelque chose qui pourrait influencer l'enquête je voudrais que vous nous en fassiez part. Protéger un criminel est passible de poursuites. Pour votre bien et celui de Vincent vous devez être honnête.

Il a allumé l'enregistreur.

Je me suis emparée d'une serviette en papier décorée de pères Noël pour me moucher.

— Il n'y a rien à raconter, ai-je gémi. Il ne ferait jamais de mal à Yasmin.

— Comment pourriez-vous définir sa vision des femmes ? s'est enquis Ann-Britt.

— Sa vision des femmes ? Quel est le rapport ?

— Que pense-t-il des femmes qui travaillent en dehors du foyer ? Ou des femmes qui ont des liaisons amoureuses sans être mariées ?

— Il… Désolée, mais c'est complètement absurde.

— Contentez-vous de répondre.

Ann-Britt a ouvert son bloc-notes et a appuyé sur le bout de son stylo pour en faire sortir la mine.

— Il est pour l'égalité. Il est moderne. Enfin ! C'est un bohème qui aime chanter et regarder des films d'intello. Il voterait social-démocrate, s'il pouvait voter. Il est sans doute plus féministe que moi. Je ne sais pas ce que vous croyez, mais…

— On ne croit rien. (Ann-Britt a griffonné quelques mots.) Quel est son rapport à la religion ?

— À la religion ?

— Il est croyant ? Il est musulman, non ?

Je l'ai dévisagée et lentement, j'ai compris où elle voulait en venir. À l'automne précédent, j'avais lu dans les journaux, comme le reste des Suédois, l'histoire d'une jeune fille d'origine kurde, Pela Atroshi, assassinée par son père et ses oncles lors d'un voyage en Irak parce que sa famille n'acceptait pas son mode de vie. On avait appelé ça un « crime d'honneur », et rien que l'idée qu'un parent puisse tuer son enfant m'avait glacé le sang.

— Non. Non. Vous faites fausse route ! Samir n'est pas du tout croyant.

— Mais il a grandi dans une famille marocaine, n'est-ce pas ?

J'ai explosé.

— Il a grandi à Paris ! À Paris, pas au Maroc. Il n'est pas du tout croyant et surtout, il n'avait pas d'avis sur la manière dont vivait Yasmin, même s'il aurait dû.

— Pourquoi aurait-il dû ?

Une immense fatigue s'est abattue sur moi, on aurait dit que toute mon énergie avait été engloutie par cette femme courtaude aux cheveux poivre et sel assise en face de moi. Mes tempes palpitaient, j'avais la bouche sèche, mes bras reposaient sur la table comme deux bouts de chair morte.

Par la fenêtre, j'ai contemplé le pâle ciel d'hiver, et la neige qui couvrait les buissons et les arbres. Le soleil avait percé à travers les nuages et dardait sur la verdure ses larges rayons dorés, créant un magnifique contraste avec les ombres bleues. Quelques corbeaux ont traversé le ciel. Pour le reste, tout était paisible.

Cette quiétude… Comment était-ce possible ?

Ma vie était finie, terminée. C'était un train qui avait quitté la gare, un navire disparu à l'horizon, un morceau de musique dont les dernières notes s'estompaient déjà.

Comment cela pouvait-il être aussi beau, aussi calme, dehors ?

— Elle était adolescente. Elle faisait la fête. Elle séchait les cours. Je trouve qu'il aurait dû être plus ferme avec elle, mais il était trop gentil.

— Ils se disputaient beaucoup ?

Le stylo d'Ann-Britt crissait contre le papier.

J'ai réfléchi. Ce que je disais changerait-il quelque chose ? Allaient-ils comprendre ?

Ma tête ployait doucement vers le bas, comme attirée vers le sol, ou plutôt vers un endroit au-delà, un abîme invisible à l'œil nu. L'abîme qu'était devenue ma vie après la disparition de Yasmin.

— Non. (J'ai posé ma joue sur la table froide.) Bien sûr, ils avaient des prises de bec, mais pas plus que Vincent et moi.

9

Je mentais quand j'ai dit à la police que Yasmin et Samir se disputaient rarement.

Je mentais parce que j'avais peur qu'ils ne comprennent pas, qu'ils ne puissent ou ne veuillent pas comprendre.

Samir et Yasmin avaient toujours eu une relation tumultueuse même s'ils s'aimaient profondément. Il arrivait que leurs sentiments débordent, prennent la forme de hurlements, de jets de verres ou d'assiettes contre le mur.

Je me demandais parfois d'où venait cette véhémence. Vincent et moi ne nous disputions jamais. Bien sûr il arrivait que je lui fasse des remarques ; bien sûr il pouvait m'agacer quand il traînait le matin ou qu'il préférait rester dans son lit avec sa Game Boy plutôt qu'aller à son entraînement de football. Il pouvait être fainéant et avait, comme beaucoup d'enfants trisomiques, développé des petites stratégies pour mener les autres par le bout du nez. Il était passé maître dans l'art d'écarquiller les yeux, de feindre un air affligé pour se faire aider quand une tâche l'ennuyait. Je ne le laissais pas gagner et bien sûr, ça provoquait des conflits. Pourtant, au fond, notre relation était harmonieuse. Pas besoin d'insultes ni de cris, de gestes théâtraux ni d'explosion d'émotions pour renforcer notre attachement.

Quelques semaines avant la disparition de Yasmin, les disputes avec Samir s'étaient multipliées. Ils se criaient dessus comme du poisson pourri dans la cuisine tandis que Vincent et moi essayions de dormir à l'étage.

Je savais bien pourquoi. Je ne suis pas idiote. Ou plutôt, à cause de *qui*.

Tom.

Les objections de Samir étaient surtout de nature pratique : Yasmin était en dernière année de lycée et travaillait dans un restaurant du coin. Elle devait consacrer son peu de temps libre à ses études, parce que ses résultats scolaires importaient plus qu'une romance éphémère.

Ce n'était certainement pas toute la vérité, nous avions tous les deux assisté à son histoire avec Pito. Nous avions vu Yasmin et Casimir s'embrasser dans la nuit automnale, les pieds nus de Yasmin qui ne touchaient presque plus le gazon et leurs lèvres qui s'unissaient dans un baiser. Nous savions à quel point elle pouvait être irresponsable et ingénue. Je crois que Samir voulait qu'elle se calme, tout simplement, qu'elle cesse de sortir, qu'elle se concentre sur un seul garçon et qu'elle s'habille convenablement. Sans compter que mon mari n'avait pas Tom à la bonne, même si j'étais incapable d'en saisir la raison.

— Je ne sais pas, disait-il. Ce Tom, je ne le sens pas. Je ne lui fais pas confiance.

Je lui ai répété que Tom était un jeune homme gentil et ambitieux – Samir devait s'estimer heureux que sa fille sorte avec lui plutôt qu'avec quelqu'un d'autre, puisqu'elle semblait tenir absolument à avoir un petit copain.

Peut-être était-ce l'origine sociale de Tom qui le dérangeait – ses parents nouveaux riches, leur esprit étriqué, leur maison tape-à-l'œil, leurs voitures de luxe. Samir, lui, avait gravi l'échelle sociale, il avait étudié pendant des années, avec des bourses et des jobs, pour en arriver où il était. On pouvait facilement se laisser tromper par son apparence bohème, mais il travaillait dur et exigeait de Yasmin qu'elle excelle à l'école – d'ailleurs, il ne portait pas dans son cœur le système éducatif suédois, il le trouvait beaucoup trop laxiste et disait qu'un peu plus de discipline ne ferait pas de mal aux élèves.

Le matin après une dispute la veille au soir, j'avais découvert un gros trou dans la porte de la cuisine en allant préparer le petit déjeuner. On aurait dit que quelqu'un l'avait défoncée à coups de pied. Vincent et moi l'avions réparée avec du carton et du ruban adhésif. Le résultat n'était pas esthétique, mais au moins Vincent s'était senti utile. Il aimait rafistoler, rapiécer.

Un autre matin, Yasmin était descendue avec un œil au beurre noir. Lorsque je lui avais demandé ce qui lui était arrivé, elle m'avait dit s'être cognée dans une porte de placard au travail en entrant dans la cuisine après avoir débarrassé une table. Entendant cela, Samir avait posé sa tasse de café avec violence sur la table, l'avait foudroyée du regard et avait quitté la pièce de manière théâtrale.

J'étais troublée.

J'accordais du crédit au récit de Yasmin. Pourquoi mentirait-elle ? Or, la réaction de Samir, sa colère évidente, m'avait déconcertée. Je lui avais posé la question le soir, allongée sur son bras dans le noir, emmitouflée sous la couette de notre grand lit.

— Elle ment, dit-il seulement en me caressant l'épaule du bout des doigts. Elle ment si bien qu'elle finit par croire à ses propres histoires. Mais je vais découvrir la vérité, je vais la lui faire cracher !

Quant à moi, je faisais de mon mieux pour aider ma belle-fille. Elle était clairement en souffrance.

Un soir que nous étions en tête à tête, j'ai essayé de lui parler.

— Yasmin, viens t'asseoir, viens boire un thé avec moi.

Elle m'a obéi à contrecœur. S'est assise sur le bord de la chaise, a fixé sans la toucher la tasse de thé que j'avais posée devant elle.

— Tout va bien ?

— Bien sûr.

Son regard était rivé à la table, son visage fermé.

Nous sommes restées quelques instants sans dire un mot. J'ai espéré que ça l'inciterait à se livrer. C'était une technique que j'utilisais souvent avec mes élèves, avec succès.

Mais Yasmin n'a rien dit, elle s'est contentée d'effleurer la tasse sans la porter aux lèvres.

— Écoute… Tu sais que tu peux me parler s'il y a un problème. Parfois ça peut soulager de se confier à quelqu'un d'autre qu'à un parent. Je tiens beaucoup à toi.

— OK.

— Alors, comment ça va ?

Je me suis penchée vers elle et j'ai posé une main sur la sienne. Elle l'a retirée comme si elle s'était brûlée. Puis son regard a glissé sur moi avant de se fixer de nouveau sur la table.

— Il n’y a pas de problème.
— Tu es sûre ?
— Certaine.

Deux semaines avant la disparition de Yasmin, Vincent et moi étions rentrés tard dans la nuit d’un dîner chez Greta – ça ne devait pas initialement finir si tard, mais comme Vincent et les filles de Greta s’étaient endormis par terre devant la télévision, mon amie et moi en avions profité pour bavarder et boire du vin jusqu’à minuit passé.

À notre retour, Yasmin se trouvait dans la cuisine, sanglotant tellement fort que ses maigres épaules tressautaient. Samir, accroupi près d’elle, appuyait une compresse sur son visage. Le sang et la morve coulaient sur la table. Il y avait du sang au sol aussi, et sur un mur – une trace de main barbouillée au beau milieu d’un dessin de Vincent. Des compresses et des serviettes en papier rougies s’entassaient sous la chaise.

À côté se trouvait un sac en nylon noir marqué du texte *Just Do It* que je ne reconnaissais pas. Ça devait être les affaires de basket de Yasmin.

— Appuie plus fort, a dit Samir à sa fille.

Puis il a levé les yeux vers moi. Je me suis précipitée dans la cuisine sans ôter mes bottes ou mon manteau.

— Mon Dieu !

Vincent est entré dans la pièce.

— Oh là là, Yasmin ! Tu veux que je te console ?

Je me suis tournée vers lui.

— Vincent, va dans ta chambre.

— Mais je…

— Tout de suite !

Vincent a baissé la tête, a quitté la pièce en tapant des pieds et a monté les marches lourdement.

— Que s'est-il passé ?

— Il lui faut des points de suture, a expliqué Samir.

Il s'est mis à arpenter la cuisine. Puis il s'est passé les mains dans les cheveux et s'est laissé tomber sur la chaise en face de Yasmin.

— Appuie fort, j'ai dit !

Yasmin a sursauté, la tête toujours penchée. Ses longs cheveux noirs trempaient dans la flaque de sang.

— Sa lèvre est fendue.

Il s'est essuyé la joue. On aurait dit qu'il avait pleuré.

— Les sutures adhésives ne suffisent pas. Je ne peux pas la recoudre, je n'ai pas le matériel. Et elle a une dent cassée, elle doit voir un dentiste.

Et là, j'ai compris qu'il était en colère.

Furieux. Les mots jaillissaient de sa bouche comme un torrent. Tout son corps était tendu. Je n'avais vu cette bouche crispée que de rares fois, quand nous nous étions disputés.

— Samir. Calme-toi. Que s'est-il passé ?

— Il faut l'amener aux urgences. Maria, tu peux la conduire ?

— *Moi ?*

Mais pourquoi me demandait-il ça ? Il était plus logique qu'il accompagne sa fille. Et puis, en tant que médecin, il était plus apte à communiquer avec le personnel soignant.

— Vraiment ? Il ne vaut pas mieux que tu y ailles ?

Samir a bondi si vite que la chaise a basculé en arrière et heurté le mur.

— Un jour, il faudra qu'elle apprenne, Maria. Il faudra qu'elle prenne ses responsabilités, qu'elle devienne adulte, sinon elle ne s'en sortira jamais dans la vie.

— Je ne peux pas, Samir. J'ai bu, je ne peux pas conduire.

Les sanglots de Yasmin s'étaient apaisés.

— Pardon… Pardon…

Je me suis accroupie auprès d'elle, j'ai entouré ses épaules de mon bras. J'ai délicatement repoussé une mèche de cheveux et j'ai vu son visage tuméfié et sanglant.

— Que s'est-il passé ?

— J'ai trébuché sur une racine dans les bois, a-t-elle expliqué, en gardant la compresse appuyée contre sa lèvre.

Samir marchait en long et en large dans la cuisine. Il s'est arrêté, a croisé les bras. Son regard semblait hésiter entre Yasmin et moi. Il a enfin paru se décider, parce qu'il a fait un petit signe du menton.

— *Habille-toi ! On va à l'hôpital**.

Je me suis levée, soulagée que Samir ait finalement décidé de conduire Yasmin.

Quand elle s'est mise debout, le sac à main qu'elle avait sur les genoux est tombé et le contenu s'est renversé.

Un paquet de cigarettes, un spray nasal et un morceau de papier. Elle a eu beau se pencher rapidement pour tout ramasser, j'ai eu le temps de lire le nom écrit dessus.

Pito. Suivi d'un numéro de téléphone.

Elle n'était plus en contact avec cet homme, si ? *N'est-il pas en prison ?* ai-je pensé juste avant que Samir ne crie :

— *Dépêche-toi** *!*

Samir et Yasmin sont revenus plusieurs heures plus tard. Il s'est glissé à côté de moi dans le lit.

— Ça a été ?

— Elle va s'en remettre, mais elle a subi un traumatisme crânien, elle doit se reposer.

— Pourquoi es-tu aussi fâché contre elle ?

— On discute demain, tu veux bien ?

Bien sûr, nous en avons parlé le lendemain, et le surlendemain. Ce qui n'a pas permis de lever le voile sur ce qui s'était passé. Yasmin était tombée sur le chemin du retour, ça, je l'avais compris. Il faisait noir. Il avait fait très froid pendant plusieurs semaines, le sentier était verglacé. Peut-être qu'elle avait bu. Elle avait trébuché sur une racine et s'était blessée. Samir s'était mis en colère – il n'aimait pas qu'elle sorte la nuit –, c'est en tout cas ce qu'il m'avait expliqué.

Après cet incident, les disputes s'étaient multipliées : c'étaient des pleurs et de longues discussions murmurées en français. Pourtant, la semaine précédant la mort de Yasmin, tout était étrangement tranquille. Pas de cris, pas de claquements de portes. Yasmin semblait s'efforcer d'être sympa. Elle rangeait même un peu sa chambre : elle descendait son linge sale, accrochait certains vêtements à des cintres. Samir était calme lui aussi, mais avait l'air particulièrement abattu. Il ne voulait pas écouter de la musique, ni boire du vin ni faire l'amour. Lorsque je me couchais à côté de lui dans le lit, que j'entourais sa taille de mon bras et caressais sa poitrine velue, il s'éloignait de moi en chuchotant :

— *Chérie**, je suis vraiment, vraiment fatigué. Tu me pardonnes ?

— Tu es pardonné.

Cette semaine-là, j'ai fait quelques tentatives hésitantes pour entrer en contact avec Yasmin, pour l'encourager à se livrer, mais ses réponses restaient les mêmes : tout allait bien, il ne s'était rien passé.

— Je vois que ça ne va pas. Tu as perdu beaucoup de poids.

— Et alors ?

Elle fixait mes poignées d'amour.

— Je veux juste que tu saches que je suis là. J'aimerais t'aider. Si tu l'acceptes.

Elle s'est détournée de moi sans répondre et en moi grandissait la frustration – cela durait depuis l'incident du cannabis trouvé dans sa chambre : elle ne me faisait plus confiance. Elle refusait de m'ouvrir son cœur.

À nouveau, la fille qui arrachait les mauvaises herbes dans le jardin avec moi me manquait.

La veille du dîner entre copines à Sandhamn, Yasmin m'a pris la main alors que je préparais des œufs pour le petit déjeuner. Je ne m'y attendais pas. Je l'avais vue du coin de l'œil et je pensais qu'elle allait passer derrière moi pour se diriger vers le réfrigérateur. Tout à coup, sa main était là, chaude et sèche dans la mienne.

La surprise m'a fait lâcher la spatule sur la cuisinière.

— Merci Maria. Merci d'avoir été si gentille quand je me suis blessée. Et merci de tout gérer à la maison.

Elle a indiqué d'un mouvement de tête les œufs qui commençaient à fumer.

J'ai ôté la poêle de la plaque, me suis tournée vers elle et lui ai donné une accolade maladroite. Son corps était celui d'un oisillon entre mes bras, son souffle heurtait mon cou avec régularité. Son parfum – écœurant et bien trop lourd pour une jeune fille – me piquait le nez.

Oui, bien sûr que j'y ai réfléchi *a posteriori* : était-ce une manière de me dire adieu ?

Après l'arrestation de Samir, Ann-Britt et Gunnar nous ont conduits, Vincent et moi, chez ma mère à Nacka.

Vincent, qui était dans sa chambre à l'arrivée des forces de l'ordre, avait par chance échappé à tout le tapage. Heureusement qu'il n'avait pas entendu mes cris, vu mes larmes et mes vaines tentatives d'empêcher physiquement les policiers d'embarquer Samir.

Pourtant il avait évidemment remarqué que quelque chose ne tournait pas rond, ça se voyait à son visage. Sa lèvre inférieure était avancée et il serrait ses petits poings sur ses genoux, même si je lui avais expliqué qu'il pourrait sans doute faire des gâteaux chez sa grand-mère. Il dévisageait Gunnar et Ann-Britt, les yeux écarquillés, avec une méfiance manifeste. De temps en temps, il me jetait un regard accusateur, comme si c'était ma faute si nous étions dans cette voiture, de plus en plus loin d'une maison qui serait bientôt passée au peigne fin par les forces de l'ordre.

Ma mère nous a ouvert avec un sourire forcé. Son visage était pâle, ses joues roses.

— Entrez, entrez !

Elle s'est reculée, les mains posées sur ses hanches larges.

Puis, comme si elle se ravisait, elle a esquissé quelques pas vers nous et nous a embrassés ; d'abord Vincent, puis moi.

— C'est terrible, m'a-t-elle murmuré à l'oreille. Tellement horrible.

Je me suis demandé ce qui était horrible exactement : le fait que mon mari soit mis en examen pour le meurtre de sa fille ? Ou croyait-elle réellement que Samir était passé de papa gâteau guitariste à assassin sans merci, auteur d'un crime d'honneur, sans que je m'en aperçoive ?

J'ai eu la réponse un peu plus tard, alors que Vincent jouait dans la chambre avec le chien obèse de ma mère. C'était un vieux basset qui avait appartenu à mon père et qui contre toute attente lui survivait depuis des années.

Elle a baissé les yeux sur la tasse de café qui reposait sur ses cuisses solides et s'est exclamée :

— C'est vraiment effroyable !

J'ai acquiescé.

— J'imagine qu'ils le relâcheront dès qu'ils auront réalisé qu'il est innocent.

Elle a levé la tête et croisé mon regard. Elle avait l'air étonnée, embarrassée aussi.

— Mais la police ne peut pas l'arrêter comme ça, ils doivent savoir quelque chose que… enfin… que toi et moi ne savons pas.

Un grand froid se propagea dans mon corps, la même sensation glaciale que j'avais éprouvée lorsque Ann-Britt et Gunnar étaient venus chercher Samir.

— Tu ne crois tout de même pas que Samir a quelque chose à voir avec la disparition de Yasmin ?

— Non, non. Simplement, je…

— Maman ! Il ne toucherait jamais à un seul de ses cheveux, tu le comprends bien ?

— Oui, oui. Mais on se pose quand même des questions.

— *Quoi ?* Quelles questions ?

— Eh bien…

Ma mère s'est débarrassée de sa tasse et a frotté ses mains ridées.

— On se demande si ses origines ne peuvent pas jouer un rôle. Son héritage arabe.

J'ai dû me mordre la lèvre pour ne pas rétorquer une phrase cinglante.

— C'est la raciste en toi qui s'exprime.

Ma mère a eu l'air offensé.

— Je ne suis pas du tout raciste.

— C'est ce que tu penses, je sais. Mais tu parles exactement comme les policiers. J'imagine que tu as lu les articles dans les journaux l'année dernière au sujet de cette Suédoise d'origine kurde assassinée par sa propre famille en Irak.

Ma mère a opiné du chef.

— Vous êtes tous devenus fous, ma parole ! Vous voyez des crimes d'honneur partout ! C'est pareil dans mon école : dès que des parents d'origine étrangère envoient une demande d'absence pour leur fille, tout le monde croit qu'elle va être mariée en cachette.

— Mais…, a répondu ma mère avec prudence. Ça arrive. Pour de vrai.

Je n'ai rien dit, mais j'ai pensé aux deux élèves de mon établissement, originaires du Moyen-Orient, à qui les parents interdisent de participer aux cours d'EPS. Formellement, elles avaient un certificat médical, mais l'équipe pédagogique savait bien que leurs familles trouvaient inconvenant qu'elles fassent du sport avec les garçons. L'une des filles n'était même pas autorisée à se rendre à l'école à pied sans être escortée par l'un de ses frères.

Oui, ça arrive, c'est vrai, mais pas à ma famille.

Ma mère a fixé la bibliothèque. Elle ne contenait aucun livre, il n'y avait que des petits bibelots en porcelaine, des vases en verre coloré et des photographies de mon père et elle, de moi enfant, et de Vincent dans la poussette avec un grand sourire édenté.

Ma mère s'est raclé la gorge, ses joues étaient écarlates, la rougeur était descendue dans son cou. Elle évitait mon regard.

— Mais alors, qu'est-il arrivé à Yasmin selon toi ?

— Aussi terrible que ça puisse paraître, je crois que nous devons accepter qu'elle se soit suicidée. Je sais qu'on ne *veut* pas y croire. C'est presque plus facile d'admettre qu'une personne malveillante l'a tuée. Qu'il s'agit d'un crime d'honneur. Que Samir peut être impliqué. Mais Yasmin avait des problèmes, maman. Elle allait mal, elle avait de mauvaises fréquentations. Je sais qu'elle était mêlée à des histoires de drogue, aussi. Ces derniers temps…

Je me suis tue, j'ai réfléchi un instant, je n'entendais plus le babil joyeux de Vincent dans la chambre.

— Elle n'avait que la peau sur les os. Elle devait aller très très mal. Pauvre Yasmin !

— Oui, pauvre, pauvre Yasmin !

— Maman, c'est quoi un crime *d'horreur* ?

Je me suis retournée.

Vincent se trouvait sur le seuil, le basset dans les bras, c'était même incroyable qu'il ait la force de le porter.

— On en parlera plus tard.

— Papa Samir a fait un crime *d'horreur*?

Son visage était si innocent, si attentif.

Le chien s'est débattu, a sauté au sol, s'est assis à ses pieds et l'a contemplé avec intensité, comme s'il espérait une gâterie.

— Non, mon chéri. C'est pour ça que Samir est au commissariat. Pour expliquer aux policiers qu'il n'a rien fait de mal. Il n'y a que les racistes pour penser ça.

— C'est quoi des racistes ?

J'ai soupiré. En dépit de la situation tragique, j'ai esquissé un petit sourire.

— Des gens qui n'aiment pas les étrangers.

Vincent a ouvert la bouche, l'a refermée, et a semblé se concentrer.

— Pourquoi ils n'aiment pas les étrangers ?

— Sans doute parce qu'ils ont peur.

Vincent s'est accroupi pour caresser le dos du basset.

— De quoi ils ont peur ?

J'ai éclaté de rire, l'hilarité a jailli, impossible à arrêter. J'en avais les larmes aux yeux.

— Merci, mon amour. Merci de m'apporter tant de joie.

10

Le lendemain matin de la perquisition, un homme a téléphoné. Il s'est présenté : Franz Keller, l'avocat de Samir. Il a expliqué avoir rencontré mon mari et avoir assisté à l'interrogatoire de la veille. D'après lui, Samir allait relativement bien « eu égard aux circonstances ». Il a précisé qu'il ferait le lien entre Samir et moi pendant sa garde à vue.

Était-ce vraiment nécessaire ? Il allait bientôt rentrer. Demain ou après-demain. Ils ne pouvaient pas le garder plus longtemps sans preuves.

Après quelques minutes de discussion, nous avons décidé de nous rappeler le lendemain. Il m'a donné son numéro et nous avons raccroché.

Or, le jour suivant, je n'ai pas eu de conversation avec Franz Keller. On m'a convoquée pour une audition le matin. Après avoir déposé Vincent chez ma mère, je me suis mise en route vers le commissariat général où j'avais rendez-vous avec Ann-Britt et Gunnar.

La police avait saisi la voiture de Samir pour y mener une sorte d'examen technique, mais ils m'avaient laissé la mienne. Je n'avais d'abord pas compris pourquoi, puis je m'étais souvenue que ce soir-là j'étais allée à

Stavsnäs en voiture, laquelle était garée auprès du port au moment de la disparition de Yasmin.

Les techniciens responsables de la perquisition n'avaient pas mis notre maison à sac, comme dans les films américains, mais ils avaient manifestement fouillé dans nos affaires, retourné nos sous-vêtements, feuilleté nos albums photo, inspecté nos poubelles et notre réfrigérateur. Les pulls de Samir se trouvaient dans le mauvais tiroir et le classeur à documents administratifs avait disparu, tout comme l'ordinateur de Samir et son appareil photo.

Ça ne s'arrêtera donc jamais ? me dis-je. Comment pouvais-je savoir que ça ne faisait que commencer ?

Gunnar m'attendait à l'entrée du commissariat, auprès du poste de sécurité. Il m'a serré la main et m'a observée de la tête aux pieds.

— Vous tenez le coup ?

J'ai haussé les épaules, incapable de répondre. Je ne comprenais pas moi-même à quel point j'allais mal. J'essayais de ne pas trop y réfléchir, c'était plus facile ainsi.

La salle d'interrogatoire était austère. Quatre chaises autour d'une table en laminé blanc. Une sorte d'enregistreur au milieu. Un microphone qui pendait du plafond.

— Café ? a proposé Gunnar.

J'ai hoché la tête et regardé autour de moi. Rien à voir avec notre conversation dans ma cuisine. La gravité de la situation m'a frappée. J'avais de nouveau froid.

Quelques instants plus tard, Gunnar était de retour avec une tasse dans chaque main. Ann-Britt nous a rejoints juste après avec une épaisse pochette cartonnée sous le bras. J'ai immédiatement senti le stress monter. Rien que l'idée qu'ils possèdent autant de renseignements sur Samir m'effrayait, mais c'était peut-être fait exprès.

Gunnar a commencé par m'informer de la raison de ma présence et a récité machinalement un tas de formalités comme des dates et des noms. Puis ç'a été au tour d'Ann-Britt.

— Maria, certains témoins nous ont dit que Yasmin avait peut-être été victime de violences. On l'a vue plusieurs fois couverte d'hématomes. Pouvez-vous nous en dire plus ?

La question m'a surprise, alors même que j'y étais préparée. Le plus calmement possible, je leur ai parlé de son œil au beurre noir et de sa lèvre fendue qui avaient donné lieu à une visite aux urgences quelques semaines plus tôt.

— Pourquoi avoir tu ces éléments ?

J'ai menti :

— Je n'avais pas conscience que c'était important.

Silence.

— Arrivait-il que Samir frappe Yasmin ?

— Jamais.

— Que pensait-il de son style de vie ?

— Qu'est-ce que vous entendez par là ?

Ann-Britt a remonté ses lunettes de lecture sur son nez et a passé la main dans ses cheveux gris acier.

— Que pensait-il du fait qu'elle fréquente un Suédois ? Qu'elle soit active sexuellement, qu'elle fasse la fête et boive de l'alcool ?

Je suis restée muette quelques instants.

— Rien, ai-je répondu une fois le choc passé. Il n'en pensait rien. Il voulait juste qu'elle ait de bonnes notes.

L'interrogatoire a continué dans la même veine. Ann-Britt a posé d'innombrables questions sur les origines de Samir : était-il croyant ? Lui arrivait-il d'aller à la mosquée ? Avait-il beaucoup de contacts avec sa famille au Maroc et avait-il déjà laissé entendre qu'il souhaitait que Yasmin s'installe là-bas ? Que pensait-il de son style vestimentaire ? L'encourageait-il à porter le voile ?

Et moi, je m'efforçais de ne pas m'énerver, pour ne pas hurler que Samir était innocent. Qu'ils n'étaient qu'une bande de racistes ou en tout cas d'opportunistes bornés qui penchaient sans réfléchir pour le crime d'honneur, simplement parce que les médias en faisaient leurs choux gras et parce qu'il s'avérait que les parents de Samir étaient nés dans un pays arabophone.

— Il est français. Il n'est pas intéressé par l'islam, il n'est pas du tout croyant. Il adore Yasmin et il a déjà perdu un enfant. Il préférerait mourir que lui faire du mal.

Les larmes formaient un poing serré au fond de ma gorge, mon cœur était un oisillon apeuré qui picorait dans ma poitrine.

— Il a le Coran dans sa bibliothèque, a déclaré Ann-Britt.

— Ça ne veut rien dire ! Vous avez la Bible chez vous ? Tout le monde possède une bible, ça fait partie de la culture générale. Ça ne veut pas dire qu'on est croyant.

Elle a marqué une pause avant de rétorquer :

— Peu importe ce que j'ai dans ma bibliothèque ou sur ma table de chevet. En tout cas, tout le monde n'a pas le Coran chez soi.

— Si. Les musulmans.

— Vous venez de dire qu'il n'est pas croyant ! s'est-elle exclamée d'un air triomphant, comme si elle me prenait en flagrant délit de mensonge.

J'ai plongé le visage dans mes mains.

— Il ne l'est pas. C'est un intellectuel. Il s'intéresse à son héritage culturel.

J'ai croisé le regard d'Ann-Britt. Elle semblait si dure, si froide. Elle ne laissait rien paraître de ses sentiments, si tant est qu'elle en eût. Je commençais très franchement à en douter. Pour Gunnar, c'était différent, je discernais de l'empathie dans ses yeux. Il avait l'air peiné et désabusé.

Ann-Britt a ouvert la pochette cartonnée et a tourné quelques pages. Sorti une photographie qu'elle a placée sur la table. J'ai reconnu la veste de Yasmin.

— Je l'ai déjà vue, ai-je dit.

— Nous avons découvert du sang sur le vêtement. Les analyses ADN confirment que c'est celui de Yasmin, comme celui que nous avons trouvé sur les rochers.

Mon estomac s'est révulsé. Je n'ai rien dit et me suis contentée de hocher la tête.

Elle a posé un autre cliché : les bottes de Yasmin, au bord du précipice.

— Des traces du sang de Yasmin ont également été détectées sur les bottes. Par ailleurs, sur la lettre d'adieu, nous avons prélevé les empreintes digitales de Yasmin et de Samir.

— Ce qui n'est pas très étonnant. Elle a pu utiliser n'importe quel vieux papier qui traînait à la maison. Nos empreintes digitales doivent se retrouver un peu partout chez nous.

— Nous avons trouvé autre chose, aussi. Une lettre du cousin de Samir, Mohammed.

Elle a produit une photocopie d'une lettre manuscrite en français. À côté, elle a placé une deuxième feuille compilant des portraits de plusieurs jeunes hommes. Au bas de chaque image, il y avait de brèves annotations en arabe, peut-être des noms.

— Et alors ?

— Nous avons fait traduire les lettres. Mohammed essayait de convaincre Samir de marier Yasmin au Maroc. Voici les photographies des candidats.

J'ai fixé l'écriture sinueuse.

— Cela ne prouve toujours rien : ce n'est pas parce que Mohammed pensait avoir dégoté un potentiel époux à Yasmin que Samir comptait la marier. D'ailleurs, avez-vous parlé avec Mohammed ?

— Bien sûr.

— Qu'a-t-il dit ?

— Je ne peux pas vous en faire part.

Elle s'est penchée en arrière et a lancé un rapide coup d'œil à Gunnar. Puis, comme par un accord tacite, Gunnar a pris la parole pour la première fois depuis le début de l'audition.

— Maria, écoutez-moi bien. Un témoin a vu la voiture de Samir quitter Kungsudd le soir où Yasmin est morte.

— C'est impossible. Samir était à la maison avec Vincent.

Nouvel échange de regards.

— Le témoin a vu Samir traverser le pont et continuer vers le nord.

— Ce témoin ment. Il y a beaucoup de gens à Kungsudd qui n'aiment pas Samir, qui seraient ravis de le faire payer pour un acte qu'il n'a pas commis.

C'était vrai.

Je me rappelais les regards que l'on jetait à Samir et à Yasmin, à l'épicerie, les rares fois où ils discutaient en arabe entre eux. Les visages méfiants, méprisants. Je crois que mon mari et sa fille faisaient ça pour s'amuser, pour provoquer, parce qu'en réalité Yasmin ne parlait pas très bien l'arabe. Même si bien sûr, elle pouvait employer certains mots ou expressions et qu'elle comprenait plus ou moins.

Puis j'ai songé aux parents de Tom – Samir avait eu plusieurs altercations avec eux : contrairement à lui, ils refusaient de laisser les élèves des autres communes utiliser le terrain de football, lequel était libre la plupart du temps. Il y avait aussi le vieux ronchon près du pont qui avait traité Samir de « sale étranger ». Il trouvait sa Saab d'occasion trop bruyante et lui disait d'en changer. J'avais encouragé Samir à déposer plainte, mais quand il avait fini par le faire, les policiers lui avaient ri au nez.

Un mois plus tard, Samir avait été arrêté par deux gardiens devant l'hôpital Karolinska où il travaille. Apparemment, on avait rapporté la présence d'une personne « suspecte » dans le parc en face du bâtiment où se trouve son bureau. Comme il n'avait pas de documents d'identité sur lui, les gardes l'avaient plaqué contre le sol et appelé la police. Depuis cet épisode, Samir n'estimait plus les autorités, il avait subi trop d'injures et d'agressions racistes – tant dans son enfance que depuis son installation en Suède.

Gunnar s'est raclé la gorge.

— Si l'on roule vers le nord, on arrive à la déchetterie. Samir y a été filmé par une caméra de surveillance, vers minuit.

Ann-Britt a posé une nouvelle photographie en noir et blanc, pixélisée. Je reconnaissais la silhouette voûtée, figée au milieu d'une enjambée. Samir tenait un sac à la main et semblait se diriger vers les conteneurs. À l'arrière-plan, on apercevait une voiture qui pouvait très bien être la sienne.

— Ça pourrait être n'importe qui, ai-je menti.

Gunnar a soupiré.

— Dans l'un des bacs, on a trouvé un torchon de cuisine taché de sang. Et d'autres traces de sang dans le coffre du véhicule de Samir.

Il marqua une pause et continua, à voix basse.

— Et dans ces traces il y avait des fibres provenant du torchon.

Encore une image. Elle représentait effectivement l'un de nos torchons. Je reconnaissais le liseré avec des petites poules en train de picorer. Le tissu était maculé de grandes taches ocre.

— L'analyse est en cours, a poursuivi Gunnar. Mais je suis prêt à parier mon pardessus que c'est le sang de Yasmin. Nous avons aussi trouvé ça dans le conteneur.

Deux autres clichés. Des objets photographiés sur un fond blanc. Sur l'un, les chaussures de Samir, sur l'autre, un pantalon qui ressemblait à l'un des siens.

— Il y a des traces du sang de Yasmin sur les chaussures et le pantalon. Et les empreintes digitales de Samir sur les chaussures. Nous identifierons très certainement son ADN dessus aussi. Vous ne pouvez plus le protéger, Maria. Vous comprenez ?

C'est là que ma vie s'est effondrée. Mon existence avait déjà été profondément ébranlée, mais je savais avec une certitude funeste que cet instant avait scellé la catastrophe.

Les choses peuvent donc changer si vite ! Un jour, une famille tumultueuse mais heureuse, le lendemain une existence dévastée, un champ de ruines comme après un bombardement. Si je l'avais su avant, aurais-je vécu différemment ? Aurais-je davantage profité de chaque jour, de chaque instant, de ces moments qui ensemble composent la vie.

On se laisse facilement leurrer jusqu'à croire que l'existence n'est qu'un présent qui se prolonge, s'étend, s'étire vers l'avenir. Que la vie est un indolent félin qui, inlassablement, se promène sur un sentier tout tracé. Puis, tout à coup advient l'incompréhensible, l'indicible, ce que nous n'osons pas imaginer, ce que nous ne parvenons même pas à nous représenter. Nous ne marchons plus *à côté* du tigre. L'animal entoure notre cou de ses crocs, les pattes posées sur notre poitrine, les griffes plantées dans notre peau.

Nous l'entendons rugir, devinons que tout est bientôt terminé, comprenons que c'est bien vrai : la vie nous a trahis.

Mon père avait l'habitude de dire que la vie est comme un arbre – rien d'étonnant venant de lui, d'ailleurs. Il était passionné par les plantes et les arbres, c'était tout pour lui. C'était plus important que les gens, que tout autre chose.

« Les racines sont ton enfance. Sans racines solides, tu n'emmagasineras pas assez d'énergie pour croître et te développer. Le tronc, ce sont tes actions, les choix que tu fais, l'existence que tu te fabriques – il peut être épais et puissant, ou grêle et faible, à toi de voir. Mais sur des troncs malingres ne poussent pas de branches fortes. Les branches sont les rêves que nous portons. Elles s'étirent vers le ciel, elles ne savent rien faire d'autre. »

Puis il riait, crachait par terre, frottait ses mains pleines de terre et marmonnait que c'était assez de poésie de jardinier pour aujourd'hui.

Je pense que mes racines sont robustes, profondément ancrées dans mon histoire fertile, et m'ont procuré des nutriments suffisants pour que je puisse croître et prospérer. Je sais que j'ai fait de bons choix de vie, que j'étais quelqu'un de bien, quelqu'un qui faisait de son mieux en tout cas. Et j'avais eu des rêves, j'avais osé croire que je pouvais être heureuse, que je le méritais, même.

Et maintenant ?

De cet arbre, il ne restait que des bûches, bien débitées, l'écorce suintante de sève fraîche. Tous les espoirs étaient éteints, tous les rêves, brisés. La conscience que le mal était déjà fait et qu'il était en plus irréparable me paralysait. Avais-je encore une raison de vivre ?

Il y avait Vincent, bien sûr. Beni soit cet enfant.

Qu'aurais-je fait sans lui ?

11

Pas d'obscurité sans lumière, et ma lumière était indubitablement Vincent.

Après l'arrestation de Samir, pas une nuit ne passa sans que Vincent vienne à pas de loup me rejoindre dans mon lit. Il était inquiet, bouleversé par ce qui était arrivé. Je le rassurais et ensemble nous nous rendormions, serrés l'un contre l'autre.

Parfois nous parlions de Samir.

— Est-ce qu'ils pensent vraiment que papa Samir a tué Yasmin ? a-t-il demandé un jour, les yeux écarquillés de terreur.

— Oui. Mais il ne l'a pas fait.

— Les policiers sont racistes ?

— Je ne le crois pas.

Il a réfléchi quelques instants, repoussé de son front une mèche de cheveux humides de sueur.

— Alors papa Samir va bientôt rentrer ?

J'ai menti, honteusement :

— Oui, j'en suis sûre. Il n'a rien fait de mal.

Voilà ce que j'ai prétendu. Qu'aurais-je pu dire d'autre ? Comment pourrais-je expliquer quelque chose que moi-même je ne comprenais pas, qui plus est à Vincent, qui avait les capacités intellectuelles d'un enfant de six ans ?

Un autre souvenir : Vincent qui m'apportait le petit déjeuner au lit le matin du jour où le juge devait se prononcer sur la libération ou non de Samir. Il m'avait préparé des biscottes au pâté de foie avec des tranches de concombre. J'étais si fière de lui, pas seulement parce qu'il avait réussi à infuser le thé, à tout disposer sur un plateau et monter jusqu'à ma chambre avec, mais aussi parce qu'il avait une telle empathie… Quel enfant de dix ans aurait cette présence d'esprit ?

Visiblement, la vie se poursuivait, et grâce à Vincent il ne semblait pas seulement possible, mais également rationnel de continuer à vivre.

Samir fut placé en détention provisoire ce jour-là, sans surprise.

Le rassemblement devant notre maison quand je suis rentrée ce soir-là, en compagnie de Gunnar, était plus inattendu. J'ignore s'il s'en doutait, si c'est la raison pour laquelle il avait insisté pour m'accompagner.

Il devait y avoir au moins cinquante journalistes – les véhicules étaient garés en double file dans la neige devant chez moi. Ils ont fondu sur nous lorsque nous sommes descendus de la vieille Volvo de Gunnar. Ils pressaient leurs caméras et leurs micros contre nos visages, les questions fusaient : pensez-vous que Samir est coupable ? Quelle était votre impression de Yasmin ? Était-elle stable ? Selon certaines rumeurs, Samir se droguait, pouvez-vous réagir ? Saviez-vous que Samir était musulman quand vous vous êtes mariés ? Voulait-il que vous vous convertissiez ?

Gunnar les a repoussés, a expliqué que je n'avais rien à dire et que je voulais qu'on me laisse tranquille, pouvaient-ils respecter ça ? Il m'entoura les épaules de son bras et me fit délicatement entrer dans la maison. Puis, il passa de pièce en pièce, ferma les stores et les rideaux tout en marmonnant des jurons.

— Un conseil, a-t-il lancé d'un ton sec en revenant dans la cuisine. Ne faites aucun commentaire, n'accordez aucune interview. Bien sûr, vous êtes libre de parler de tout ça à qui vous voulez, mais si vous aspirez à vous protéger, à garder un *semblant* de vie privée, vous devriez refuser toute proposition.

Je l'ai regardé. Il se tenait là, près de la cuisinière, et pour la première fois je me suis demandé qui il était. Il me plaisait, ce sympathique policier aux yeux bleus. Enfin, *plaisait*… ce n'est pas le bon terme, mais je lui faisais confiance, je me sentais à l'aise en sa compagnie, bien que nous ne nous trouvions pas dans le même bateau pour cet étrange voyage.

Qui sait, Gunnar Wijk ? me dis-je. *Qui sait ce qui aurait été possible dans une autre vie ?*

— Je fais du thé ? a-t-il suggéré.

— Volontiers, merci.

Il a rempli une casserole au robinet et l'a placée sur une plaque. A sorti des tasses du placard et attrapé la boîte à thé à côté du poêle à bois.

— Vous pensez qu'il sera reconnu coupable ?

Gunnar a pris un air embarrassé. Il a plissé le front, s'est raclé la gorge.

— On ignore encore s'il y aura un procès. D'ailleurs, je ne devrais pas formuler d'hypothèses.

Il a versé l'eau frémissante dans les tasses. Ça crépitait, la vapeur s'élevait vers le plafond.

— Surtout pas avec vous.

J'ai entrevu quelque chose comme un sourire sur son visage.

— Désolée, je ne voulais pas…

Il a levé une main pour m'interrompre.

— Il n'y a pas de mal.

Il m'a tendu l'une des tasses, s'est assis à côté de moi en silence et a immergé l'infuseur à thé dans l'eau. Dehors, on entendait des voix s'éloigner, des voitures démarrer et partir.

— Ils reviendront. Dites simplement que vous n'avez aucun commentaire.

— Si je fais ça, ils n'écriront rien sur nous ?

Il s'est tortillé.

— Non, mais les journalistes que vous avez rembarrés vous laisseront peut-être tranquille pour le reste de la journée.

J'ai médité sur sa remarque. Mon regard s'est arrêté sur la photographie de mon mariage avec Samir. J'ai eu une crampe à l'estomac.

— Je ne peux pas y croire. Je ne peux pas le comprendre.

Gunnar s'est penché en arrière dans la chaise et a jeté un coup d'œil aux rideaux tirés.

— Nous pensons connaître les êtres qui nous sont chers. C'est normal. Mais parfois les personnes les plus proches sont celles qui portent les secrets les plus lourds.

— Je *refuse* d'y croire. J'ai envie de croire que Yasmin s'est fait la malle, tout simplement. Ce serait bien son genre.

— Hum, répondit Gunnar en aspirant quelques gouttes de son thé brûlant.

— Si ça se trouve un beau jour on la retrouvera à Paris, ou peut-être à Ibiza. Elle rêvait d'y aller.

— Elle est morte, Maria. Plus vite vous l'accepterez mieux ce sera. Les preuves techniques ne mentent pas, il ne manquait pas une seule de ses affaires et son passeport était à la maison. Par ailleurs, on a passé au crible la liste des passagers pour tous les vols au départ de Stockholm pendant les jours qui ont suivi sa disparition et on n'a pas vu son nom.

— Mais quand même. C'est impossible. Samir n'est pas comme ça. Il n'est pas violent. Il n'a jamais cherché à contrôler Yasmin. Et si quelqu'un essayait de le faire accuser à tort ?

— Qui, par exemple ?

Les yeux de Gunnar étaient plus fatigués que d'habitude.

J'ai réfléchi, réchauffé mes doigts glacés contre la tasse brûlante. Je n'avais jamais eu aussi froid que cet hiver-là.

— Je ne sais pas. Yasmin a un ex-petit ami. Il se fait appeler Pito. Il a été condamné pour trafic de stupéfiants, mais je crois, non, je suis sûre qu'ils sont encore en contact.

J'ai songé au morceau de papier avec le numéro de téléphone qui était tombé du sac de Yasmin la fois où elle avait dû aller aux urgences.

— Vous n'en avez jamais parlé.

— Je n'y avais pas pensé.

Il n'a pas répondu, mais il m'a lancé un regard appuyé.

Après son départ, je me suis allongée sur le lit et j'ai fixé le plafond. Observé les minces filaments de poussière suspendus à la moulure au-dessus du lit. Ils tanguaient un peu dans le courant d'air venu de la fenêtre mal isolée. Il n'était que vingt heures, mais je n'avais pas le courage de faire quoi que ce soit. Je n'en avais pas besoin non plus – Vincent était chez ma mère, il ne rentrerait que vers vingt et une heures. Le vent sifflait au-dehors, de petits flocons de neige durs crépitaient contre la vitre.

Comme le lit était froid et désert sans le corps de Samir contre le mien ! Comme la chambre était vide sans sa respiration, comme le silence était effrayant sans sa présence !

Son livre sur la Seconde Guerre mondiale était toujours posé sur la table de chevet, à côté de ses lunettes aux montures maladroitement scotchées. Ses vêtements avaient été négligemment jetés sur la chaise dans un coin de la chambre.

Qu'allais-je faire de toutes ses affaires s'il était condamné à une longue peine de prison ? Qu'allais-je faire de celles de Yasmin – les minijupes, les hauts décolletés aux couleurs criardes, tout le maquillage ? Allais-je tout mettre à la poubelle ? En avais-je le droit ?

Je me demandais comment allait Samir, derrière les barreaux. Il subissait des restrictions, ce qui d'après Franz Keller, son avocat au nom qui faisait penser à une marque de chocolat suisse, signifiait qu'il ne pouvait recevoir aucune visite.

Même pas moi. J'avais presque l'impression qu'on me soupçonnait.

Quel était mon rôle dans tout cela ? Étais-je une victime ?

Pauvre femme, son époux a tué sa propre fille et elle ne se doutait de rien ? Ou étais-je d'une certaine façon complice ?

Elle a dû fermer les yeux. Ils étaient tout de même mariés.

Les mots de ma mère ont résonné à mes oreilles.

On se demande si ses origines ne peuvent pas être en cause. Son héritage arabe.

Avait-elle raison ? Le besoin de contrôler les femmes, sa fille, coulait-il dans ses veines ? Ses origines avaient-elles à ce point influencé ses valeurs et ses actions, bien qu'il ait grandi dans une famille athée, ait étudié dans l'une des universités les plus prestigieuses d'Europe et se soit installé dans un pays comme la Suède, connu pour être éloigné de la religion ?

J'ai creusé dans ma mémoire : avait-il déjà fait montre d'agressivité ou exprimé des opinions conservatrices ? Non, absolument rien n'allait dans ce sens. Je ne me rappelais rien d'autre qu'un homme un peu farfelu, charmant, légèrement tête en l'air, qui aimait chanter et cuisiner. Un chercheur dévoué, féru de science. Un bon vivant amateur de grasses matinées, qui parfois buvait un verre de vin de trop. Ou deux. Un amant passionné impatient d'être en été pour « se baigner à la suédoise » et faire des barbecues, manger ces répugnantes saucisses à hot dog qui ne contiennent que de la chapelure et du cartilage.

Pourtant, il y avait des éléments suspects que je préférais remiser au fond de ma mémoire.

Pourquoi Samir avait-il été si passif après la disparition de Yasmin, par exemple ? Pourquoi n'avait-il pas téléphoné à tous ses amis dès la première nuit ?

C'est ce que j'aurais fait si Vincent s'était volatilisé de la sorte.

Puis je l'ai revu en train de lire le Coran dans son fauteuil – cela signifiait-il quelque chose ? Était-il croyant, voire fondamentaliste, sans que je m'en sois rendu compte ?

Et la fois où Yasmin était tombée et s'était fendu la lèvre… Elle et Samir se disputaient sans arrêt pendant cette période. Était-ce réellement un accident ou s'étaient-ils encore une fois volé dans les plumes, hurlé dessus ? Samir avait-il perdu la tête ? L'avait-il frappée ? Était-ce pour cela qu'il était tellement en colère quand Vincent et moi sommes rentrés ? Est-ce la raison pour laquelle il ne voulait pas l'amener à l'hôpital ?

Je vais devenir folle, me suis-je dit.

Je vais devenir folle pour de vrai.

12

Le lendemain matin, la détention provisoire de Samir ouvrait le journal télévisé. Je suis allée, ou plutôt je me suis précipitée, dans le salon pour éteindre le poste avant que Vincent n'ait le temps de comprendre quelque chose. Mon inquiétude était infondée. Il était recroquevillé dans le canapé, le nez littéralement plongé dans un des magazines de Yasmin.

— Ça sent Yasmin, a-t-il fait remarquer, posant la revue sur ses genoux.

Je lui ai caressé les cheveux et j'ai croisé son regard.

— Tu es triste ?

Il a hoché la tête, esquissé sa petite moue, puis son visage s'est illuminé.

— Et maintenant, je peux avoir un chien, maman ?

Eh oui. Comme toujours, Vincent venait éclairer les moments les plus sombres. Ce qui s'est révélé utile au cours de la période suivant l'annonce de la détention provisoire de Samir. À vrai dire, je me demande comment j'ai eu la force d'endurer ces jours, ces semaines. Mais dans ces cas-là, on se met en pilote automatique, on fait ce qu'on a à faire : je devais m'occuper de

Vincent. Il avait déjà perdu Yasmin. Il avait plus que jamais besoin de moi.

Il arrivait bien sûr que je fréquente d'autres personnes que mon fils. Greta m'a rendu visite, par exemple. Elle m'a serrée fort dans ses bras et s'est précipitée dans la cuisine, une bouteille de blanc dans une main et un bol de dip aux crevettes dans l'autre.

Elle s'est laissé tomber sur une chaise.

— C'est vraiment terrible. Ils pensent vraiment qu'il l'a tuée ?

Je me suis assise en face d'elle. Ses courts cheveux bruns étaient ébouriffés et ses joues écarlates de froid. Ses yeux pétillaient – je ne saurais dire si c'était de la résignation ou de la curiosité, mais quelque chose dans son expression me mettait mal à l'aise.

Elle a retiré sa doudoune avec difficulté.

— Il fait un froid de canard !

Elle a éternué sans mettre sa main devant sa bouche.

J'ai acquiescé.

— Même le chat refuse de sortir par ce temps. Il est roulé en boule devant la cheminée. Tu as un tire-bouchon, ma chérie ?

Je me suis levée pour sortir un tire-bouchon, du pain, des verres et des assiettes.

Apporter du vin, c'était du Greta tout craché, même s'il n'était que onze heures du matin. Elle buvait tout le temps, et souvent trop. Elle a attendu que je me sois rassise.

— Alors, raconte !

— Raconte quoi ?

Elle a incliné la tête.

— Ben, l'enquête. Ils ont des preuves ?

Je lui ai parlé de la veste et des bottes de Yasmin. Du sang qu'ils avaient trouvé sur les rochers, des photographies et des objets à la déchetterie.

— Qu'est-ce qu'ils ont trouvé *exactement* ?

Elle s'est légèrement penchée en avant.

Étrange question. Qu'est-ce que ça pouvait bien lui faire ?

— Du sang.

— Le sang *de qui* ?

J'ai hésité.

— Enfin, Greta, tu ne penses quand même pas qu'il est coupable ?

Elle a gardé le silence un instant, a baissé les yeux vers son verre et a déclaré :

— Je le connais depuis plus longtemps que toi.

— Qu'est-ce que tu insinues ?

Elle a haussé les épaules.

— Je veux juste dire que tu ne le connais peut-être pas aussi bien que tu le crois.

Mon malaise s'est intensifié. Je ne savais pas pourquoi elle laissait entendre que Samir avait des côtés que moi, son épouse, j'ignorais. Comme si elle possédait plus d'informations que moi sous prétexte qu'elle s'était amourachée de lui avant que je le rencontre.

— Qu'est-ce tu veux dire par là ?

Elle avait les yeux rivés à la table. Ses joues avaient pris une teinte écarlate.

— Je ne pense pas qu'il soit coupable, tu t'en doutes bien ! Mais il n'est pas aussi parfait que tu le penses.

— *Greta !*

— Oui, oui. Bon. C'est un dragueur. En tout cas il l'était.

— Un dragueur ? Il a dragué qui ?

— Personne en particulier.

Elle s'est penchée en arrière et m'a dévisagée avec un air de défi.

— Tu sais bien, Maria ! Certains hommes sont comme ça ! Ils font tout pour que les femmes s'entichent d'eux, et une fois qu'elles sont intéressées…

Greta a esquissé un geste vers la fenêtre.

J'en suis restée coite. Je n'avais jamais vu Samir faire du charme à une autre femme. Quoi qu'il en soit, nous avons changé de sujet de conversation et quand j'ai essayé d'y revenir elle a balayé le tout d'un revers de main.

— Tout ce que je voulais dire, c'est que vous n'étiez pas ensemble depuis très longtemps quand vous vous êtes mariés. Il avait une vie avant toi, non ?

L'enquête policière a continué et on m'a à nouveau interrogée. Gunnar n'était plus là. Apparemment, il était en arrêt maladie et Ann-Britt refusait de me dire pourquoi. Cela me dérangeait. Je la détestais et Gunnar me manquait, avec son regard franc et sa voix douce.

— Je veux parler à Gunnar !

— Il faudra vous contenter de moi.

Parfois je faisais de longues balades à Kungsudd, admirant les vieilles villas de la fin du XIXe siècle enveloppées dans la couverture neigeuse, ou j'empruntais le sentier qui bordait la mer, celui qu'avait pris la femme avec son chien tard ce soir-là, à la fin du mois de décembre.

— Tu es là, Yasmin ? murmurais-je en scrutant l'horizon.

Mais la mer était calme et silencieuse, elle ne me répondait pas. Elle ne pouvait rien dire du destin de Yasmin. Elle était là, froide et indifférente aux malheurs des humains. Des vaguelettes grises léchaient le frêle liseré de glace le long de la rive. Le clapotis ressemblait presque à un rire.

Parfois, je grimpais sur le rocher du Roi. Les rubalises avaient été retirées depuis longtemps et on avait installé une barrière de fortune formée de piquets rouges enfoncés dans la boue pour avertir les passants du précipice. À côté s'entassaient des fleurs, des ours en peluche et des petits coussins en forme de cœur. Des bougies de cimetière étaient disposées çà et là, des photographies de Yasmin et des lettres manuscrites dont les mots avaient été dissous par la pluie jonchaient le sol. Les personnes les plus prévoyantes avaient placé leurs messages dans des pochettes plastique.

Les journalistes continuaient à venir – dans le jardin, sur le chemin de l'école de Vincent et de mon lieu de travail. Un jour, alors que Vincent se trouvait dans la cour de récréation, un homme l'avait abordé. Il lui avait dit qu'il écrivait pour un journal et lui avait demandé comment allait sa mère – était-elle triste ? Est-ce que Samir lui manquait ?

Heureusement, l'accompagnante de Vincent, Maja, avait déboulé avant même que mon fils n'ouvre la bouche.

Maja était une femme carrée et déterminée, originaire du nord de la Suède, sans aucun respect pour les autorités. Elle avait remonté les bretelles au scribouillard. Comment pouvait-il tomber aussi bas ? Aborder un enfant vulnérable à l'école ! Était-il complètement idiot, taré, fou à lier ? Il ferait mieux de déguerpir, et que ça saute !

Maja avait esquissé un petit sourire en relatant l'histoire.

— Je vous promets que je lui aurais décoché un de ces coups de pied entre les jambes s'il était resté, avait-elle affirmé avec son accent traînant en indiquant ses Dr. Martens noires.

J'étais en arrêt maladie, mais je gardais contact avec le directeur et quelques-uns de mes collègues les plus proches. Ils me disaient régulièrement avoir été contactés par des collaborateurs de journaux du soir, qui voulaient savoir qui j'étais *vraiment*, derrière cette façade de normalité. Je ne savais pas si je devais rire ou pleurer. Comme si j'avais une autre vie, une vie secrète au-delà de mon existence officielle de femme tout à fait ordinaire, enseignante, mère et propriétaire d'une petite maison.

Que croyaient-ils ? Que j'avais des tapis de prière et des burqas dans ma cave ? Que j'étais soumise à Samir ? Qu'il me forçait à obéir ? Que j'étais un monstre qui haïssait sa belle-fille au point que sa mort m'était parfaitement égale ?

Les journaux écrivaient des articles interminables sur ces hommes si décidés à contrôler la vie et la sexualité de leurs sœurs ou leurs filles qu'ils allaient jusqu'à les maltraiter ou les tuer si elles refusaient de respecter les règles de la famille. À la télévision, il y avait des débats où des experts expliquaient comment cette culture de l'honneur se transmettait de génération en génération, même en Suède.

Je m'efforçais de ne pas regarder les couvertures des magazines, de ne pas lire les journaux et d'éteindre la télévision dès que le thème était abordé.

Il ne s'agit pas de nous, essayais-je de me convaincre. *Il s'agit de quelqu'un d'autre.*

Parfois je tentais d'imaginer que cette autre était Ann-Britt, cette mégère sans cœur.

Ça ne marchait pas vraiment.

D'ailleurs, à quoi bon ne pas lire les journaux quand tous les autres le font ?

Les voisins me dévisageaient dès que je mettais le nez dehors, les vendeurs se taisaient quand je passais la porte de l'épicerie. Des connaissances faisaient demi-tour ou changeaient de trottoir pour éviter de me croiser quand je me promenais dans le centre.

Pour d'autres, c'était l'inverse. Ils passaient chez moi, me posaient des questions personnelles et voulaient parler pendant des heures de ce qui s'était passé. Certains pleuraient comme s'ils s'attendaient à ce que je les console, comme s'ils pouvaient sérieusement m'apporter leur peine et la larguer sur moi comme des sacs-poubelle à la décharge.

Un soir, la directrice du lycée de Yasmin a téléphoné. Elle a expliqué qu'elle allait organiser une commémoration le mardi suivant. Est-ce que je voulais venir avec Vincent ?

— Merci, mais nous sommes au lit avec la grippe.

Je mentais. Je ne supportais pas l'idée de me retrouver face à tous les amis de Yasmin.

Son équipe de basket a envoyé un petit carnet où toutes les filles avaient écrit une lettre à Yasmin, et un ballon de basket signé par tous les membres.

Je ne savais pas quoi faire de ce ballon. J'ai erré dans la maison, de pièce en pièce, puis je l'ai donné à Vincent.

À peu près une semaine plus tard, Gunnar a téléphoné.

Il s'était renseigné sur Pito, lequel se trouvait à l'établissement pénitentiaire de Hall et ne pouvait pas avoir été impliqué dans la disparition de Yasmin, en tout cas pas personnellement.

Ce n'était pas étonnant, je savais qu'il avait été condamné pour trafic de stupéfiants.

— Merci de m'avoir tenue au courant. Et vous, comment ça va ? Vous êtes malade ?

Il a gardé le silence un long moment puis s'est raclé la gorge.

— Il s'est passé quelque chose… On en parlera plus tard.

Mais il n'y a pas eu de « plus tard », les jours continuaient de passer et la vie devenait de plus en plus étriquée.

C'était en fin d'après-midi, probablement trois semaines environ après l'arrestation de Samir, parce que le juge venait de prolonger la détention provisoire.

Je l'ai aperçu par la fenêtre, depuis ma place à la table de la cuisine. Son corps dégingandé, son pas traînant dans la neige, ses cheveux frisés qui lui tombaient sur le front. Il portait à nouveau sa veste huilée trop légère. Il n'avait ni bonnet ni gants.

Je me suis approchée de la porte, mais j'ai attendu qu'il sonne, car je claquais des dents et je ne voulais pas laisser pénétrer l'air glacé du dehors.

Puis je lui ai ouvert.

— Entre vite !

Tom m'a regardé, étonné.

— Tu es pressée ? Je te dérange ?

Et là, j'ai vu sur son visage ce manque de confiance qui a toujours fait naître en moi une tendresse maternelle. Comme s'il pensait que sa présence ici était indésirable ou que mon temps était trop précieux pour qu'il puisse en profiter.

— Tu ne me déranges jamais. (Je l'ai attiré vers l'intérieur.) C'est juste qu'il fait un froid polaire.

— OK.

Il a retiré ses chaussures et sa veste.

— Tu ne peux pas te balader habillé comme ça. Il fait moins de zéro dehors. Tu vas attraper… Je ne sais pas pour les garçons, mais les filles attrapent des infections urinaires.

Il a esquissé un demi-sourire.

— Depuis quand tu es ma mère ?

C'était une de nos plaisanteries : j'étais comme une deuxième maman pour lui. Je lui ai servi la réponse habituelle :

— Depuis que tu portes des couches.

Nous nous sommes assis dans la cuisine.

— Comment ça va ? lui ai-je demandé.

— Bof. Et toi ?

J'ai soupiré et me suis appuyée contre le dossier de la chaise. J'ai repoussé la lettre de l'assurance maladie m'informant qu'il fallait un nouveau certificat médical pour prolonger mon arrêt.

Il a hoché la tête en silence et a fixé ses mains fines. Ses doigts étaient blancs, ses cuticules arrachées n'étaient plus que chair rougie.

— J'ai besoin de savoir, a-t-il marmonné.

— Savoir quoi ?

— Si c'est Samir qui l'a fait, qui l'a tuée.

Par la fenêtre, j'ai fixé le paysage sous son manteau neigeux, à la recherche d'une réponse. En vain. Je ne savais plus rien. Je n'avais plus de réponses.

— Parce que si c'est lui… Alors… Alors…

Il a éclaté en sanglots incontrôlables. Les larmes coulaient le long de ses joues pâles.

Je suis allée chercher un morceau de papier essuie-tout, je lui ai tendu et il s'est mouché bruyamment.

— J'aurais dû m'en rendre compte. Et si Samir l'a tuée sans que je m'en rende compte, alors je suis complice. Je ne l'ai peut-être pas assez écoutée. Je n'ai pas été là pour elle, en quelque sorte. Je suis mauvais pour ça, écouter, je veux dire. Je…

— Tom. Quoi qu'il soit arrivé, ce n'est ni ta faute ni la mienne.

Il me dévisagea avec méfiance.

— Mais… Si…

— Pas de mais. Pas de si.

Personne n'a rien dit pendant un long moment. On n'entendait que le léger vrombissement du réfrigérateur – ainsi que le silence assourdissant d'un foyer habituellement rempli d'animation.

— Et maintenant, qu'est-ce qui va se passer ? a-t-il demandé.

Bonne question. Que s'est-il passé ensuite ?

Les jours se sont succédé, assemblés pour composer des semaines. Les heures s'écoulaient, alors que je ne voulais qu'une seule chose : remonter le temps. Le présent devenait passé, mais chaque jour restait aussi douloureux que le précédent. La détention provisoire de Samir a été prolongée à plusieurs reprises et, à la fin du mois de février, on a annoncé que des poursuites allaient être engagées. Franz Keller m'a fourni toutes les informations et m'a proposé de me donner un coup de main pour certaines formalités.

Un jour, pendant un rendez-vous dans son bureau, il m'a demandé :

— Et les factures ? Avez-vous besoin d'aide pour les payer ?

Les factures ? C'était bien le cadet de mes soucis.

Je secouai la tête.

— Comment va Samir ?

Franz tira délicatement sur le nœud papillon dont il était souvent affublé. C'était un avocat relativement jeune, un de ces hommes dans la fleur de l'âge qui pour être tendance s'habillent comme des vieux à coups de tweed, costumes trois-pièces à carreaux et nœuds papillon.

Ma mère, qui avait assisté à quelques-unes des réunions, l'appelait Ture Sventon, du nom du détective des romans de Åke Holmberg. À mon avis, ce n'était pas méprisant, je crois qu'elle l'appréciait. Il était tout à fait le genre d'homme qu'elle aurait rêvé que j'épouse. Instruit, poli et surtout dépourvu de la moindre origine arabe.

— Il va plutôt bien au vu des circonstances.

— Que pense-t-il des accusations ?

— Je ne peux pas en parler.

— Pourquoi ?

— Je n'ai pas le droit de révéler le sujet de mes conversations avec Samir. Même à vous.

Silence.

— Que dit le procureur, alors ?

— On ne saura qu'au moment du procès la peine requise par le procureur. C'est comme ça que ça marche.

— Qu'en pensez-vous ?

— Je ne veux pas me livrer à des conjectures. Mais les peines pour homicide vont de dix ans à la perpétuité.

J'étais incapable d'émettre le moindre son.

La perpétuité… C'était comme une condamnation à mort…

— Ça dépend si le procureur considère qu'il y a des circonstances aggravantes.

— Et qu'est-ce que c'est exactement ?

— Eh bien, par exemple, si ça a duré longtemps, impliquant une grande souffrance pour la victime, ou si le crime était prémédité et violent.

— Mais… ils n'ont pas trouvé le corps. Peut-on vraiment être condamné pour meurtre dans ce cas ?

Franz a balayé de la main quelques miettes et examiné sa paume.

— On peut tout de même être condamné.

— À la perpétuité ?

Franz s'est tortillé.

— En théorie oui. Une des conditions *sine qua non*, bien sûr, c'est qu'il y ait une intentionnalité.

— C'est-à-dire ?

— Que le coupable ait eu l'intention de tuer la victime.

— Tous les coupables de meurtre n'ont pas cette intention ?

Franz a esquissé un sourire roublard.

— Pas nécessairement. En droit suédois il y a d'autres catégories d'intentionnalités, par exemple le meurtre indirect ou le meurtre par indifférence.

— C'est possible qu'il y ait en même temps une intention et de l'indifférence ? Étrange…

— En droit, c'est possible. Cela peut impliquer qu'on laisse une personne blessée mourir, totalement conscient des conséquences, mais indifférent.

Après une courte pause, Franz a repris la parole :

— Encore du café ?

Voilà. C'était tout à fait absurde.

Nous étions installés chez Keller & Forslund à siroter un café de luxe dans de somptueux fauteuils en cuir alors que ma vie était foutue, l'homme que j'aimais était détenu, inculpé pour la mort de sa propre fille, et le silence dans notre maison vide assourdissant.

Lors d'une de ces réunions, j'ai reçu un appel de Maja. Vincent était impliqué dans une bagarre à l'école. Est-ce que je pouvais venir ?

Je ne dis pas que je me suis jetée dans la voiture, mais presque. Vincent pouvait être très affecté quand il se chamaillait avec ses camarades. Il suffisait parfois que quelqu'un exprime un avis contraire au sien pour qu'il parte dans une violente colère ou qu'il se mette à broyer du noir. Une fois le débordement d'émotion calmé, il laissait place à ce silence si particulier – ce silence qui lui était propre. Il refusait de parler avec son ennemi du moment pendant plusieurs semaines.

À mon arrivée, Maja, Vincent et sa maîtresse étaient assis sur un banc sous le vieux chêne dans la cour de l'école. Quelques flocons tombaient, le givre croustillait sous mes pas rapides.

Vincent balançait les jambes au-dessus du sol, les yeux baissés.

— Que s'est-il passé ?

J'étais essoufflée, mon cœur battait la chamade, même si mon fils semblait indemne. Mes doigts ont palpé sa peau, glissé sur sa joue. Quand il s'agit de ses enfants, on est vulnérable. On doit les toucher, sentir la chaleur de leur peau, voir la vie dans leur regard, pour pouvoir se calmer.

Maja tripotait son piercing dans le nez. Elle s'est tournée vers la maîtresse de Vincent qui a pris la parole.

— Il s'est bagarré avec Alexandre de la classe de CE2 B. Alexandre s'est cassé une dent. Ou plutôt, Vincent lui a cassé une dent.

Son haleine formait de petits nuages blancs dans l'air froid. Elle a essuyé un flocon de neige sur sa joue du revers de son gant en laine et m'a décoché un sourire forcé.

Vincent a continué à fixer le sol et à balancer les jambes, d'avant en arrière. Il a balayé de la main une feuille couverte de givre sur le banc en bois.

— Qu'est-ce que j'entends ?

Je me suis tournée vers Vincent.

— Tu l'as *frappé*, Vincent ?

Pas de réponse.

Maja a croisé mon regard.

— Vincent ! (J'ai pris ma voix la plus sévère.) Que s'est-il passé ?

Il n'a rien dit.

— *Vincent?*

Mais Vincent a gardé le silence. Sa petite bouche pincée formait un trait tout pâle.

13

Le procès débuta le 5 mars 2001 et dura trois jours.

En ma qualité de témoin, je n'avais pas le droit d'assister aux premières audiences. On me convoquerait quand le moment serait venu de m'entendre.

Franz Keller avait beau m'avoir préparée au déroulement du procès, j'ai été choquée quand je suis entrée dans la salle. Elle était pleine à craquer de curieux et de journalistes, et apparemment on avait même prévu une retransmission en direct sur écran dans la pièce adjacente.

Au centre trônait le juge qui présidait la séance, flanqué de trois juges non professionnels et d'un notaire. À gauche se trouvait le procureur et à droite, à côté de Franz Keller, Samir. Son visage s'est adouci à l'instant où il m'a aperçue et quelque chose en moi s'est apaisé aussi. Parce que c'était lui. L'homme que j'aimais – l'aimais-je encore ? –, pas un monstre.

Puis l'instant est passé, il a disparu comme le font tous les instants, s'est rangé parmi tous les autres terribles instants que contient notre passé.

Samir a baissé les yeux sur la table et, reprenant mes esprits, je me suis avancée jusqu'au petit pupitre qui faisait face au juge.

Je ne me rappelle pas grand-chose de mon audition, j'étais tellement nerveuse que ma voix portait à peine. Mais je faisais de mon mieux pour répondre de manière honnête et détaillée aux questions. Non, Samir n'avait jamais été croyant – enfin, pas que je sache. Oui, il s'entendait bien avec Yasmin. Ils étaient proches. Non, il ne la battait jamais, mais il arrivait qu'ils se disputent, bien sûr. Oui, elle avait eu l'air déprimée, elle avait perdu du poids et n'était pas elle-même les derniers temps avant sa disparition.

Après mon audition, j'ai pu prendre place dans le public. La sueur coulait sur mon front, entre mes seins, sous mes bras. Je tremblais comme une feuille.

J'ai à nouveau regardé Samir.

Il semblait usé. Livide. La queue-de-cheval plus longue et les cheveux plus abîmés que dans mon souvenir.

Comment vas-tu te sortir de là ? ai-je songé.

Le lendemain, le procureur et la défense ont plaidé. Le procureur a présenté sa version des faits : Samir, qui avait des racines dans un pays musulman conservateur, ne pouvait accepter que sa fille mène une vie occidentale. Il en avait discuté avec son cousin, lequel lui avait écrit une lettre avec le nom de jeunes gens que Yasmin pourrait épouser. Les tentatives de faire changer la jeune fille ayant échoué, Samir a menacé de la tuer si elle ne lui obéissait pas. Il l'a forcée à rédiger le message d'adieu et l'a ensuite conduite au rocher du Roi. Du sang a coulé, sans doute parce que Yasmin s'est débattue. Cela expliquait les traces au sommet du rocher. Ensuite, il l'a poussée dans le vide – comme preuves, le procureur a rappelé le témoignage de la femme qui promenait son chien ainsi que les éléments techniques sur la veste de Yasmin et les vêtements de Samir.

Après le crime, Samir a tout mis en scène pour étayer la thèse du suicide : il a placé la lettre d'adieu – sur laquelle on a trouvé ses empreintes digitales – dans l'une des bottes de Yasmin. Il s'est changé, a glissé les objets souillés dans un sac, s'est rendu à la déchetterie – les images de la caméra de vidéosurveillance le montrent.

J'ai écouté, enregistré les mots. Ils ont brisé mon dernier espoir, pulvérisé le peu de confiance que je gardais en Samir. Le raisonnement me semblait implacable et je devais reconnaître qu'il m'avait convaincue.

J'ai à nouveau fixé Samir, son regard a de nouveau croisé le mien. Ses yeux étaient implorants.

Cette fois, je ne ressentais plus rien. Rien ne s'est adouci en moi, aucun manque ne s'est éveillé.

Je ne savais même pas si j'espérais son acquittement ou sa condamnation.

Quand Franz Keller a pris la parole, il a commencé par une introduction exhaustive sur l'importance de ne pas exclure d'autres scénarios possibles. Il a rappelé qu'il revient au procureur de démontrer au-delà de tout doute raisonnable, que Samir a tué sa fille.

Le procureur le pouvait-il vraiment ?

Non, répondait Franz Keller. Sans corps, on ne pouvait pas établir que Yasmin était morte. Ici, l'avocat marqua une longue pause oratoire et esquissa un sourire de connivence, comme pour laisser le temps au public de digérer la phrase.

Ce n'est pas parce que le sang de Yasmin avait été retrouvé sur les vêtements de Samir qu'il l'avait blessée intentionnellement, le sang avait pu se retrouver là d'une autre manière. Quant aux caméras de vidéosurveillance, il faisait nuit, les images étaient pixélisées et auraient bien pu représenter quelqu'un d'autre, quelqu'un qui essayait consciemment de nuire à Samir en plaçant des preuves à la déchetterie. Le sang dans la voiture avait pu s'y retrouver d'une autre manière – Yasmin montait souvent avec Samir et rangeait ses affaires de sport dans le coffre. Il arrivait qu'elle se fasse mal à l'entraînement, cela pouvait expliquer le sang.

Il a conclu en attaquant la description du mobile par le procureur. Samir adorait sa fille. Plusieurs témoins ont certifié que leur relation était particulièrement chaleureuse et étroite, peut-être parce qu'il avait perdu son épouse et sa fille cadette dans un accident de la route six ans plus tôt. Par ailleurs, rien ne laissait croire que Samir était croyant et encore moins conservateur.

C'était simplement un homme intelligent, qui travaillait dur, un père attentionné qui aurait tout fait pour sa fille.

Une nuée de caméras m'a accueillie à la sortie du tribunal. Les flashs m'ont éblouie et j'ai réagi comme les accusés dans les films – j'ai caché mon visage sous un châle et je me suis précipitée dans le taxi qui m'attendait.

Dans la voiture, j'ai jeté un dernier coup d'œil à la foule au-dehors, et là, entre deux photographes, j'ai deviné des traits familiers. Ces cheveux bruns courts, ces joues rosées – ça ne pouvait être qu'elle.

Greta.

Qu'est-ce qu'elle fait là ? me suis-je demandé. Ce qui m'a rappelé ses questions sur les éléments de preuves trouvés par la police. Que diable faisait-elle au procès ?

Si c'était pour me soutenir, elle m'en aurait parlé avant, non ?

De retour chez moi, j'ai dormi pendant près de vingt-quatre heures. Quand je me suis enfin réveillée, j'ai avalé un somnifère et j'ai sombré à nouveau. Tous les muscles de mon corps étaient endoloris, chaque centimètre carré de peau me brûlait. Ma tête menaçait d'exploser, mes pensées tournoyaient.

Lorsque Vincent, qui était chez ma mère, a téléphoné et a gaiement raconté qu'ils avaient confectionné des biscuits à la confiture de framboises, je ne savais plus quel jour on était. Le procès me semblait irréel, comme si je l'avais rêvé, mais un SMS de Franz me ramena à la réalité.

Il était satisfait, il écrivait que tout s'était passé comme il le souhaitait. Le jugement allait être communiqué sous deux semaines.

Encore deux semaines d'incertitude, comment allais-je y survivre ? Mais le temps passe, vite ou lentement, jamais il ne se repose.

Samir a été acquitté le 20 mars.

D'après le jugement, on ne pouvait pas démontrer au-delà de tout doute raisonnable qu'il avait tué Yasmin. En particulier parce que son corps n'avait pas été retrouvé. Entre les lignes, je lisais qu'ils étaient convaincus de sa culpabilité, mais qu'ils ne pouvaient pas, hélas ! le condamner.

Ils n'étaient pas les seuls à le croire coupable.

La réaction du grand public fut aussi vive qu'immédiate : aux yeux du peuple, Samir était un assassin. Les journaux croulaient sous les courriers de lecteurs indignés et Internet débordait de billets choqués. Comment la justice suédoise pouvait-elle libérer un homme qui avait tué son enfant ? Pouvait-on se targuer d'être un État de droit lorsqu'on trahissait les plus faibles – une jeune fille vulnérable qui a été assassinée par celui qui aurait dû l'aimer et la protéger ?

D'autres ne prenaient pas de pincettes. Ils écrivaient qu'il fallait regrouper tous les musulmans et les renvoyer dans leur califat, que les bougnouls devaient retourner dans le désert d'où ils venaient et que si nous n'y prenions pas garde, la Suède serait bientôt régie par la charia.

Quant à moi, je me sentais vide et irrésolue.

J'ignore à quoi je m'attendais. Je pensais peut-être que le jugement impliquerait une conclusion. Certes, d'une certaine manière c'était le cas. Mais la véritable incertitude, celle que je portais en moi, était de savoir si Samir était réellement coupable ou pas. Elle entravait mes pas, comme un caillou dans ma chaussure qui finissait par entailler profondément la confiance que j'avais en mon mari.

Qu'allait-il se passer ? Allions-nous continuer comme avant ? Était-ce seulement possible ?

Samir est rentré l'après-midi, après le jugement. Franz Keller l'a raccompagné en voiture. Je l'ai aperçu depuis la fenêtre de Vincent.

Samir est descendu du véhicule, a serré la main de Franz et s'est acheminé à pas lents vers chez nous. Franz a démarré, Samir l'a salué d'un signe.

Il s'est tourné vers la maison et a balayé la façade du regard.

Mon cœur a bondi dans ma poitrine. J'ai esquissé un pas en arrière, me suis cachée derrière le rideau décoré de zèbres.

— Samir arrive, ai-je dit à Vincent qui dessinait par terre.

Cela faisait quelque temps qu'il n'allait plus à l'école. Il était angoissé depuis la bagarre et j'espérais qu'une pause l'apaiserait un peu. Pour être tout à fait honnête, j'avais sans doute aussi besoin de compagnie, car le silence à la maison était en train de me rendre folle.

Vincent s'est levé d'un bond.

— Youpi ! C'est le meilleur jour de ma vie !

Il a dévalé les marches de l'escalier – de petits bonds sonores suivis d'un grand fracas lorsqu'il a sauté les trois dernières marches pour atterrir sur le sol.

Quelques instants plus tard, la porte s'est ouverte et j'ai entendu leurs voix exaltées.

Une partie de moi voulait se réjouir, mais en même temps, ma conviction que Samir mentait allait croissant, quoi qu'en dise le jugement. Je ne croyais pas à l'argument de Franz Keller, je ne pouvais pas imaginer que quelqu'un ait haï Samir au point de tuer Yasmin et de placer tout un tas d'indices pour accuser son père.

C'était trop tiré par les cheveux, ce genre de choses ne se voyait que dans les films.

Il fallait être tordu pour y croire et j'avais beau avoir beaucoup de défauts, je n'étais pas encore aussi tordue.

J'ai descendu l'escalier à pas lent. Prenant tout mon temps.

— Bonjour, ai-je dit en contemplant Samir et Vincent qui riaient à gorge déployée, allongés sur le sol.

Que sait-on réellement des gens qu'on aime ? Ou des autres, d'ailleurs ? Sans savoir pourquoi exactement, je pensais, non, je *savais* dans mon corps, que Samir était impliqué dans la mort de Yasmin. Après avoir retourné dans tous les sens les mots du procureur, je ne parvenais pas à trouver d'autres explications. J'avais beau chercher dans ma mémoire un élément, n'importe lequel, permettant d'étayer ce qu'avait suggéré Samir, à savoir qu'on aurait voulu le faire accuser à tort, je ne me rappelais que les événements soutenant les affirmations de la police et du parquet.

Peut-être Greta avait-elle raison lorsqu'elle suggérait que je ne connaissais pas Samir aussi bien que je le croyais. Peut-être avait-il eu une vie secrète, qui se déroulait parallèlement à l'existence prévisible d'une famille de classe moyenne dans une banlieue endormie.

Une vie de coureur de jupons ? Ou peut-être une vie où l'honneur et le contrôle jouaient un rôle central.

J'avais lu pas mal de choses sur les violences liées à l'honneur. Je ne pouvais pas m'en empêcher. J'avais appris qu'il existe des systèmes sociaux où les femmes sont tenues en laisse et où le moindre faux pas est sanctionné – sanctions très variables pouvant aller de la suppression de certains droits à des châtiments corporels, voire à des violences entraînant la mort.

Cela me rendait malade. J'avais toujours été intéressée par les autres cultures. J'étais favorable à l'immigration, je me disais qu'on ne gardait pas nécessairement toutes les coutumes de son pays d'origine. Porter le voile, fréquenter la mosquée et parler arabe alors qu'on vivait dans une banlieue suédoise n'était pas seulement compréhensible, c'était positif.

Mais exciser ses filles ? Les marier de force ? Les soumettre et les forcer à obéir ?

Je n'ai pas pu toucher Samir ce jour-là. Ni le serrer contre moi ni même poser une main sur son bras. Rien que l'idée de partager mon lit avec lui me donnait la nausée.

— Je crois qu'il vaut mieux que tu passes la nuit ici, dans le canapé, lui ai-je annoncé ce soir-là alors que nous buvions le thé dans le salon.

Vincent dormait. Samir lui avait lu une histoire et l'avait couché.

— Comment ça ?

Il a gratté ses cheveux poivre et sel et a fait tourner sa tasse entre ses mains.

Je n'ai pas réagi.

— Tu me dis de dormir sur le canapé dans ma propre maison ?

Il m'a fusillé des yeux.

— Je ne sais pas. Je ne sais vraiment pas.

— *Putain de bordel de merde** !

Il a abattu la paume sur la table et lâché sa tasse qui a heurté le sol avec fracas. Le liquide chaud s'est renversé. Il s'est mis à hurler :

— Tu veux divorcer, hein ? C'est ça ?

Comment répondre ? J'ignorais moi-même ce que je voulais. Mon regard s'est perdu dans le feu de cheminée, les flammes qui léchaient les bûches. J'ai écouté les crépitements et les petits sifflements de l'air qui quittait le bois. Dehors, le vent soufflait et les lourdes gouttes de pluie frappaient la fenêtre, faisant fondre les dernières traces de neige sur la pelouse et dans les prairies devant le château de Kungsudd.

— Je ne sais pas. Mais je crois qu'il vaut mieux que tu déménages.

Il a gardé le silence un long moment. Dans la lueur du brasier, sa peau prenait des reflets jaunes et orange. Des larmes scintillaient dans ses yeux, ses beaux yeux noirs que je connaissais si bien.

— Maria… Je ne l'ai pas tuée. Tu le sais, n'est-ce pas ?

14

Quand je me suis levée le lendemain, Samir dormait toujours.

— Non, laisse-le se reposer encore un peu, ai-je dit à Vincent qui voulait le réveiller.

— Mais j'ai envie de…

— Vous jouerez ensemble un peu plus tard. Si on préparait le petit déjeuner en attendant ?

— Oh, oui ! On fait un gâteau ?

J'ai regardé mon fils qui sautait à pieds joints, son excitation et sa joie si évidentes sur son petit visage, dans tout son petit corps.

— Si on faisait des scones ?

— Ouiii ! C'est une super journée ! Je peux sortir les ingrid… ingréd… ingrédents ?

— Oui, vas-y. Je vais chercher le journal.

J'ai enfilé la parka de Samir et ouvert la porte d'entrée. Le vent s'est engouffré sous ma chemise de nuit. Le sol était sombre et luisant après une nuit de pluie ; par endroits, le ciel se reflétait dans de larges flaques d'eau comme s'il s'était couché là, sur le sol froid.

J'ai marché jusqu'à la boîte aux lettres et j'ai attrapé le quotidien. Il était humide, paraissait lourd.

J'ai pivoté sur mes talons pour retourner dans la maison. C'est là que je l'ai vu.

Sur la façade, un mot, tracé à la bombe rouge. La peinture avait coulé sous les lettres inclinées, formant des petits filets sur les planches en bois. On aurait dit du sang.

J'ai lu le mot à plusieurs reprises tandis que mon journal me glissait des mains.

ASSASSIN

En quelques heures, nous avons compris que Samir ne pouvait plus vivre à Kungsudd, et pas seulement parce que je souhaitais qu'il parte.

Quand il était allé au centre-ville acheter de la peinture pour recouvrir le graffiti, le personnel avait refusé de lui adresser la parole. Il avait dû conduire jusqu'à Nacka. Lorsqu'il avait voulu faire le plein au retour, le propriétaire de la station-service – avec qui Samir parlait musique depuis un an – lui avait demandé de prendre ses cliques et ses claques et ne plus jamais revenir.

De retour à la maison, il était resté une bonne heure dans le canapé à fixer le mur. Même la présence de Vincent ne semblait pas l'égayer.

J'avais pitié de lui, bien sûr. Après tout, il n'était pas coupable aux yeux du droit. Pourtant, je ne pouvais pas me résoudre à m'approcher de lui ou à le toucher.

Tandis que Vincent et moi préparions le déjeuner, Samir a passé des coups de fil pour chercher un appartement. Des bribes de conversation me parvenaient. Vincent entendait aussi.

Il s'est tourné vers moi :

— C'est quoi le « loyer » ?

— C'est ce qu'on paye pour habiter dans un appartement.

Il a roulé la dernière boulette de viande et l'a posée sur le plat à côté de la poêle. Elle était plus grande que les autres et ressemblait plus à une poire qu'à une sphère.

— Maintenant tu peux te laver les mains.

Il m'a obéi. L'étonnement se lisait toujours sur son visage.

— Pourquoi il a un loyer, papa Samir ?

— Il n'a pas de loyer.

— Mais alors pourquoi…

— Arrête avec tes questions !

Mon ton était peut-être un peu trop sec.

— Mais pourquoi…

— Parce qu'il va déménager.

C'était plus fort que moi, je ne supportais plus ses interrogations. Je n'avais pas le courage de nier ce qui était en train d'advenir. Le couronnement de la catastrophe, l'éclatement définitif de la famille.

Vincent a esquissé une moue ; sa lèvre inférieure tremblait et ses yeux se sont remplis de larmes.

— Il va partir ?

Je n'ai pas répondu.

— Non ! Non, non, et non !

Il m'a décoché une claque violente de sa main encore humide.

— Aïe ! Qu'est-ce qui te prend ! On ne tape pas !

Ma joue me brûlait. Peut-être est-ce la raison pour laquelle j'ai riposté sans réfléchir. Ou bien c'était le choc : Vincent ne m'avait jamais frappée.

— Ce n'est pas ma faute, ai-je sifflé. Samir ne peut s'en prendre qu'à lui-même. Tout ça, c'est à cause de lui.

Cet après-midi-là, Samir a trouvé une sous-location à Solna. Un studio affreusement cher, mais libre immédiatement. À proximité de son lieu de travail, qui plus est.

À la tombée de la nuit, il avait déjà emballé ses affaires les plus importantes dans deux des cartons de déménagement que nous avions gardé dans la remise.

Je l'ai regardé y ranger des vêtements, des affaires de toilette et des livres. Les souvenirs ont afflué : quand nous avons couché ensemble sur le canapé le soir de notre rencontre, ce moment où la passion éclipse tout le reste ; la tendresse qui lentement mais sûrement s'est développée entre nous. Puis la confiance et l'envie d'une plus grande proximité, l'envie de former un « nous » que le monde entier pouvait voir. Le mariage apparut comme un film sur ma rétine – la robe ridiculement chère, le rire de Vincent, sa gaieté, et l'amour dans les yeux de Samir. Le soleil qui brillait entre les cimes des pins, et la mer, celle qui donne et qui prend, qui s'étendait, indolente, vers l'horizon.

Nous ne nous sommes pas dit grand-chose.

Vincent jouait à la Game Boy dans sa chambre et refusait de descendre. Samir a fermé les cartons et m'a contemplée, penaud.

— Bon.

— Bon.

— J'y vais alors. Je passerai récupérer le reste plus tard. Si tu es d'accord.

— Oui, entendu.

Il a apporté les cartons dans l'entrée et je l'ai suivi.

— Et Vincent, je peux peut-être lui dire au revoir un autre jour, OK ?

— Oui.

Il a enfilé sa parka et des chaussures de sport qu'il mettait quand nous allions nous promener.

— Bon, a-t-il répété en ouvrant la porte.

— À plus tard, alors.

Il était parti. Et le silence a résonné de nouveau.

Plus tard ce soir-là, je venais tout juste d'enfourner un gratin de poisson quand le téléphone a sonné. C'était Amèlie de Vegh, la mère de Casimir, qui vivait au château de Kungsudd.

Amèlie était une femme corpulente d'une cinquantaine d'années aux cheveux blond-blanc et au rire tonitruant. Je l'aimais bien, depuis toujours, même si mon père la qualifiait parfois de pimbêche de la haute.

Amèlie ne travaillait pas, pas comme les gens ordinaires en tout cas. Mais elle était engagée dans une multitude d'associations et de projets caritatifs, un peu comme la mère de Tom. Même si elles se détestaient bien sûr. Les nouveaux riches ne s'entendaient pas avec les vieilles fortunes.

Amèlie était toujours gentille avec moi. Elle était l'une des rares personnes à ne pas changer d'itinéraire en m'apercevant depuis l'arrestation de Samir. L'une de celles qui, au contraire, étaient venues me voir, m'avaient demandé comment j'allais, et m'avaient offert leur aide.

— Bonjour Maria, a-t-elle dit. Comment ça va ?

— Bien, bien, ai-je menti.

— Quel soulagement que Samir ait été acquitté.

— Oui, c'est sûr.

— Pour qu'on puisse tous mettre cela derrière nous.

— Exactement.

C'était une conversation étrange. Rien n'était derrière moi, rien n'allait. La catastrophe ne faisait que s'amplifier, poussée par sa force d'inertie, comme une boule de neige géante lancée sur une pente.

— J'ai un service à te demander : pourrais-tu me prêter une perceuse ? Notre nouvelle gouvernante arrive demain et je voudrais installer une étagère dans sa chambre.

J'ai esquissé un sourire, je savais qu'ils cherchaient une employée de maison depuis que la précédente était partie sans crier gare à l'automne dernier. Mais c'était amusant qu'Amèlie s'évertue à parler d'elle comme d'une gouvernante. Casimir, leur benjamin, avait dépassé la vingtaine, j'imagine qu'il n'avait plus besoin qu'on prenne soin de lui.

— Alors vous avez trouvé quelqu'un ?

— Oui, grâce à Dieu ! Pas facile de trouver du personnel fiable de nos jours. Elle a l'air gentille, ça va bien se passer. Tant qu'elle ne s'envole pas avec un garçon bien sûr. On sait ce que c'est à cet âge !

— Il me semble qu'on a une perceuse dans la remise. Je te l'amène tout à l'heure.

— Tu es un amour.

Dix minutes plus tard, j'avais localisé l'outil dans la remise, entre la tondeuse et le sécateur. Perceuse en main, je suis retournée dans la maison et suis montée voir Vincent.

Il était toujours assis sur son lit, penché sur sa Game Boy.

— Chéri, tu peux venir surveiller le gratin ? Je dois aller au château.

Il a braqué sur moi ce regard de chien battu qui pouvait faire céder n'importe lequel de ses enseignants ou amis.

— Je suis crevé.

— Vincent !

— Je suis occupé.

— Vincent, je t'en prie.

Il a poussé un soupir forcé, levé les yeux au ciel et placé la console à côté de lui. Il m'a suivi dans la cuisine à contrecœur.

— J'ai réglé le minuteur. Si je ne suis pas rentrée quand ça sonne, tu arrêtes le four, d'accord ?

Il a esquissé une petite moue.

— D'accord.

— Tu sais comment on fait, non ?

— Mais maman ! N'importe quoi !

Il a incliné la tête en arrière, fixé le plafond.

— Bien sûr que oui.

— Bien. Mais tu n'ouvres pas le four, tu n'essayes pas de sortir le gratin, hein ? C'est très chaud. Et lourd.

— Promis.

— Super, je reviens tout de suite.

Sur ces mots, je l'ai laissé et me suis engouffrée dans la nuit.

C'était une soirée venteuse. L'air était froid, humide, et saturé d'effluves. Terre mouillée, feuilles en décomposition, odeur des algues en train de pourrir qui s'était faufilée à travers la forêt.

Il ne fallait que quelques minutes pour franchir la haie d'ifs et traverser le pré qui séparait les deux propriétés. Deux véhicules étaient stationnés sur l'étendue de gravier devant l'entrée du château de Kungsudd – la Range Rover d'Amèlie et une voiture de sport qui appartenait au frère aîné de Casimir, Harold.

J'ai sonné et Amèlie a ouvert immédiatement, comme si elle m'attendait derrière la porte.

— Hé, bonjour ! (Elle m'a donné une brève accolade.) Entre, j'ai fait du café.

— Je ne peux pas rester très longtemps. (Je lui ai tendu la perceuse et j'ai retiré mes chaussures d'hiver.) Vincent est seul à la maison et j'ai un plat au four.

— Juste une petite tasse.

Elle m'a fait signe d'entrer.

La spacieuse cuisine était équipée de tout l'électroménager imaginable. Amèlie m'a attirée jusqu'à la table ronde de l'autre côté de l'îlot central en marbre luisant et m'a poussée sur une chaise.

— Tu es seule ?

Elle a passé la main dans ses courtes boucles rigides.

— Non. Harold est là quelque part, Dieu sait où. Si j'ai bien compris, il prépare un examen.

J'ai opiné du chef. On pouvait se perdre dans cette maison de plus de six cents mètres carrés, bâtie sur trois étages. Des chambres aussi grandes que des salles de réception, des escaliers, des passages secrets. C'était un vrai labyrinthe.

— Et Casimir ?

— Aucune idée. De nos jours, il faut se réjouir s'ils nous contactent quand ils ont besoin d'argent.

Elle a servi le café et s'est laissée tomber à côté de moi. Elle a attrapé son paquet de cigarettes.

— Je te propose un verre de calvados ?

J'ai secoué la tête.

— Ça t'embête si je fume ?

— Pas du tout.

Elle a allumé une cigarette, inspiré une profonde bouffée, soufflé vers le plafond et m'a dévisagée.

— Alors, il est rentré ?

Les yeux rivés au contenu de ma tasse, j'ai réfléchi à ma réponse. J'ai pensé au regard peiné de Samir et aux cartons de déménagement qu'il a portés jusqu'à sa voiture.

— Il…, ai-je commencé, mais les mots sont restés bloqués dans ma gorge.

Nouvelle tentative.

— C'est…

J'ai éclaté en sanglots – le genre de pleurs à la fois laids et effrayants : la bouche grande ouverte, comme un cri. La salive qui coule sur la table. Un hurlement à peine humain qui s'est échappé de ma poitrine.

— Ma chérie, ma petite, a dit Amèlie en entourant mes épaules de ses bras.

Et je lui ai tout raconté.

J'ai quitté le château quarante minutes plus tard.

Avant de partir, Amèlie m'a serrée dans ses bras dans des effluves de parfum, de fumée et peut-être, pour être franche, d'un peu d'alcool.

— Quand tu veux. Tu reviens quand tu veux. Tu m'entends ?

— Merci.

Avec un signe de la main, Amèlie a refermé la porte derrière moi.

Je descendais l'escalier en pierre lorsque j'ai entendu des hurlements. Ça venait de la forêt.

Je me suis arrêtée, j'ai tendu l'oreille. Quelques secondes plus tard, d'autres cris. Mais pas seulement. Ils étaient accompagnés de bruits sourds et de craquements secs, comme des branches que l'on casse. Cela semblait provenir du petit bois à droite du château – nous y passions parfois, Vincent et moi, c'était un raccourci qui menait de chez nous à la forêt.

Je me suis dirigée vers le tapage, ne sachant pas ce que je ferais si quelqu'un faisait irruption devant moi dans le noir. Le vent s'était levé et la cime des arbres fouettait l'air. C'était un bois clairsemé, mêlant feuillus et épineux. Çà et là, on voyait encore des taches de neige et à certains endroits des rochers arrondis paraissaient pousser dans la terre. J'ai enjambé avec précaution les rameaux, les pierres et les trous dans le sol.

L'obscurité était dense, mais la lune apparaissant devant moi à intervalles réguliers me guidait.

— Ho hé !

Les rafales ont emporté ma voix au loin.

Je suis arrivée à une petite clairière au moment même où la lune peignait le sol d'une couleur argentée.

Sur le sentier devant moi gisait une basket.

Je l'ai observée, interloquée. Me suis penchée pour l'examiner.

Que faisait la chaussure de Samir ici, au beau milieu du bois ? Il portait ces chaussures quand il est parti.

C'est alors que j'ai vu des jambes dépasser de derrière un buisson. L'un des pieds tressaillait, la neige était maculée de sang.

Je me suis précipitée vers lui, j'ai volé. Jamais je n'avais couru aussi vite de ma vie.

Une seule pensée dans ma tête : ce cauchemar ne s'arrêterait-il donc jamais ? Il ne faisait que continuer. Nous en étions tous prisonniers, victimes d'une suite d'événements que nous ne comprenions pas et sur lesquels nous n'avions aucune prise.

VINCENT

15

Le jour où ma sœur est morte a commencé comme tous les autres jours. Maman m'a réveillé.

Elle était contente.

Maman est presque toujours contente, sauf bien sûr si j'ai été méchant ou muet.

Muet, ça veut dire qu'on ne parle pas. Quand je suis muet, maman se met en colère et prend sa Voix Sévère – une voix grave et très très lente.

— *Vincent... maintenant... ça... suffit.*

Il n'était que sept heures quand maman m'a réveillé.

Sept heures, c'est tôt, très tôt, surtout en hiver. Il fait encore nuit et on ne voit rien avant d'allumer la lumière. Tous les sons deviennent plus forts et plus nets dans le noir, et je n'aime pas ça. Je suis obligé de me boucher les oreilles.

Dans la maison, il faisait froid et j'ai enfilé mes grosses chaussettes en laine avant de descendre dans la cuisine. Je ne voulais pas prendre froid, attraper une pneumonie et devoir avaler encore une fois ces médicaments qui donnent envie de vomir. Je devais me lever très tôt quand j'avais l'école. C'était vendredi et il y avait école. Il y avait école lundi, mardi, mercredi, jeudi et vendredi.

J'aimais bien le vendredi. Le soir, on pouvait se coucher tard, on mangeait des chips devant un film. Et après, il y avait le samedi et le dimanche, et je pouvais faire la grasse matinée. On confectionnait des gâteaux et du pain, on s'amusait, on regardait la télé et on faisait des jeux de société.

Et Yasmin me lisait des histoires de monstres et d'assassins qui décapitent des jolies filles et les coupent en mille morceaux.

Mais pas ce week-end-là. À la place, Yasmin est morte.

Yasmin n'était pas ma vraie sœur parce qu'elle n'avait pas été dans le ventre de maman comme moi. Mais maman disait que ça n'avait pas d'importance : Yasmin est *devenue* ma sœur quand maman avait épousé papa Samir.

Papa Samir n'était pas mon vrai papa, mais ça n'avait pas non plus d'importance : il l'était devenu quand il s'était marié avec maman.

Avoir été dans le ventre de quelqu'un, c'était très important, jusqu'à ce qu'on se marie, alors ça n'avait plus d'importance. On se transformait en famille, peu importait le ventre qui nous avait porté. Et quand on était une famille, il y avait d'autres choses importantes, comme s'entraider à la maison, être gentil les uns avec les autres et ne pas dire de gros mots. Plier ses vêtements, les poser sur une chaise, se laver les dents le matin et avant de se coucher.

Nous, on était gentils et on s'entraidait.

Tout le monde faisait le ménage et la cuisine, sauf Yasmin qui préférait regarder la télé, se maquiller ou s'amuser avec moi.

Moi, j'aimais bien Yasmin pour trois raisons. Un : elle jouait au monstre avec moi et ne se lassait pas aussi vite que maman. Et quand elle finissait par en avoir assez, elle s'allongeait sans bouger, on pouvait la chatouiller sous les bras ou les pieds, alors elle éclatait de rire et acceptait de jouer encore un peu.

Deux : elle me lisait des livres géniaux avec des tonnes de suspense, qui selon maman n'étaient pas pour les enfants.

Trois : j'avais le droit de rester dans sa chambre même si elle faisait autre chose, par exemple se maquiller ou parler avec Tom. Et quand j'étais là, on mangeait des bonbons qu'elle avait planqués dans un sachet sous son lit. Elle me laissait toujours choisir en premier et je prenais toujours les réglisses super salés et super forts.

Pourtant, ces derniers temps, elle ne m'autorisait plus trop à entrer. Elle avait besoin d'être tranquille pour réfléchir.

Quand elle ne voulait pas être dérangée, elle verrouillait sa porte avec une petite clé.

Ça me rendait triste, j'adorais être dans sa chambre.

La seule chose qui me gênait, c'était le bazar. Moi, j'aime quand les objets sont bien alignés, bien empilés ou bien pliés. J'avais par exemple l'habitude de ranger mes craies dans leur boîte pour retrouver toutes les couleurs si j'avais envie de dessiner, et je pliais mes vêtements pour qu'ils ne soient pas froissés au moment de les remettre.

Quand il y a du désordre, ça me fait mal aux yeux et je suis obligé de les fermer. Si je les ferme, je ne vois plus rien et tous les bruits sont amplifiés. Si on ferme les yeux et on se bouche les oreilles, la vie est plutôt triste.

J'aimais bien papa Samir aussi.

Il avait les yeux marron et les cheveux noirs, sauf certains, totalement blancs. Maman qualifiait ça de gris, mais j'ai observé de près et c'est du blanc, pas du gris.

Il y avait trois choses que j'aimais bien chez Samir.

Un : il pouvait me soulever et me tenir par les pieds, le sol devenait un plafond. Maman croyait toujours qu'il allait me laisser tomber et ça l'inquiétait : elle ne savait pas qu'il était hyper fort.

Deux : il jouait de la guitare et il chantait très bien dans une langue qui s'appelle le français.

Trois : il rendait maman heureuse.

Avant que maman rencontre Samir, elle était souvent triste. Elle regardait la télé toute seule, buvait beaucoup de vin et s'endormait dans le canapé avec la tête sur la table basse alors qu'elle était vachement dure. Elle était en verre. Mais quand maman a connu Samir, elle a commencé à faire des gâteaux à gogo et à cuisiner des plats qu'on n'avait jamais mangés. Parfois, on allait dans une boutique spéciale pour acheter des épices aux noms compliqués et des légumes que je n'avais jamais vus.

Au début, je ne voulais pas les avaler, ils avaient un aspect bizarre et un goût bizarre. Je recrachais tout dans les toilettes et je montais dans ma chambre jouer à la Game Boy.

Il y avait par exemple les pois chiches, qui sont des légumes secs. Ils sont jaunes, légèrement plus gros que les petits pois. Si on les écrase, ils deviennent tout mous et farineux, presque comme de la purée de pommes de terre. La première fois que j'en ai mangé, j'ai trouvé ça dégoûtant, mais quand on les mélange avec de l'ail, des épices, de l'huile d'olive et du jus de citron c'est bon, ça fait presque comme une sauce.

Ça s'appelle du houmous, nous a expliqué Samir. On trempe du pain dedans et on le mange comme accompagnement.

Ce vendredi-là, je suis allé à l'école.

Maman m'a amené, comme d'habitude. On est passés par la forêt, comme d'habitude, parce qu'on était un peu en retard et ma maîtresse n'aimait pas ça. Si un élève était en retard, elle disait toujours que c'était un manque de respect pour les autres. Après, elle demandait si c'était vraiment difficile de se lever dix minutes plus tôt.

Elle ne m'a jamais posé la question et heureusement, je n'aurais pas su quoi répondre. Je ne savais pas si c'était dur de se lever dix minutes plus tôt. Moi, je me lève quand maman me réveille. Je ne peux pas me lever dix minutes plus tôt, parce que dix minutes plus tôt je dors. En plus, je ne me rends pas compte de ce que représentent dix minutes – maman dit que je n'ai pas la *notion du temps.*

Ma maîtresse avait les cheveux noirs et les yeux marron.

Mon assistante avait les cheveux jaunes et les yeux bleus.

Moi j'avais les cheveux orange et les yeux gris.

J'aimais bien mon assistante, mais pas ma maîtresse. Il y avait zéro chose que j'aimais bien chez elle.

Mon assistante s'appelait Maja et venait d'une toute petite ville du nom de Pajala. Je ne savais pas d'où venait ma maîtresse. Peut-être qu'elle non plus, parce qu'elle n'en parlait jamais. Maja parlait de Pajala en permanence. Il y avait beaucoup de neige là-bas, et plein de rennes, mais presque pas d'humains.

Exactement comme à Kungsudd, mais à l'envers. Ici, il n'y avait presque pas de neige et pas de rennes, mais énormément d'humains.

Maman m'a déposé à l'école. On a eu suédois.

Puis maths.

Puis sport.

Puis cantine.

Il y avait des spaghettis et des boulettes de viande, mais ce n'était pas aussi bon qu'à la maison. Les spaghettis étaient tout mous, collaient à la fourchette et se cassaient si je tirais dessus. Les boulettes étaient brûlées et avaient le goût de l'odeur du cendrier quand maman avait fait une fête.

Après le déjeuner, ma classe avait anglais, mais à la place, Maja et moi on est allé chez l'orthophoniste. Je devais m'exercer à prononcer certains mots, surtout ceux qui commencent par le son « ch ». Il y en a beaucoup plus qu'on ne le pense, par exemple, chat, cheval, chialer et shampoing.

Il me fallait beaucoup d'entraînement parce que ma bouche avait du mal à articuler. C'est parce que je suis atteint de trisomie 21.

Je suis le seul de mon école à avoir le syndrome de Down. C'est dommage. Il y avait une autre fille qui avait un accompagnant, elle s'appelait Alicia et elle avait deux maladies : elle était dans un fauteuil roulant car elle avait manqué d'air quand elle était sortie du ventre de sa maman, et elle avait un problème qui s'appelle le diabète et qui peut être très grave si on oublie ses médicaments ou si on ne mange pas comme il faut.

L'accompagnant d'Alicia s'appelait Hanif. Maja et lui prenaient souvent leur pause cigarette ensemble devant l'école.

Samir est venu me chercher à la sortie et en chemin on a acheté des chips et des bonbons parce que c'était vendredi, le jour de la soirée télé. Maman et Yasmin n'y participaient pas, il n'y aurait que Samir et moi.

Maman allait à une fête où il n'y avait que des filles. On appelle ça un dîner de filles.

Il existe aussi un truc appelé dîner de mecs – où il n'y a que des garçons. Mais il n'y a pas de « dîner d'enfants » ou « dîner de personnes trisomiques ». Je trouvais ça injuste.

Yasmin devait travailler.

Elle bossait dans un restaurant italien, le Rialto. Elle servait les plats, débarrassait, essuyait les tables une fois que les clients avaient fini de manger. Puis elle leur apportait un papier, *l'addition*. Les clients payaient et s'en allaient, et Yasmin devait nettoyer encore plus et sortir de nouveaux verres et de nouvelles assiettes.

Parfois, les clients donnaient des sous en plus à Yasmin.

— Achète-toi une tenue sexy, lui avait dit un homme, un jour où j'étais là.

Yasmin avait semblé contente, mais une fois qu'il était parti elle avait fait une grimace en s'exclamant :

— Gros porc !

Je n'aimais pas le petit boulot de Yasmin. Elle était toujours fatiguée en rentrant et n'avait pas la force de me lire un livre ou de jouer. Mais elle avait besoin d'argent parce qu'elle voulait aller sur une île, Ibiza, l'été prochain. À Ibiza, il y a des palmiers et de longues plages de sable, mais pas de rennes, car les rennes aiment la neige et ne peuvent pas vivre sur la plage.

On est rentrés, Samir et moi. On a mangé des tacos et on s'est installés confortablement dans le canapé. On a regardé *Le Roi lion*, mon film préféré. J'ai fermé les yeux et je me suis bouché les oreilles quand le papa de Simba est mort.

Je fais ça chaque fois que je vois *Le Roi lion*.

Après, j'avais envie de jouer, mais papa Samir était fatigué. Et puis, il avait l'air triste, ses yeux étaient gonflés et sa voix était grave, comme quand il a crié sur Yasmin ou maman.

— Allez, viens petit prince, on va se coucher.

Je ne voulais pas le rendre encore plus triste alors j'ai obéi, même si j'étais en pleine forme. Je suis passé aux toilettes, je me suis lavé les mains et les dents. Papa Samir m'a donné une vitamine, mais je l'ai recrachée derrière son dos, car ça avait mauvais goût. Puis on est allés dans ma chambre et on a lu *Winnie l'ourson*.

Après, il a éteint la lumière.

— Bonne nuit, a-t-il dit en fermant la porte.

Il faisait complètement noir. Tous les sons étaient amplifiés. Le vent soufflait. Une branche claquait contre la vitre. J'étais sûr que c'était une branche, je l'avais vue plusieurs fois, mais on aurait dit que quelqu'un frappait et voulait entrer. J'ai été obligé de me boucher les oreilles, je n'arrêtais pas de penser à un livre que Yasmin m'avait lu où un assassin cogne à la fenêtre d'une maison dans laquelle une fille dort sans savoir qu'il est juste là.

Puis je me suis endormi.

Et réveillé.

Il faisait toujours nuit, mais il y avait d'autres bruits. Comme des pleurs. J'ai entendu la voix de papa Samir, elle semblait vachement sévère. Je me suis levé pour voir ce qui se passait, même si j'avais peur. Je me suis dit que quelqu'un devait être triste, et dans ce cas je pouvais peut-être consoler cette personne, car c'était un de mes points forts.

C'était même l'un de mes meilleurs points forts.

16

J'ai beaucoup de points forts.

Par exemple le dessin. Maman affichait toujours mes dessins aux murs de la cuisine. Elle aimait beaucoup que je dessine notre maison, notre famille ou des animaux. Par contre, elle n'aimait pas que je fasse des monstres qui massacrent des humains à coups de couteau. Ces œuvres-là n'avaient pas leur place sur le mur. Elle les entassait sur une étagère. Le lendemain, si je demandais où les dessins étaient passés, elle répondait :

— Ah, j'ai oublié où je les ai mis.

Et puis, j'étais doué pour faire des gâteaux. Surtout pour verser la bonne quantité de farine, de sucre, d'œufs, tout ce qu'il fallait mesurer, dans un saladier et mélanger. Après, je débarrassais. Ça plaisait beaucoup à maman. Elle disait que c'était aussi important de ranger que de cuisiner, mais ça, ce n'est pas vrai. Parce que si on ne cuisine pas on ne peut pas manger, donc on meurt. Par contre, si on ne fait plus le ménage, personne ne meurt, même si maman pouvait se mettre en colère et faire la tête pendant très longtemps.

J'avais un autre talent : me taire. Si quelqu'un avait été méchant avec moi, je pouvais rester muet pendant super longtemps, même si maman, la maîtresse et Maja me demandaient d'arrêter.

Maja disait que ce n'était pas bien de garder le silence, ni vis-à-vis de la personne contre laquelle j'étais fâché ni vis-à-vis de moi-même.

— Tu te punis autant toi-même, disait-elle.

Il y avait un domaine où j'étais hyper fort : celui de consoler les gens. D'après maman, j'arrivais à voir quand quelqu'un était triste, ce qui était vrai. Je crois que les autres le voyaient aussi, mais ils avaient tant de choses à faire qu'ils n'avaient pas le temps de se réconforter les uns les autres. Il fallait faire le ménage, aller travailler, conduire sa voiture, participer à des soirées de filles ou des soirées de mecs. Mais comme je n'avais pas grand-chose d'autre à faire, quand je voyais des gens tristes je les consolais.

Ce n'est pas difficile. On s'avance vers eux, on les serre dans ses bras et on leur dit :

— Je vais te consoler.

Généralement, ça prend quelques instants. Après ils arrêtent d'être malheureux et sont à nouveau contents.

J'entendais que Yasmin était triste. Je me suis inquiété pour elle, alors j'ai descendu l'escalier tout doucement.

Elle pleurait. Elle s'est mouchée plusieurs fois. Elle parlait avec papa Samir, mais je ne comprenais pas parce que c'était en français.

Je me suis caché derrière la porte de la cuisine et je les ai épiés par la fente entre le mur et le battant.

Papa Samir et Yasmin étaient assis à la table.

Yasmin tenait sa tête entre ses mains, comme si elle avait mal à la tête, et elle avait l'air inconsolable. Sur la table, il y avait des boulettes de sopalin, un papier et un crayon.

Papa Samir semblait aussi avoir du chagrin et être fâché en même temps. Son visage était ratatiné comme la fois où, sans faire exprès, j'avais shooté très fort dans un ballon qui lui était arrivé entre les jambes.

Il a prononcé quelques mots en français et Yasmin a saisi la feuille et le stylo. Puis elle a écrit quelque chose et elle a poussé le papier vers papa Samir.

Le stylo a roulé et il est tombé par terre. Ils ont sursauté et ont regardé autour d'eux.

J'ai reculé de quelques pas et je me suis collé au mur, parce qu'en vrai je n'avais pas le droit d'être debout au milieu de la nuit. Et si jamais je l'étais, je pouvais aller aux toilettes ou voir maman dans son lit. Surtout pas descendre au rez-de-chaussée. Dans la cuisine, il y avait les plaques de cuisson, le four et les couteaux qui étaient dangereux pour toute la famille, mais surtout pour moi : parfois j'oubliais d'être prudent.

Au bout d'un petit moment, ils se sont remis à parler et j'ai osé jeter un coup d'œil par la fente.

Samir a sorti une seringue avec une longue aiguille pointue.

J'ai horreur des piqûres.

Les piqûres et les plats dégoûtants sont les deux choses que je déteste le plus au monde. Mais si j'étais obligé de choisir entre avaler un aliment pas bon et me faire piquer, je prendrais l'aliment. Le goût ne reste pas longtemps dans la bouche. Une fois qu'on a dégluti, la nourriture descend dans le ventre où elle n'a pas de saveur. Puis elle se transforme en caca et c'est bon pour la nature. Alors qu'une piqûre, ça fait mal. Au moment de l'injection et après, parce que l'aiguille rentre très profond dans la chair.

Papa Samir a enfoncé l'aiguille dans le bras de Yasmin et j'ai fermé les yeux le plus fort possible. Je n'osais pas regarder, je ne voulais pas voir s'il y avait du sang parce que je n'aimais pas ça.

Je suis resté comme ça longtemps, jusqu'à ce qu'ils recommencent à parler en français. Alors j'ai ouvert les yeux.

Papa Samir avait préparé un sac plastique. Il a mis la seringue dedans, le papier aussi, et a dit quelque chose à Yasmin.

Elle s'est levée en s'appuyant sur la chaise. Son visage était tout blanc, comme si elle allait vomir, mais elle n'a pas vomi. Elle est allée dans le couloir et j'ai été obligée de me plaquer contre le mur à nouveau pour qu'ils ne me voient pas.

J'ai essayé de m'écraser au maximum, comme ces poissons plats qu'on trempe dans de la chapelure, qu'on fait frire à la poêle et qu'on mange avec du beurre et du citron. J'ai retenu ma respiration pour qu'ils ne me remarquent pas, mais au bout d'un moment j'ai eu le vertige et j'ai dû prendre de l'air. Autrement, je serais tombé par terre et ils m'auraient découvert.

Je les ai entendus enfiler leur manteau et leurs chaussures. Puis la porte s'est ouverte et l'air glacial du dehors s'est engouffré dans la maison, il est arrivé jusqu'à moi. J'avais froid et tout à coup envie de faire pipi.

Je suis sorti de ma cachette, mais peu importe, ils étaient déjà partis.

L'entrée était vide, la porte fermée et je distinguais leurs pas dehors. Ça craquait, parce qu'il faisait froid et le sol était verglacé. Il y avait même encore un peu de neige.

J'ai réfléchi quelques instants et j'ai décidé de les suivre. Je ne voulais pas rester tout seul au milieu de la nuit. En plus, Yasmin et Samir avaient l'air tristes et avaient peut-être besoin d'être consolés.

J'ai glissé les pieds dans mes bottes en caoutchouc. Puis j'ai ouvert la porte. Et je suis sorti.

Il faisait très sombre. À la lueur de la lune, je les ai vus aller dans la forêt. Ils ressemblaient à des ombres, mais j'étais sûr qu'il s'agissait bien de papa Samir et de Yasmin étant donné que j'entendais leurs voix en français.

Yasmin disait : « Non, non, non. »

Je connais ce mot en français parce que c'est presque le même qu'en suédois.

Elle chancelait, en plus, peut-être parce qu'elle portait ces chaussures à talons aiguilles qui font hyper mal si on se fait marcher sur le pied avec.

Je les ai suivis.

Je devais regarder le sol avant de poser le pied par terre parce qu'il faisait sombre et mes bottes devenaient vachement glissantes quand il y avait du verglas. Ma mère m'interdisait de les mettre en hiver, mais j'avais oublié.

Il faisait très froid et je me suis fâché contre moi-même parce que j'étais sorti sans manteau – ça aussi j'avais oublié. J'oubliais souvent des choses, surtout si j'étais pressé.

Ou si j'avais peur.

Quand je suis entré dans la forêt, il faisait encore plus noir. Et encore plus froid. Le vent soufflait dans les arbres, toutes les branches bougeaient. On aurait dit qu'elles étaient vivantes. Je me suis arrêté plusieurs fois pour fermer les yeux et ne pas les voir. Mais quand je fermais les yeux j'étais obligé de me boucher les oreilles et j'avais encore plus peur. Alors j'ai arrêté.

Au bout d'un moment, j'ai compris qu'ils se dirigeaient vers le précipice.

Je n'avais absolument pas le droit d'aller au précipice, c'était super dangereux. Un jour, en été, j'y suis allé quand même. Maman est venue me chercher. Elle m'a soulevé et a hurlé.

— Tu es complètement fou ? C'est extrêmement dangereux. Tu ne te rends pas compte ?

Puis elle a eu les larmes aux yeux et elle m'a porté sur tout le chemin du retour. Elle a encore pleuré à la maison, même si je l'ai consolée. Après elle m'a confisqué ma Game Boy pendant plusieurs jours.

— Il aurait pu se passer n'importe quoi, Vincent !

Ce qui n'était pas vrai.

La seule chose qui aurait pu se passer était que je tombe du rocher, mais maman s'inquiétait pour tout.

Quand je suis arrivée en haut de la falaise, Samir et Yasmin se trouvaient tout au bout, au bord, même si c'était dangereux et que les adultes aussi peuvent tomber.

Je n'étais pas loin non plus, j'entendais les vagues se briser en bas, ça crépitait et grésillait. Mais j'étais caché derrière un grand arbre, alors ils ne me voyaient pas.

Le froid était de plus en plus mordant, j'avais l'impression d'être à l'intérieur d'un congélateur. Je ne pouvais plus bouger les doigts et j'avais mal aux orteils. Sans oublier mon envie pressante de faire pipi. Je ne pouvais pas rester immobile, j'avais peur de me faire dessus. J'avais la frousse même si la lune brillait, parce qu'on aurait dit que quelque chose de terrible allait se passer.

Papa Samir a prononcé quelques mots et a montré du doigt les pieds de Yasmin.

Yasmin a fait quelque chose de bizarre : elle a retiré ses chaussures et les a posées sur le bord. Papa Samir a sorti le papier qu'il avait rangé dans le sac et l'a mis dans l'une des bottes.

Quelque chose a bougé dans le noir à côté du bord de la falaise. Un monstre peut-être. Je me suis penché en avant pour mieux voir, mais soudain tout est devenu noir, un gros nuage était passé devant la lune.

J'ai eu si peur que j'ai failli tomber. Sans le faire exprès, j'ai fait un pas en avant et j'ai écrasé une brindille. Parfois quand on marche sur une petite branche, elle se casse, et c'est ce qui s'est passé. Ça a fait un grand crac, presque comme un coup de pistolet, et ma peur a redoublé. À la fois parce que je ne savais pas que la brindille était là et parce que j'ai eu peur qu'on me voie et qu'on me confisque à nouveau ma Game Boy.

J'ai reculé dans la forêt. Même si le nuage est parti, que la lune est revenue et que le sol est devenu argenté, j'ai continué à reculer.

J'ai marché, marché, et je suis tombée deux fois, étant donné que je ne voyais rien à reculons. À la deuxième chute, j'ai atterri sur un caillou, j'ai eu super mal au dos et j'ai perdu une botte.

Je me suis arrêté un instant, j'ai remis ma botte.

Et après, j'ai pleuré.

Et après, j'ai continué mon chemin.

Et après, j'ai fait pipi dans un buisson.

Et après, je suis arrivé chez moi.

Je me suis couché dans mon lit et il avait beau être encore chaud je claquais des dents. J'avais des fourmis dans les mains et les pieds et j'avais la tête pleine de pensées qui me rendaient triste et me faisaient peur. Je revoyais cette grande aiguille que papa Samir avait enfoncée dans le bras de Yasmin et je repensais à ce qu'elle disait dans les bois.

— *Non, non, non.*

Mes larmes se sont remises à couler, et je voulais que quelqu'un *me* console.

Mais papa Samir et Yasmin étaient au bord de la falaise, là où il pouvait se passer n'importe quoi.

Et maman était à sa soirée de filles, là où les enfants n'avaient pas le droit d'aller.

Et j'étais tout seul dans le noir au milieu de la nuit.

J'ai fermé les yeux de toutes mes forces et je me suis bouché les oreilles.

17

Quand je me suis réveillée, il faisait toujours noir. J'entendais des voix depuis la cuisine, des voix que je ne reconnaissais pas, et je me suis souvenu de ce qui était arrivé. Je me suis rappelé la piqûre et la forêt et le nuage qui a stationné devant la lune, et la brindille qui a craqué comme un coup de pistolet.

J'ai eu peur à nouveau.

Je me suis assis dans mon lit. J'ai allumé ma lampe de chevet.

Quand on l'allume, il y a des animaux qui se mettent à tourner sur l'abat-jour. J'aime bien ça, généralement ça m'apaise.

Pas cette fois.

J'ai examiné mes pieds. L'un d'entre eux était un peu sale, et j'avais des brins d'herbe entre les doigts de pied. Je les ai retirés. J'ai pris ma Game Boy sur ma table de chevet et je suis descendu dans la cuisine.

Maman et papa Samir étaient à la table avec deux policiers – ils portaient des uniformes, comme ceux à la télé. Il y avait un monsieur et une dame.

— Maman ?

Je l'ai appelée parce que les policiers me faisaient peur et que maman réussit souvent à me rassurer.

Maman s'est levée et s'est approchée de moi.

— Ne t'inquiète pas, chéri. Viens, on retourne dans ta chambre.

Elle m'a pris par la main et m'a attirée vers l'escalier. Elle m'a expliqué que les policiers croyaient qu'il était peut-être arrivé quelque chose à Yasmin.

J'ai repensé à l'aiguille et au précipice.

J'ai réfléchi longtemps, je fais ça parfois.

Devais-je lui raconter ce qui s'était passé dans les bois ? J'ai finalement décidé de me taire : je savais que maman se fâcherait si elle apprenait que j'étais allé au bord de la falaise en pleine nuit. Elle me demanderait sans doute comment j'étais habillé, et si je lui disais que j'étais juste en pyjama et en bottes, ça la mettrait encore plus en colère.

La maîtresse nous a expliqué qu'il existe trois manières de mentir :

Un : on dit quelque chose de faux. On appelle ça un mensonge.

Deux : on dit quelque chose de faux parce qu'on veut être gentil. On appelle ça un « pieux mensonge ». Il y a aussi le « mensonge officieux », c'est presque la même chose, sauf que c'est pour aider quelqu'un.

Trois : on ne dit pas tout ce qu'on sait. C'est le « mensonge par omission ». Même si on ne dit rien, c'est quand même un mensonge, selon la maîtresse.

Je ne suis pas d'accord avec elle. Moi, je me tais très souvent, et ce n'est pas pareil que mentir, je trouve.

J'en ai parlé avec Maja. Elle m'a dit que les maîtresses aussi peuvent se tromper. Elle a ajouté :

— Tant qu'on n'est pas méchant, ce n'est pas grave de garder le silence.

Quand j'ai pensé à ça, ça ne me semblait plus très grave de ne pas avoir tout raconté à maman.

— Allez, rendors-toi, a-t-elle murmuré avant de sortir.

La porte s'est fermée et ses pas ont disparu.

Et après, la fatigue est revenue.

Et après, j'ai fermé les yeux.

Et après, je me suis endormi.

Quand je me suis réveillé, il faisait jour, mais pas très, parce que ce n'est jamais le cas en hiver. Pas à Kungsudd en tout cas. Mais il ne faisait pas aussi nuit qu'à Pajala. Là-bas il n'y a pas de soleil du tout en hiver. Mais les gens qui y vivent sont habitués, et les rennes aussi. Ils fouillent dans la neige à la recherche de nourriture même s'il fait noir. Et ils n'ont pas froid parce que leur fourrure est super épaisse.

Je me suis levé. Puis je suis allé dans la chambre de maman et papa Samir.

Maman se tenait dos à moi. Elle a enfilé sa robe de chambre et s'est retournée.

— Où est Yasmin ? j'ai demandé.

Maman s'est approchée de moi et m'a serré dans ses bras, comme si elle voulait me consoler, même si je n'étais pas triste. Pas à ce moment-là.

— On ne le sait pas encore. On va petit-déjeuner ?

On était en train de couper le pain quand ça a sonné à la porte. Papa Samir a ouvert. Dehors, il y avait un monsieur et une dame que je ne reconnaissais pas. Ils sont entrés et ont retiré leurs manteaux et leurs chaussures.

La dame avait les cheveux gris et les yeux bleus. Elle était assez vieille et ressemblait à ma mamie.

Le monsieur avait les cheveux marron et ressemblait au papa d'Alicia. Il venait souvent les chercher en voiture à l'école, elle et son fauteuil roulant.

La dame et le monsieur ont discuté avec maman et papa Samir, mais je n'avais pas le droit d'être là. À la place, j'ai dû manger mes tartines devant des dessins animés.

C'était pour qu'ils soient tranquilles.

Mais ce n'était pas grave. Je préférais largement regarder un dessin animé que leur adresser la parole.

Au bout d'un moment, la curiosité a pris le dessus et j'ai été obligé d'aller en douce écouter à la porte. Maman et la policière qui s'appelait Ann-Britt parlaient de Yasmin. J'ai tendu l'oreille, même si je savais que les adultes ne voulaient pas que je les entende.

— Pour homicide ? a dit maman.

Puis, plus tard :

— Samir ne ferait jamais de mal à Yasmin, même si elle s'était fourrée dans je ne sais quel pétrin. Elle est tout pour lui.

Là, j'ai paniqué et j'ai repensé à Yasmin et aux policiers que j'avais vus quand je m'étais réveillé au milieu de la nuit. Discrètement, je suis retourné sur le canapé, mais je n'ai pas réussi à finir mon petit déjeuner. J'avais comme une grosse boule dans la gorge.

Peu après, maman est arrivée.

— Pourquoi ils sont encore là les policiers ?

— Parce que si quelqu'un a été méchant avec Yasmin, ils vont le retrouver, a répondu maman.

Elle parlait très lentement, comme elle fait toujours quand elle croit que j'ai peur, même si j'entends aussi bien quand j'ai peur et quand elle parle vite.

Je me suis mis à réfléchir à nouveau.

Est-ce que papa Samir avait été méchant avec Yasmin ? Je me suis souvenu que Yasmin avait dit « non, non, non » quand ils marchaient dans le bois. Mais j'aimais bien papa Samir et je n'avais pas envie que les policiers l'attrapent.

J'ai demandé à maman ce que les policiers faisaient de la personne qui avait été méchante avec Yasmin. Elle m'a répondu qu'elle finirait sans doute sa vie en prison.

J'ai songé à papa Samir qui chantait et cuisinait si bien, qui jouait avec moi. Je ne pensais pas qu'il avait fait du mal à Yasmin. C'était peut-être seulement un jeu, ce que j'avais vu. En plus, je ne voulais pas qu'il soit enfermé pour sa vie entière. Nous ne serions plus une famille, nous ne ferions plus des soirées film le vendredi, nous ne ferions plus des gâteaux ensemble. Et maman s'endormirait, la tête sur la table basse, comme avant.

J'ai décidé de taire pour toujours ce que j'avais vu. En vrai, ce n'était pas un mensonge puisque c'était pour être gentil avec quelqu'un. Alors, quand la policière m'a posé tout un tas de questions, je n'ai pas répondu.

Elle m'a demandé ce que papa Samir et moi avons fait la veille au soir. Mais je n'ai pas répondu.

Elle m'a demandé si on avait fait quelque chose de sympa, comme regarder la télé ensemble, par exemple.

Elle a demandé ce qu'on avait mangé.

J'ai gardé le silence.

C'était facile, parce qu'être muet, c'est vraiment un de mes points forts.

Après la disparition de Yasmin, tout est devenu très bizarre.

Papa Samir pleurait.

Maman pleurait.

Mais on se levait quand même tous les matins, on préparait le petit déjeuner et on se lavait les dents, comme d'habitude. Puis on déjeunait et on dînait, même si Yasmin n'était pas là et que sa chaise était vide.

Puis on a fêté Noël.

Papa Samir m'a offert un paquet avec des tonnes de Lego pour construire un dinosaure. Maja m'a offert un pull rouge avec des rennes marron, blancs et noirs dessus. Et maman m'a offert une boîte de quarante-sept craies de différentes couleurs et un carnet à dessin presque aussi gros que le bottin téléphonique.

J'étais content, même si tous les autres étaient tristes parce que Yasmin avait disparu. Puis j'ai arrêté d'être content parce qu'après Noël maman m'a expliqué :

— Vincent. J'ai quelque chose à te dire. Yasmin est morte.

— Morte ? Comme Pouf ?

— Oui. Comme Pouf.

Il y avait deux choses qui me font vraiment, vraiment peur.

La première : que je me réveille un matin et que je n'aie plus le syndrome de Down, parce que j'aime bien être moi. En plus, si je n'étais plus comme ça, je ne pourrais pas garder mon accompagnante, Maja, je ne pourrais pas aller chez l'orthophoniste, et je crois que je ne pourrais pas non plus faire autant de gâteaux.

La deuxième : la mort.

La mort peut toucher n'importe qui, mais le plus souvent les vieux, comme mon papi. Mais elle a quand même touché mon hamster Pouf qui n'avait que sept mois et cinq jours. Ce n'est pas très vieux.

Pouf avait le poil marron et blanc, de grands yeux noirs et de minuscules doigts de pieds roses et sans poils. Au bout de chaque orteil, il y avait une griffe pointue comme une aiguille. Il avait aussi les dents aiguisées et il mordait parfois, mais moi jamais parce qu'il n'avait pas peur de moi. Mais un jour il a croqué le pouce de papa Samir.

— *Merde** ! s'était-il écrié en portant son doigt à la bouche.

Je ne savais pas ce que ça voulait dire parce que c'était en français, mais je savais que c'était un gros mot.

— Il a eu peur, je lui ai dit.

Papa Samir n'a pas répondu, il est juste allé se laver les mains.

Il se lavait souvent les mains, parce qu'il était médecin. Pour eux, c'est quelque chose de très important.

Bref.

Un matin, quand je me suis réveillé, Pouf était allongé, immobile, sur la sciure de bois dans sa cage. Ça lui arrivait de rester sans bouger, ça n'avait rien d'étrange. Mais quand je l'ai touché, son corps était tout mou et ne réagissait pas, même quand j'ai caressé sa tête et son ventre.

Je suis allé chercher maman. Elle a soulevé mon hamster, l'a retourné plusieurs fois et a déclaré :

— Je suis désolée, Vincent. Pouf est mort.

J'ai d'abord cru qu'elle mentait car il n'avait que sept mois et cinq jours. Après, j'ai compris que ce n'était pas un mensonge, même pas un pieux mensonge.

Maman a expliqué qu'on allait l'enterrer, parce qu'on doit enterrer tous ceux qui meurent. Moi je ne voulais pas. Je voulais que Pouf reste dans sa cage. J'aimais bien l'avoir avec moi. Je ne me sentais jamais seul, je n'avais jamais peur quand Pouf était dans ma chambre, même s'il faisait nuit et que j'étais tout seul.

On a allongé mon hamster dans une boîte en carton et j'ai beaucoup, beaucoup pleuré. Et après, on l'a enfoui dans un trou sous le cerisier. Et après, on a chanté une chanson.

Et après, quelques jours sont passés.

Au bout de quelques jours, Pouf me manquait deux fois plus qu'après sa mort. Je n'avais pas envie qu'il soit dans un trou, qu'il ne puisse pas courir dans sa roue et boire son eau. Alors je l'ai ressorti.

J'ai fait comme ça :

Je suis allé chercher la pelle dans la remise. Là-bas, il y a un tas d'outils qui appartenaient à mon grand-père avant qu'il soit mort et enterré. Puis j'ai creusé sous le cerisier, j'ai pris le carton qui était devenu tout mou, tout marron et qui sentait la terre.

Puis j'ai sorti Pouf de sa boîte.

Il était tout bouffi. Quelques asticots blancs rampaient sur sa tête. J'ai retiré les vers et je les ai posés délicatement dans la terre pour qu'ils ne se fassent pas mal. J'ai enlevé un peu de saleté du pelage de Pouf et je l'ai amené dans la maison. Je l'ai enveloppé dans une serviette et je l'ai caché sous mon lit, parce que je savais que maman se fâcherait si elle le découvrait.

Pourtant, quelques jours après, en entrant dans ma chambre, elle a dit :

— Qu'est-ce qui empeste comme ça ?

Elle plissait le nez, comme un chien. Elle a commencé à chercher partout.

Elle a fini par trouver Pouf sous le lit et on a été obligés de refaire l'enterrement. Cette fois papa Samir a creusé un trou très profond avec la plus grande pelle de papi. Elle était si lourde que je n'avais presque pas la force de la porter.

Il m'a dit :

— Vincent, quand on est mort on ne revient pas. On devient de la nourriture pour les arbres, les fleurs, l'herbe. On existe dans la nature. C'est beau. Tu comprends, non ?

Mais je ne voulais pas comprendre.

Je voulais retrouver Pouf.

Et maintenant, Yasmin était morte, comme Pouf.

Je ne voulais pas qu'elle soit dans la terre au milieu des asticots et qu'elle devienne de la nourriture pour la nature.

Je voulais qu'elle me lise des romans qui font peur, qu'elle joue avec moi et me donne des bonbons.

Je voulais que tout redevienne comme avant.

18

Avant, avant que Yasmin commence à fermer sa porte à clé, et avant qu'elle meure, j'allais parfois dans sa chambre quand elle était à son travail. Je m'asseyais sur son lit et je jouais à la Game Boy, ou je feuilletais ses magazines. Ils étaient plutôt ennuyeux, ils ne parlaient que de maquillage et de vêtements et de garçons qui chantent dans des groupes et qui avaient des habits et des coiffures bizarres.

Après, Yasmin a commencé à verrouiller sa porte. Mais elle cachait la clé dans l'armoire de la salle de bains, dans son tiroir à maquillage.

Un jour, j'ai pris la clé et je suis entrée dans sa chambre en secret. À l'intérieur, c'était comme d'habitude, même si c'était fermé.

Je me suis assis sur le lit.

Puis j'ai vu quelque chose par terre, à côté de la table de chevet – il y avait des tas de mouchoirs en boule. J'en ai ramassé un, il était marron et tout dur, ça ressemblait à du sang séché.

Ça m'a rendu triste.

Yasmin était presque aussi maladroite que moi. Une fois, au travail, elle s'était fait très mal sous l'œil. Sa peau était toute bleue. En plus, elle était tombée dans les bois, sa lèvre s'était ouverte, ça avait beaucoup saigné et elle avait dû aller à l'hôpital avec papa Samir pour se faire recoudre.

Si on est très maladroit, il arrive qu'on n'ait pas envie de l'admettre. Parfois, si je cassais quelque chose sans faire exprès, je disais à maman :

— Non. C'est pas moi. J'ai rien fait.

C'était un pieux mensonge, je voulais juste éviter sa colère.

Quand je lui disais ça, maman me regardait très longtemps et après elle oubliait.

C'était la même chose pour Yasmin ?

J'ai laissé les morceaux de mouchoir par terre, sinon elle aurait compris que j'étais rentré dans sa chambre.

Au moment de sortir, j'ai vu quelque chose dépasser de sous son lit – un sac noir à fermeture éclair qui ressemblait à celui dans lequel maman mettait ses affaires de sport. Sur le côté du sac, il y avait marqué *Just Do It* en grandes lettres blanches.

Je l'ai tiré vers moi, je l'ai ouvert et j'ai un peu fouillé dedans.

Il n'y avait rien de très passionnant : des fringues de fille, des tas de papiers et un livre noir avec des lettres dorées. Je commençais à fermer le sac quand j'ai vu une photo. Comme j'étais un peu curieux, je l'ai sortie.

On voyait une fillette sur une plage avec des brassards orange, qui ressemblaient aux miens.

J'ai regardé de plus près. Ça devait être Yasmin petite.

J'ai pris la photo, même si on n'a pas le droit de prendre les choses des autres, parce que je n'avais pas de photo Yasmin et j'en voulais une. Je l'avais dessinée plusieurs fois, mais ce n'était jamais très réussi – la bouche était trop grande et les cheveux toujours de la mauvaise couleur parce que ma craie marron était trop claire et la noire trop foncée.

Après j'ai fermé la porte et j'ai tourné la clé dans la serrure avant de la remettre avec le maquillage.

Cette nuit-là, j'ai été réveillé par un cri atroce. J'ai eu une peur bleue et j'ai d'abord voulu appeler maman : c'est ce que je fais quand je suis affolé. Ensuite, j'ai entendu quelqu'un parler.

Je me suis assis dans mon lit pour écouter. Comme il faisait nuit noire et il n'y avait pas un bruit, j'entendais super bien.

C'était Yasmin.

Je me suis faufilé dans le couloir, sans allumer, et je me suis dirigée vers sa chambre. Je pensais qu'elle s'était encore cognée et qu'elle avait besoin d'être consolée.

Quand j'ai ouvert sa porte, il faisait très noir et il m'a fallu un petit moment avant que mes yeux s'habituent et que je voie qu'elle était dans son lit.

— Yasmin, j'ai murmuré. Tu es triste ?

— Non, arrête ! *Arrête !*

— Tu fais un cauchemar ?

J'ai avancé vers le lit. J'ai posé ma main sur celle de Yasmin, comme maman le fait quand je suis malade. Sa main était chaude et moite.

— Je me noie ! *Non, non !*

J'ai un peu secoué son bras et elle a ouvert les yeux.

— Ce n'était qu'un rêve, j'ai dit.

— Vincent ?

Elle a cligné des yeux et a soulevé la couverture pour que je puisse me glisser dans son lit. Je me suis allongé à côté d'elle. Elle a entouré mes épaules de son bras et a serré très fort.

— On dort, maintenant, a-t-elle murmuré.

C'est la dernière fois que j'ai dormi dans le lit de Yasmin avant sa mort.

Quelques jours après Noël, j'étais dans ma chambre à jouer aux Lego quand on a sonné à la porte.

C'était le matin, on n'avait pas encore pris notre petit déjeuner. Je ne m'étais même pas brossé les dents, je n'avais pas fait pipi et j'étais toujours en pyjama.

D'abord, j'ai voulu continuer à assembler mes Lego, parce que j'avais presque terminé mon dinosaure, mais après j'ai entendu maman crier et j'ai eu une sacrée trouille. Je me suis précipité hors de ma chambre et vers l'escalier. Je n'osais pas descendre. J'ai jeté un coup d'œil à travers les barreaux de la rambarde.

Dans l'entrée, il y avait maman, papa Samir, la policière qui m'avait bombardé de questions et deux autres agents en uniforme. Papa Samir avait mis son manteau et maman le tirait par un bras et un policier par l'autre. On aurait presque dit qu'ils voulaient le casser en dcux.

Maman tirait fort, mais le policier tirait encore plus fort alors elle a fini par lâcher. Puis les agents ont amené Samir dans leur voiture. J'ai tout vu parce que je suis retourné dans ma chambre et j'ai regardé par la fenêtre. Ils l'ont assis sur la banquette arrière et lui ont appuyé sur la tête pour qu'il ne se cogne pas contre le toit de la voiture, comme ils font à la télé.

Après, maman a parlé longtemps avec les autres policiers dans la cuisine.

Après, elle est montée.

— Tu es resté dans ta chambre toute la matinée ?

J'ai hoché la tête.

— Tu es sûr que tu ne nous as pas épiés dans l'escalier ?

J'ai secoué la tête, je comprenais que maman serait triste si elle savait que j'avais vu qu'elle n'avait pas réussi à retenir Samir et que c'était sa faute si papa Samir n'était plus là.

Après, on est allés chez mamie.

J'aimais bien aller chez mamie parce qu'elle avait un gentil petit basset qui s'appelait Nelly. Nelly et moi, on pouvait s'amuser ensemble pendant des heures, elle ne se lassait jamais. Les chiens adorent jouer et n'ont pas un tas d'autres trucs à faire pendant la journée comme les humains.

Ce qui était chouette aussi, chez mamie, c'est qu'elle avait un faible pour la pâtisserie. Surtout pour les biscuits. Elle savait faire un tas de biscuits différents et elle n'avait même pas besoin de regarder la recette parce qu'elle les avait faits tellement de fois qu'elle aurait pu les confectionner en dormant. C'est ce qu'elle prétendait, en tout cas, mais je n'y croyais pas vraiment.

Je crois que personne ne peut faire des biscuits en dormant.

Voilà quelques exemples de ses biscuits : les sablés à la vanille, les sablés aux amandes, les sablés à la mélasse et les sablés à la confiture de framboises. Les derniers étaient mes préférés : la confiture durcissait et devenait délicieuse après être passée au four.

Un jour mamie a dit :

— De nos jours, les gens choisissent d'acheter leurs gâteaux à la boulangerie, mais moi je trouve qu'on doit les faire soi-même. C'est bon pour l'esprit.

L'esprit, c'est la partie du corps qui ne meurt pas. Quand on meurt, l'esprit se détache et monte au ciel. Il flotte parmi les nuages jusqu'à trouver un autre corps dans lequel s'installer.

Je me demande où habite l'esprit de Pouf. Et celui de Yasmin.

Peut-être que Yasmin était devenue un bébé hamster, et Pouf un bébé humain.

Mamie n'aimait pas trop Samir. En tout cas, pas autant que maman et moi.

— Il ne t'oblige tout de même pas à faire toutes ces âneries ? m'a-t-elle demandé, un jour, alors qu'on s'apprêtait à faire du pain.

Je préfère les biscuits au pain, mais le pain c'est bon quand même quand il est tout chaud et qu'on tartine du beurre dessus.

— C'est quoi des âneries ?

— Ces bêtises religieuses, là…

Le visage de mamie s'est ratatiné et elle a dégagé ses cheveux de l'arrière de la main pour ne pas s'étaler de la farine partout.

— C'est quoi les bêtises religieuses ?

Mais mamie ne voulait pas expliquer. Elle a dit que ça n'avait aucune importance et que nous devions enfourner le pain au lieu de papoter.

Juste avant de sortir les plateaux, elle m'a posé une autre question.

— Est-ce qu'il lit le Coran ?

— C'est quoi le Coran ?

— Un livre.

— Comme un livre de cuisine ?

Mamie a éclaté de rire et a lâché l'éponge qu'elle tenait à la main. Elle a essayé de le ramasser, mais elle n'arrivait pas bien à se baisser alors je l'ai aidée.

— Oui, oui, a-t-elle répondu. Comme un livre de cuisine, on peut voir ça comme ça.

Le jour où la police était venue chercher papa Samir et où j'étais en train de jouer avec Nelly, j'ai entendu mamie parler avec quelqu'un au téléphone.

— Ils l'ont arrêté il y a une heure. Maria vient de me laisser Vincent.

Après, elle a dit :

— C'est sûr qu'elle vit un *véritable enfer*. Sa propre fille, comment peut-on faire une chose pareille ?

Une fois la conversation finie, j'ai soulevé Nelly et je suis allé voir mamie.

— C'est quoi un *véritable enfer* ?

Je savais ce qu'était l'enfer, mais pas le *véritable* enfer.

Elle a reposé violemment le combiné.

— Ne t'inquiète pas de ça !

Cela arrivait souvent que mamie ne réponde pas à mes questions. Ça m'agaçait beaucoup. J'avais envie de comprendre de quoi elle parlait, sans quoi je me sentais exclu.

J'ai regardé ma grand-mère, elle avait les joues et le cou rouges. Elle s'éventait avec un papier, comme elle faisait quand elle trouvait qu'on devait faire autre chose que papoter, par exemple sortir Nelly ou enfourner des gâteaux.

Nelly a sauté au sol. Elle n'aimait pas qu'on la porte trop longtemps.

Je me suis penché vers elle et je l'ai caressée pour qu'elle ne se sente pas exclue – les chiens peuvent également se sentir exclus.

Les hamsters aussi, en tout cas avant qu'ils meurent.

Après, j'ai demandé si on pouvait faire des gâteaux, mais mamie a refusé.

— Je suis trop fatiguée. Et trop *estomaquée*.

Je ne connaissais pas le sens de ce mot, mais je n'ai pas osé poser la question, parce qu'elle n'avait pas l'air très en forme. Après, elle a dit que ce qui était arrivé à Yasmin était une *infamie*.

— Yasmin ! Une fille si jolie, si gentille, avec toute la vie devant elle. Qui aurait pu croire ça de Samir.

— Croire quoi ?

Ma grand-mère a regardé par la fenêtre et a frotté ses mains rouges et plutôt grasses. Ses doigts ressemblaient aux petites saucisses qu'on nous servait à la cantine.

— Qu'il avait un côté aussi sombre.

— C'est quoi un côté sombre ?

Mamie n'a pas voulu répondre à cette question non plus. Elle trouvait que nous devions sortir Nelly : elle devait avoir envie de faire ses besoins et de se dégourdir les pattes.

Dehors, j'ai réfléchi à ce qu'elle avait dit.

Samir avait effectivement la peau sombre, en tout cas plus sombre que maman et moi, mais sa peau était sombre de tous les côtés et pas que d'un seul. Certains de ses cheveux étaient complètement blancs et ça c'est le contraire de noir, qui est à peu près la même chose que sombre.

Nelly a fait pipi deux fois, une fois derrière un lampadaire et une fois dans un buisson piquant, et puis on est rentrés.

— Ta mère n'a pas toujours été comme ça, a-t-elle soupiré après avoir retiré la laisse de la chienne.

— Ah bon ?

— Je veux dire, avant, elle ne recherchait pas l'*exotisme* à tout prix !

Elle a claqué la porte si fort qu'elle a effrayé Nelly, laquelle s'est réfugiée dans la cuisine.

J'ignorais ce qu'était l'exotisme, mais je n'ai pas eu le temps de demander. Mamie est entrée dans les toilettes et y est restée longtemps, et après j'ai oublié.

Mais j'ai demandé à maman, le soir, de retour à la maison.

Elle s'est fâchée et a abattu la main sur la table, faisant trembler une tasse et éclaboussant un peu de jus.

— Ne l'écoute pas. Elle raconte des conneries racistes.

— Mamie est raciste ?

Je savais ce qu'était une personne raciste, maman me l'avait expliqué.

Maman m'a serré dans ses bras et embrassé sur la joue.

— Parfois je me le demande… On se pose des questions.

19

Ensuite un temps assez long s'est écoulé. Il ne s'est rien passé de bien, seulement des choses trop nulles que j'aimerais oublier.

Maman était triste car la police avait placé papa Samir dans une sorte de prison qui s'appelle la détention provisoire. Ils pensaient qu'il avait tué Yasmin. Maman, elle, ne le croyait pas. Pourtant quand elle me disait ça, elle détournait les yeux. Alors je me demandais si c'était un *pieux mensonge*, parce que parfois, quand maman regarde ailleurs, comme ça, c'est parce qu'elle dit quelque chose pour ne pas me rendre triste.

Maman pleurait en cachette, mais je l'entendais.

Parfois ses sanglots me réveillaient au milieu de la nuit. J'allais la voir dans sa chambre pour lui remonter le moral. Maman pensait que c'est moi qui étais triste et elle essayait de me consoler à la place.

Je la laissais faire parce que ça la mettait de meilleure humeur.

Quand on est triste, ça peut nous aider de consoler quelqu'un d'autre.

Ce qui était nul, aussi, c'est qu'il y avait une foule de gens qu'on ne connaissait pas dans notre rue. Ils se plantaient devant la maison, se cachaient dans les buissons du jardin et des fois ils sonnaient à la porte pendant hyper longtemps. Maman les appelait des *journalistes.* Ils travaillaient pour les journaux, la télé, la radio. Ils venaient chez nous pour poser plein de questions sur papa Samir. Ils étaient tellement curieux qu'il fallait baisser tous les stores et fermer tous les rideaux pour qu'ils ne puissent pas nous photographier quand on mangeait, quand on prenait une douche, ou quand maman me serrait dans ses bras. Maman avait beau leur dire qu'elle ne voulait pas leur parler, ils n'arrêtaient pas de revenir. Un jour, un *journaliste* est venu me voir dans la cour de récré, mais Maja est devenue furieuse et a dit :

— Cassez-vous ! Et cet appareil photo, vous pouvez vous le mettre là où je pense !

Alors le journaliste a placé son appareil dans un sac noir, je ne sais pas si c'est à ça que pensait Maja, et il est parti.

— Je deviens folle ! a dit ma mère ce soir-là. Si ça continue comme ça on va devoir déménager.

Ça m'a rendu très triste. Je ne voulais pas quitter notre maison, j'aimais bien ma chambre et mes affaires de dessin et les Lego. Je voulais ouvrir les rideaux et je voulais que maman soit heureuse.

Mais il est arrivé une chose encore plus nulle : Alexander, un garçon de CE2 B qui avait les cheveux jaunes et les yeux bleus, a commencé à m'embêter tout le temps.

Alexander n'avait jamais été gentil, mais il n'était pas vraiment méchant non plus. D'habitude, il m'ignorait, il jouait au basket pendant les récrés. Mais comme il y avait eu beaucoup de neige, la maîtresse avait rangé les ballons et il avait commencé à m'enquiquiner.

— Hé, gros mongol, je sais que ton père est en prison !

— Même pas vrai !

— Si, c'est vrai.

— Non ! Il est en détention provisoire !

— C'est pareil.

— Pas du tout.

— Si !

Maja est arrivée et Alexander est parti.

— Tout va bien ?

Ce jour-là, elle portait un bonnet rouge, un manteau bleu et des gants noirs à pompons.

— Il est trop méchant.

— Je sais. Je vais parler à son maître. Tu crois que tu peux essayer de l'ignorer pour l'instant ?

— Je ne sais pas.

— Fais comme s'il n'existait pas, tout simplement.

— Comme s'il n'existait pas ?

Maja a souri et s'est accroupie à côté de moi.

— Oui. S'il te dit quelque chose, tu imagines qu'il n'existe pas, qu'il n'y a rien là où il se trouve. Et tu ne réponds pas, d'accord ?

— D'accord.

Le lendemain, Alexander s'est approché de moi et a dit :

— Ton père a tué ta sœur, tu le sais, hein ? En plus, c'est un sale étranger !

Je me suis concentré tant que j'ai pu, mais Alexander était toujours là, avec ses cheveux jaunes et ses yeux bleus, pas mal de neige sur le manteau et de la morve dans une narine qui sortait à chacune de ses respirations.

— Non.

— Si. Ton père est un assassin.

J'ai essayé, deux fois plus fort, mais il existait toujours.

— J'ai l'impression que tu ne comprends pas, gros mongol ! Ton père a buté ta sœur et il va finir en prison !

À ce moment-là, c'est devenu tout blanc devant mes yeux, et je suis devenu furieux et hyper fort, comme Hulk. Mon bras est parti tout seul, mon poing s'est écrasé en plein dans son visage et il est tombé dans la neige.

Le sang coulait de sa bouche, il hurlait et la neige est devenue toute rouge.

Après, la maîtresse est arrivée et a amené Alexander chez l'infirmière.

Après, Maja est arrivée et m'a demandé de m'excuser, mais je n'ai pas voulu, je n'allais plus jamais adresser la parole à Alexander.

Après, maman est arrivée et on est rentrés. Maman a décidé que je n'irai plus à l'école pendant un moment.

— Tu peux rester à la maison jusqu'à ce que ça se calme. Je vais appeler ta maîtresse.

Après, c'était le soir.

Après, on s'est couchés.

Ensuite, je me suis ennuyé pendant assez longtemps parce que je n'allais pas à l'école et je n'allais pas à l'entraînement de foot et maman ne voulait pas faire des gâteaux tous les jours. Mais j'avais le droit de regarder des tonnes de cassettes vidéo, parfois on allait chez mamie, et parfois elle venait chez nous. Mais pas très souvent parce qu'elle n'avait pas de voiture et Nelly n'aimait pas prendre le bus parce qu'un jour elle s'est fait marcher sur la patte par un monsieur quand elle était dans le bus avec mamie et moi.

Nelly avait jappé super fort et mamie s'était exclamée :

— Vous ne pouvez pas faire attention, espèce d'empoté !

Et le monsieur a répondu :

— Hé, la vieille, vous n'avez qu'à le porter, votre clébard !

Alors, mamie s'était plainte au chauffeur, qui avait arrêté le bus et parlé au monsieur. Il avait noté le numéro de téléphone du monsieur, et celui de mamie. Quand on était arrivés chez mamie, elle avait été obligée d'avaler un médicament du nom de « sherry » et de se reposer un peu dans son lit. Les pieds sur un épais coussin rouge avec des décorations dorées, elle avait dit :

— Ma petite Nelly, je n'ai pas la force de te donner ta pâtée.

Ce n'était pas grave. Moi, je lui ai donné des boulettes de viande pour la consoler.

Parfois, d'autres personnes nous rendaient visite, à maman et à moi. Par exemple Greta, la meilleure copine de maman. Maman adorait Greta, mais moi je ne la trouvais pas gentille parce qu'un jour elle a essayé de faire un bisou à papa Samir pendant une fête chez nous. J'avais construit une cabane dans la cuisine alors Greta ne m'a pas vue, mais moi je la voyais hyper bien entre les deux pans de la nappe.

Papa Samir l'a repoussée.

— Arrête ! Combien de fois dois-je te le répéter ?

Peu après, elle est revenue dans la cuisine. Elle titubait et se tenait au plan de travail. C'est parce qu'elle était ivre – les adultes croient que je ne vois pas quand ils ont trop bu, mais je le vois tout de suite. Ils se déplacent bizarrement, disent des choses absurdes et parfois ils n'arrivent pas à prononcer les mots, comme s'ils avaient le syndrome de Down.

Elle a posé la main sur le bras de papa Samir.

— Tu es beau avec cette chemise moulante. Tu t'es mis au sport ?

Papa Samir a secoué la tête sans la regarder, il fixait la planche en bois parce qu'il était en train de couper quelque chose et c'est important de garder les yeux sur le couteau tout le temps pour ne pas se faire mal. Après il a pris le verre de vin de Greta et l'a vidé dans l'évier.

— Tu es éméchée. Je t'en prie, Greta, arrête de boire. Demain, tu vas le regretter.

— Allez, lâche-moi. Je vois bien que tu fais du sport. Tu devrais peut-être amener Maria à la salle un de ces quatre, elle s'est empâtée ces derniers temps. Ça ne lui va vraiment pas, on dirait une vieille.

À ce moment-là, papa Samir est sorti de la cuisine.

Parfois Tom passait nous rendre visite.

Tom avait les yeux bleus et les cheveux bruns frisés.

Je l'aimais bien, mais je l'aimais mieux avant qu'il devienne le copain de Yasmin. J'aimais mieux Yasmin aussi avant qu'elle devienne la copine de Tom.

Avant, Tom venait chez nous boire le thé avec maman. Parfois je lui disais :

— Tu veux jouer au monstre ?

Et il répondait :

— Au monstre ? Voyons voir si… je… grrr… ahhh !

Après il se raidissait, ses yeux tournaient dans tous les sens, il tombait de sa chaise et s'écroulait par terre. Il se mettait à ramper après moi et grognait comme un zombie. Et moi je courais à toute vitesse parce qu'il était un monstre et il me suivait parce que c'est ce que font les monstres.

Mais depuis qu'il sortait avec Yasmin, il disait simplement :

— Un autre jour, mon pote. Je dois aller voir ta sœur.

Après, ils s'enfermaient dans la chambre de Yasmin et je n'avais pas le droit d'entrer.

Un jour, je l'ai fait quand même. Ils étaient allongés sur le lit à s'embrasser. La lumière était éteinte et il faisait assez nuit. Pas complètement parce qu'ils avaient allumé une bougie même si maman nous avait dit qu'on n'avait pas le droit aux bougies parce que notre maison était hyper vieille et pouvait partir en fumée en un clin d'œil.

— Les bougies, c'est interdit ! j'ai dit

— Entrer dans les chambres des gens sans frapper c'est interdit aussi, a répondu Yasmin.

Ça m'a rendu très triste et je suis allé dans ma chambre.

Au bout d'un moment, un assez long moment, elle est venue me voir. Elle s'est allongée à côté de moi sur le lit.

— Pardon. Mais tu vois, parfois, j'ai besoin d'être tranquille. OK ?

— OK, j'ai dit, même si je ne trouvais pas ça OK.

Puis elle s'est tournée vers moi et m'a entourée de son bras et on s'est fait un câlin, mais couchés. Et mon lit a craqué très fort parce qu'il n'est pas fait pour les adultes.

— Tu sais que c'est toi que j'aime le plus ?

— C'est vrai ?

— Ouais.

Ça m'a fait plaisir. Je ne voulais pas qu'elle aime Tom plus que moi.

— De toute façon je ne serai bientôt plus avec Tom.

— Pourquoi ?

Elle a gardé le silence un long moment puis elle a dit :

— Il est trop collant.

— C'est quoi collant ?

— Quand on veut tout le temps être tout près d'une personne, même si la personne a envie d'être tranquille.

— Tout près ? Comme se faire des bisous dans le lit ?

Yasmin a éclaté de rire et ça m'a égayé un peu plus.

— Ouais, genre comme ça.

Puis elle a ajouté :

— En plus, je suis intéressée par quelqu'un d'autre. Mais tu ne dois en parler à *personne*.

— Pourquoi ?

Elle a soupiré et a retiré son bras.

— Je fais déjà enrager papa. Il a l'air de trouver que je suis une vraie salope.

— C'est quoi une salope ?

Silence.

On entendait clairement la respiration de Yasmin, elle a respiré sept fois avant de répondre.

— Une fille qui change souvent de copain.

J'ai réfléchi.

Il y a certaines choses qu'on doit changer souvent, par exemple son slip, les draps, et les tomates quand elles sont restées trop longtemps dans le frigo et qu'elles sont toutes moisies. Maman devait souvent changer de vêtements aussi, mais quand elle voulait le faire, elle n'en trouvait pas. Elle s'écriait :

— Bon sang, je n'ai rien à me mettre !

Et après on allait dans un magasin où maman achetait de nouveaux habits.

Et Samir était souvent obligé de changer ses cordes de guitare, ses lames de rasoir et ses chaussettes parce qu'il y avait toujours des trous au-dessous.

— Tu vas vraiment sortir comme ça ? disait maman. Ce n'est pas possible, les gens vont te prendre pour un clochard.

Mais il y avait d'autres choses qu'on n'avait pas le droit de changer souvent.

— Les garçons aussi peuvent être des salopes ?

Yasmin a toussoté.

— Euh, non, pas vraiment. Mais j'en connais plein qui changent de copine tout le temps. Allez, on laisse tomber. Tu veux que je te lise *Simetierre* à la place ?

Quand papa Samir avait été absent pendant très longtemps, si longtemps que toute la neige avait disparu et qu'il faisait un peu plus jour le matin quand maman me réveillait, il y a eu un *procès*.

Maman y est allée mais je n'ai pas eu le droit de l'accompagner parce que ce n'était pas *approprié* pour les enfants. C'est mamie qui m'a gardé, car je n'allais toujours pas à l'école.

Après le procès, les policiers ont décidé que papa Samir n'avait pas tué Yasmin. J'étais hyper content quand j'ai entendu ça, c'était le meilleur jour depuis longtemps, mais maman avait l'air bizarre. Et quand je lui ai demandé pourquoi, elle a répondu :

— C'est compliqué, Vincent. Très compliqué.

Quand papa Samir est rentré, je l'ai serré très fort dans mes bras et il m'a serré très fort dans les siens. Puis on a joué à la bagarre et à se chatouiller par terre. On a cuisiné et on a regardé la télé, Samir m'a lu un chapitre de *Winnie l'ourson* et je me suis endormi.

Mais le lendemain matin, c'était à nouveau un mauvais jour : papa Samir avait passé la nuit sur le canapé et quand maman est allée chercher le journal elle a vu que quelqu'un avait écrit sur notre maison à la peinture rouge.

C'était marqué : ASSASSIN.

J'ai dit à maman que c'était peut-être Alexander de mon école, mais elle a répondu qu'elle ne le pensait pas.

— C'est un adulte qui a fait ça. Un adulte pas très futé.

Après, papa Samir est allé acheter de la peinture. Après il a recouvert le mot. Après, c'était le soir.

Le soir, j'ai entendu maman et papa Samir discuter. Ils parlaient d'appartements et de quelque chose qui s'appelle le *loyer*.

J'ai demandé à maman ce que c'était, mais elle ne voulait pas me le dire alors j'ai insisté. Au bout de trois fois, elle s'est mise en colère, même si j'avais posé la question gentiment. Elle a dit que papa Samir allait déménager dans un appartement.

Ça m'a fait trop de peine et j'ai crié :

— Non, non, non !

Après, tout est devenu blanc, exactement comme quand Alexander s'est moqué de moi, et j'ai frappé maman super fort au visage.

— Aïe ! Elle s'est écriée. Qu'est-ce qui te prend ? On ne tape pas.

Elle a ajouté :

— Ce n'est pas ma faute. Samir ne peut s'en prendre qu'à lui-même. Tout ça, c'est à cause de lui.

C'est là que je me suis fâché contre papa Samir.

J'ai décidé de ne plus lui adresser la parole pendant très longtemps. Au moins pendant une semaine.

20

Ce soir-là, papa Samir a emballé ses affaires dans deux cartons que maman est allée chercher dans la remise.

— Je suis désolé, Vincent, a dit papa Samir. On se revoit bientôt, hein ? Quand ça se sera calmé un peu.

Je n'ai pas répondu.

— Tu boudes ?

Je n'ai pas répondu non plus. Je suis monté dans ma chambre, j'ai regardé par la fenêtre et j'ai vu Samir charger les cartons dans sa voiture et démarrer.

Ensuite, j'ai sorti la photo de Yasmin petite avec les brassards. Quand je l'ai regardée, ma gorge s'est serrée, je n'arrivais plus à avaler. J'avais les yeux baignés de larmes et l'image est devenue toute floue.

Maintenant, ils étaient partis tous les deux, Yasmin et papa Samir.

Un peu plus tard, je jouais à la Game Boy et je venais de terminer un niveau vachement dur, maman est entrée dans ma chambre.

— Chéri, tu peux venir surveiller le gratin ? Je dois aller au château.

— Je suis crevé, j'ai répondu, parce que le jeu était génial.

C'était *Super Mario*, il fallait sauter par-dessus des boules de feu en attrapant des étoiles.

Maman a insisté alors j'ai jeté la console sur mon lit et je l'ai suivie en bas. Elle peut être très têtue et dans ce cas-là il vaut mieux lui obéir.

Après, maman est allée au château avec quelque chose qui s'appelle une *perceuse*.

Après, je suis allé chercher ma Game Boy et je suis redescendu.

Après j'ai joué à la Game Boy à la table de la cuisine.

Au bout d'un moment, le téléphone a sonné.

J'ai répondu.

— Vincent ? C'est Samir. J'ai oublié mon agenda, je pensais passer le chercher. Je suis au niveau du pont, mais je n'ai plus d'essence parce que cet imbécile à la pompe a refusé de me servir. Tu me passes maman ?

J'ai gardé le silence, parce que tout était la faute de papa Samir.

— Vincent, arrête tes bêtises tout de suite. Passe-moi maman.

Mais je n'ai toujours rien dit.

Le silence a duré longtemps.

— Vincent, écoute-moi. Si je ne peux pas parler à maman, je vais être obligée de passer par la forêt. C'est long. Il fait nuit et ça glisse. Passe-moi maman, s'il te plaît.

Mais pour garder le silence, je suis trop fort. Alors je n'ai rien dit. Je n'ai fait qu'écouter.

— Vincent ! Merde ! Arrête de faire l'idiot. Va chercher maman tout de suite.

Je me suis fâché, j'ai posé le combiné sur le plan de travail.

Après j'ai joué à la Game Boy.

Après le minuteur a sonné et j'ai éteint le four.

Après j'étais fatigué et je me suis allongé sur le canapé.

Après je me suis endormi.

La porte m'a réveillé.

J'ai entendu la voix de maman, elle pleurait à nouveau. Après, j'ai entendu une autre voix, la voix d'un homme. Elle me rappelait quelqu'un mais je ne savais pas qui. Je n'osais pas me lever. Et si c'était un cambrioleur ou un tueur qui allait me découper en morceaux ?

Puis j'ai entendu maman :

— Vincent ?

— Je suis là !

Maman est entrée dans le salon avec le policier qui s'appelle Gunnar.

Elle s'est précipitée vers moi et m'a serré dans ses bras. Elle était glaciale, sa joue était mouillée et son manteau aussi, et elle avait des feuilles et des brindilles partout sur les vêtements. On aurait dit qu'elle s'était roulée par terre comme un chien. Elle sanglotait.

— Ah, Vincent ! Mon bébé ! Il s'est passé quelque chose de terrible.

— Quoi ?

J'étais inquiet, parce que la dernière fois que je suis allé chez mamie, elle m'a dit que Nelly commençait à vieillir et qu'elle n'avait sans doute plus très longtemps à vivre.

— Samir… Il est mort. Il a dû…

Maman s'est tue, puis a poursuivi :

— Il a dû se passer quelque chose dans les bois.

Elle a fondu en larmes et Gunnar a posé la main sur son épaule.

— Vous voulez boire quelque chose ? Un verre d'eau ?

Maman a secoué la tête.

— Mais qu'est-ce qu'il faisait là-bas, bon Dieu ? Il allait emménager dans son appartement. Qu'est-ce qu'il faisait dans les bois à cette heure-là, dans le noir ?

Je pensais au combiné du téléphone, posé dans la cuisine et à ce que Samir avait dit. J'ai compris que c'était ma faute si Samir était mort. Aussi mort que Pouf et Yasmin.

Et je savais que je devais être puni parce que maintenant c'était moi l'assassin.

Je me suis souvenu de ce que disait Maja quand je devenais muet :

Tu te punis autant toi-même.

À ce moment-là, j'ai su comment j'allais me punir. Je n'allais plus parler à personne. Plus jamais.

GUNNAR

Vingt ans plus tard

21

Le stylo tombe sur la table et Bodil pince les lèvres et porte la main au nœud de sa lavallière en soie étroitement nouée autour de son cou. Ses ongles fraîchement vernis luisent au bout de ses doigts pâles, le carré noir qui encadre son visage fin est parfaitement coiffé – pas un cheveu ne dépasse.

Ça doit être pesant d'être aussi perfectionniste, me dis-je.

Ça doit être pesant d'être une femme.

— Tu as fait *quoi* ?

Elle me foudroie du regard.

Manfred toussote et se penche en avant. Sa bedaine heurte la table.

— On devrait peut-être en parler une autre fois ? suggère-t-il en grattant ses cheveux gris-blond hirsutes.

Or, Bodil ne veut pas perdre une occasion de me remonter les bretelles. Elle lève une main vers Manfred en guise de mise en garde.

— Je lui ai dit de nous faire signe quand et s'il voulait porter plainte formellement, dis-je avec un haussement d'épaules.

Le plus simple pour en finir c'est de la laisser vociférer un moment.

Je suis habitué à ses sautes d'humeur, cela ne me touche pas. Je crois que c'est sa soupape de sécurité, la seule possibilité pour elle de lâcher son besoin de contrôle qui la tient comme dans un étau.

— Merde alors, Gunnar. On se demande ce que tu as dans le crâne !

Elle saisit le stylo et le tapote contre la table, ostensiblement.

Toc, toc, toc.

— De toute façon on ne peut rien faire sans une plainte, dis-je avec un haussement d'épaules.

Manfred se tortille à côté de moi. Il n'est pas aussi indifférent que moi aux crises de Bodil. En dépit de son âge – cinquante ans, pour être précis –, il a le désir infantile de lui plaire, comme la plupart des gens qui travaillent ici.

Bodil semble hésiter, puis elle soupire et tend la main vers quelques papiers. À ce moment-là, je sais que la flambée de colère est passée. Son visage se détend, les traits tirés autour de sa bouche s'adoucissent. Ses lèvres fines esquissent une petite moue, elle pose son stylo et feuillette la pile de documents.

— Gunnar, reprend-elle d'une voix lasse. C'est bien toi qui as enquêté sur le meurtre de Kungsudd, il y a vingt ans. Le crime d'honneur. Yasmin Foukara, c'est comme ça qu'elle s'appelait, non ?

— Tout à fait, dis-je tout en observant mon pied.

Chaussette pleine de bouloches qui fait des plis sur la cheville et sandales usées jusqu'à la corde. Il faut que je me rachète des pompes.

— La police locale a téléphoné. Un corps a été retrouvé dans la mer au large de Kungsudd. Il était enveloppé dans un tapis et se trouvait apparemment dans l'eau depuis longtemps.

— Je suis tout ouïe.

C'est vrai, je tends l'oreille. Tout en fixant ma chaussure. C'est incroyable ce qu'elles s'abîment vite ! Ça fait moins d'un an que je les ai et je ne les utilise qu'ici, au commissariat central.

— Les collègues sur place ont demandé des renforts, ils n'ont pas les ressources pour se charger eux-mêmes de l'enquête.

Je lève les yeux et croise son regard gris.

— Ils pensent que ça peut être elle, précise Bodil. Yasmin Foukara.

— Oh, la vache !

Je sens soudain le sang quitter mon visage. Mon rythme cardiaque s'accélère et les souvenirs affluent. Cet hiver-là. Ce putain d'hiver où tout est parti en sucette. Pendant plusieurs années, j'ai fait de mon mieux pour ne pas réfléchir à ce qui s'est passé, au nombre de vies brisées, y compris la mienne. En même temps, je ne peux m'empêcher de me dire qu'il y aura peut-être une sorte de conclusion à l'enquête. Que Maria Foukara pourra enterrer sa belle-fille – car même si une pierre tombale est une piètre consolation, c'est tout de même mieux que rien.

J'en sais quelque chose.

— Qui a trouvé le corps ?

— Un plongeur.

— À cette époque de l'année ? s'étonne Manfred en massant l'un de ses genoux.

Je regarde par la fenêtre.

Nous sommes en novembre. Des feuilles sèches virevoltent dans le parc en contrebas. Un promeneur disparaît en direction de la rue Fleminggatan, suivi de son chien.

— Oui. Ils devaient porter des combinaisons étanches. Ne me demandez pas pourquoi, mais ils plongeaient à la recherche d'ordures.

— D'ordures ?

Manfred semble authentiquement surpris, comme s'il ne lui avait jamais traversé l'esprit que le fond de la mer Baltique, lentement mais sûrement, était en train de se transformer en décharge.

— Apparemment c'est la dernière mode. Ils remontent des ordures du fond de la mer pour…

Bodil hésite.

— Bah, je n'en sais rien ! Ils veulent sans doute sauver le monde, comme tous les idéalistes. J'ai lu le rapport, je vous l'envoie par mail. Il ne contient rien d'intéressant. Allez parler avec le médecin légiste, voyez ce que vous pouvez trouver.

— Quelle connasse arrogante, marmonne Manfred une fois hors du bureau de Bodil.

— Hum…

— Je ne te comprends pas. Pourquoi tu fais ça ?

— Faire quoi ?

Il tend la main vers son pardessus griffé et sa sacoche qui semble avoir coûté davantage qu'un mois de salaire.

— Pourquoi tu la provoques ?

— Je la provoque, moi ?

Il me lance un étrange regard et lisse son costume qui lui étreint l'abdomen. Replace le mouchoir en soie rose dans sa poche de poitrine. Puis enfile son pardessus, ajuste le revers et s'admire dans le miroir.

Je retire mes sandales, glisse les pieds dans mes chaussures et mets ma veste matelassée. Elle est sale et des plumes essaient de s'échapper par un trou au niveau du bras, prêtes à s'envoler dans le vent d'automne et à tournoyer avec les feuilles avant d'achever leur course sur le sol boueux.

— On y va ?

Je donne un petit coup de coude à Manfred, toujours rivé à son reflet.

Nous nous installons dans la voiture.

— Alors, on ne l'a jamais retrouvée, cette Yasmin Foukara ?

— Non.

— Et son père n'a pas été condamné ?

— Il a été acquitté, mais il était coupable. Il est mort dans le bois à Kungsudd le jour de sa libération. Le soir.

Je marque une pause.

— C'est sa femme, Maria, qui l'a découvert.

Nous avons reçu l'appel juste après vingt heures ce soir-là – j'étais en train de finir ma pizza à emporter quand j'ai entendu le bruit des chaussures orthopédiques d'Ann-Britt dans le couloir. Quelques secondes plus tard, elle a fait irruption dans mon bureau avec un bras en travers du buste, sous sa lourde poitrine. Ses joues rondes brillaient d'excitation, sa voix montait dans les aigus.

— Vite ! Quelqu'un a tué Samir Foukara.

Je ne me souviens pas exactement ce que j'ai pensé. C'était surprenant, bien sûr. Mais en même temps pas tout à fait : à ce moment-là, Samir Foukara était sans doute l'homme le plus détesté de Suède.

J'avais été en arrêt maladie un certain temps, ce qui ne m'avait pas empêché de suivre l'affaire depuis chez moi – grâce aux médias et aux collègues.

— On aurait dû lui proposer une protection, ai-je fait remarquer, une fois dans la voiture. Il était menacé.

— Pff! a fait Ann-Britt. On ne peut pas dilapider nos ressources à protéger tous les connards acquittés. Tu sais comme moi qu'il a tué sa propre fille. Entre nous, il a eu ce qu'il méritait.

Quand nous sommes arrivés au domaine de Kungsudd, une collègue en uniforme est venue à notre rencontre, une jeune femme aux traits vaguement familiers. J'ai supposé que je l'avais vue pendant l'enquête sur la mort de Yasmin.

— Je vais vous montrer où il se trouve. Il faut s'enfoncer un peu dans la forêt.

Il faisait sombre ce soir-là, le vent soufflait, c'était presque la tempête. Les cimes des arbres ployaient et les branches me fouettaient le visage alors que nous traversions les broussaillles à la lisière de la forêt.

Les mains enfoncées dans les poches de son loden, Ann-Britt était courbée pour se protéger du vent.

Au bout d'une vingtaine de mètres, nous avons atteint un sentier que nous avons emprunté pendant une cinquantaine de mètres encore avant d'apercevoir des cônes de lumière projetés par des lampes torches sur les troncs à gauche du chemin.

Une trouée s'ouvrait, tapissée d'herbes hautes et de petits genévriers. Des rochers dépassaient çà et là. Les grosses pierres et les troncs d'arbres étaient ceints de collerettes de neige.

Samir Foukara gisait sur le dos au milieu de la clairière, illuminé par un projecteur monté sur trépied. Vêtu d'une parka et d'un jean, il avait les bras le long du buste, la tête dans une mare de sang.

Il lui manquait une basket et une chaussette. Deux personnes en combinaison blanche étaient accroupies auprès du corps.

Nous avons salué les techniciens de la scientifique.

— Depuis combien de temps est-il mort ? a demandé Ann-Britt en balayant le corps du regard.

— Nous l'ignorons, a répondu l'un des hommes en blanc en repositionnant son masque. Le médecin légiste n'est pas encore arrivé.

— Qui l'a trouvé ?

— Maria Foukara, a indiqué la collègue en uniforme qui nous avait accompagnés. Elle est là-bas.

Les mains en visière, j'ai plissé les yeux dans le noir et j'ai aperçu une femme qui discutait avec deux policiers à côté d'un grand pin.

— Je vais lui parler.

Ann-Britt a hoché la tête, retroussé légèrement son manteau et s'est accroupi à côté des techniciens.

— Gunnar, a sangloté Maria quand je suis arrivé auprès d'elle.

Ses vêtements étaient couverts de feuilles et de terre, ses mains collantes de sang.

— Comment vous sentez-vous ?

Elle a ouvert la bouche, a cligné des yeux quelques fois.

— Gunnar…

Elle était visiblement sous le choc.

— Qu'est-ce qu'il s'est passé ?

J'ai posé mon bras sur ses épaules et je l'ai conduite jusqu'à une grosse pierre.

Nous nous sommes assis. La surface était froide et tapissée de mousse humide. Les collègues se sont écartés et ont disparu discrètement dans l'obscurité.

— Il est mort…

J'ai opiné du chef et j'ai serré ses épaules. Son corps était agité de soubresauts. J'ai ôté mon manteau pour l'en draper.

— Qu'est-ce qui s'est passé ? ai-je répété.

Elle a secoué la tête lentement.

— J'étais au château. Pour déposer une… (Elle a sursauté et a pris une longue inspiration avant de poursuivre.) Une… une perceuse. J'ai déposé une perceuse. Et quand je suis rentrée, j'ai entendu des cris dans les bois.

— Des cris ?

— Et des bruits sourds. On aurait dit des coups, une bagarre.

— Vous avez vu quelqu'un ?

Elle a gémi, enfoui le visage dans ses mains.

— J'ai vu… la chaussure de Samir. Par terre. Après, j'ai vu Samir.

— Quelqu'un d'autre ?

Elle a fait non de la tête.

— Qu'est-ce que vous avez fait ?

Elle s'est redressée un peu et a croisé mon regard.

— Ce que j'ai fait ?

— Oui, quand vous avez vu que Samir était par terre.

— Bah… J'ai essayé de l'aider. Mais il était déjà…

Nouveaux sanglots. Son corps était secoué de convulsions. Elle a poussé un long hurlement étrange.

— C'est ma faute ! Si je ne l'avais pas obligé à déménager, ça ne serait jamais arrivé.

Puis elle a plaqué les mains sur sa tête.

— Zut ! *Vincent !* Je dois rentrer ! Vincent est tout seul et j'ai un plat au four !

Manfred s'installe au volant de la voiture et sort du garage. Je ferme les yeux un instant et je la revois. Aussi clairement que lorsqu'elle était là, devant moi, dans les bois.

Maria Foukara.

Ses cheveux blonds un peu rebelles. Ses mains maculées de sang. Mais surtout : la panique, la douleur, si évidentes dans ses yeux. Pas seulement dans ses yeux, d'ailleurs – dans tout son corps, ses mouvements, sa voix.

Je l'aimais bien. Elle me plaisait, même. Peut-être plus qu'il n'aurait fallu.

On ne doit pas éprouver des sentiments pour les proches des victimes, les témoins ou les suspects. Cela brouille le discernement.

Je suis bien placé pour le savoir.

Or, il était impossible de ne pas aimer Maria. Je crois qu'elle était une de ces personnes qui sont heureuses pour de vrai – avant, bien sûr. Elle semblait adorer son travail, vénérer sa famille. Et elle avait l'air intègre, empathique, enthousiaste.

Puis sa vie a dérapé.

— Comment est mort Samir Foukara ? s'enquiert Manfred en accélérant pour dépasser un bus à l'arrêt qui laissait descendre des passagers.

Le jour décline. De lourdes gouttes de pluie tombent du ciel d'automne et s'écrasent sur le pare-brise.

— Il s'est fait tabasser à mort dans la petite forêt à quelques centaines de mètres de chez lui. On ne sait pas exactement ce qu'il faisait là, mais on a retrouvé sa voiture quelques kilomètres plus loin. Il n'y avait plus d'essence. Il devait rentrer à pied quand il a croisé quelqu'un…

— … qui l'a tué ?

— Oui, il a reçu des coups violents à l'arrière de la tête.

— Et le coupable n'a pas été retrouvé ?

Manfred allume les essuie-glaces, qui se mettent en route avec un grincement strident.

— Non. Il n'y avait pas de témoins. Pas d'éléments techniques. Ou plutôt, il y en avait trop. Tu n'imagines pas le nombre de personnes qui sont passées dans ce bois. Apparemment, c'était un lieu de promenade couru. Et concernant le mobile…

Je me tais quelques secondes avant de continuer.

— Samir Foukara était haï. Les gens sont devenus fous quand il a été acquitté.

— Et celle qui l'a trouvé, alors ? Sa femme.

— Maria. Oui. Rien ne portait à croire qu'elle était impliquée dans la mort de son mari.

— Mais c'est bien elle qui l'a découvert.

— Oui. C'est bien elle.

22

Le médecin légiste s'appelle David Feinstein et il est jeune, si jeune qu'il pourrait être mon fils. C'est peut-être seulement un signe que je commence à vieillir. Moins d'un an avant la retraite, toute une vie de policier derrière moi.

Parfois, je me demande ce que j'ai appris.

Bien sûr, je suis un bon flic, j'ose l'affirmer. Mais la *vie* – que m'a-t-elle appris ?

Tout a changé cet hiver-là, il y a vingt ans. Rien ne s'est déroulé comme prévu. Depuis, je ne crois plus en rien. Et rien n'a plus d'importance. La vie pèse peu, comme les plumes qui s'échappent du trou dans mon manteau.

Le légiste me tend la main.

— David.

— Gunnar.

Sa poignée de main est ferme, son regard marron chaleureux. Je me demande, comme souvent quand je rencontre des médecins légistes, pourquoi ils ont opté pour cette carrière au lieu de devenir ophtalmologues, pédiatres ou chirurgiens. Pourquoi ils ont choisi de côtoyer les morts plutôt que les vivants. J'ai posé la question à une autre légiste qui a répondu : « Les mystères, Gunnar. Ce sont les mystères. Nous en résolvons tous les jours et nous donnons une voix à ceux qui ne peuvent plus parler. S'il y a bien quelqu'un qui devrait pouvoir comprendre, c'est toi, non ? »

Manfred le salue aussi et nous entrons dans la salle d'autopsie – murs blancs, sol en linoléum poli, tables en inox munies de vidanges, robinets, tuyaux terminés par un pommeau. Je suis déjà venu à plusieurs reprises, mais chaque fois je suis frappé par le fait que c'est comme ça que tout finit. Tout l'amour, tous les espoirs, tout ce qui fut la vie est réduit à des os, des tissus en décomposition et des fluides corporels qui s'écoulent par ces bondes.

— Je ne suis pas sûr de pouvoir beaucoup vous aider, dit David en indiquant l'une des tables.

S'y trouvent des ossements, certains réorganisés pour former un squelette.

— Merde alors, grogne Manfred en se caressant le menton. C'est tout ce qu'il y a ?

David acquiesce.

— Et avant d'avoir terminé l'autopsie, je ne peux pas me prononcer sur la cause ou la date de la mort, ni sur l'identité.

Je regarde les os décolorés et demande :

— Tu crois qu'il sera possible de déterminer la cause ?

Quelques instruments sont posés à côté du fémur, près d'une touffe d'algues sèches.

David croise les bras.

— Ça peut être difficile. Avec un peu de chance, on trouvera l'ADN et on pourra dire qui elle est.

— Qui *elle* est ? répète Manfred.

— Oui c'est une femme. Ça, je peux vous le dire. Mais… écoutez, je ne veux pas m'avancer davantage avant d'avoir fini. Je fais déjà des suppositions. L'autopsie a lieu demain. Un collègue d'Uppsala va m'aider. Il est spécialisé en anthropologie judiciaire.

— Des os, donc ?

— Oui.

Le visage de David s'illumine soudain et il esquisse un sourire hésitant.

— J'ai autre chose à vous montrer.

Il se dirige vers une table qui jouxte la fenêtre.

Sur une nappe en plastique bleue j'aperçois quelque chose qui ressemble à un tapis enroulé, couvert d'une couche de crasse et d'algues séchées. Nous le suivons.

— Alors c'est là-dedans qu'on l'a trouvée ? s'enquiert Manfred.

— Oui, répond David.

Il enfile des gants en latex et attrape un scalpel. Il gratte délicatement le tapis avec la lame. Du sable et des particules noires se détachent, dévoilant un petit pan du tapis.

Je me penche en avant, examine les fibres tissées jaune et vert vif.

Manfred fronce les sourcils.

— C'est du plastique ?

— Oui. Sinon ça se serait décomposé depuis des années.

— Alors elle est dans l'eau depuis longtemps, hein ?

David esquisse un demi-sourire.

— Tu ne m'auras pas comme ça ! Il va falloir patienter quelques jours. Mais oui, c'est vrai, elle est restée des années dans l'eau. Mais je ne peux pas vous dire si c'est la fille, Foukara. Enfin, si j'ai bien compris on a son ADN, donc on devrait pouvoir comparer. *Si* on arrive à déterminer un profil ADN pour ce corps. Par ailleurs, on a ça.

Il s'empare d'un sachet transparent posé à côté du tapis.

— Nous ne l'avons pas encore nettoyée, mais… (Il frotte le plastique entre le pouce et l'index. Le petit objet scintille dans l'éclairage vif.) Pas de corrosion visible. C'est de l'or.

Je me penche en avant, regarde longuement.

Mon estomac se serre, mon cœur bat la chamade.

— Où l'avez-vous trouvée ?

— Dans le tapis.

— Je peux prendre une photo ?

— Je t'en prie, dit David en se reculant d'un pas pour me permettre d'avoir une bonne image de la boucle d'oreille en forme de dauphin.

Plus tard.

C'est le soir. Le vent d'automne souffle devant la fenêtre de mon appartement à Mörby. Ça craque et ça grince. J'entends une voiture approcher, vrombir, puis s'éloigner.

Je m'assieds dans mon lit, je me redresse lentement et j'attends la douleur aiguë dans la hanche. Quand elle se rappelle à moi je grimace. Puis je vais soulager ma vessie.

C'est un enfer de vieillir, plus rien ne fonctionne comme il faut. Mon corps me fait souffrir et il est d'une lenteur agaçante. Il ne m'obéit plus. Il veut se reposer au lieu de faire de l'exercice, prendre la voiture au lieu de marcher, et il s'obstine à vouloir se lever pour uriner au milieu de la nuit.

L'appartement, en revanche, n'a pas changé, depuis le soir où Li et moi avons aménagé, vingt ans plus tôt. Les canapés en cuir tape-à-l'œil se tiennent là, silencieux et dociles, dans le salon, comme du bétail endormi, les aquarelles que Li a peintes au cours d'un séjour à Gotland sont suspendues au-dessus de la télévision et les étagères sont pleines de livres.

Les livres de Li.

Je ne les ai jamais lus, mais j'aime les avoir là. Li disait toujours qu'on n'est jamais seul quand on a une bibliothèque remplie.

Elle avait raison, comme d'habitude.

Dans la cuisine, il y a la table et les chaises Ikea que Li a montées toute seule. Pas parce que je ne savais pas le faire, mais parce que je travaillais sans cesse.

Elles sont comme neuves, hormis une ou deux rayures.

Après m'être lavé les dents, je retourne dans la chambre. Je jette un coup d'œil au réveil.

Minuit cinq.

Je m'assieds doucement à côté d'elle, pose une main sur son épaule et la secoue un peu.

— Hé.

— Mmmh.

Elle bâille.

— Je dois me lever tôt demain.

— Tu n'es pas obligé. Tu peux venir à neuf heures.

Je ris.

— Vraiment ?

— Oui. Et les enfants sont chez leur père, je ne suis pas pressée.

Je réfléchis.

— Je dois aller à Kungsudd parler avec Maria Foukara.

Elle pousse un gémissement.

— Ça fait vingt ans qu'elle attend, elle peut bien attendre une minute de plus, non ?

Je dépose un baiser sur sa joue. Son visage pâle est humide de transpiration et ses cheveux sombres sont étalés sur l'oreiller. Elle ouvre les yeux et me regarde un long moment en silence.

Puis elle dit :

— Tu veux que je m'en aille, c'est ça ?

Je hoche la tête.

— Mais enfin, Gunnar ! Pourquoi est-ce si important pour toi de dormir seul ?

— Sinon je ne peux pas fermer l'œil.

C'est vrai. Je n'arriverais jamais à dormir à côté d'elle. Ni à côté d'une autre femme, d'ailleurs.

Bodil s'assied, se penche en avant pour ramasser sa culotte et son soutien-gorge. Elle esquisse quelques pas vers la porte, s'empare de son chemisier en soie et de sa jupe sur la chaise.

Elle s'habille rapidement, avec des gestes brusques.

— Si je ne te connaissais pas, ça me mettrait en rogne !

— Tu es belle.

J'admire son corps svelte, pâle : le minuscule bourrelet autour de la cicatrice de la césarienne, ses petits seins et ses bras musclés.

— Pfff ! N'importe quoi.

Elle a tort, je suis sincère. Je ne lui dis pas parce que je sais qu'elle le sait.

Je l'accompagne à la porte et l'embrasse à nouveau, plus longuement cette fois.

— À demain, beauté !

— Va te faire voir !

Elle sourit un peu, suffisamment pour que je sache qu'elle ne m'en veut pas.

La porte se referme et je retourne dans mon lit vide.

J'éteins et je ferme les yeux.

Seul, on n'est peut-être pas fort, me dis-je. *Mais bordel ce qu'on est tranquille !*

23

Je me dirige à la hâte vers la voiture. Il fait un froid de canard ce matin, et le vent souffle. Le pare-brise est couvert d'une couche de cristaux de glace. Je suis en train de le dégivrer quand j'aperçois Kerstin, la voisine du quatrième étage, qui promène son grand caniche. Ses fins cheveux gris volettent autour de sa tête et elle m'adresse un large sourire de ses lèvres maquillées de rouge. Elle s'arrête devant moi, les mains calées sur ses larges hanches.

À près de soixante-dix ans, Kerstin a une beauté un peu maternelle. Ses traits sont doux, son regard mutin, et sa plantureuse poitrine qui se dessine sous son pull attise mon désir.

— Gunnar !

Son sourire s'élargit.

— Salut !

Je me redresse. Je sens un élancement à la hanche et je me fige.

— Alors, ça a gelé cette nuit ?

— On dirait bien.

Je réajuste la position de mon dos et je retire la gadoue sur la raclette du bout de l'index.

— Tu viens ce soir à l'AG ?

— C'est ce soir ?

— Oui, j'ai envoyé la convocation il y a une semaine. (Elle fronce les sourcils.) Nous devons examiner deux nouvelles demandes d'adhésion à l'association des copropriétaires.

Je souris. Elle sourit.

— Si j'ai le temps.

— Bien. (Elle fait volte-face, marche quelques mètres et s'arrête.) À dix-neuf heures !

— OK !

Ma réponse se perd dans le vacarme d'un camion qui passe.

Kungsudd se trouve à quarante minutes de voiture de chez moi, mais on a l'impression de changer de pays. On se croirait dans un conte de fées : une fine couche de neige tapisse le sol autour des grandes maisons de la fin du XIXe siècle et les arbres des forêts scintillent de givre.

Bien que je ne sois pas venu depuis vingt ans, je n'ai aucune difficulté à me rendre chez Maria Foukara. La petite maison en bois verte est exactement comme dans mon souvenir. On dirait qu'elle vient d'être repeinte, et le jardin est bien soigné – les feuilles mortes et l'herbe coupée ont été ratissées et placées en petits tas sur les plantes dans les plates-bandes, et les bacs à cultures sont empilés près de la façade de la maison.

En sortant de la voiture, je suis impressionné par le silence – on n'entend que le vent et les chants d'oiseaux au loin. Je marche jusqu'à la porte et je frappe.

Elle ouvre au bout de quelques secondes et esquisse un sourire discret.

— Bonjour.

Nous nous serrons la main et j'entre.

— Tu n'as pas changé.

— Vraiment ?

Elle passe la main sur ses cheveux blonds grisonnants.

Je hoche la tête.

C'est vrai. Certes, elle est un peu plus enveloppée, certes, ses cheveux grisonnent, mais son regard est le même, tout comme ses traits fins et son visage d'une pâleur hivernale.

Une femme se matérialise derrière elle – grande, musclée, les cheveux bruns courts. Elle semble vaguement familière et il me faut quelques secondes pour me rappeler que je l'ai rencontrée pendant l'enquête sur le meurtre de Yasmin.

Elle tend la main et se présente.

— Greta. J'étais sur le point de partir.

Elle enfile une courte veste rouge, embrasse Maria sur la joue et sort.

— À plus ! s'écrie-t-elle avec un signe de la main.

— Une vieille copine, explique Maria en croisant mon regard.

— Je l'ai reconnue. Elle était à l'enterrement, je lui ai parlé.

— À l'enterrement de Samir ? Oui, c'est possible. Ils étaient amis. C'est grâce à elle que j'ai connu Samir.

Maria se tait, semble hésiter, puis poursuit :

— Elle avait un petit faible pour lui, à l'époque. Enfin, avant que je le rencontre…

— Un *petit* faible ?

Elle sourit.

— Peut-être plus qu'un petit faible, mais elle ne l'avouerait sans doute jamais.

Elle attrape un cintre. Elle s'immobilise un instant en saisissant mon manteau pour le suspendre. Elle passe les doigts sur le tissu.

— Mais ! s'exclame-t-elle avec un petit rire. C'est le même manteau !

— Quoi ?

Elle plonge ses yeux dans les miens.

— Ce manteau, tu le portais déjà à l'époque. Je le reconnais.

— C'est vrai qu'il n'est pas tout neuf.

Elle me lance un regard interrogateur.

— Ça alors ! Tu as le même manteau depuis vingt ans ?

— Il me tient chaud.

Elle accroche ma fidèle pelisse et se tourne vers moi.

— Tu es l'incarnation de la décroissance. Tu veux un café ?

— Si tu en prends.

— Entre !

Elle me précède dans la cuisine.

Je m'assieds à la table et constate que chez Maria Foukara, le temps s'est arrêté. Ce sont les mêmes meubles, les mêmes rideaux. Même les dessins de Vincent sont toujours là, délavés et écornés. Çà et là, ils ont été recollés avec plusieurs couches de scotch à présent jauni. Les photographies en noir et blanc n'ont pas bougé non plus – Vincent à côté d'un grand bonhomme de neige avec une carotte à la place du nez et des yeux en cailloux. Vincent et Yasmin près d'une vache en train de ruminer.

Sur le plan de travail, j'aperçois une bouteille de vin vide, deux verres, et un bol de chips.

Maria remarque mon regard.

— Greta aime le vin. Et les chips.

Elle me montre une petite capsule métallique.

— Ça te va ?

— Bien sûr.

— Même moi j'ai craqué pour une de ces machines à expresso hors de prix, soupire-t-elle.

Elle insère la capsule dans l'appareil et appuie sur un bouton.

On entend un ronronnement et le café brûlant jaillit dans la tasse.

— Je dois admettre que ma cafetière a vingt ans.

— Ça m'aurait étonnée.

Elle répète la procédure et revient à la table avec deux tasses.

Elle s'assied et m'observe. Son sourire a disparu et elle semble encore plus pâle qu'avant. Ses rides sont plus visibles dans la lumière froide de novembre qui filtre par la fenêtre, elles forment un lacis autour de ses yeux et des coins de sa bouche.

— Alors, c'est elle ? Vous avez trouvé quelque chose, c'est ce que tu m'as dit au téléphone, non ?

Je prends une profonde inspiration.

— Un plongeur a découvert un corps à quelques centaines de mètres du rocher du Roi il y a quelques jours. Nous n'avons pas encore réussi à l'identifier, mais le légiste pense qu'il est dans l'eau depuis longtemps, depuis des années sans doute.

Maria lève les mains et les presse contre ses oreilles, comme si elle voulait se protéger de cette conversation. Puis elle expire et pose les mains sur ses genoux.

— Merde, alors ! Tu sais…

Elle marque une pause et se tourne par la fenêtre, vers la haute haie de sapins qui sépare son jardin du domaine de Kungsudd.

— Ça ne passe jamais, poursuit-elle. On apprend à vivre avec, mais ça ne disparaît pas.

— Je sais.

Son regard sceptique glisse sur moi et, l'espace d'un instant, je crois qu'elle va me demander comment je peux le savoir, mais elle baisse tout à coup les yeux sur ses genoux. Ses cheveux gris tombent sur son front et elle en repousse une mèche derrière l'oreille.

— On n'est pas sûrs que ce soit elle, lui dis-je.

C'est un mensonge. Qui ça pourrait bien être d'autre, enroulée dans ce tapis ?

Elle opine du chef et avale une gorgée de café.

— Quand le saurons-nous ?

— Une fois que l'autopsie et l'analyse ADN seront terminées. S'ils réussissent à sortir un profil ADN, bien sûr. Ce n'est pas certain.

— Quand le corps sera-t-il autopsié ?

J'hésite avant de répondre.

— Aujourd'hui, dis-je, sans préciser qu'il ne s'agit pas d'un corps à proprement parler, mais plutôt d'un tas d'ossements.

Elle hoche à nouveau la tête.

— Pour l'analyse ADN, il faudra attendre une ou deux semaines. Avec un peu de chance. Ils sont débordés au labo. Je t'appelle dès que je sais, promis.

— Entendu.

Sur sa joue coule une larme qu'elle ignore.

Je me lève, me dirige vers le plan de travail et arrache un morceau de papier essuie-tout.

— Tiens.

— Merci, répond-elle, mais elle reste immobile, la tête baissée et le papier à la main.

Le silence se prolonge. Je finis par le rompre :

— Comment ça s'est passé pour toi, pendant toutes ces années ?

— Pour *moi* ?

Elle me regarde comme si la question l'étonnait.

— Oui. Toi. Et Vincent bien sûr.

Elle incline un peu la tête et pose le sopalin inutilisé sur la table.

— Par où commencer ? dit-elle lentement. J'ai arrêté de travailler comme enseignante au printemps 2001, quelques mois après la mort de Samir. Il y avait trop de ragots à l'école, je ne le supportais plus. Les enfants, les parents, les collègues. Tout le monde parlait de ce qui s'était passé. Je n'avais plus la force d'être la prof mariée à un tueur. Celle qui aurait dû comprendre, mais qui n'a rien vu. Alors j'ai démissionné. Je me disais que je trouverais un autre poste d'enseignante, peut-être à Stockholm. Mais comme Vincent…

Elle laisse la phrase en suspens et avale une autre gorgée de café.

— Vincent n'allait pas très bien après la mort de Samir. Il a arrêté de parler, en tout cas avec ses camarades et moi. Je l'entendais parler tout seul dans sa chambre parfois, donc il n'y avait pas de problème physique. On appelle ça le mutisme sélectif, paraît-il.

Potentiellement combiné avec un trouble du spectre autistique d'après les médecins. Comme s'il n'avait pas déjà assez de diagnostics ! Finalement, je n'ai jamais cherché d'autre poste d'enseignante. Je suis propriétaire de la maison, et j'avais l'héritage de papa, donc je m'en sortais, en tout cas les premières années. Et puis, on a acheté un chiot, un dalmatien, c'était pratique que je sois à la maison. Plus tard, j'ai pris un temps partiel dans une librairie de Stockholm. Mais il y a deux ans, j'ai arrêté. Depuis, je m'occupe de l'administratif et de la comptabilité du château. Je ne sais pas si tu es au courant, mais c'est devenu un centre de conférences. C'est Nicole, la femme de Tom Borgmark, la gérante.

— Tom Borgmark ? *Le* Tom Borgmark ?

— Oui, le petit ami de Yasmin à l'époque. Il travaille dans la finance, il a fait son trou. Je suis contente pour lui. Ça a été dur pendant plusieurs années après la mort de Yasmin. Je n'avais sans doute pas compris à quel point il était amoureux d'elle. Bref, il est désormais marié, père deux petites filles et il dirige une entreprise dans le secteur de la finance avec Casimir de Vegh, le fils des anciens propriétaires.

— Alors ils ont vendu ?

Elle sourit.

— Oui, Greger et Amèlie de Vegh se sont installés définitivement en Suisse. Ils ont plus de soixante-dix ans, ils ne devaient plus avoir la force de s'occuper de cette gigantesque propriété. Mais Casimir vit toujours en Suède, dans le centre de Stockholm. Il vient souvent rendre visite à Tom et Nicole.

— Et Vincent, comment va-t-il ?

Nouveau sourire.

— Il vit dans une résidence pour personnes en situation de handicap. Il s'y plaît. Il travaille chez Ica. Il a même une petite amie. Bianca.

Son sourire s'élargit.

— Il rentre un week-end sur deux. On passe de bons moments. On fait la cuisine, des gâteaux.

Son sourire s'éteint.

— Mais il ne parle toujours pas. Je crois que j'espérais qu'il se remette à parler quand nous avons adopté Ella. Notre chienne. Elle a vécu onze ans, elle est morte juste avant que Vincent déménage.

Elle se tait et semble réfléchir.

— Ça lui a fait un bien fou d'avoir un chien, il est devenu plus gai, plus enjoué. Il adorait cette bête. Et c'était réciproque. Mais elle n'a malheureusement pas réussi à le convaincre de parler.

— Mais comment vous communiquez ?

— *Moi*, je lui parle. Il me répond par gestes et avec la langue des signes.

Je réfléchis un instant à ce qu'elle m'a raconté.

— Alors, Tom va bien. Et Casimir. Et Vincent.

Elle hoche la tête.

— Mais *toi*, Maria, comment ça va ?

— Moi ?

Elle rougit et détourne les yeux.

— Oui, toi. Comment as-tu vécu après ce qui s'est passé ?

Elle me regarde et cligne rapidement plusieurs fois.

— Tu sais, ça fait très longtemps qu'on ne m'a pas posé une telle question.

— Ah bon ?

— Je crois que les gens n'osent pas demander. Ou bien ils n'ont pas le courage d'entendre la réponse. Même ma meilleure amie n'a pas la force de l'écouter. Les gens se disent que ça fait vingt ans, que je devrais avoir tourné la page.

Je pose ma main sur la sienne. Elle sursaute, mais ne la retire pas.

— Samir et Yasmin. J'ai accepté qu'ils ne soient plus là. Je les ai pleurés, je leur ai fait mes adieux. Mais je n'arrive toujours pas à saisir comment il a pu tuer sa propre fille. Et je ne comprends pas non plus que je… Comment j'ai pu… ne pas remarquer que quelque chose n'allait pas chez lui.

— Mais peut-on *vraiment* connaître autrui ?

Mon pouce caresse délicatement le dos de sa main.

— Apparemment non. Pas aussi bien qu'on le pense. Quand Yasmin est morte, j'étais convaincue que Samir était innocent. Tout le monde autour de moi, la police, mes collègues, et même ma propre mère l'incriminait. Moi, je refusais d'y croire.

Elle lâche un petit rire sans joie.

— Et voilà que ma mère avait raison. Elle qui disait toujours que la vision du bien et du mal diffère chez les gens qui ont leurs racines dans une autre culture. Qu'il nous a fallu des centaines d'années pour nous civiliser et qu'on ne peut pas s'attendre à ce qu'une personne venant d'un autre pays adopte nos valeurs, soit aussi attachée à l'égalité, respecte autrui indépendamment de son sexe, son origine, sa religion. Etc., etc.

— Alors ta mère t'a convaincue que Samir était coupable ?

Maria secoue la tête, sourit tristement.

— Ce n'est ni elle ni quelqu'un d'autre. C'est le temps. Bien, sûr, dès le procès j'ai bien vu que tout l'accusait. C'était vraiment tiré par les cheveux de penser que quelqu'un aurait disséminé des preuves pour l'accabler, comme il le prétendait. Mais de là à l'accepter, *ici*… (Maria place une main sur le cœur.) Ça a pris du temps. Et quand je me suis résolue à l'admettre, c'est comme si quelque chose s'était éteint en moi. À tel point que je n'ai pas pu assister à son enterrement, je ne supportais pas l'idée de me retrouver près de lui, quand bien même il était décédé.

Elle jette un coup d'œil à sa montre.

— Il faut que j'y aille. Notre expert-comptable vient déjeuner.

— Une dernière question.

Je sors mon téléphone portable, j'ouvre l'application de photos et je fais défiler les images jusqu'à tomber sur la bonne.

— Reconnais-tu cet objet ?

Elle chausse ses lunettes de lecture, se penche en avant et fronce les sourcils.

Elle fixe le gros plan de la boucle d'oreille en or en forme de dauphin. Elle pousse un gémissement.

— C'était à elle ?

Elle hoche lentement la tête, ôte ses lunettes et les pose près de sa tasse de café.

— Oui. C'était à Yasmin. Elle ne quittait jamais ces boucles d'oreilles. C'est sa mère qui les lui avait offertes. Sa sœur avait les mêmes.

24

À califourchon sur moi, Kerstin se laisse glisser à mes côtés et cale sa tête contre mon bras.

— C'était bien, dit-elle en tendant la main vers ses cigarettes.

— Pas ici, s'il te plaît.

— D'accord.

Je contemple son corps : ses seins lourds, son ventre moelleux qui pend comme un petit sac, dissimulant son mont de Vénus. Ses joues roses, son rouge à lèvres étalé autour de la bouche.

— Comme tu es belle !

Je sens les larmes monter. Je suis sincère. Je trouve les femmes mûres splendides. Peut-être pas aussi lisses et musclées que leurs cadettes, mais j'aime les rondeurs, c'est tellement excitant. Et surtout, j'aime les femmes expérimentées qui savent ce qu'elles veulent.

Kerstin sourit.

— Dommage que tu aies raté l'AG.

Elle pose la main sur mon membre qu'elle étreint doucement.

— Désolé, trop de boulot.

C'est vrai.

Après avoir quitté Maria Foukara, je me suis replongé dans l'affaire. J'ai passé l'après-midi à éplucher des documents sur le meurtre de Yasmin et sur les coups et blessures ayant entraîné la mort de Samir Foukara. J'avais travaillé dessus quand j'étais encore en arrêt maladie à mi-temps.

Le malaise grandissait en moi à mesure que je lisais les rapports techniques, les témoignages, les comptes rendus des médecins légistes. Une famille entière anéantie, pulvérisée. En réalité, c'est un miracle que Maria Foukara soit encore debout. Qu'elle se lève tous les matins. Qu'elle travaille, qu'elle s'occupe de son jardin, qu'elle veille sur son fils.

Que la vie continue, bien que l'indicible soit advenu.

Je regarde le réveil sur la table de chevet : vingt-deux heures trente.

— Ma belle, dis-je en attirant Kerstin vers moi pour l'embrasser sur la joue. Il est assez tard, alors si ça ne te dérange pas…

— Oui, je vais y aller. Je dois amener Billy chez le vétérinaire demain matin.

Elle s'assied et commence à s'habiller. Son derrière s'étale sur le matelas comme de la pâte à pain.

— On peut peut-être se voir la semaine prochaine ? suggère-t-elle en enfilant sa tunique rose à imprimés batik.

— Avec plaisir.

— Tu sais où me trouver.

Elle se penche vers moi et me donne un rapide baiser. Puis elle s'éloigne vers l'entrée en boitant. Quelques secondes plus tard, j'entends la porte se refermer.

Une fois qu'elle est partie, je reste quelques instants dans mon lit, je pense à l'amour, aux femmes.

Ma mère était mon premier amour. Ronde et rassurante, le giron assez large pour consoler une douzaine d'enfants en pleurs. J'avais cinq ans quand mon père est parti, mais ma mère et moi nous en sommes sortis. La seule contribution qu'il a apportée à notre famille était la goutte d'ADN qui a mis ma mère en cloque.

Ma mère faisait le ménage à l'hôpital du Sud, à Stockholm. C'était un travail difficile. Quand elle rentrait, sa peau brillait de sueur et elle était entourée d'un nuage de transpiration et de cigarette. J'aimais son odeur, elle sentait la sécurité, la force, le rire, et ses mains pouvaient pétrir le pain, astiquer le sol et distribuer des gifles quand il le fallait.

Peut-être savais-je déjà alors que les femmes sont plus fortes que les hommes. Pas seulement plus fortes, d'ailleurs – meilleures à tous points de vue. Leurs corps si attirants, pleins de secrets qui n'attendent que d'être découverts. Leurs rires si vaillants, si affriolants. Leurs mouvements si précis, qui ne laissent rien au hasard – les verres ne sont jamais renversés, les crêpes ne se déchirent jamais dans la poêle, les doigts ne se piquent pas sur l'aiguille pointue qui rapièce rapidement mon jean.

Mon deuxième amour s'appelait Athena. Elle avait six ans. Nous fréquentions le même jardin d'enfants et bien que nous ne puissions pas vraiment discuter – Athena venait d'arriver de Grèce avec ses parents –, nous étions amoureux. Et dans mes souvenirs, les sentiments étaient aussi forts à l'époque que maintenant. C'était réel, même si nous n'étions que des enfants. Et le jour d'été où elle m'a donné mon premier baiser – léger comme une plume, guère plus qu'une caresse – est resté pour toujours dans mon cœur comme un rappel que l'amour est éternel, contrairement aux femmes qui passent et s'en vont, comme les bus dans la rue devant ma fenêtre.

Ma mère a surpris ce témoignage d'affection quand elle est venue me chercher. Elle m'a ébouriffé les cheveux et m'a dit :

— Gunnar, je crois que tu vas devenir un vrai don Juan.

Je me souviens que ma poitrine s'est gonflée d'orgueil. J'avais l'intime conviction que ce baiser augurait de merveilleuses aventures.

Puis elle m'a pris par la main et nous nous sommes dirigés vers la maison. Elle a entonné cette chanson pour enfants :

— « Certains sont grands et fuyants, certains sont invisibles, pourtant ils existent, certains sont jaunes et beaux, violets et laids, rouges ou bleus… »

— De quoi parle la chanson ?

— D'animaux mystérieux.

Avec le recul, je me dis souvent que cette chanson parle des femmes, ces créatures énigmatiques et attirantes.

Certaines sont grandes et fuyantes…

Li était grande, mais pas spécialement fuyante. Aucune d'entre elles n'était très difficile à conquérir, je ne faisais d'ailleurs pas beaucoup d'efforts. Ça se produisait, tout simplement, et très souvent, en l'occurrence. En rentrant de l'entraînement de hockey, dans le bus, chez ma prof particulière que ma mère payait à la sueur de son front – elle s'appelait Linda et avait trois ans de plus que moi. Les dieux m'en sont témoins : elle m'a appris beaucoup de choses, mais pas en histoire ni en mathématiques.

Quand j'avais une vingtaine d'années, une de mes petites amies avait donné un nom à mon syndromes :

— Un obsédé. Voilà ce que tu es, Gunnar.

— C'est grave, docteur ?

— Au contraire. (Elle avait déboutonné son jean, pris ma main pour l'attirer vers sa culotte). C'est très bien.

Mais avec Li, c'était différent. Elle, je la voulais vraiment.

Pour la première fois, j'avais rencontré une femme que je refusais de partager. Li ressentait la même chose. Ce n'était pas facile, mais nous étions faits l'un pour l'autre, nous en étions tous les deux convaincus. Au bout de deux ans, Li est tombée enceinte. C'était inévitable vu nos ébats. Nous nous sommes mariés et avons trouvé un appartement à Mörby, un deux-pièces avec de la place pour le petit être qui grandissait dans le ventre de ma femme. Nous avons fait tout ce qu'il fallait – nous sommes allés chez Ikea, nous avons programmé le baptême et moi, j'ai énormément travaillé.

L'affaire qui m'occupait alors jour et nuit était le meurtre de Yasmin Foukara.

25

Quand je me réveille le lendemain matin, il neige. De lourds flocons s'écrasent sur la fenêtre, et glissent lentement sur la vitre, laissant derrière eux une trace humide. Sur mon oreiller, j'aperçois une grosse tache rouge baveuse. Ça doit venir de Kerstin – elle est une de ces femmes qui aiment se maquiller.

Je prends mon petit déjeuner devant la télévision, un œuf dur et des biscottes au seigle, et une tasse de café noir, avant de rejoindre le commissariat central. Bodil m'attend dans son bureau. Elle porte un chemisier en soie couleur crème sous une veste de tailleur marine. Ses cheveux bruns sont tirés en queue-de-cheval et elle est discrètement fardée, comme toujours.

— Bonjour.

Bonjour.

Elle m'indique une chaise.

— Tu es très belle, aujourd'hui.

— Hélas, je ne peux pas dire la même chose de toi, marmonne-t-elle en baissant les yeux sur les sandales déchirées que je viens d'enfiler. Tu comptes investir dans de nouvelles chaussures ou il faut d'abord que j'augmente ton salaire ?

— Ce chemisier… La couleur va très bien à ton teint.

— Gunnar ! (Elle jette un coup d'œil à la porte.) Pas ici !

— Et il moule joliment ta poitrine.

Bodil tapote du stylo sur la table.

— Tu vas te taire ?

— Les cheveux attachés, ça te va bien aussi. Tu devrais les porter comme ça plus souvent. Ça met en valeur ton visage.

Ses joues s'empourprent, la rougeur descend lentement vers le cou, comme une tache de vin renversé sur une nappe en lin.

On frappe à la porte déjà ouverte. Manfred passe la tête.

Bodil consulte sa montre.

— Ce n'est pas trop tôt. Assieds-toi.

Une fois Manfred installé, elle se penche en arrière et nous observe avec un regard qui respire à la fois le mécontentement et la résignation.

— Qu'est-ce qu'on a ?

Je me lance :

— Je suis allé voir Maria Foukara hier. Elle a confirmé que la boucle d'oreille appartenait à Yasmin.

Bodil chausse ses lunettes de lecture et griffonne dans son bloc-notes.

— Moi, je viens de parler avec le médecin légiste, ajoute Manfred. Le rapport n'est pas encore prêt et l'analyse ADN va prendre du temps, mais il pense que ce n'est *pas* Yasmin Foukara.

— Quoi ? s'étrangle Bodil.

Je renchéris :

— Mais…

Le silence se fait. Manfred feuillette ses notes.

— Yasmin mesurait un mètre soixante-cinq. Le corps retrouvé était bien plus petit, à peu près un mètre cinquante-cinq. Par ailleurs, le légiste pense que la femme était plus vieille que Yasmin. Entre vingt et trente ans.

— Mais…, je tente à nouveau.

Manfred lève une main vers moi.

— Attends, ce n'est pas fini. Ils ont effectué une radio des dents et l'expert en odontologie légale affirme également que ce n'est pas Yasmin. Nous avons son dossier dentaire. En outre…

Il marque une pause et fixe Bodil, puis moi.

— La femme dans la mer avait eu au moins un enfant.

— Merde alors ! s'exclame Bodil en foudroyant Manfred du regard par-dessus la monture de ses lunettes.

Petit silence. Elle continue :

— Sait-on combien de temps elle est restée dans l'eau ?

Manfred secoue la tête et caresse sa barbe naissante.

— Ils ne peuvent pas le déterminer avec certitude, mais au moins quinze ans. Donc oui, elle a pu s'y retrouver à peu près au moment de la mort de Yasmin.

Cause du décès ? s'enquiert Bodil.

Manfred secoue de nouveau la tête.

— Impossible à établir, mais il y a une fracture non cicatrisée à l'arrière du crâne. Ça peut être ça.

Bodil plisse le front et poursuit comme si elle avait lu dans mes pensées.

— Mais si ce n'est pas Yasmin Foukara, pourquoi sa boucle d'oreille se trouvait-elle dans ce tapis ?

— C'est la question à dix mille couronnes, rétorque Manfred. C'est peut-être seulement un bijou similaire.

— Je ne sais pas, dis-je. Cette boucle d'oreille est assez spéciale. Je ne pense pas qu'il en existe beaucoup qui y ressemblent.

— Quoi qu'il en soit, ce n'est pas Yasmin Foukara, conclut Manfred.

— Identifiez-la, ordonne Bodil en laissant tomber son stylo sur la table. Voyez avec le légiste si le corps a des signes particuliers qui peuvent nous aider et comparez avec les personnes disparues.

— Le corps n'est qu'un amas d'os, marmonne Manfred.

— Et que ça saute, lance Bodil en balayant l'air de la main. Vous comptez passer la journée ici ?

— Pourquoi elle fait toujours la gueule ? siffle Manfred quand nous sommes dans le couloir.

— Hum.

— Peut-être qu'elle est en manque.

— Peut-être…

Mais je sais que le problème n'est guère le manque de sexe. Ce commentaire m'étonne, venant de Manfred. Ce fin connaisseur de la nature humaine. D'ailleurs, les plaisanteries sexistes, c'est plus mon domaine que le sien. Manfred se trouve au-dessus de ça. Il met un point d'honneur à défendre sa vision égalitaire et se vante de son ouverture d'esprit.

— On doit reparler au médecin légiste, dit-il. Toi ou moi ?

— Rappelle-le, toi, c'est aussi bien. Je peux m'occuper des listes des portés disparus.

— Cherche entre 1995 et 2005, c'est ce que pensait le légiste.

— Ce garçon… (Je songe au visage lisse et aux doux yeux bruns de David Feinstein.) Il devait à peine être né à l'époque.

Manfred ouvre la porte de son bureau, mais s'arrête sur le seuil. La main sur l'encadrement, il pousse un long soupir.

— J'imagine que certains de tes slips sont plus vieux que lui. Mais peu importe. Il avait l'air plutôt sûr de lui.

Je monte au troisième étage et frappe chez Birgit, une enquêtrice contractuelle, l'une des meilleures de la maison pour éplucher nos nombreuses bases de données. Personnellement, je lutte rien que pour utiliser mon téléphone portable. Pas étonnant que je me tourne souvent vers elle.

Frôlant la soixantaine, elle est maigre comme un clou et porte une coupe au bol blond foncé. Sa peau est tannée et ridée, ses lèvres sont pâles, mais un large sourire illumine tout son visage.

— Salut Gunnar !

Elle me fait signe d'entrer.

Je m'assieds sur la chaise. Son bureau est d'une propreté impeccable. Pas un papier, pas un trombone ne dépasse. Les classeurs et les dossiers sont soigneusement rangés sur les étagères. Son épais manteau est suspendu à un crochet et sur le sol, j'aperçois un sac à dos de la marque Fjällräven et une paire de chaussures de running.

Birgit est folle de sport. Chaque jour, qu'il pleuve ou qu'il vente, elle vient au travail en courant, depuis Solna jusqu'à Kungsholmen. Je crois qu'elle s'entraîne pour un marathon, ou peut-être un triathlon. Peu importe, un de ces sports intenses que j'ai toujours voulu éviter.

— Tu as bonne mine aujourd'hui, Birgit !

— Oh, arrête !

— Je suis sérieux. Tu as doublé ta dose d'exercice, ces derniers temps ?

— Gunnar…

— Parce que tu es encore plus rayonnante que d'habitude.

— *Gunnar !* On se connaît depuis combien de temps ? Vingt ans ? Je ne suis pas intéressée. Je ne l'ai jamais été et je ne le suis toujours pas.

Elle continue à sourire, d'un air un peu las. Elle remonte la fermeture Éclair de sa polaire et croise les bras sur sa maigre poitrine.

— Peut-être que tu n'aimes pas les hommes.

Elle éclate de rire.

— Ce n'est pas parce que je ne veux pas coucher avec toi que je suis lesbienne. Point final.

— Tu es sûre ?

Nouveau rire.

— Oui, absolument.

Le refus – certes attendu – provoque une sensation sous mon sternum. Ce n'est ni de la honte, ni de la déception, ni de la frustration.

Mais du soulagement.

Car c'est compulsif, ce truc avec les femmes. Je n'y peux rien. C'est sans doute pathologique, je le sais. Mais c'est une addiction plutôt innocente. Toutes ces rencontres furtives, les corps qui se mélangent et se séparent, cette brève extase qui a fait de ma vie une quête perpétuelle – ça ne fait de mal à personne. Certes, il arrive que mes amantes se fâchent, celles qui avaient envisagé autre chose : une relation, un avenir commun. Mais j'essaie vraiment d'être sincère. Je ne promets jamais rien, je ne cache nullement mes intentions.

— En quoi puis-je t'être utile aujourd'hui ? demande-t-elle en s'emparant d'un bloc-notes et d'un stylo.

Je lui parle du corps qu'ils ont trouvé dans la mer au large de Kungsudd et des déclarations du légiste. Elle hoche la tête et griffonne quelques mots.

— Alors tu cherches une femme qui a disparu entre 1995 et 2005 ?

— Oui.

— Quel âge avait-elle ?

— Entre vingt et trente ans.

Ses annotations sont si soigneuses que je peux sans problème les lire depuis ma place à deux mètres de là.

— Elle vivait à Stockholm ?

— Aucune idée, désolé. Tu peux élargir à toute la Suède ?

— Bien sûr. Quand as-tu besoin de l'information ?

— Dès que possible.

— Donne-moi quelques heures, conclut Birgit en redressant le bloc, posé un peu de travers.

De retour à mon bureau, je sors le vieux dossier d'enquête sur la mort de Samir Foukara du sarcophage de carton où il a été remisé au début des années 2000.

Les papiers sont jaunis et cornés. Les phrases familières.

... l'autopsie a révélé une fracture à l'arrière du crâne, des saignements entre les méninges, un important œdème cérébral ainsi que des hémorragies cérébrales et des signes d'hypertension intracrânienne.

... Amèlie de Vegh confirme que Maria Foukara lui a rendu visite ce soir-là, de 18 h 30 à environ 19 h 15...

... tous les habitants des alentours ont été interrogés sans résultat.

... ainsi qu'un grand nombre de canettes de bière et de mégots de cigarette retrouvés sur place. Le lieu est très fréquenté, par les jeunes du quartier, des promeneurs avec leur chien et...

Oui. On a réalisé une enquête approfondie cet hiver-là. Les collègues ont parlé avec les habitants des environs, avec les amis et collègues de Samir et avec tous les membres de la famille de Vegh.

Mais personne n'avait rien vu ni entendu.

Greger de Vegh, le père, était en Suisse. Amèlie était chez elle, avec Maria Foukara. L'aîné des fils de Vegh, Harold, se trouvait également au domaine, ce que sa mère avait confirmé plus tard, lors d'une audition. Et Casimir de Vegh était rentré chez lui juste après le départ de Maria.

Le fait que Harold se trouve dans les parages et que Casimir soit revenu à peu près au moment où Samir Foukara a été découvert a fait d'eux les premiers suspects. Sans compter que Harold avait été condamné pour violence aggravée après avoir très grièvement blessé un jeune homme dans un bar de la ville. Il était connu pour avoir l'alcool mauvais, il fréquentait des cercles d'extrême droite et était décrit par ses amis comme sympa, mais « un peu excité ».

Un des voisins l'a exprimé avec un peu moins de tact :

— C'est un véritable connard, ce Harold.

Quant à l'intéressé, il affirmait qu'il étudiait ce soir-là, et qu'il ne mettait jamais les pieds dans la forêt.

Nous n'avons pas pu démontrer le contraire.

Casimir, en revanche, a raconté qu'il se baladait souvent le long du sentier et qu'il lui arrivait de s'installer dans la clairière pour boire des bières avec ses copains. Mais aucun témoin, aucun élément technique n'a permis de le relier à cet endroit ce soir-là.

Le lieu du crime était un vrai capharnaüm, ça grouillait d'empreintes de pas de promeneurs et de chiens, il y avait des montagnes d'ordures autour des rochers. On a même trouvé les vestiges d'un feu de bois.

Dans ce genre d'enquête, où l'on n'a ni témoins ni preuves matérielles, on peut prendre du recul et se demander *pourquoi* : qui peut vouloir la mort de Samir et pour quelle raison ? Mais dans notre cas, la moitié de la Suède voulait lui faire la peau. La haine attisée par les médias était infinie, surtout à Kungsudd.

Il aurait été plus facile de trouver quelqu'un qui ne souhaitait pas le voir mort.

Nous étions néanmoins assez sûrs de la suite des événements : Samir Foukara se dirigeait vers Kungsudd ce soir-là, peut-être qu'il avait oublié quelque chose au moment d'apporter ses affaires dans le nouvel appartement, peut-être qu'il voulait simplement parler à Maria. Sa voiture est tombée en panne d'essence et il a dû rentrer à pied en passant par la forêt.

Dans la clairière, il a croisé quelqu'un – peut-être une connaissance, quelqu'un qui habite les environs ou un inconnu qui l'avait suivi jusque-là – et une bagarre a éclaté. Samir a reçu des coups à l'arrière de la tête, ce qui a causé son décès peu après.

Maria, qui a entendu des cris, s'est approchée pour voir, mais elle est arrivée près du corps après le départ de l'assaillant. Elle a téléphoné aux secours de son portable à dix-neuf heures vingt-trois – quelques minutes seulement après avoir quitté Amèlie de Vegh, d'après le témoignage de cette dernière.

La théorie tenait la route, pendant vingt ans elle avait semblé non seulement possible, mais aussi crédible.

Et maintenant ?

Il y a trop de choses qui clochent. Si la femme au fond de la mer n'est pas Yasmin Foukara, qui est-elle ? Qui l'a tuée et pourquoi a-t-on trouvé la boucle d'oreille de Yasmin auprès du cadavre ?

Et qui a ôté la vie de Samir Foukara ?

26

La nuit est déjà tombée lorsque je m'assieds avec Manfred dans la kitchenette pour prendre un café et passer en revue l'affaire. La plupart des collègues sont partis, mais çà et là la lumière brille dans les minuscules bureaux de part et d'autre du couloir, que Manfred appelle les nichoirs.

Manfred attrape un roulé à la cannelle et le trempe dans sa tasse.

— Qu'est-ce que tu as trouvé ? s'enquiert-il en jetant un coup d'œil à sa luxueuse montre suisse.

Manfred est marié et père d'une petite Nadja. J'imagine qu'il a envie de rentrer avant qu'elle aille se coucher. La majorité de mes collègues sont mariés ou en concubinage. Il y a bien sûr aussi quelques malheureux divorcés, et quelques énergumènes comme moi, des hommes ou des femmes qui n'ont jamais fondé une famille, et qui vivent leur vie dans une solitude subie ou choisie.

— Un peu moins de cent femmes de vingt à trente ans ont disparu au cours de la période donnée, dont une quarantaine originaires de Stockholm. J'ai eu le temps d'examiner seulement celles qui viennent de Stockholm. Aucune ne correspond au profil.

— Aucune ?

Il inspecte sa viennoiserie, comme s'il discutait avec elle et pas avec moi.

— Non, elles sont trop grandes.

— Alors elles figurent toutes dans le registre national des passeports ?

Il mord dans sa brioche.

— Oui.

— Eh bien, tu regarderas les autres.

— Oui. Demain matin. Qu'a dit le légiste ?

Manfred se tortille et défait le premier bouton de son gilet.

— Il a dit…

Il enfourne le dernier morceau de roulé et sirote son café.

— Qu'ils… (Il claque des lèvres bruyamment.) n'ont trouvé aucun élément permettant d'identifier le corps. Il n'y a pas de vieille fracture ou de signe de maladie. Elle n'a même pas de plombage aux dents, ce qui est en soi un peu étrange. Apparemment, la plupart des gens en ont au moins un. Quoi qu'il en soit, il a dit que s'il n'arrivait pas à obtenir un ADN il pouvait se faire assister par un laboratoire en Allemagne qui pratique l'analyse des isotopes des tissus osseux.

— L'analyse des isotopes ?

Manfred secoue la tête.

— Ne me demande pas de t'expliquer. On peut visiblement déterminer les origines géographiques ou le lieu de vie d'une personne en observant les ensembles d'isotopes dans son squelette.

— Ça alors ! (Je marque une pause pour réfléchir.) Mais c'est quoi un isotype ?

— Un *isotope*. Je n'en sais rien ! J'ai une tête de chercheur en physique moléculaire peut-être ? Bref. Espérons qu'ils puissent produire un profil ADN utilisable, sinon il faudra solliciter l'aide des Allemands.

— Ah oui, OK.

Nous restons quelques instants en silence.

Des pas résonnent dans le couloir puis Malin Brundin apparaît, tout sourire.

— Salut ! Alors, il n'y a pas que moi qui reste tard ?

Manfred et moi avons déjà travaillé avec Malin. L'été dernier, quand nous enquêtions sur les féminicides d'Östertuna, elle a failli se faire massacrer lorsqu'elle s'est retrouvée nez à nez avec l'assassin. Il lui a fallu pas mal de temps pour se remettre.

— Comment va Otto ? demande Manfred.

Malin s'assied à côté de moi.

— Super ! Mais il vient d'avoir la varicelle, c'était affreux. Il avait des croûtes plein la tête, le pauvre chou.

— Incroyable ! (Manfred se penche en avant.) Nadja a aussi eu la varicelle. Le mois dernier !

— Ce n'est pas vrai !

Malin écarquille les yeux et ils se regardent, soudain réunis par tous les tracas de la parentalité. Ils discutent de problèmes de récupération de l'enfant à la crèche, de vaccination, de poussées dentaires. Je pense à mon frigo vide, à mon matelas qui s'affaisse à force de supporter mes galipettes, et leurs voix s'estompent.

— *Gunnar ?*

Malin me dévisage, le front plissé.

— Désolé, j'étais ailleurs. Qu'est-ce que tu as dit ?

— Simplement que c'est vraiment bizarre que le corps dans la mer ne soit pas celui de Yasmin Foukara.

— Oui, vraiment.

— C'est son père qui l'a tuée, non ?

Je hoche la tête.

— C'était évident. Mais il a été acquitté.

Malin se penche en arrière, pose les mains sur ses cuisses.

— Aujourd'hui il aurait sans doute été condamné. Nous en savons beaucoup plus sur la culture de l'honneur. Notre législation a changé aussi, nous ne reconnaissons pas les mariages d'enfants contractés à l'étranger, et forcer quelqu'un à se marier est puni par la loi. J'ai travaillé sur certaines de ces affaires. Entre autres un jeune garçon menacé de mort par sa famille. Son identité a fini par être protégée.

— Un *garçon* ? s'étonne Manfred.

— Bien sûr, dit Malin. La violence liée à l'honneur ne touche pas seulement les filles. Et ce ne sont pas seulement les hommes qui sont coupables. En quelle année est morte Yasmin Foukara déjà ?

— En 2000.

— Ah oui, c'est vrai, acquiesce Malin. (Elle lève les yeux vers le plafond.) Avant les attentats du 11 Septembre. Et avant le meurtre de Fadime Sahindal[1]. Comme on était naïfs, à l'époque !

Elle marque une pause et ajoute :

— Alors, vous avez des indices ?

— Non, pas grand-chose, reconnaît Manfred.

1. Jeune femme kurde émigrée en Suède qui fut assassinée par son père en 2002 après avoir refusé d'obéir aux traditions familiales.

Elle hoche la tête et se met debout, ferme les yeux une seconde.

— Vous savez, c'est fou comme Hanne me manque parfois !

Personne ne répond. Nous ressentons la même chose.

Hanne Lagerlind-Schön était profileuse et nous aidait à résoudre les enquêtes les plus difficiles. Certains collègues l'avaient surnommé « la sorcière » car sa capacité à flairer les coupables défiait l'entendement. Mais elle est morte depuis plus d'un an et on a beau le vouloir plus que tout, elle ne peut plus nous épauler.

— Moi aussi je dois y aller, dit Manfred en se tortillant. Il se lève et se masse le genou.

— Tu as mal ?

— Oui, un mal de chien. Ils disent que je dois perdre du poids. Sinon ça ne guérira jamais.

— Aïe.

Je n'ajoute pas qu'il y a d'autres raisons pour lesquelles il devrait maigrir, par exemple pour voir sa fille de quatre ans grandir. Mais pourquoi devrais-je lui dire quelque chose qu'il sait déjà ?

Ils s'éloignent ensemble dans le couloir.

Le mot « couche » est le dernier qu'ils prononcent avant de disparaître.

Une fois Manfred parti, je retourne dans mon nichoir, je rassemble mes affaires, mon bloc-notes, mon portable, ma liste de courses sur un Post-it jaune : lait, beurre, œufs.

Avant de partir, je m'assieds à mon bureau, je retire mes sandales déchirées et j'appelle Maria Foukara.

Elle répond au bout de deux sonneries.

— Bonjour. C'est Gunnar Wijk de la police.

— Bonjour Gunnar.

— Désolé de téléphoner si tard, mais je voulais te prévenir dès que possible. Ce n'est pas Yasmin.

Silence.

— Ah. Qui est-ce, alors ?

— On ne le sait pas encore.

— Ah.

Pause.

Un agent d'entretien passe dans le couloir. D'une main, il pousse un chariot chargé de produits chimiques avec un grand sac-poubelle fixé sur un montant, et de l'autre il tire un aspirateur.

Il m'adresse un signe de tête, je le salue de la main en retour.

— Je ne sais pas si c'est une bonne ou une mauvaise nouvelle, commence-t-elle.

— Je comprends.

— Je ne voulais pas que ce soit elle, mais d'une certaine manière j'aurais été soulagée qu'il y ait une sorte de conclusion.

Je ne réponds pas. Dans la pièce d'à côté, l'aspirateur se met en marche avec un ronronnement étouffé.

— Vous êtes certains que ce n'est pas elle ?

— Oui.

— D'accord. Merci d'avoir appelé.

— Ce n'est rien. Je te tiens au courant dès qu'on en sait plus.

Nous raccrochons. Je prends mon sac et je sors.

De retour chez moi, l'angoisse s'approche sournoisement – d'abord comme une agaçante agitation, puis comme une sensation désagréable de plus en plus intense que je ne parviens pas à surmonter. Une tension dans la poitrine et une douleur dans les tempes.

Je pense à Maria et Samir, à la famille partie en fumée. Je pense à Vincent, le garçon qui a cessé de parler, devenu un homme qui ne parle toujours pas. Je pense à toutes les victimes de meurtre que j'ai vues au cours de ma carrière et aux parents dont la vie a été à jamais transformée.

Un court instant, je songe à appeler Kerstin pour lui demander de passer, mais je décide que je n'ai pas assez de force pour des aventures amoureuses. Je préfère sortir l'album photo – je n'en ai qu'un. Les pages sont jaunies et des clichés sont fixés aux quatre coins par de petits triangles de plastique.

Li sourit. Elle tient un pinceau. Ses épais cheveux bruns sont attachés en queue-de-cheval. Sa salopette est tachée de peinture et ses yeux bridés lui donnent un regard presque félin.

La photo est prise ici, dans le salon, une semaine seulement après notre emménagement. Les murs étaient d'un vert hideux et la première chose que nous avons faite a été de repeindre. Enfin, c'est surtout Li qui s'en est chargée pour être honnête. J'étais tellement occupé par l'enquête qu'elle a été obligée, ou a peut-être choisi, de prendre le taureau par les cornes.

Je tourne les pages.

Li dans le canapé en cuir, en jean de grossesse et haut rayé qui épouse son ventre rond. Elle approche de ses lèvres une tasse de thé et regarde en direction de l'appareil photo, l'air étonné. La bouche ouverte, comme si elle allait dire quelque chose.

— Quoi ? Qu'est-ce que tu voulais dire, Li ?

Elle ne répond pas. Elle me contemple, figée dans le temps.

D'autres images.

Li et moi dans le petit voilier que nous avions loué l'été avant qu'elle tombe enceinte, avec lequel nous nous sommes échoués dans l'archipel de Björkskär. Sur un autre cliché, la grand-mère de Li qui boit son café comme jadis : elle porte la tasse fleurie à la bouche de ses mains noueuses et l'on aperçoit un morceau de sucre entre ses fausses dents. Son chat au pelage moucheté, qui est mort sous les roues d'une voiture le même été, dort sur ses genoux.

La pression dans ma poitrine augmente, comme si on me marchait sur le sternum. Mon cœur palpite.

Je continue de feuilleter l'album.

Stockholm sous la neige. Li sur la glace, chaussée de patins. Elle rit, les mains au-dessus de la tête comme une danseuse. Le manteau un peu ouvert, le bonnet de travers.

Je lâche l'album qui s'écrase au sol, tâtonne pour trouver mon portable tandis que la sueur perle sur mon front et sous mes bras.

Les mains tremblantes, je cherche le numéro et je plaque le téléphone contre mon oreille.

— Salut Kerstin. Que fait ma douce ce soir ?

Le désir m'asservit, il est irrésistible. Primitif. Une force de la nature devant laquelle mieux vaut rendre les armes. Il ne laisse dans son sillage que le vide et l'angoisse.

Bien sûr, j'aime les femmes. Plus que la majorité des hommes, je pense. Bien sûr, l'acte sexuel m'apporte du plaisir. Cela dit, j'aimerais parfois que quelqu'un entre subrepticement chez moi et me castre dans mon sommeil. Qu'on coupe tout. Parce que le désir supplante tellement d'autres choses, me fait perdre tant de temps et d'énergie… Qui sait ce que j'aurais pu réaliser si je n'avais pas passé le plus clair de mon temps libre en position horizontale ? J'aurais peut-être gagné un bon pactole en achetant des actions, fait le tour du monde ou appris plusieurs langues.

J'aurais peut-être résolu l'affaire Yasmin Foukara.

Et maintenant je suis là, dans mon deux-pièces de Mörby, ma hanche me fait un peu plus mal chaque jour, et parfois je dois me lever la nuit pour pisser, pas juste une fois, mais deux ou trois.

Je me représente ma prostate – enflée, grosse comme un pamplemousse et rouge vif.

Qui voudra s'envoyer en l'air avec moi dans cinq ans ? Dix ?

Je regarde l'heure. Vingt-deux heures quarante.

Kerstin ronflote à côté de moi. Le ronronnement monte en puissance, puis baisse en rythme avec la respiration. Ses bras potelés, toujours couverts d'une pellicule de sueur, reposent sur la couette.

Je la secoue doucement.

— Quoi ? grogne-t-elle en s'enroulant dans les draps.

— Je dois me lever tôt demain.

Elle ne répond pas.

— Hé, Kerstin ?

— Mmmh.

— Je dois me lever tôt demain.

Elle se redresse lentement sur un bras.

— Bon, bon.

— Tu es magnifique, dis-je en la contemplant.

— Merci.

Elle commence à s'habiller, enfile sa grande culotte couleur chair et ramasse le soutien-gorge à larges bretelles jeté par terre. Puis elle passe sa robe informe par-dessus la tête et se met debout. Elle roule ses collants en boule et les garde à la main.

— On se voit cette semaine? demande-t-elle en s'humectant les lèvres du bout de la langue.

Je devine des traces de rouge sur sa joue.

— Volontiers.

— Tu sais où me trouver, sourit-elle avant de partir.

Voilà ma vie.

Peut-être semble-t-elle minable, pitoyable, mais c'est la vie que j'ai.

Je vais au bureau, je m'acquitte de mes tâches, voire plus encore. Je suis un bon policier. Quand j'ai fini, je rentre chez moi, dans mon petit appartement vide, juste au nord de Stockholm.

Je ne suis pas à plaindre, pas plus qu'un autre. J'en sais quelque chose.

Je suis en bonne santé, la plupart du temps en tout cas. Je peux bosser. J'ai des amis, des femmes qui me tiennent chaud sans se faire prier. Mais je n'ai sans doute pas compris ce qu'on doit attendre de l'existence.

Quel est le but de tout cela, je me le demande.

Que vais-je laisser derrière moi?

Je m'imagine ma pierre tombale, en granit lustré, sans or ni fioritures.

Ci-gît Gunnar Wijk qui a papillonné toute sa vie, sans but ni dessein, mais aimé de nombreuses femmes avides de plaisir.

Quand mes pensées arrivent à ce stade, à la pierre en granit froid, sans or ni fioritures, je mets le holà. Ça suffit.

C'est là que j'appelle Kerstin ou Bodil. Ou une des autres.

Ensuite, je me sens mieux.

27

Quelques semaines s'écoulent sans aucun événement important notable. Il neige à quelques reprises, des flocons qui fondent dès qu'ils touchent le sol et se changent en soupe épaisse et boueuse.

Bodil passe chez moi un soir ; nous couchons ensemble sur le canapé en cuir qui crisse. Comme d'habitude, je la congédie juste avant minuit. Elle se fâche, se sent humiliée, peut-être qu'elle me sanctionnera plus tard – elle a horreur être repoussée et c'est le genre de personne qui aime montrer qu'elle a du pouvoir.

Je n'en fais pas une maladie. Quoi qu'elle me prépare, ça ne durera pas. Bodil s'emporte facilement, mais le vent tourne vite. Je me demande parfois si elle n'est pas attirée par les drames et les conflits, comme un phalène par la lumière, simplement pour évacuer toute l'angoisse et la frustration qu'elle porte en secret.

Le lendemain matin, mon réfrigérateur tombe en panne et je suis obligé de faire venir un réparateur. Il s'appelle Pedro et ses tarifs sont exorbitants. Je grogne, je peste, mais je me traîne quand même jusqu'au magasin de chaussures du centre-ville en fin d'après-midi pour acheter de nouvelles sandales. En voyant le prix, je change d'avis en me disant que j'aurais dû devenir réparateur d'électroménager au lieu de policier.

Je rentre chez moi les mains vides.

L'enquête piétine, la piste est aussi froide que la soirée d'automne derrière ma fenêtre. Aucune des personnes disparues ne correspond à la femme morte, enroulée dans le tapis.

Je demande à Birgit de contacter Interpol et de dresser une liste des portées disparues dans d'autres pays européens au cours de la période donnée. Elle promet de m'aider le lendemain. Ce soir, elle doit partir tôt pour aller à son entraînement de natation. Quand je la complimente pour sa motivation et lui propose de boire une mousse après la piscine, elle me conseille d'aller me faire cuire un œuf. Elle enfile ses baskets, son bonnet et sa doudoune légère, attrape son sac à dos et quitte la pièce sans me dire au revoir.

Les techniciens finissent leur examen et m'envoient par mail le rapport. Il est inhabituel puisque le corps se trouvait dans l'eau – à vingt-deux mètres de profondeur plus précisément. Des plongeurs ont passé au peigne fin le plancher océanique à l'endroit où ont été repêchés les ossements, et ont compilé une liste des objets découverts. Anciens pneus, canettes de bière, siège auto pour enfant, manivelle de winch pour voilier et vieille trottinette des neiges, sans doute fabriquée dans les années cinquante. Le tapis dans lequel était enveloppé le corps a également été identifié : modèle Karlsholm d'Ikea, produit entre 1995 et 1996. Bien. Nous savons au moins que le corps n'a pas pu se retrouver dans la mer avant 1995, mais d'après le légiste, c'était de toute façon exclu.

L'Institut national de la police scientifique nous informe qu'ils n'ont pas trouvé d'ADN dans le corps. Ils n'ont pas perdu espoir, ils vont effectuer d'autres tests, mais d'ici là ils envoient une dent et quelques fragments d'os au laboratoire allemand qui va mener l'analyse des isotopes.

Quant à la boucle d'oreille, elle a été nettoyée dans les règles de l'art et comparée avec celle que Yasmin porte sur la photographie. Elles semblent identiques. Les poinçons sur le bijou révèlent une fabrication parisienne, ce qui renforce notre hypothèse : il s'agirait de la boucle d'oreille de Yasmin, celle que sa mère lui a offerte lorsque la famille vivait en France.

Les journaux entendent parler du corps et se livrent à des conjectures sur l'identité de la femme. Sans surprise, ils citent le nom de Yasmin Foukara. Des reporters m'appellent et je décline tout commentaire, gentiment, mais fermement.

Le temps passe.

Les jours raccourcissent, les nuits s'allongent, elles grignotent les derniers rayons de soleil jusqu'à ce qu'il ne reste qu'une sorte de pénombre gris sale. Les températures baissent et les gens sortent leurs vêtements d'hiver des placards. Les pièces du puzzle s'imbriquent, l'une après l'autre. Pourtant la vision d'ensemble nous fait défaut. Nous sommes incapables d'expliquer les meurtres de Kungsudd. Nous ignorons toujours qui est la femme dans le tapis, cachée au fond des flots pendant tant d'années.

Cela me chiffonne – comment une personne peut-elle décéder sans laisser de traces ? Comment une jeune femme, une mère, peut-elle disparaître sans manquer à personne ?

Je me replonge dans la vieille enquête sur le meurtre de Yasmin – nous avons dû passer à côté de quelque chose. On passe toujours à côté de quelque chose, c'est ça la réalité. Je scrute les témoignages, les rapports techniques et le reste des documents – photographies, relevés de comptes de la banque de Samir et listes des passagers de tous les vols au départ d'Arlanda au cours des quarante-huit heures suivant la mort de Yasmin.

Je fais tout ce que je peux, mais je ne trouve rien de nouveau. La femme dans le tapis demeure un mystère.

Le lundi 26 novembre, Manfred fait irruption dans mon nichoir au moment où je coupe un bout d'ongle d'orteil qui me gêne – ayant un début d'ongle incarné, je garde toujours des petits ciseaux dans un tiroir.

Manfred est cramoisi, la sueur perle à la racine des cheveux. Il tient des papiers à la main.

— Ça y est, bordel ! Enfin !

Il se laisse tomber sur une chaise, laquelle chancelle et grince, protestant contre la charge qui s'abat soudain sur elle. Il sort un mouchoir de la poche de sa veste et se tamponne le front.

— Je suis tout ouïe.

Je range le coupe-ongle et j'enfile ma chaussette. Manfred fixe mon pied, sourcils froncés.

— Quoi ?

Je suis bien conscient que Manfred doit se faire limer les pieds dans un salon de beauté luxueux du centre-ville en sirotant un thé vert au son des chants de baleine.

— Le laboratoire en Allemagne, tu sais…

Il observe toujours ma chaussette, l'air renfrogné.

— Oui ?

— Ils croient savoir d'où elle vient.

Il pose les papiers devant moi sur le bureau et je lis les lettres SIA pour « Stable Isotope Analysis ». Je balaie du regard des chiffres, des cartes, des diagrammes.

— Je pige que dalle.

— Laisse tomber tout ça, va directement à la fin.

Je tourne les pages, passe le doigt sur le texte et m'arrête au dernier paragraphe.

— C'est dingue ! Ils peuvent vraiment déterminer ça ?

— Visiblement. Birgit a de nouveau contacté Interpol. Tu devrais peut-être retourner voir Maria Foukara ? Elle habite dans le quartier depuis longtemps. Elle se souvient peut-être de cette fille.

28

La nuit est déjà tombée quand je me gare devant chez Maria à Kungsudd. Le vent d'hiver froid et humide s'insinue sous mon manteau et je me hâte vers la maison.

Maria ouvre immédiatement, comme si elle se trouvait derrière la porte à m'attendre.

— Gunnar ? (Elle semble décontenancée). Il est arrivé quelque chose ?

— Non, je passais par là… Je peux entrer un instant ? J'ai quelques questions à te poser.

— Bien sûr.

Elle époussette sa chemise en jean élimée, recule d'un pas et me laisse passer. On entend un cri suraigu dans la maison, suivi d'un bruit sourd. Quelques secondes plus tard, deux fillettes traversent le salon en courant.

— Je m'occupe des petites de Tom et Nicole, explique Maria avec un demi-sourire.

J'acquiesce. J'entre, je retire mes chaussures et mon manteau.

— Je peux le prendre, dit-elle avec une expression amusée. Combien de temps comptes-tu le garder ?

— Le plus longtemps possible. Il est chaud.

— Oui, c'est ce que j'ai cru comprendre.

Elle accroche le manteau à un cintre et balaie la manche de la main, pensive. Le geste est presque intime et il éveille quelque chose en moi que je ne parviens pas vraiment à nommer. Personne n'a jamais commenté ma façon de m'habiller, sauf Bodil bien sûr, qui répète à longueur de journée que je dois changer de sandales.

On entend de nouveaux cris dans le salon. Soudain, les fillettes font irruption dans l'entrée.

— Voici Ebba, dit Maria en caressant la tête d'une petite blonde d'environ cinq ans en collants et tutu rose.

Deux filets de morve verte coulent de son nez et ses joues rondes sont écarlates.

— Moi, c'est Adrienne, renchérit l'autre enfant en inclinant la tête.

Elle semble avoir un ou deux ans de moins. Ses cheveux clairs sont coiffés en palmier en haut de son crâne et ses yeux louchent quand ils croisent les miens.

— Bonjour Ebba et Adrienne. Je m'appelle Gunnar et je suis un ami de Maria.

— D'accord !

Ebba esquisse une petite révérence et place les mains sur les côtés.

— Gunnar, drôle de nom ! s'exclame Adrienne en fronçant son petit nez retroussé.

Quelques secondes plus tard, elles disparaissent dans le salon.

— Elles sont intenses. (Maria hausse les sourcils.) Un expresso ?

— Volontiers.

Nous entrons dans la cuisine. Maria prépare deux tasses de café, les dispose sur un plateau, sort quelques biscuits aux épices et pose le plateau entre nous sur la table. Elle allume une bougie. Dans la lueur de la flamme vacillante, elle semble plus jeune : ses cheveux et sa peau prennent une teinte chaude, les rides s'effacent et je devine la femme qu'elle était autrefois. Celle qui n'avait pas encore rencontré son grand amour, qui se révéla être un assassin.

— Comment tu vas ? demande-t-elle.

— Je ne peux pas me plaindre. Et toi ?

— Ça va. Je crois. Tant que les filles ne mettent pas la maison à sac.

Elle éclate d'un petit rire, saisit la tasse entre ses deux paumes et sirote son café.

Nouveaux hurlements dans le salon.

— Merde alors, marmonne-t-elle.

— Ne t'inquiète pas, fais-je, comme si je passais mes journées à garder des gosses, alors que ça fait des années que je n'ai pas adressé la parole à un enfant.

Comme si elle lisait dans mes pensées, elle me demande :

— Tu as des enfants ?

Je secoue la tête.

— La vie en a voulu autrement.

Elle me lance un regard interrogateur.

— C'est bizarre. Nous étions souvent en contact. À l'époque. Pourtant nous savons si peu de chose les uns des autres.

— La vie est bizarre.

— Vraiment.

Elle se tait, baisse les yeux sur la tasse de café et sourit. Puis elle poursuit :

— Tu sais, j'étais tellement en colère contre toi.

— Contre moi ?

Elle rit et passe la main dans ses cheveux ébouriffés. Il y a comme une excuse dans son geste, comme si elle avait honte de son aveu.

— Pourquoi ? Je me suis mal comporté ?

Nouveau rire.

— Non. Au contraire. J'aimais bien ta façon d'être. Tu avais de l'empathie, tu étais calme. Comme une bouée de sauvetage au milieu de cet enfer. Mais tu as disparu d'un coup et j'ai eu affaire à cette horrible personne.

— Ann-Britt ?

Elle acquiesce.

— Elle avait un sacré caractère ! Je me demande ce qu'elle est devenue. Je ne sais même pas si elle vit encore. Elle doit avoir dans les quatre-vingts ans.

— Pourquoi as-tu disparu ?

Elle me dévisage longtemps, les yeux brillants, presque suppliants.

— Je…

Les mots restent coincés. J'ai beau essayer de les prononcer, ça résiste dans ma poitrine.

— Il s'est passé quelque chose. Je…

Elle se penche en avant, pose sa main sur la mienne et croise mon regard, comme consciente du blocage qu'il me faut surmonter.

La chaleur de sa main se diffuse dans la mienne et quelque chose s'éveille dans mon cœur, une émotion qui sommeillait depuis des années. Le toucher est si évident – asexuel, compatissant, il n'exige rien en échange, il est si différent de tous les contacts physiques que j'ai eus avec les femmes depuis la disparition de Li.

Son regard est fixe, on dirait qu'elle voit à l'intérieur de moi, ou peut-être plus précisément qu'elle me conduit devant un miroir où pour la première fois depuis des années je parviens à me regarder tel que je suis devenu.

Je prends une profonde inspiration, je m'arme de courage et je tente de mettre des mots sur ce que je pense.

— J'ai disparu parce que…

Nouveaux hurlements en provenance du salon. Ce n'est pas de la joie cette fois, pas de la gaieté, ce sont des cris de douleur et de panique.

L'aînée des deux filles est debout à côté de sa cadette qui gît par terre. La première roue la seconde de coups de pied dans la tête. Sa jupe de tulle se balance en rythme.

— Sale pute !

— Ebba ! halète Maria en se précipitant vers les enfants. Qu'est-ce que tu fais ?

Elle attrape la grande par le bras pour l'éloigner de sa sœur.

— Elle a pris mon…

— On ne tape pas, explique Maria en s'accroupissant. Et on ne doit pas dire des gros mots, comme ça.

Elle se tourne vers la petite, couchée sur le sol.

— Adrienne, ça va ?

— J'ai maaaal ! Aïeeee !

Maria la prend dans ses bras, la berce doucement.

— Chhhh. Ça va aller ma chérie. Ça va aller.

On sonne à la porte.

Maria se retourne vers moi.

— Tu peux aller ouvrir ? C'est Nicole, elle vient chercher les filles.

Je m'exécute.

Sur le seuil se trouve une femme d'environ trente-cinq ans d'une grande beauté. Elle porte un manteau en fourrure et un jean élimé si moulant qu'il semble peint à la bombe directement sur ses jambes. Ses longs cheveux blond clair déferlent sur ses épaules. Ses boucles sont épaisses et brillantes. Elle écarquille un peu les yeux en me voyant. Derrière elle, j'aperçois un SUV noir – le moteur est allumé et de la musique s'échappe de l'autoradio.

— Oups, glousse-t-elle. Je ne savais pas que Maria avait de la visite.

— Gunnar Wijk.

Je lui tends la main.

— Nicole Borgmark.

Elle cligne de ses cils infinis.

Elle garde sa main dans la mienne longtemps, comme si elle refusait de lâcher prise. Puis elle appuie sa main libre sur l'encadrement de la porte. C'est là que je comprends.

Elle est ivre.

Pas juste pompette, mais en état d'ébriété, comme si elle venait d'avaler une bouteille de vin ou avait enchaîné les cocktails tout l'après-midi.

Puis je sens l'odeur. Elle empeste l'alcool.

— Je viens juste. Chercher. Les filles.

Je me recule d'un pas et je lui fais signe d'entrer. Je me retourne.

— Maman ! s'écrie Adrienne en se jetant dans les bras de sa mère.

— Salut ma chérie, fait Nicole en lui caressant la joue. Vous vous êtes bien… (Elle cherche ses mots, pouffe à nouveau de rire.) Amusées ?

Maria lui lance un regard appuyé et croise les bras sur la poitrine.

— Tu es venue en voiture ?

Nicole hausse les épaules.

— J'avais une réunion avec un client. J'étais obligée. C'est à deux pas…

— Laisse la voiture ici.

— Mais.

— Pas de mais. Tu viendras la chercher plus tard. Sinon je vous dépose.

Nicole pousse un petit rire et secoue la tête. Puis elle semble se décider.

— *Whatever*. Je passe la chercher demain. Venez, les filles.

Nous sommes réinstallés dans la cuisine.

— Alors, tu as eu ta dose de la famille Borgmark, non ?

Je ne réponds pas.

Maria soupire, s'essuie le visage de l'arrière de la main.

— Eh bien, tu as vu toi-même.

Elle croise les mains sur ses genoux.

— Ça fait longtemps que ça dure ?

Elle opine.

— Des années. J'ai essayé de lui parler. Avec Tom aussi. C'est difficile. Je crois qu'elle ne veut pas admettre qu'elle a un problème. Elle accuse son travail.

Elle marque une pause, lève les yeux au plafond et reprend :

— Pauvre Tom ! Je le plains tellement. D'abord la mort de Yasmin, puis le problème de Nicole. Il mérite mieux. Les filles aussi.

— Tu as appelé les services sociaux ?

Elle secoue la tête.

— Je vais le faire. Si ça ne s'arrange pas. Le mieux serait bien sûr qu'elle prenne l'initiative de se faire aider. Ce qui s'est passé aujourd'hui…

Elle esquisse un geste vers l'entrée et continue :

— … ce n'était rien. Je l'ai déjà vue complètement dans les vapes, quasiment inconsciente. Il y a quelques semaines, je l'ai trouvée couverte de sang au bas de l'escalier du domaine. Elle empestait l'alcool. Elle avait dû tomber. J'ai été obligée de la doucher et de la bander.

— Je dois faire remonter ça.

Elle acquiesce.

— Ça va aller, Gunnar. Tu es un homme bon. Mais laisse-moi gérer ça.

— C'est mon travail. Elle a conduit en état d'ébriété, c'est un délit. Et si je vois des enfants en danger j'ai le devoir de le notifier.

— Donne-moi quelques jours. (Elle balaie quelques miettes de biscuit du plat de la main.) Je t'en prie.

Je ne réponds pas.

Le silence se fait.

— Alors, reprend-elle. Qu'est-ce que tu voulais me raconter tout à l'heure ?

Je la contemple. C'est la même femme que celle à qui je m'apprêtais à révéler mes secrets, la même Maria. Mais ce n'est plus le bon moment. Il a été chassé par la bagarre des fillettes et l'arrivée de Nicole Borgmark.

— Ma femme m'a quitté. On en reparlera une autre fois.

Elle hoche la tête.

— Je vais y aller. Mais avant, je voudrais te poser une question. (Je joins les doigts de mes deux mains.) Le corps que nous avons trouvé. Il a été analysé par un laboratoire en Allemagne.

— OK ?

Elle se penche en avant, pose un coude sur la table et y appuie le menton. Ses yeux pétillent à la lueur de la bougie.

— Il semblerait que la victime soit originaire de l'ouest de l'Amérique latine. De Colombie très probablement.

— De Colombie ? (Elle fronce les sourcils et secoue la tête.) De Colombie…, répète-t-elle très lentement, comme si elle goûtait chaque syllabe.

Elle ferme les yeux, les ouvre. Puis elle s'étire, croise les mains sur la table et dit :

— Bon sang. Je sais de qui il s'agit.

29

Allongé dans le lit, je regarde Billy dans les yeux, des petites billes couleur noisette.

Il incline la tête, renifle. Ses oreilles couvertes de poil frisé frémissent d'excitation.

— Désolé mon vieux, je n'ai rien à manger, dis-je, étouffant une éructation.

Pia part d'un petit rire à côté de moi et repousse la couette du pied.

Je contemple son corps nu aux nombreux tatouages.

— Il a encore faim ?

— On dirait qu'il veut m'avaler tout cru.

— Bah, il est doux comme un agneau.

Elle se lève et sort de la chambre sans s'habiller.

Quelques secondes plus tard, je l'entends uriner, elle a dû laisser la porte des toilettes ouverte. Quand elle revient, elle s'arrête sur le seuil, laisse reposer nonchalamment la main sur l'encadrement de la porte. Son visage rayonne de sa confiance en elle.

Mes yeux parcourent son corps. Elle est belle, bien proportionnée, ni trop ronde ni trop mince, la peau lisse et bronzée, des tatouages un peu trop grands à mon goût, mais je ne suis pas difficile.

Je devrais peut-être ressentir une fierté virile d'avoir conquis une créature aussi jeune et aussi belle, une satisfaction primitive d'être toujours capable de mettre dans mon lit une femme de vingt ans ma cadette. Mais je n'éprouve que de la répugnance et du dégoût, non pas à son égard, mais envers moi.

Mon regard sur son corps, sa chair, est celui de l'alcoolique sur les bouteilles vides qui scintillent dans les rayons du soleil du matin. Celui de la jeune femme sur ses nouveaux vêtements au moment où elle additionne ses dettes de cartes de crédit en se demandant comment diable elle va payer son loyer. Celui du joueur invétéré sur les tickets de PMU avec les croix dans les mauvaises cases.

— Gunnar Wijk, articule-t-elle lentement, comme si mon nom était un plat qu'elle venait de préparer et qu'elle s'apprêtait à présenter à ses invités.

— C'est moi.

— Je devrais monter chez ma mère, il se fait tard.

— Vas-y.

— Je ne sais pas si tu la connais bien, mais Billy est son bébé. Elle va se faire un sang d'encre si je ne lui ramène pas bientôt.

Je ne lui dis pas que je connais sa mère bien plus qu'elle ne l'imagine. J'ai rencontré Pia quand sa mère était en séjour organisé pour découvrir les « trésors artistiques de l'Europe centrale ». Elle est comme ça, Kerstin, férue d'art et de Culture avec un grand C. Elle fréquente les expositions, le théâtre et le cinéma plusieurs fois par semaine. Elle a déjà tenté de m'y traîner, mais ça ne m'intéresse pas trop. Une fois, je lui ai proposé un film d'action au cinéma du quartier, mais elle a éclaté de rire et m'a dévisagé comme si j'avais un grain.

Pendant que Kerstin contemplait les trésors artistiques à Budapest, Vienne et Prague, sa fille Pia s'était installée dans son appartement du quatrième étage. Elle s'occupait de Billy, arrosait les plantes et payait les factures. Nous nous sommes rencontrés lors du ménage de printemps de l'association des copropriétaires. Ce qui a commencé par une conversation polie s'est terminé comme d'habitude – dans mes draps.

Pia rassemble ses vêtements éparpillés au sol et les prend dans ses bras.

— Je vais me doucher.

— Vas-y.

Je me lève et m'enroule dans mon vieux peignoir qui a perdu sa ceinture. Je me dirige vers la cuisine. Depuis la salle de bains, j'entends l'eau couler et le bruit assourdi des pieds de Pia contre la baignoire.

Je verse le café moulu dans la cafetière et je l'allume. Peu après, elle gargouille et le liquide brûlant se met à couler. À mes pieds, Billy observe avec intérêt. Sa queue remue lentement.

On sonne à la porte.

Je songe d'abord à ne pas ouvrir. Qui que ce soit, ça peut attendre.

Si ce n'est que Billy se précipite vers l'entrée en aboyant de toutes ses forces.

Je serre mon peignoir contre mon corps et gagne la porte en dépassant le chien.

— Silence !

Il continue à glapir.

J'ouvre.

— Salut, dit Kerstin en me tendant un sachet plastique rempli de brioches. Je pensais…

Elle se tait et fronce les sourcils.

— Billy ?

Le chien bondit sur Kerstin pour lui faire la fête.

— Billy ? répète-t-elle

Son regard se pose alternativement sur le chien et moi.

— Mais pourquoi ? Comment ?

Une porte se ferme derrière moi. Je fais volte-face pour apercevoir Pia qui sort de la douche, la serviette enroulée autour de la taille. Ses seins et ses épaules luisent d'humidité et ses cheveux sont attachés en chignon sur la tête.

— Maman ?

Elle écarquille les yeux.

— Pia ? Ça alors ! Mais qu'est-ce que tu fais ici ?

Le visage de Kerstin s'assombrit et sa bouche se contracte. La main qui tient les pâtisseries est livide.

— Quel salopard !

Elle me décoche une gifle si violente que je perds quasiment l'équilibre.

Elle pivote sur ses talons et se dirige vers l'escalier en tapant des pieds.

Billy me regarde, semble hésiter puis, l'air surpris, entreprend de suivre sa maîtresse.

Nous nous trouvons devant l'imposant édifice de l'avenue Strandvägen dans le centre de Stockholm. Je penche la tête en arrière pour observer la façade décorée de colonnes, d'angelots et de couronnes de laurier stylisées.

De gros flocons de neige descendent doucement et se posent sur mon front.

— Eh bien, on ne s'embête pas ! dis-je en me tournant vers Manfred.

— À quoi tu t'attendais ? Ils sont pleins aux as.

— Comme toi ?

Il ne répond pas, se contente de me dévisager longuement. Puis il avance vers l'entrée, ôte un gant et approche son doigt boudiné des chiffres du pavé numérique.

— Tu me donnes le code ?

— 1929. Le krach boursier. Dans cet immeuble, tout le monde a un lien avec l'événement.

Manfred tape le code, on entend un vrombissement et la porte s'ouvre.

Nous arrivons devant l'ascenseur, examinons les plaques en laiton pour constater que la famille de Vegh vit au sixième étage.

J'observe les peintures murales en or et ocre.

— Quel luxe !

Manfred ne répond pas, mais il fronce les sourcils comme si quelque chose le dérangeait.

Je me dis parfois qu'il a du mal à gérer le fait qu'il vienne de la haute – qu'il habite à quelques encablures d'ici, au milieu des nantis, les rares individus qui n'ont pas besoin de se demander s'ils peuvent se permettre un filet de bœuf le vendredi ou une bouteille de vrai champagne en apéritif. La majorité des policiers ont une tout autre origine sociale – nous sommes pour la plupart des « gens ordinaires ». La question étant de savoir ce que sont des gens ordinaires, je ne suis pas sûr d'en avoir déjà rencontré. À de nombreux égards, Manfred est très ordinaire : il est divorcé, remarié, et père d'une fillette. Il va la chercher à la crèche, il se dispute avec son ex et il se bat contre ses kilos superflus.

On ne peut plus ordinaire.

Peut-être que c'est moi qui ne suis pas normal, même si je refuse de l'admettre.

Nous entrons dans l'ascenseur qui comporte un banc en cuir et deux miroirs encadrés d'or. Manfred range ses gants dans sa poche et appuie sur le bouton six.

— Alors, Amèlie de Vegh est en Suède ? s'enquiert-il.

— Oui, en ce moment. Mais elle vit avec son mari en Suisse.

— Et l'appartement ?

— Il appartient à Casimir, son fils.

L'ascenseur tressaute et s'arrête. Nous sortons sur le palier. Deux portes : von Essen et de Vegh.

Manfred sonne et commence à déboutonner son pardessus qui lui étreint l'abdomen.

Au bout de quelques secondes, un homme d'une quarantaine d'années nous ouvre. Épaisse chevelure blond cendré. Corps athlétique. En jean et pull en laine d'agneau troué à un coude.

— Casimir. (Il tend la main.) Vous êtes ?…

— Gunnar Wijk. De la police.

Il hoche la tête et nous fait signe d'entrer.

Le vestibule est peint en blanc et orné de riches moulures. Le sol est fait de parquet à chevrons et les murs sont couverts de tableaux modernes. Un feu brûle dans la cheminée du salon, je l'aperçois par la porte à double battant ouverte. À travers les grandes fenêtres se dessine la silhouette du Musée nordique sur l'île de Djurgården.

Un autre homme pénètre dans le vestibule. Plus mince, avec des cheveux bruns bouclés et des traits creusés. Ça a beau faire vingt ans que je ne l'ai pas vu, je le reconnais.

— Tom, annonce-t-il en tendant la main. Tom Borgmark.

Lorsque nos paumes entrent en contact, il se fige. Son expression change.

— Oui. Nous nous sommes déjà rencontrés. J'ai participé à l'enquête sur la mort de Yasmin.

Il acquiesce et me contemple un instant.

— Vous vouliez parler à ma mère et moi ? s'enquiert Casimir.

— Oui, répond Manfred. Si c'est possible.

— Elle est dans la bibliothèque. Je vous accompagne. (Casimir se tourne vers Tom.) On a terminé ?

— Oui. On passera aux contrats demain.

Tom enfile un manteau et nous adresse un signe de tête avant de disparaître sur le palier.

Nous emboîtons le pas de Casimir de pièce en pièce. Les vieux parquets craquent, mais les tapis, si épais qu'on pourrait dormir dessus, étouffent nos pas. Nous entrons dans la bibliothèque : des étagères peintes en blanc couvrent les murs du sol jusqu'au plafond. Sous une rosace pend un gigantesque lustre en cristal. J'observe les étagères. Certes, il y a quelques livres, mais la plupart sont vides. Çà et là, on trouve des photographies, de petites sculptures et des vases.

Amèlie de Vegh est installée au bureau, voûtée sur un ordinateur portable. Elle a les cheveux courts, blancs, et frisés, un peu d'embonpoint et un sourire aimable, mais un peu distant lorsqu'elle se tourne vers nous.

Elle nous salue et nous nous asseyons dans des canapés autour d'une table au fond de la pièce.

— Souhaitez-vous un café ? Ou un thé peut-être ?

— Non merci, répond Manfred, nous n'allons pas vous déranger très longtemps.

Elle acquiesce et effleure le collier de perles qui repose dans son décolleté, contre sa peau ridée.

— Que pouvons-nous faire pour vous ?

— Comme je vous l'ai expliqué au téléphone, le corps d'une jeune femme a été repêché au large de Kungsudd il y a quelque temps. Il était resté des années dans la mer. Environ vingt ans.

Casimir nous contemple, puis contemple sa mère. Elle pose les mains dans son giron, croise mon regard et hoche brièvement la tête.

— Vous pensez qu'il s'agit de Yasmin Foukara.

— Non, dis-je. Ce n'est pas elle, le légiste en est certain. Cette femme mesurait dix centimètres de moins qu'elle, à peu près un mètre cinquante-cinq. Par ailleurs, elle avait mis au monde au moins un enfant.

Amèlie secoue lentement la tête.

— Mais si ce n'est pas Yasmin, je ne comprends pas comment je pourrais vous être utile.

— Elle était originaire d'Amérique latine, sans doute colombienne.

— Ah ?

Amèlie fait tourner la chevalière qu'elle porte à l'auriculaire gauche.

— Je ne comprends toujours pas, répète-t-elle, l'air réellement déconcerté.

— On nous a informés qu'une jeune Colombienne travaillait chez vous, l'année de la mort de Yasmin.

La femme esquisse un vague sourire.

— Ah, je comprends. Oui, en effet. Mais elle est partie.

— Elle est partie ou elle a disparu ?

Amèlie hausse les épaules.

— Qui sait ? Un soir, elle n'était plus là. Elle faisait des brioches. Quand Casimir et mon mari sont rentrés, elles étaient carbonisées et la fille avait disparu.

— Pourquoi n'avez-vous pas contacté la police ?

Amèlie écarte les bras et lève les yeux vers le plafond.

— Mais bon sang ! Nous pensions qu'elle était partie de son plein gré. Ses affaires n'étaient plus là, et il y avait beaucoup de turn-over avec ces filles. Elles se lassaient. Rencontraient un garçon. Rentraient chez elles. C'est à peine si je me rappelle leur visage ou leur nom.

— À ce propos, intervient Manfred. Comment s'appelait-elle ?

Amèlie baisse les yeux, sourit et secoue la tête. Puis elle saisit le paquet de cigarettes posé sur la table, en sort une et l'allume.

— Je ne m'en souviens plus. Comme je vous l'ai dit, elles ont été nombreuses à défiler au cours de ces années-là.

— Vraiment ? Vous avez oublié son nom ?

— Oui, mais je peux feuilleter mes vieilles notes si vous voulez. J'ai pu l'écrire quelque part.

Elle fait délicatement tomber la cendre dans le cendrier en porcelaine.

— Oui, ce serait utile, confirme Manfred en suivant sa main des yeux.

— Et vous, dis-je en me tournant vers un Casimir mutique. Vous avez une idée de son nom ?

Le visage de Casimir est devenu livide et son front luisant de sueur. Il ouvre la bouche et la referme, sans émettre de son. Amèlie pose la main sur son bras, visiblement inquiète.

— Mon petit Casimir ! Qu'est-ce que tu as ?

— Rien… (Il secoue la tête, se passe les mains dans les cheveux et prend une profonde inspiration.) Désolé. Non, ça ne me revient pas.

— Mais vous vous souvenez d'*elle* ?

— Non, répond-il rapidement, peut-être trop. Je ne me rappelle aucune de ces filles.

Je réfléchis à sa réaction pendant le silence qui suit.

— Et vous n'auriez pas une vieille photographie ? suggère Manfred.

Le visage d'Amèlie est dénué d'expression.

— Une photo de la bonne ? Ça m'étonnerait !

Je me tourne vers Amèlie.

— Peut être que le fisc dispose d'informations sur elle ? Vous n'embauchiez pas des employés au noir, n'est-ce pas ?

Elle me fixe sans baisser le regard.

— Je ne compte pas avoir honte d'avoir employé de la main-d'œuvre étrangère il y a vingt ans sans payer les impôts et les cotisations sociales. Ça doit être prescrit depuis longtemps.

— Sûrement, dis-je. Par ailleurs, la fraude fiscale n'est pas notre domaine. Ce qui m'intéresse davantage est de savoir comment elle a pu se volatiliser sans laisser de traces, et sans que vous vous inquiétiez et fassiez un signalement à la police.

— Ses affaires avaient disparu.

— Attendez un peu. Votre mari et Casimir sont rentrés et ont trouvé une plaque remplie de pâtisseries carbonisées dans le four ? Ça aurait dû vous paraître suspect. Personne ne fait ses valises pour partir en pleine préparation culinaire.

Elle semble hésiter un instant.

— Nous avions un problème avec elle, explique-t-elle lentement en écrasant sa cigarette.

— Je croyais que vous ne vous souveniez plus ni de son apparence ni de son nom, dis-je.

Amèlie soupire.

— J'ai oublié son nom, ça oui, mais je me souviens d'elle. Il s'est… (Elle époussette son pantalon en flanelle.) Passé des choses.

— Passé des *choses* ?

Manfred s'avance vers elle.

— Nous la soupçonnions de voler. Certains objets avaient disparu.

— Quels objets ?

— Des bijoux. Certains bijoux s'étaient volatilisés.

30

Manfred fait les cent pas dans son petit bureau. Je le contemple depuis ma chaise à côté de sa table. Il a ôté sa veste et remonté ses manches de chemise. Dehors, il fait nuit – une obscurité dense se presse contre la fenêtre, comme si un immense animal s'était allongé contre l'immeuble pour y dormir.

— Revenons à ce matin, dis-je. Qu'est-ce que tu penses de la réaction de Casimir de Vegh ?

— Il en sait plus que ce qu'il raconte. Bien sûr qu'il se souvient d'elle ! On aurait dit qu'il allait chier dans son froc.

— On devrait peut-être aussi demander à Tom Borgmark.

— Comment connaîtrait-il le nom de l'aide-ménagère ?

Je hausse les épaules.

— Il traînait pas mal au château. D'ailleurs, je viens d'envoyer un rapport aux services sociaux. Quand j'ai rendu visite à Maria Foukara, la femme de Tom est passée récupérer ses filles. Ronde comme une queue de pelle. Apparemment, elle a des graves problèmes d'alcoolisme et les enfants ont l'air d'aller mal.

— Le fric ne vaccine pas contre ce genre de choses…

Manfred s'arrête devant la fenêtre, regarde dehors et se balance doucement d'un pied à l'autre.

— Je viens de parler avec le mari d'Amèlie.

— Greger de Vegh ?

— Oui, il ne se rappelait pas non plus le nom de la jeune femme. Il a dit que si quelqu'un devait savoir, c'était Amèlie. J'ai aussi eu les autres frères, Harold et Douglas. Même réponse. Le cadet, Douglas, a tout de même ajouté qu'elle était gentille. Toujours aux petits soins. Mais ils n'avaient pas de photo, bien sûr.

— Évidemment ! Pourquoi auraient-ils un portrait de la bonniche ? Elle n'était personne ! Elle était juste à leur service. Elle a traversé la planète pour venir cuisiner et nettoyer après eux, elle a laissé son enfant en Colombie pour bosser chez une famille qui a oublié son nom au moment même où elle a été balancée dans la mer !

Manfred hausse les épaules, se retourne et acquiesce.

— Toutes les familles de Kungsudd ont au moins une aide-ménagère et une nounou.

Après quelques instants de réflexions, je demande :

— Ces filles, que font-elles quand elles ne travaillent pas ?

— Aucune idée.

— Moi si. Tu as le numéro de la police locale ?

Depuis le sommet du rocher du Roi, je contemple la mer d'un gris de plomb. D'épais nuages tapissent le ciel, mais çà et là quelques brèches bleues indiquent que le soleil brille toujours au-dessus des denses nuées.

Le vent s'engouffre dans mon manteau, ébouriffe mes cheveux que j'ai laborieusement peignés dans le but de dissimuler ma calvitie. Je plaque une main sur mon crâne pour les maintenir en place. Lorsque je regarde vers le bas, je ressens des picotements au creux du ventre. Les vagues roulent sur les pierres au pied de la falaise, se brisent et forment une mousse blanche.

Vingt ans sous l'eau. Vingt ans dans l'étreinte glacée de la Baltique.

Quelque part se trouve son enfant, ignorant tout du destin de sa mère. Le petit être à qui elle a donné la vie est probablement devenu adulte, a peut-être même eu des enfants. La vie a continué de l'autre côté de la planète, tandis qu'ici, sous la surface, tout s'est arrêté. Les vagues ont bercé son corps, qui lentement s'est dissous, jusqu'à ce qu'il n'en reste que les os. Le printemps a suivi l'hiver et de nouveaux printemps ont suivi d'autres hivers. Les années ont passé et elle est restée oubliée.

Personne n'a remarqué son absence, personne n'a donné l'alerte.

Je pense à ce qu'a dit Manfred.

Toutes les familles de Kungsudd ont au moins une aide-ménagère et une nounou.

Comme nos vies sont différentes. Comme nous sommes gâtés – moi aussi – avec tout ce que nous prenons pour acquis : notre liberté de choisir notre voie dans la vie, notre sécurité, notre survie et notre droit évident à vivre à proximité des êtres que nous aimons.

— Je me les pèle, soupire Manfred. On reste encore longtemps ?

Je me retourne vers lui ; il piétine et s'enroule dans son manteau en cachemire trop léger.

— Tu aurais dû t'habiller plus chaudement.

— Tu ne m'as pas parlé d'une longue promenade.

— Je voulais revoir le précipice.

— Pourquoi ?

Je n'ai pas de réponse. Ce n'est qu'un précipice, il ne va pas me raconter ce qui est arrivé à la femme inconnue qui reposait sous l'eau.

Je sens néanmoins que la mer s'adresse à moi, elle murmure, me transmet un message important. Je suis toujours incapable de distinguer les mots à travers les bruissements, mais je n'ai besoin que de temps. Du temps pour assembler ce puzzle.

Cela fait deux jours que la police locale a commencé son opération de porte-à-porte dans le quartier et ça a enfin payé. Manfred et moi allons rendre visite à une famille qui habite à quelques centaines de mètres du domaine de Kungsudd – ils peuvent peut-être nous aider à identifier la femme colombienne.

— OK, dis-je. On se tire.

Nous regagnons notre véhicule en silence et roulons pendant quelques minutes pour nous rendre chez la famille Wennergren.

La bâtisse basse et spacieuse en verre et béton me fait penser à un musée d'art moderne. Elle se trouve sur un grand rocher plat au bord de la mer avec une vue dégagée sur l'eau. Deux voitures sont stationnées devant le garage – une Audi noire et une Mini rouge.

— Celle de monsieur et celle de madame, dis-je avec des hochements de tête vers les voitures.

Manfred ne répond pas.

Les graviers de l'allée crissent sous nos pas lorsque nous nous dirigeons vers la porte.

Une plaque discrète en métal argenté indique *Wennergren*.

Nous sonnons. Au bout d'un moment, une femme d'une cinquantaine d'années en tenue de sport nous ouvre.

— Eva Wennergren, se présente-t-elle en nous faisant signe d'entrer.

À l'intérieur, tout est gris et blanc, l'ameublement épuré. Dans la cuisine, j'entrevois des surfaces en inox qui me rappellent l'institut médico-légal à Solna. Je frissonne malgré la chaleur.

— Ce sera long ? Je dois partir dans une demi-heure pour mon cours de yoga.

— Non, répond Manfred. On n'en a pas pour longtemps.

Nous nous installons dans le canapé du séjour, dur et inconfortable. La table basse est un cube en marbre poli. Quelques livres d'art sont disposés en éventail dans un coin. La baie vitrée donne sur les rochers et la mer. Un léger brouillard repose sur l'horizon, comme de la fumée montant d'un feu au loin.

— Vous vouliez me parler de notre nounou, n'est-ce pas ? s'enquiert Eva en éteignant la musique d'une pression sur une télécommande.

— Oui, dis-je. Si j'ai bien compris, vous aviez une jeune fille au pair mexicaine il y a vingt ans.

Eva sourit.

— Margarita. Une perle rare.

— Alors comme ça, vous vous rappelez son nom ?

Elle fronce les sourcils.

— Je ne devrais pas ? Elle a tout de même travaillé chez nous pendant deux ans, elle m'aidait à m'occuper des enfants quand ils étaient petits. Nous sommes restées en contact. Ça s'est bien passé pour elle. Elle est infirmière à Mexico. Elle a deux enfants. Si nous allons un jour au Mexique, nous lui rendrons sans doute visite.

Le soleil filtre à travers les nuages et nous éblouit. La pièce est baignée de lumière.

Eva plisse les yeux, s'empare d'une autre télécommande et appuie sur un bouton. On entend un vrombissement et des stores tamisant descendent le long des vitres.

— Et cette Margarita, elle était amie avec l'employée de maison de la famille de Vegh, c'est ça ? demande Manfred.

Eva sourit à nouveau.

— Oui, bien sûr ! Elles se voyaient tout le temps. Ça devait leur faire du bien de parler espagnol et de discuter avec quelqu'un de la même région du monde. Ça ne doit pas être facile de laisser sa famille et ses amis pour aller travailler de l'autre côté de l'océan.

— Non, dis-je. Ça ne doit pas être facile. Vous vous rappelez le nom de la jeune fille au pair des de Vegh ?

Elle réfléchit un instant, passe la main sur son legging en lycra puis son visage s'illumine.

— Paola, je crois. Oui, c'est ça, Paola. J'ai oublié son nom de famille. Mais vous pouvez poser la question à Margarita. Je vous donne son numéro.

31

Dans la voiture, je demande à Manfred de me déposer chez Maria Foukara.

— Je veux discuter un peu avec elle.

— Mais comment tu vas retourner en ville ?

— Je prendrai le train, j'ai besoin de réfléchir. De toute façon, on ne peut pas appeler Margarita maintenant, il est quatre heures du matin là-bas.

Manfred me regarde comme si j'avais perdu la tête, puis il hausse les épaules.

Un panache de fumée sort de la cheminée de la maison de Maria. Nous nous arrêtons devant. J'aperçois sa silhouette par la fenêtre. Elle est debout dans la cuisine, on dirait qu'elle examine quelque chose sur la table.

— Allez, à tout à l'heure !

Je descends de la voiture.

— Je ne te comprends pas, répond Manfred en montant le chauffage.

Je ferme la portière sans répondre.

Manfred fait demi-tour, démarre en trombe et disparaît.

Peut-être est-ce la raison de ma visite, peut-être est-ce la vision de Maria par la fenêtre qui éveille un souvenir d'un autre temps, d'une autre femme qui se tenait à la fenêtre.

Le soir où Li m'a regardé partir par la fenêtre, le soir où je l'ai laissée alors qu'elle m'avait demandé de rester.

Le soir que je n'oublierai jamais.

J'enquêtais sur l'homicide de Yasmin, et je travaillais beaucoup.

Li boudait. Elle pouvait être grincheuse parfois et ce soir-là elle l'était.

— Alors c'est ça notre avenir ? a-t-elle craché au moment où j'allais sortir. Tu vas continuer à travailler jour et nuit quand le bébé sera là ? Dans ce cas, je me casse, tu m'entends ? Tu resteras là, tout seul. (Elle a posé les mains sur les hanches.) À trimer.

— Je reviens à vingt et une heures au plus tard, dis-je en enfilant mon manteau.

Oui, le même. Cette fameuse veste matelassée qui me tient chaud depuis vingt ans.

— Tu viens de rentrer !

— Il s'est passé un truc.

— Il se passe toujours un truc.

— Je fais au plus vite.

La porte de la chambre à coucher était entrouverte. Sur le lit j'apercevais des piles soigneuses de vêtements.

— Tu fais tes valises ?

Elle a levé les yeux au plafond.

— Non, je trie tes vieilles guenilles !

Elle s'était fait deux courtes tresses et sa salopette épousait son ventre proéminent. Elle a secoué la tête et soupiré.

— Désolée. Ça ne va pas trop ce soir.

Sa voix fluette manquait de se briser à tout instant.

— Tu ne te sens pas bien ?

— J'ai mal au ventre.

J'ai hésité une seconde, peut-être deux. Je devais argumenter avec moi-même, sans doute. Ann-Britt me tuerait si j'étais absent. Les résultats de l'analyse ADN des objets trouvés à la déchetterie venaient de tomber et j'étais convoqué de toute urgence à une réunion avec la procureure, Ann-Britt et les autres enquêteurs.

J'ai regardé ma femme.

Elle était comme d'habitude – forte, en pleine forme, et très enceinte. Je me suis dit qu'elle devait se sentir un peu délaissée, fatiguée de passer toutes ses soirées seule en attendant la fin de cette enquête que je pensais être si déterminante pour ma carrière.

— Je vais juste au bureau chercher quelques documents. Je suis de retour dans une heure.

Elle m'a dévisagé longuement, elle savait que je mentais. Quoi que j'aie prévu de faire, c'était plus important qu'elle et l'enfant.

Arrivé dans la rue, j'ai levé les yeux vers la fenêtre et je l'ai vue – une silhouette noire se découpant dans la pièce éclairée.

J'ai fait volte-face et je suis parti.

Nous mentons pour nous protéger et protéger ceux que nous aimons. Nous mentons par paresse, parce que c'est plus facile que de raconter la vérité – comme l'a dit quelqu'un, un mensonge peut faire le tour de la Terre le temps que la vérité mette ses chaussures.

Nous mentons pour nous grandir, pour paraître plus intéressants, parce que la vérité est souvent tellement prosaïque. Nous mentons par bêtise, par peur, et pour mille autres raisons. Le plus souvent, ça n'a aucune importance : qu'est-ce qu'une goutte de fausseté dans un océan de franchise ?

Le mensonge est comme un adorable petit lapereau – il semble innocent, inoffensif. Mais nous n'avons pas le temps de dire ouf qu'il nous a échappé des mains, s'est reproduit, et la forêt est pleine de mammifères à longues oreilles. Le premier mensonge conduit à un deuxième, le suivant à un autre. À la fin, nous sommes envahis.

Nous ne pensions pas, ne voulions pas, ne croyions pas, que notre mensonge allait mener à la catastrophe.

Pourtant, c'est parfois ce qui se passe.

Nous sommes installés à la table de la cuisine, comme d'habitude. Et Maria a préparé du café, comme d'habitude. Et certes, j'ai des questions à lui poser, mais ce n'est pas la véritable raison de ma présence. J'aurais pu téléphoner.

— De quoi voulais-tu me parler, Gunnar ?

Elle croque dans un biscuit aux épices. Quelques miettes restent collées à son menton et je refrène l'envie de m'avancer, tendre la main et les retirer.

Elle porte un pantalon de survêtement, de grosses chaussettes et un pull en laine. Ses cheveux sont noués en chignon lâche.

Elle est belle, je l'ai toujours pensé, d'une beauté naturelle – jamais la moindre trace de maquillage, de ce côté artificiel, forcé, retouché que beaucoup de femmes pensent attirant.

— Tu avais raison. La famille de Vegh avait une nounou colombienne, c'est peut-être elle que nous avons trouvée.

Maria me regarde en silence.

— Apparemment, elle s'appelait Paola. Ça te dit quelque chose ?

— Paola ?

Son front se plisse et elle secoue la tête.

— Malheureusement, le nom ne me dit rien.

— Tu sais si Samir l'avait rencontrée ?

— *Samir ?* Il n'allait jamais au domaine, on ne l'aimait pas là-bas. Surtout Harold, le fils aîné. Il faisait partie d'une organisation d'extrême droite, il avait les immigrés en horreur. (Elle baisse les yeux et esquisse un petit sourire.) Samir n'était pas très apprécié.

— Et Yasmin, sais-tu si elle avait croisé Paola ?

— Je ne le crois pas. Mais très franchement je ne surveillais pas ses fréquentations. Elle faisait sa vie, ne parlait pas beaucoup de ses amis. Pourquoi cette question ?

Elle se tait, puis écarquille les yeux.

— Sa boucle d'oreille ! C'est pour ça ? La boucle d'oreille de Yasmin a été retrouvée avec le corps de Paola. Il doit y avoir un lien entre elles.

Je ne réponds pas, mais je suis impressionné par sa capacité de déduction.

Elle avale une gorgée de café. Son chignon glisse et reste de guingois.

— Sais-tu si des bijoux ont disparu de chez toi cet hiver-là ?

— Des bijoux ? (Maria affiche une mine amusée.) Je n'en avais pas. Une alliance, oui. Peut-être quelques bagues en argent. Mais rien de valeur.

— Et Yasmin, est-ce qu'elle a dit quelque chose à propos de cette boucle d'oreille ?

— Je ne m'occupais pas des affaires de Yasmin. Elle non plus, sans doute. On n'aurait pas trouvé une voiture dans sa chambre, tellement c'était le bazar.

On entend des pas dans l'escalier. Ils se rapprochent. Vincent se matérialise sur le seuil.

Je le reconnais immédiatement. Il est beaucoup plus enveloppé, ses cheveux sont plus clairsemés et moins roux qu'à l'époque, mais ce visage rond et ces yeux clairs sont toujours les mêmes.

Il s'arrête au milieu d'un pas en me voyant, tire un peu sur son pull et jette un regard hésitant à sa mère.

— Bonjour Vincent. Je m'appelle Gunnar et je suis policier. Nous nous sommes rencontrés il y a longtemps, à la mort de Yasmin.

Il ne répond pas, il continue de dévisager Maria, en triturant le bas de son pull.

— Tu n'as pas changé. Est-ce que ça va ?

Il fixe un point juste à droite de mon visage et acquiesce, sans parler.

— Tu veux prendre un café avec nous ? lui propose Maria.

Vincent secoue la tête, lâche son pull et signe avec les mains.

— Ah ! File alors, que tu ne rates pas ton bus !

Il hoche la tête et se dirige vers l'entrée.

— Passe le bonjour à Bianca ! ajoute Maria.

Vincent ne répond pas. Quelques instants plus tard, la porte se referme et je le vois par la fenêtre enfiler un sac à dos et s'éloigner vers la route.

— Voilà. Tu as vu ? Muet comme une carpe, déclare Maria.

Je suis Vincent du regard quand il disparaît entre les arbres – le pas lourd, le corps penché en avant comme s'il fouillait des yeux le sol gelé.

Je lève les yeux vers Maria, cherche dans son visage des signes de désespoir ou de chagrin, mais elle semble sereine.

Vingt ans et pas un mot. Cette histoire a fait tant de victimes.

Je change de sujet :

— Je voulais te parler d'autre chose. (Maria hausse un sourcil.) Tu m'as dit que tu étais en colère contre moi.

— Ah, oublie ça…

Elle émet un petit rire.

— Voyons Gunnar, l'eau a coulé sous les ponts.

— Quand j'ai disparu. La raison… Il s'est passé un truc.

Elle pose sa tasse.

— Ta femme ?

Je hoche la tête.

— Li, mon épouse, était enceinte. Nous venions d'emménager dans un nouvel appartement.

Je contemple mes mains, à présent incapable de croiser son regard.

Un poids m'écrase la poitrine, je manque d'air, d'oxygène. Je n'ai jamais parlé de ça autrement que de manière superficielle. Je ne pensais pas en avoir besoin, mais ce n'est sans doute pas toute la vérité.

Maria demeure silencieuse, elle attend patiemment ma confidence, je lui en suis reconnaissante.

— Un soir, j'ai reçu un appel d'Ann-Britt. J'étais obligé d'aller au travail. Enfin, *obligé*… On ne l'est jamais vraiment. Disons que j'ai choisi d'y aller, même si Li avait essayé de m'en dissuader. Elle avait mal au ventre, disait-elle.

Je marque une pause, j'écoute le silence et je regarde le ciel gris d'automne par la fenêtre. Des feuilles virevoltent dans le vent, quelques corneilles se posent sur la pelouse et picorent la terre.

— Je lui ai menti. J'ai dit que j'allais simplement chercher quelques documents. Je lui ai promis de rentrer une heure plus tard. La réunion a duré plusieurs heures et je ne l'ai pas appelée pour savoir comment elle allait. Et quand je suis rentré…

Maria se lève, contourne la table et s'assied sur la chaise jouxtant la mienne. Elle entoure mes épaules de son bras.

— Quand je suis rentré, elle était morte. Je l'ai trouvée dans l'entrée. Je crois qu'elle avait essayé de sortir pour demander de l'aide.

Je ne lui raconte pas le spectacle qui m'attendait quand j'ai ouvert la porte. Ce n'est pas possible, aucun mot ne peut le décrire. Le corps en position fœtale, la salopette imbibée de sang. Les doigts qui avaient déjà commencé à se raidir lorsque j'ai cherché son pouls au poignet.

Maria prend une longue respiration.

— Mon Dieu ! chuchote-t-elle. Tu m'as dit qu'elle t'avait quitté.

Nous restons quelques instants en silence. La crampe dans ma poitrine est paralysante.

— Ils m'ont dit que le placenta s'était décollé, provoquant une violente hémorragie. Que ça n'aurait rien changé si j'avais été là. Mais je n'y crois pas.

Je me tais et je ferme les yeux. Je tente de respirer pour apaiser la douleur dans ma poitrine.

— J'ai menti. Et elle est morte.

— Tout le monde ment, Gunnar, dit Maria. Tout le monde ment.

32

Ci-gît Gunnar Wijk qui a papillonné toute sa vie, sans but ni dessein, mais aimé de nombreuses femmes avides de plaisir.

Oui, dites-leur d'écrire cela sur ma tombe.

Ce n'est pas un mensonge, pas même une exagération prudente, c'est la vérité, rien que la vérité.

Il n'en a pas toujours été ainsi. Avec Li, j'étais calme, j'avais un but dans la vie, une confiance en l'avenir. Je n'avais pas besoin d'impressionner d'autres femmes, de les conquérir.

Après sa disparition, le point d'ancrage autour duquel je bâtissais mon existence, tout a foutu le camp.

Peut-être que j'exagère. Je veux dire, j'ai continué à vivre. Je travaillais, je faisais l'amour – à défaut d'en ressentir. Mais je ne pouvais pas, je ne voulais pas, centrer mon existence sur une seule femme – car aucune femme n'est immortelle. Si Li, qui était si forte et respirait la santé, pouvait rendre l'âme, comme ça, sans prévenir, n'importe qui pouvait casser sa pipe.

Pas seulement pouvait, d'ailleurs. Allait.

Alors, j'ai enchaîné les rencontres, femme après femme, corps après corps. J'ai fait de la passion ma religion et de l'acte sexuel un sacrement.

Il y avait des ragots, bien sûr.

Au travail, j'étais affublé de quolibets, mais je faisais mine de ne pas les entendre. Mes collègues me lançaient des regards appuyés dans la queue de la cafétéria. Je me suis même fait remonter les bretelles par mes chefs – c'était inconvenant de flirter avec des victimes et des collègues. Qu'est-ce que j'avais dans la tête ? Je devrais penser à ma réputation, ma responsabilité, mon avenir. À *leur* avenir. Je ne réfléchissais pas, ne prenais pas mes responsabilités, je n'avais pas de limites. Il fallait que je me ressaisisse. Ne pouvais-je pas garder mon pantalon ? Était-ce vraiment si difficile de fermer ma braguette ? J'étais tout de même adulte !

Cela ne me touchait pas vraiment, ça finissait toujours par passer. Puis Bodil est arrivée. Elle ne se plaignait pas. Elle préférait s'envoyer en l'air.

Et j'ai toujours bien traité les femmes, pourquoi ne le ferais-je pas ? J'étais curieux et respectueux, je ne suis pas un salaud, ne vous méprenez pas.

Mais je n'ai jamais plus dormi sous le même toit qu'une femme. Cette place dans mon cœur était réservée à Li.

Le lendemain matin, il pleut à nouveau – de lourdes gouttes de pluie verglacée tombent du ciel et forment une bouillie épaisse sur les voitures et les chaussées.

Je marmonne un juron en arrivant auprès de ma vieille Volkswagen, sors la raclette et entreprends de dégivrer le pare-brise. Sous la soupe se trouve une couche de glace dure que je peine à décoller.

Quand j'ai terminé, je jette la raclette sur le siège arrière.

Une silhouette s'approche. C'est Kerstin, du quatrième étage.

Je refrène l'envie de trouver refuge dans la voiture et de démarrer en trombe. Elle m'a déjà vu. Alors je reste là et je la regarde marcher dans ma direction avec Billy en laisse. Elle s'abrite sous un parapluie bleu.

Une camionnette qui passe à toute vitesse m'éclabousse les jambes. L'eau coule le long de mes mollets et s'engouffre dans mes chaussures.

Kerstin s'arrête sur le trottoir, me contemple. Sous le parapluie son visage prend une teinte violette, maladive. Billy me dévisage aussi, il pose sur moi les mêmes yeux accusateurs que sa maîtresse. Avec ses poils trempés, qui bouclent sous son abdomen, autour de ses oreilles et de ses pattes humides, il semble encore plus maigre que d'ordinaire.

— Comment tu as pu me faire ça, Gunnar ?

Je ne dis rien. Pour la première fois depuis des décennies, je suis sans voix – je ne sais vraiment pas quoi répondre. Je ne voulais pas la blesser. Bon sang, je tiens à elle.

— Kerstin… Tu sais…

Elle lève une main.

— Non, je ne veux pas savoir.

Le silence se fait.

— Tu es… (Elle tire légèrement sur la laisse. Sa bouche maquillée de rouge s'ouvre et se ferme.) Une salope. Un homme dégueulasse !

Elle fait volte-face et disparaît en boitant sous la pluie, tirant Billy derrière elle. Il se retourne plusieurs fois et me lance de longs regards canins.

En route vers le bureau, je pense aux obsèques de Samir Foukara. Ça doit être la météo – la même pluie verglaçante tombait du ciel le jour où Ann-Britt et moi sommes arrivés à la petite chapelle du cimetière boisé, à Stockholm.

Il n'y avait pas grand monde, une vingtaine de participants peut-être, en plus du maître de la cérémonie laïque.

Si nous sommes venus, ce n'était pas pour honorer la mémoire de Samir, ça ne marche pas comme ça. Nous étions là pour nous renseigner sur les personnes présentes, car il arrive que les coupables assistent à l'enterrement de leurs victimes.

Nous avons parlé avec tout le monde, tous des amis ou des collègues de l'hôpital Karolinska.

Ni Maria ni Vincent n'étaient présents.

La supérieure de Samir, une femme d'une soixantaine d'années, a sangloté pendant toute la cérémonie, et s'est mouchée plusieurs fois dans un tissu à carreaux.

— C'était un homme formidable ! nous a-t-elle confié après les obsèques. Formidable. Je ne crois pas un seul instant qu'il ait pu tuer sa fille.

D'autres étaient plus nuancés.

— Je ne sais pas quoi penser, a reconnu l'un de ses amis, un Algérien d'une trentaine d'années au nez percé. J'aimais bien Samir, mais je sais ce que la religion peut faire aux gens. C'est un poison.

Greta, l'amie de Maria Foukara a déclaré :

— Il était génial. Drôle. Intelligent. Et beau. (Elle a esquissé un petit sourire.) Mais peut-être pas entièrement fiable.

Quand nous lui avons demandé de préciser, elle a incliné la tête.

— Enfin, ce n'est pas que je pense qu'il a tué Yasmin. Non. Mais il était très égoïste. Je crois qu'il se moquait de blesser les autres.

En fin d'après-midi, nous nous installons dans la petite salle de conférences au boulot – Manfred et moi d'un côté de la table, Birgit de l'autre.

— Je n'ai vécu qu'un an à Madrid, dit-elle. Dans les années quatre-vingt, alors ne vous attendez pas à des miracles.

Je hoche la tête et je pousse le téléphone de conférence vers elle.

— Ça va bien se passer, elle parle un peu anglais aussi.

Elle hausse les épaules et regarde son bloc-notes.

— Bon, bon.

— Tu es la meilleure !

Elle me décoche un regard blasé et s'empare du téléphone. Compose le numéro et écoute les tonalités grésillantes. Quelque part dans un foyer de Mexico, le téléphone sonne. Quelque part se trouve Margarita, cette femme qui possède peut-être la clé de l'identité de Paola.

Une voix féminine répond. Les mots affluent, impossibles à distinguer pour moi.

Birgit prend la parole :

— *¡Hola ! Mi nombre es Birgit Malm y trabajo para la policía sueca.*

Elles discutent une dizaine de minutes.

Birgit prend des notes dans son carnet et hoche la tête comme si Margarita pouvait la voir. À quelques occasions, elle prend un air grave, comme si la femme au bout du fil disait quelque chose qui l'attristait.

Birgit raccroche, se racle la gorge et se tourne vers moi.

— Margarita la connaissait. Elle s'appelait Paola Vargas et venait de Buenaventura, une ville au bord de la mer à l'ouest de Cali en Colombie. Elle était petite, un peu plus d'un mètre cinquante. Elle avait vingt-deux ans. Et une fillette de quatre ans, Marcela, qui vivait chez ses grands-parents pendant que Paola travaillait en Suède.

Elle inspire longuement.

— Paola ne possédait rien, elle n'avait pas fait d'études. Elle est allée travailler en Suède pour mettre de l'argent de côté pour sa fille. Elle voulait lui donner un meilleur avenir.

— A-t-elle le contact des parents de Paola ?

— Non. Quand Paola a disparu, Margarita a cru qu'elle était partie de son plein gré. Elle trouvait que la famille de Vegh était compliquée. La mère était très exigeante. Mais elle avait surtout des problèmes avec l'un des fils. Il était très collant, et Paola ne savait pas comment gérer cela. Margarita était sûre que c'est pour ça qu'elle était partie.

— Un des fils ? Lequel ? s'enquiert Manfred.

— Elle a oublié son nom. Il y avait apparemment trois frères.

Birgit jette un coup d'œil à sa montre.

— Je dois y aller.

— Tu as entraînement de natation ?

— Non, Gunnar, j'ai une vie. Elle a dit qu'on pouvait la rappeler si on voulait. Je prends contact avec Interpol demain.

— OK, dit Manfred, on fait comme ça. Merci pour ton aide.

Elle hausse ses maigres épaules.

— Je suis là pour ça.

Elle se lève, réunit ses affaires et se dirige vers la porte. Avant de sortir elle se retourne.

— Elle a dit autre chose aussi. Paola avait une proposition d'embauche aux États-Unis aussi, mais elle avait décliné. Elle avait préféré aller en Suède parce que c'est un pays si sûr…

Bodil enfile sa veste, passe la main dans ses cheveux brillants et se tourne vers nous.

— Je suis pressée. J'ai rendez-vous avec le préfet pour dîner dans vingt minutes, accompagnez-moi.

Elle saisit son manteau, suspend son sac à son épaule et se dirige vers la porte.

Manfred et moi lui emboîtons le pas dans le couloir.

— Alors, vous allez essayer de joindre sa famille ?

— Oui, répond Manfred. Nous contacterons Interpol demain.

— Comment allons-nous confirmer son identité ? Nous n'avons pas d'ADN.

— Le laboratoire allemand qui a réalisé l'analyse des isotopes à partir des os estime qu'elle est originaire de l'ouest de l'Amérique latine, probablement la Colombie.

Ça correspond. La taille aussi. Elle était petite, environ un mètre cinquante-cinq.

— Pff… Ça ne signifie pas qu'on l'a identifiée, dit Bodil en s'engouffrant dans l'étroit escalier en colimaçon. Et la boucle d'oreille ? Vous n'avez pas dit qu'elle appartenait à Yasmin ?

— Nous le pensons, oui, dis-je.

— Mais comment diable aurait-elle mis la main sur la boucle d'oreille de Yasmin ?

— Peut-être qu'elle la lui a donnée ?

— Mais enfin, Gunnar…, articule Bodil avec une lenteur forcée.

— Peut-être qu'elle l'avait volée ? halète Manfred qui a pris du retard dans l'escalier. Amèlie de Vegh a déclaré que des bijoux avaient disparu chez elle quand Paola y travaillait.

— Pfff, fait Bodil à nouveau. C'est à prendre avec des pincettes. Moi aussi j'ai travaillé comme nounou dans le temps. On m'a accusé de vol quand la mère avait perdu sa montre. Elle se trouvait dans la salle de bains, à côté des calmants qu'elle affectionnait tant.

Elle hâte le pas, ça résonne entre les murs de pierre.

— En plus, poursuit-elle, ça ne nous dit pas qui a tué Paola.

Ni Manfred ni moi ne répondons.

— Samir Foukara a assassiné Yasmin, nous le savons. L'enquête policière est formelle. Même si la justice l'a acquitté. Alors je me demande…

Elle s'arrête net et fait volte-face. Elle nous fusille du regard, sa position témoigne de sa frustration. Une mince pellicule luisante couvre son front pâle.

— Selon vous, Samir a aussi tué Paola ? L'homicide de Yasmin était un crime d'honneur. Son père n'avait aucune raison de tuer cette employée de maison colombienne. Ou bien j'ai raté quelque chose ?

— Non, mais…, conteste Manfred.

— Pas de mais, coupe Bodil en se remettant en marche. Et qui a tué Samir Foukara ? Et pourquoi ?

Nous arrivons dans le vestibule. Bodil se dirige à pas rapides vers la sortie. Ses talons claquent contre le sol.

Elle continue dans la rue sans se retourner et nous la suivons. Un vent glacial charrie quelques flocons de neige. La pluie verglaçante qui est tombée ce matin a gelé et craque sous nos pas.

— On passe à côté d'un truc, là. Même vous devriez le comprendre. J'ai besoin de faits, de preuves. Pas d'un ramassis de théories à la noix. Je n'ai pas de temps à perdre avec ça. Revoyez votre copie et cette fois ne vous plantez pas.

33

Manfred la suit des yeux quand elle s'éloigne en direction de l'hôtel de ville.

— Bon sang ! J'ai du mal à y croire !

Il crache par terre.

Je la regarde disparaître. Avec ses cheveux bruns qui volettent dans le vent, sa démarche rapide et son derrière qui se balance sous l'étoffe de son manteau.

— Oui, elle est incroyable, dis-je avec un sourire.

Manfred me dévisage.

— Ta réaction m'échappe, Gunnar.

— Hum.

— Ça ne te fait rien qu'elle nous traite comme de la merde ?

— Ça lui passera.

Nous nous taisons. Une voiture de police passe en direction du garage. Le hurlement des sirènes s'estompe.

Manfred se place dos au vent et allume une cigarette. Il inspire la fumée et tousse.

— Pourtant elle n'a pas complètement tort, déclare-t-il.

— Bodil ?

— Ouaip.

Il tire longuement sur la cigarette, souffle la fumée vers le ciel obscur et tousse à nouveau.

— On passe à côté de quelque chose.

— Je sais.

— On devrait se replonger dans la vieille enquête.

— Je m'en occupe.

Il écrase la cigarette contre un lampadaire et laisse tomber le mégot au sol. Le bout incandescent s'éteint.

— Il faut que je rentre. Afsaneh m'en fait voir de toutes les couleurs si je ne suis pas là quand Nadja se couche.

— Vas-y, dis-je en pensant à Li, aux débris du temps perdu.

Puis le visage de Maria apparaît sur ma rétine – je porte encore en moi la chaleur de son bras qui a effleuré ma tête.

— Tu es sûr ?

— Je n'ai rien d'autre à faire.

Les papiers sont étalés sur mon bureau – les rapports techniques, la déclaration du légiste, des photographies, le compte rendu d'interrogatoire et des listes de passagers au départ de l'aéroport d'Arlanda.

Comme chaque fois que je me replonge dans de vieux documents cornés, tout ce qui sommeillait dans les recoins les plus sombres de ma mémoire revient avec violence. Je me rappelle Maria désespérée, Vincent bouleversé, Samir paniqué quand nous l'avons arrêté. Je vois la destruction progressive de la famille Foukara, comme un violent accident de voiture au ralenti.

Un jour : une mère, un père, des enfants. Le lendemain : une scène d'accident, il ne reste que les débris de ce qui fut une famille.

Je jette un coup d'œil à ma montre, il est près de deux heures du matin.

Mes collègues sont depuis longtemps rentrés chez eux. Il y en a certainement encore qui bûchent, çà et là dans le bâtiment, mais à mon étage tout est vide et silencieux. On n'entend que le ronron assourdi de la ventilation.

J'ai relu tous les documents, souligné certains passages, griffonné dans mon bloc-notes en quête de la pièce de puzzle qui ne correspond pas. J'ai la forte impression de m'approcher d'un moment décisif, comme si une personne tapie derrière moi disparaissait dans l'ombre chaque fois que je me retournais.

Je me sers une nouvelle tasse de café dans le thermos que j'ai rempli dans la kitchenette. La vieille tasse ébréchée fume. Je la porte aux lèvres et mon ventre se révulse, proteste en silence. Je suis pris de nausée.

C'est inutile de rester, ça ne donne rien. Je suis trop fatigué pour apporter quoi que ce soit. Je crois que je ne serais même pas capable de distinguer cette pièce de puzzle, fût-elle devant mon nez.

J'entreprends de remballer mes affaires, les range en piles soigneuses et me penche en avant pour ôter mes vieilles sandales quand mon regard s'arrête sur un nom.

Je me fige, mon cœur palpite.

Ce n'est pas possible. Merde ! Ce n'est pas possible !

Je sors mon portable, découvre l'heure qu'il est et réfléchis un instant. Puis je compose le numéro.

— Ça ne va pas la tête ! s'écrie Manfred en répondant. Tu as vu l'heure ?

Je fais fi de son agacement, je ne perds pas de temps en excuses ou en formules de politesse.

— Je crois que j'ai compris. Tu peux venir ?

YASMIN

2000

34

Je suis debout sur le rocher du Roi dans le noir. La mer s'étend à perte de vue, on entend les murmures des vagues qui lèchent les grosses pierres très loin en contrebas.

Je ferme les yeux, je n'ose plus regarder l'eau sombre et les cailloux pointus. Un vent glacial s'engouffre dans mes cheveux, et un flocon de neige se pose sur ma joue.

En moi, il n'y a que terreur et désespoir.

Ce n'est pas possible. Cela ne peut pas se produire. Ma vie est finie avant de commencer. Comment est-ce possible ?

En réalité, je le sais très bien…

Tom. Tout a commencé avec lui.

Vraiment ?

Peut-être que cette histoire a débuté le jour où ma mère et Sylvie sont mortes. Ou bien le matin où mon père a décidé de m'emmener en Suède, comme ça, alors que j'avais tous mes amis à Paris et que je n'avais aucune envie de m'installer dans un pays où on se les pèle la moitié de l'année, peuplé de sociopathes prétentieux et politiquement corrects.

— Un changement d'environnement te fera du bien. Tu as besoin de prendre un nouveau départ.

Voilà ce qu'il disait.

Je ne voulais pas d'un nouveau départ à la con. On aurait dit qu'il me prenait pour une vieille bagnole ou un ordinateur. Il suffisait de me rebooter – *control, alt, delete* – et tout irait mieux.

En réalité, les histoires n'ont pas de point de départ évident, mais ça a bien dû commencer quelque part. Plus j'y pense, plus je suis convaincue que ça a commencé avec Tom.

Il y avait une fête au château de Kungsudd, ça devait être en juin, parce qu'on venait de finir les cours. Je terminais ma seconde et mes notes avaient baissé en maths et en chimie. Mon père était furax.

Ça faisait longtemps que Casimir voulait qu'on se voie.

On ne traînait pas ensemble, mais parfois on se croisait par hasard parce qu'on était voisins. Je savais que je lui plaisais. Je sentais ses regards sur mon corps. Mais je n'étais pas convaincue, je le trouvais trop BCBG avec ses cheveux courts, son polo et sa chevalière – tout respirait le snobisme et le fric. Le snobisme et le fric, ça ne m'intéressait pas le moins du monde. Il était très sportif aussi et ce n'était pas trop mon truc non plus, même si je faisais du basket. J'étais surtout inscrite parce que j'avais une copine dans l'équipe et que l'entraîneur était beau gosse. Je n'étais pas très bonne, je n'étais pas assez grande et trop lente, mais au bout d'un moment, j'avais quand même commencé à y prendre du plaisir.

Casimir, lui, faisait du tennis, de la voile en compétition et du slalom. Et puis, il chassait. Je crois qu'il faisait de l'équitation aussi ; même si sa famille n'avait plus de chevaux au domaine.

Je le trouvais tout de même plutôt pas mal : grand, musclé, aux courts cheveux blonds dont les pointes étaient presque blanches après l'été. La peau bronzée, les sourcils blanchis par le soleil, eux aussi. Un sourire assuré, une posture fière – il ne manquait pas de confiance en lui.

Un jour en fin d'après-midi, je l'avais croisé dans les bois en rentrant du lycée.

— Viens vendredi soir, on fait une fête !

— Je ne sais pas si je peux.

Je me suis arrêtée. Le sentier était étroit et il m'empêchait de passer.

— Bien sûr que si.

— Peut-être.

J'ai avancé d'un pas en avant pour qu'il se décale, mais il est resté là, jambes écartées, souriant, les mains enfoncées dans les poches arrière de son jean.

J'ai reculé.

— On va s'éclater. Il y aura à boire. À fumer aussi sans doute.

J'ai levé les yeux vers lui et j'ai froncé les sourcils. Un type comme Casimir ne fumait pas de l'herbe, si ?

— Faut que j'y aille.

J'ai piétiné les myrtilliers pour le contourner. Ça craquait sous mes pieds, un rameau s'est brisé et m'a fouetté le mollet.

Il a esquissé un pas de côté pour me barrer la route.

Le soleil qui filtrait entre les cimes des arbres éclairait ses cheveux pâles.

— Tu peux te pousser ?

— Si tu viens.

J'ai haussé les épaules.

— OK, je viens, j'ai menti.

Il a souri, triomphant.

— Vers vingt et une heures.

— D'accord.

Je ne pensais pas y aller, je n'avais aucune envie de perdre mon temps avec Casimir et ses potes chiants à crever. Mais j'étais à peine rentrée de l'école ce soir-là que mon père s'est remis à me prendre la tête avec les maths et la chimie.

J'avais à peine retiré ma veste en cuir et mes baskets qu'il a lancé dans son suédois bancal :

— Si tu donnes pas plus de mal, tu seras jamais prise en médecine !

Je détestais qu'il parle suédois. Ça me gênait à mort. Il avait un accent délirant et faisait tellement de fautes ! Son suédois est beaucoup moins bon que le mien. Bien sûr, je comprends, on ne peut pas apprendre une langue parfaitement si on n'a pas grandi avec un parent qui la parle. Mais était-il vraiment obligé de m'adresser la parole en suédois simplement parce que Maria se trouvait dans les parages ?

Tant qu'on habitait à Paris, tant que ma mère et Sylvie étaient en vie, c'était un papa plutôt parfait. Il n'y avait pas d'embrouilles, il était cool, s'habillait bien et ne m'embêtait pas avec l'école. Quand il ouvrait la bouche, il avait l'air intelligent et calé, quel que soit le sujet. Il était super fort en science, en politique, en musique. Ça se voyait. Mais dès qu'il parlait suédois il avait l'air… bête, je trouve. Oui, il avait l'air d'un abruti.

Et je n'aime pas dire que mon père a l'air d'un abruti.

— Arrête de rabâcher, papa !

— Pas ce ton-là avec moi. Un peu de respect, hein ?

— Si tu me respectes aussi !

Vincent a descendu l'escalier en courant, a sauté les trois dernières marches et a atterri avec un bruit sourd. Ses cheveux roux étaient hirsutes. Il s'est jeté dans mes bras. Il transpirait, je sentais l'humidité à travers l'étoffe de son tee-shirt.

— Salut mon chéri !

Je me suis accroupie et je lui ai caressé la tête.

— Tu veux jouer avec moi ?

J'ai regardé mon père, appuyé contre le mur de l'entrée, les bras croisés sur la poitrine.

— Oui. Je veux bien jouer avec toi.

Sauvée par Vincent – cela arrivait souvent. Comme je l'aimais, ce gosse ! Il était si affectueux, l'honnêteté incarnée. Incapable de mentir, je crois qu'il avait ça en lui.

Mais il savait se taire.

On a joué jusqu'au dîner. Je crois qu'on imitait des zombies parce que je venais de lui lire un livre sur l'apocalypse zombie. Ça ne plaisait pas à Maria que je lui lise ce genre de bouquins, ce qui bien sûr ne faisait que m'encourager.

Nous avons mangé, je ne me souviens plus quoi, sans doute un plat que mon père avait préparé.

Il cuisinait bien, depuis toujours. Pas comme Maria. Tout ce qu'elle préparait avait un goût de papier et était tellement cuit que ça se délitait. Après, comme tous les vendredis, c'était soirée en famille avec chips et Coca devant la télé. Mais l'ambiance n'était pas très chaleureuse. Mon père me foudroyait du regard, comme si je le désespérais, seulement parce que j'avais eu quelques mauvaises notes.

Dès que Maria est montée coucher Vincent, mon père a recommencé à radoter. Comme d'habitude, il s'est mis à parler en français dès qu'on s'est retrouvés tous les deux.

— On peut s'y mettre trois soirs par semaine pendant l'été.

— Quoi, trois soirs par semaine ?

— Pour faire des maths et de la chimie, pour que tu rattrapes ton retard.

Je suis repassée en suédois, bien consciente de la supériorité que ça me donnait.

— Bah ! Pas possible ! Je bosse chez Rialto.

Il a attaché ses cheveux en une queue-de-cheval basse, secoué lentement la tête et a esquissé un sourire songeur, comme il faisait chaque fois qu'il trouvait qu'on avait dit quelque chose de complètement crétin.

— Travailler dur, Yasmin. C'est la seule chose qui compte dans la vie.

— Pour toi peut-être.

Il a soupiré.

— Je ne sais plus quoi faire avec toi.

— Pardon de te décevoir.

Il a ramassé la télécommande, éteint la télé et s'est tourné vers moi.

— Si tu avais des difficultés, je comprendrais. Mais tu es… (Il a écarté les bras, un geste caractéristique de mon père) intelligente. Il suffit de le vouloir. Mais tu ne veux pas. Pourquoi ?

— Je ne suis pas toi.

Il s'est remis à parler en français, les mots s'écoulaient à toute allure, ponctués de grands mouvements.

— Et heureusement pour toi ! Parce que ma route était loin d'être toute tracée. J'ai dû me battre pour pouvoir étudier. J'ai dû bosser le soir et le week-end. J'ai dû demander des bourses. J'ai subvenu aux besoins de mes parents jusqu'à leur mort. Mais toi… Tout t'est servi sur un plateau d'argent. Pourtant tu es incapable de te donner du mal.

Son visage s'est adouci.

— Yasmin. Tout ce que je demande c'est que tu essaies.

— Mais c'est ce que je fais.

— Non, ce n'est pas vrai.

— Si.

— Non.

— Si.

— Non.

— Arrête ! Tu ne sais pas ce que je fais. Tu ne sais pas ce que je ressens.

— Assieds-toi, m'a-t-il dit sans me regarder.

Je n'ai pas répondu. J'ai quitté la pièce et je suis montée à l'étage.

Aucune fête ne pouvait être pire que ça, si ?

J'étais dans l'entrée et je m'apprêtais à sortir quand Maria est venue me voir. Elle était encore plus mal sapée que d'habitude avec son tee-shirt informe et son espèce de salopette en velours qui ressemblait à un vêtement de bébé pour adulte.

— Yasmin… Ton père est très contrarié.

Elle a posé une main sur mon bras, un peu comme si on avait quelque chose en commun ou comme si elle s'intéressait vraiment à moi.

— Ah oui ?

— Tu devrais peut-être lui parler avant de sortir.

— Je ne crois pas.

Elle a balayé mon corps du regard et s'est arrêtée à mon décolleté. Elle a hésité, ouvert la bouche, puis refermée. Puis elle a dit :

— Tu vas y aller comme ça ?

— Euh, oui, pourquoi ?

Elle a souri et a légèrement serré mon bras.

Je me suis dégagée, je ne voulais pas qu'elle me touche.

— Prends un châle.

— Non merci.

— Ça va se rafraîchir. Tiens !

Elle a attrapé un de ses châles hideux, un bout de tissu marron plein de bouloches qui me faisait penser à de la diarrhée, et l'a posé sur mes épaules. Elle l'a noué de façon qu'il dissimule mon décolleté et a souri.

— Tu as la permission de minuit.

Je n'ai pas répondu.

35

Maria. Marie en suédois. La mère du Christ. La plus sainte des saintes.

Et c'est ce qu'elle croyait être.

La première fois que j'ai rencontré Maria, c'était à un dîner chez elle et Vincent.

Mon père était bizarre depuis un temps, encore plus tête en l'air que d'habitude. Il souriait en préparant son petit déjeuner, fredonnait dans la cuisine. Il achetait du gel pour les cheveux et de l'after-shave. Il s'était mis à repasser ses chemises alors qu'avant, il les faisait sécher sur des dos de chaise.

J'ai bien compris qu'il y avait anguille sous roche. Je l'aurais remarqué même si j'avais été aveugle et sourde. Ce n'est pas que je lui en voulais d'être amoureux, pas du tout. Cela faisait deux ans que ma mère et Sylvie étaient mortes et j'avais hâte qu'il refasse sa vie. Je ne supportais plus ses regards tristes posés sur tous les couples en ville. Je n'avais plus la force de l'entendre sur la défensive chaque fois que je lui demandais s'il allait faire quelque chose de sympa le week-end.

Un soir, il s'est confié.

— J'ai rencontré une femme. Elle s'appelle Maria.

J'ai su à son expression que c'était du sérieux. On voyait qu'il avait envie de crier son nom et qu'il était impatient de partager son histoire.

— Super.

J'étais sincère.

— Tu le penses vraiment ?

— Bien sûr.

Ça lui a fait plaisir, il m'a attirée vers lui et m'a serrée très fort dans ses bras, dans un de ces câlins de papa que j'adore. Il sentait les effluves de cuisine et son nouvel after-shave.

— Elle nous a invités à dîner vendredi prochain.

Quand j'ai rencontré Maria, elle m'a fait bonne impression.

Elle me rappelait un peu ma mère, ça devait être les cheveux blonds et les yeux clairs. Mais elle avait un style tout à fait différent – classique, plutôt plat quoi. Elle portait une chemise large et un jean, la bague qui ornait son index droit semblait faite maison.

Ma mère ne se serait jamais fringuée comme ça. Elle avait un sacré style. Elle aimait les vêtements bien coupés, les couleurs vives, les gros bijoux. Ses hauts étaient décolletés, ses jeans moulants. Son visage toujours bien maquillé et ses ongles vernis.

Maria était si quelconque, si fade… Au milieu des bois, elle aurait été invisible elle se serait confondue avec les pins et la mousse, comme ces soldats au visage couleur camouflage.

— Bonjour Yasmin, j'ai beaucoup entendu parler de toi, dit-elle en serrant ma main avec les deux siennes.

— Bonjour.

J'ai esquissé une petite révérence. C'était un réflexe idiot. Mes parents s'étaient toujours assurés que nous soyons polies, Sylvie et moi. Petites, nous devions serrer la main de tous les adultes que nous rencontrions et leur faire une petite révérence. Ça devait être ancré en moi.

Je me suis immédiatement sentie bête.

Maria a semblé amusée et d'un geste de la main nous a invités à pénétrer dans sa drôle de maison verte.

Nous étions à peine entrés que Vincent a déboulé, les cheveux hirsutes et la bouche ouverte.

— Salut, je m'appelle Yasmin.

— Et moi Vincent.

Maria a souri de toutes ses dents – je ne le savais pas encore, mais Vincent n'était pas toujours aussi ouvert aux inconnus. Il pouvait faire la gueule ou refuser de leur adresser la parole, il pouvait s'enfermer dans sa chambre pendant des heures avec son jeu ridicule. Mais moi, je lui ai plu direct.

Et réciproquement.

Je sais que mon père et Maria pensaient que c'était parce que je me sentais seule depuis la mort de Sylvie, mais ce n'était pas vrai. Vincent ne pourrait jamais remplacer Sylvie, personne ne le pouvait, personne n'en avait le droit.

Jamais.

Si j'ai tout de suite apprécié Vincent, c'est parce qu'il était la seule personne normale de cette satanée famille.

Quand mon père et Maria se sont mariés, j'étais contente pour lui, même si je n'avais aucune envie de m'installer à Kungsudd. J'aimais bien notre appartement à Solna, bien qu'il soit petit et situé au sixième étage d'un immeuble dont l'ascenseur empestait l'urine et était criblé de mots obscènes.

Les premiers temps à Kungsudd, tout se passait bien.

Maria semblait hyper heureuse qu'on habite tous ensemble et moi, je m'efforçais vraiment d'être sympa. Je l'aidais à désherber son potager, j'essayais de ranger la cuisine, etc. Elle semblait également faire de son mieux, elle était gentille et posait plein de questions sur la France et sur maman ; elle acquiesçait et prenait un air de chien battu quand je reconnaissais qu'elle me manquait.

Puis Maria a changé.

Elle avait son avis sur tout – il fallait du lait bio, on ne devait pas jeter les restes de nourriture à la poubelle, mais au compost. On ne devait pas acheter les légumes dans le commerce, on devait les cultiver dans le potager ; plus ils étaient couverts de terre et dévorés par les vers, mieux c'était. Les vêtements devaient être propres et sans trous, et ne pas montrer trop de peau. Le maquillage était inutile.

Tu es tellement plus belle au naturel, Yasmin, ne l'oublie jamais !

Ça m'épuisait, c'était complètement dingue ! Ça allait être comme ça désormais ?

On pouvait boire de l'alcool, mais seulement le vendredi et le samedi, on pouvait fumer, mais seulement s'il y avait une fête, mais pas moi – je ne pouvais ni fumer ni boire même si j'étais bientôt majeure. On devait donner de l'argent aux associations caritatives, mais absolument pas fréquenter l'église parce que la religion, c'était que des âneries. Tous les gens étaient égaux, quelle que soit leur couleur de peau.

On n'était pas « handicapé », mais « en situation de handicap » ; on n'était pas « vieux », mais « senior ». L'Afrique était un continent fascinant qu'elle aimerait découvrir, mais Ibiza une destination pour adolescents superficiels et consommateurs de drogues à deux doigts de mal tourner. Le jazz c'était bien. Et la chanson populaire aussi. Mais pas la pop, pas ce que moi j'écoutais. La littérature était fondamentale, le socle de notre civilisation, mais les livres que je lisais n'étaient bien sûr pas de la littérature juste du divertissement, et en réalité ils n'étaient pas adaptés, à moi et encore moins à Vincent qui visiblement devait être protégé de tout.

Les potes de Maria étaient pareils.

La pire, c'était Greta, une grognasse avec un look de camionneuse et qui en plus faisait du rentre-dedans à mon père aussitôt que les autres avaient le dos tourné. Maria et elle passaient des heures à se lamenter de l'attitude des jeunes, de leur absence de « conscience politique » et d'« engagement sociétal ».

Et mon père racontait les mêmes conneries, ne s'opposait jamais, même si je savais qu'il ne partageait pas leur avis. On aurait dit qu'il n'avait plus de volonté propre, comme si elle avait disparu dès l'instant où à cette fête il avait aperçu Maria avec ses cheveux fourchus, sa gueule sans maquillage et ses vêtements tout fripés.

Un jour je l'ai interrogé :

— Pourquoi tu fais ça, papa ?

— Faire quoi ?

— Pourquoi tu lui dis que tu es d'accord avec elle alors que… ce n'est pas vrai ?

Il a soupiré.

— L'amour est une question de compromis, Yasmin.

— Tu ne faisais jamais ça avec maman.

Il m'a serré dans ses bras, embrassé sur la joue et il a murmuré :

— Si, Yasmin. Je faisais ça avec ta mère aussi. C'est juste que tu étais trop jeune pour t'en souvenir.

Peut-être qu'il avait raison, peut-être que maman et lui se démenaient aussi avec leurs divergences d'opinions. Peut-être qu'ils se sont érodés au contact l'un de l'autre, comme deux pierres sur la plage, jusqu'à ce qu'il ne reste plus aucune résistance.

Si c'est comme ça, je ne veux jamais tomber amoureuse, jamais me marier.

Qui veut devenir un vulgaire caillou tout lisse ?

— C'est le prix à payer pour devenir une famille.

Voilà ce qu'il disait.

Je n'avais pas envie de faire partie de la famille modèle de Maria.

De son point de vue c'était parfait de chez parfait : deux métèques dont l'un cherche à sauver des enfants cancéreux, une Suédoise et un mongol. Pouvait-on faire plus politiquement correct ? D'ici peu, on tisserait nos propres vêtements et on ferait du cyclotourisme en Corée du Nord.

— Tu ne peux pas faire un petit effort ? (Mon père m'a caressé les cheveux et j'ai ravalé les mots qui voulaient sortir.) Fais-le pour moi.

J'ai réfléchi.

Je voulais qu'il continue à être content. Vraiment. Heureux comme il ne l'avait jamais été depuis l'accident.

En plus, j'adorais Vincent. Peut-être que je pouvais supporter Maria ?

— Je vais essayer, papa.

En cette soirée d'été, je me suis dirigée vers le domaine de Kungsudd, vêtue du haut noir qui pour Maria était si pornographique qu'elle m'avait couverte de son plus joli châle marron chiasse.

La musique de la fête parvenait jusque dans les bois, résonnait entre les troncs en train de se desquamer – la basse battait le rythme, on entendait des rires et des cris au loin.

En passant devant un fourré de buissons épineux, j'ai ôté le châle, je l'ai roulé en boule et je l'ai fourré entre les branches.

Je ne comptais pas la laisser me vaincre.

36

Je l'ai vu immédiatement, assis tout seul dans un fauteuil dans un coin, un vase de tulipes entre les jambes. Une clope à la main. Il regardait d'un air las les invités qui bougeaient au rythme de la musique assourdissante et qui faisaient tomber leur cendre dans le vase.

Il était maigre. Ses cheveux bruns frisés lui cachaient le front. Il y avait comme une souffrance dans son regard, quelque chose de cassé.

Bien sûr, je le connaissais de vue. Il était passé quelques fois à la maison, il avait discuté avec Maria, mais nous ne nous étions pas salués. Pourquoi l'aurions-nous fait ? Je n'avais aucune envie d'apprendre à connaître les amis de ma belle-mère.

Surtout pas Tom dont elle était folle.

J'ai balayé la pièce du regard : une cinquantaine d'invités, la plupart d'une vingtaine d'années, étaient réunis en groupes pour parler ou danser. Ils avaient tous l'air bourrés ou défoncés, et une lourde odeur de cannabis flottait dans l'air.

Les lampes étaient éteintes, mais il y avait des bougies partout, dans des chandeliers, des bougeoirs, sur des assiettes. Des cigarettes luisaient çà et là dans la pénombre. Par la fenêtre, on voyait les cimes des arbres se découper sur le ciel étonnamment clair du début de l'été.

En Suède, en été, il ne fait jamais nuit. C'était une des particularités de cet étrange pays auxquelles je soupçonnais de ne jamais m'habituer : les nuits d'été tièdes et claires qui se changeaient peu à peu en jour sans qu'on ait pu fermer l'œil. Une interminable journée qui durait jusqu'à ce que la nuit éternelle la remplace.

Est-ce que ça avait une influence sur les gens ?

Je le crois. En tout cas, ils devenaient hyper sociaux dès que le soleil pointait le bout de son nez. Quand l'obscurité arrivait, ils entraient en hibernation, comme des ours fatigués. Ils s'enfermaient dans leurs appartements ou leurs maisons et attendaient la fin de l'hiver devant la télé, une bière dans une main, la télécommande dans l'autre.

Casimir m'a saluée depuis un canapé et a commencé à se lever pour venir me dire bonjour, mais la fille à côté de lui a saisi son bras et l'a tiré vers l'arrière.

J'ai bougé les doigts en réponse. Puis je me suis approchée de Tom.

— Salut !

Il m'a regardé sans parler tout en levant la main qui tenait la cigarette.

Avec un peu de bonne volonté on pouvait interpréter ça comme un bonjour.

Je me suis affalée dans le fauteuil d'à côté, essayant d'avoir l'air désintéressé. Il m'a contemplée, a tiré une dernière fois sur sa cigarette, longuement, et a laissé tomber le mégot au milieu des tulipes sans me lâcher du regard. Ses yeux étaient si sombres ! Ils dégageaient quelque chose d'ancien. Une sorte de désespoir, peut-être, ou de cynisme. Je ne sais pas, mais j'avais l'impression de reconnaître ce regard.

C'était celui que je voyais dans le miroir.

— Tu es Yasmin.

J'ai hoché la tête.

Quelqu'un a hurlé, un verre s'est brisé par terre. Tom n'a pas réagi, il a continué à me scruter. De petites gouttes de sueur luisaient sous ses mèches brunes. Sa paupière a palpité au coin d'un œil.

— Alors, qu'est-ce que tu penses de ça ?

Il a esquissé un geste las vers la pièce. Ses doigts étaient longs et minces. Des doigts de pianiste, aurait dit ma mère.

J'ai réfléchi. J'ai observé les gens, les meubles et les tapis luxueux. Les portraits à l'huile accrochés aux murs et les trophées de chasse montés au-dessus des doubles portes.

— Déprimant !

L'ombre d'un sourire est passée sur ses lèvres.

— Si on allait faire un tour ?

On a marché le long de la mer, dépassé le gigantesque ponton de la famille de Vegh où étaient amarrés un voilier et deux bateaux à moteur à côté du hangar. Puis on a gravi la falaise. C'était abrupt, parfois on était obligés de grimper. Plusieurs fois, il est monté devant moi, m'a tendu sa main de pianiste et m'a aidée.

Il m'a parlé de lui – il avait vingt-quatre ans, étudiait à l'école de commerce Handelshögskolan et avait deux sœurs aînées. Sa famille vivait dans une des demeures plus modernes, au bord de l'eau.

— Si j'avais pu choisir, je n'aurais jamais acheté une villa aussi moche.

Il a esquissé une grimace.

J'ai pensé : *Si j'avais pu choisir, je ne serais jamais venue dans ce pays.* Mais j'ai demandé :

— Quelle est la maison de tes rêves, alors ?

Il s'est arrêté, s'est essuyé le front, s'est retourné et a jeté un coup d'œil au château de Kungsudd en contrebas, plongé dans la pénombre et enveloppé dans une légère brume.

— Un jour, j'achèterai cette propriété.

J'ai éclaté de rire. Évidemment. C'était clair qu'il ne pourrait jamais acquérir le domaine. Il était inaccessible pour nous, le commun des mortels. Même si j'avais déjà compris qu'il était issu d'une famille aisée, ils n'avaient tout de même pas assez d'argent.

Je ne connaissais personne qui avait assez d'argent.

— Tu plaisantes ?

— Pas du tout.

On a continué notre ascension, on a marché le long de la falaise. À gauche s'étendait une forêt de pins clairsemés, à droite il n'y avait que la mer, et au-dessus, le ciel d'une clarté surprenante.

— Pourquoi cet endroit, d'ailleurs ? C'est une espèce de mausolée.

— Justement.

Il m'a tendu la main et m'a aidée à escalader un gros rocher rond.

Je n'arrivais pas à le cerner, ce qui le rendait encore plus intéressant à mes yeux.

— Et toi ? Où aimerais-tu vivre ?

— Pas ici, en tout cas.

— Ici ? Tu veux dire, à Kungsudd ?

J'ai hésité.

— Non, pas en Suède.

Nous sommes montés jusqu'au rocher du Roi. Une corniche d'environ dix mètres sur dix en marquait le sommet. Sous nos pieds, des herbes sèches, quelques cailloux. Le vent soufflait, pas beaucoup, mais suffisamment pour que mes bras nus se couvrent de chair de poule.

Il a pris ma main et m'a attirée avec précaution vers le bord.

— Viens.

Je l'ai suivi. Beaucoup plus bas, on apercevait des rochers noirs qui émergeaient de l'eau placide, comme des dents aiguisées prêtes à dévorer quiconque ferait une chute.

Il s'est posté entre moi et la forêt, et je me suis tournée vers lui. Je me suis retrouvée dos au précipice. Il a saisi mes deux poignets. Son regard sur moi ne se détournait pas.

— Penche-toi en arrière.

J'ai lentement secoué la tête, j'ai peut-être ricané un peu car son exhortation était ridicule.

— Allez ! Je te tiens.

Je me suis agrippée à ses poignets, me suis penchée en arrière, d'abord prudemment, puis je l'ai laissé supporter tout mon poids. L'étreinte de ses doigts devenait de plus en plus forte, mes poignets et mes paumes me brûlaient.

Ma vie entre ses mains.

La peur et une étrange sensation de triomphe se mêlaient dans ma poitrine. Et, secrètement, l'excitation et l'impatience – qu'allait-il se passer ?

J'ai regardé le ciel, j'ai basculé ma tête en arrière, si loin que j'apercevais l'horizon et son rai clair sur la mer. Mes cheveux voletaient dans la brise, pendaient vers le gouffre.

C'était beau.

Et c'était le début de la fin – je crois que je le savais déjà à ce moment-là.

37

On a passé presque tout l'été ensemble, Tom et moi. À se baigner dans la mer, à faire l'amour sur les rochers plats. On prenait le bateau de ses parents pour aller sur les petites îles au large de Kungsudd, on fumait des joints, on dormait dans la cabine. Lentement, on a appris à se connaître.

Tom n'était pas facile.

Ses qualités : il était intelligent, passionné, séduisant. Il avait réussi dans la vie – ou plutôt, il était promis à un bel avenir. Comme tous les étudiants de sa prestigieuse école de commerce, n'est-ce pas ?

Et ses défauts ?

Il se prenait trop la tête. Rien n'était simple pour lui. Ses parents lui préféraient ses sœurs (disait-il), ses profs avaient une dent contre lui (disait-il), au boulot il était entouré d'idiots (disait-il). Bien que conscient d'être intelligent, il doutait constamment de ses capacités. Soupçonnait son meilleur ami (Casimir) de le mépriser en secret, pensait ne pas être assez bien pour la famille de Vegh, ce qui n'était que des conneries. Ils l'aimaient autant que leurs propres enfants.

— Je sais que tu finiras par me quitter.

Il disait ça souvent, avec son air de chien battu, les yeux écarquillés et suppliants, des yeux de bovin.

— Pourquoi je te quitterais ?

— Je le sais, c'est tout. Ça se voit. Une fille comme toi, qu'est-ce que tu fous avec moi ?

Au début, je trouvais cela flatteur. Il s'était mis en tête que j'étais désirable au point qu'il ne mérite pas mon attention, mon amour. Mais au fil du temps, j'ai commencé à en avoir marre. C'était tue-l'amour au possible, un mec qui se trouvait nul, qui était convaincu que j'allais le plaquer dès que quelqu'un de mieux se présenterait.

Ce quelqu'un s'est avéré être Casimir.

On traînait beaucoup ensemble. Parfois seulement Tom, Casimir et moi. Parfois Casimir venait accompagné d'une dénommée Sophia.

C'était une bimbo aux seins, aux fesses et aux dents disproportionnées, avec un rire de cheval. La plupart des phrases qu'elle prononçait étaient infantiles. Vincent apparaissait comme un génie en comparaison.

Pauvre fille !

Casimir l'ignorait. Il faut dire qu'il me matait. Tout le temps. Tom n'était pas dupe. Mais ça n'impliquait pas que j'étais intéressée.

Un soir, Tom et moi étions allongés nus au bord de l'eau, sur un rocher, le corps encore mouillé après notre baignade. Il s'est tourné vers moi.

— Je sais que tu as envie de lui.

— De quoi tu parles ?

— Casimir. Je le vois bien.

— Tu es complètement malade.

Il a saisi mon visage et a appuyé de toutes ses forces, j'avais l'impression qu'il allait me déboîter la mâchoire.

— Aïe ! Qu'est-ce que tu fous ?

— Si jamais tu me quittes…

— Lâche-moi !

Je me suis redressée sur un coude.

— Je te tue. C'est clair ?

Il m'a lâchée, la tension sur son visage a disparu, la rage dans ses yeux a pâli, laissant place à son regard bovin.

Il a eu un petit rire.

— Qu'est-ce qui te prend, merde ?

Je me suis levée, j'ai esquissé quelques pas en arrière sur le rocher glissant. Il n'a pas répondu.

Tout à coup, j'étais frigorifiée, le froid venait de nulle part. Je frissonnais, je claquais des dents.

Je me suis enroulée dans une serviette.

— Je veux rentrer.

— Calme-toi.

— Non, je veux rentrer.

Petit rire.

— C'était une blague, Yasmin. Tu n'avais pas compris ?

Il m'a fallu un certain temps pour annoncer à mon père et à Maria que je sortais avec Tom. J'avais prévu de ne rien dire, l'histoire avec Pito les avaient stressés un max, mais un jour mon père m'a vue avec Tom dans le pré entre chez nous et le domaine.

Quand je suis entrée, il était assis à la table de la cuisine et Maria vidait le lave-vaisselle, affublée d'une robe qui ressemblait à un sac de jute.

— Le garçon, dehors, a commencé mon père. C'est ton nouveau copain, non ?

— Tom ? Oui, j'imagine.

Maria s'est figée, le verre qu'elle tenait à la main s'est écrasé par terre et s'est brisé. Elle m'a décoché un bref regard et s'est accroupie pour ramasser les morceaux.

— Tom et toi, vous êtes en couple ?

— Un truc comme ça.

— Merde !

Elle a lâché les débris et a porté son pouce à la bouche. De petites gouttes de sang mouchetaient le sol.

Et je me suis demandé – la question ne m'a pas quittée depuis ce jour – : a-t-elle juré parce qu'elle s'était coupée ou parce que je sortais avec Tom ?

Je les ai entendus parler de moi le même soir. Je me trouvais dans l'entrée, ils ne le savaient pas. Mon père et Maria étaient assis dans la cuisine, je ne me souviens plus de ce que je faisais, mais je me rappelle ce qu'ils ont dit.

Mon père, dans son ridicule suédois massacré :

— C'est un bon garçon, ce Tom ?

— C'est un jeune homme merveilleux !

— Alors, il n'y a pas de problème ?

Silence.

— Je ne sais pas. Ils sont différents, c'est tout.

Cliquetis de verre, glouglou de vin que l'on sert.

Je me suis faufilée à l'étage, j'en avais ras le bol de les écouter.

Évidemment qu'elle ne me trouvait pas assez bien pour Tom. Il avait toujours été son petit chouchou, elle le vénérait depuis qu'il se promenait en couches-culottes.

Il devait être le fils parfait qu'elle n'avait jamais eu.

Pourtant, ça m'a fait mal. Vachement mal. Ma poitrine s'est serrée, je n'arrivais pas à respirer. J'avais la nausée, envie de vomir. Je voulais hurler, casser quelque chose, n'importe quoi, tant que ça appartenait à Maria. Mais au fond de moi, un sentiment me rongeait, plus fort que tous les autres.

Ma mère me manquait.

Elle me manquait tellement que j'étais à deux doigts de me briser.

Petit à petit, Tom est devenu partie prenante de mon quotidien, de *notre* quotidien.

Il passait chez nous presque tous les jours, on n'allait quasiment jamais chez lui. Il refusait.

— Je ne supporte pas mes parents en ce moment. Ils sont tarés.

Un soir, au début du mois de septembre, alors qu'on se baladait, on a croisé sa mère. Elle était grande et d'une blondeur rare chez les adultes, à moins qu'ils ne se décolorent les cheveux. Ses vêtements avaient l'air chers et elle portait à l'épaule un sac à main de couturier que j'avais vu dans un magazine de mode.

— Tom !

Elle l'a embrassé sur la joue.

Puis elle s'est retournée vers moi. Elle affichait un large sourire, qui semblait authentique, plus en tout cas que ses dents d'une blancheur éclatante.

— Christina.

Elle m'a tendu la main. Les diamants de ses bagues scintillaient dans le soleil du soir.

— Yasmin.

Je me suis forcée à sourire. Forcée, vraiment ? Peut-être que c'est venu naturellement tant émanait d'elle une chaleur inattendue. Tom l'avait décrite comme une vraie grognasse.

— Je suis tellement heureuse de rencontrer enfin une des amies de Tom.

Elle a insisté sur le mot « enfin » et a posé un long regard sur son fils.

— C'est un plaisir de vous rencontrer aussi.

Je savais être polie quand je le voulais.

Elle m'a souri et m'a regardé dans les yeux.

— Il faut que je file, je vais boire un verre ! Passe à la maison quand tu veux, Yasmin. Ce serait formidable d'apprendre à te connaître.

— Avec plaisir.

Elle a de nouveau fixé son fils.

Il a détourné les yeux pour contempler la mer et un ferry qui passait à l'horizon. Les mains enfoncées dans les poches, les yeux sombres comme ils sont parfois.

Puis la mère de Tom est partie.

J'ai contemplé mon petit ami. Son regard était impénétrable, son visage fermé.

— Elle a l'air super sympa !

Il a éclaté d'un rire sec et s'est mis à marcher.

— C'est ça le problème. Elle peut être sympa quand elle veut. Mon père aussi. Tout le monde les trouve si parfaits, mais ils n'en ont rien à foutre de moi. C'est comme ça depuis toujours.

— Qu'est-ce tu veux dire ?

Tom s'est raclé la gorge et a craché sur le bord de la route.

— Tu sais que ta belle-mère prenait soin de moi quand j'étais petit ?

— Et alors ? Se faire aider pour s'occuper de ses enfants n'a rien de bizarre. En Fran…

— Ça n'a rien à voir ! Il n'y en a toujours eu que pour mes sœurs. Elles sont tellement parfaites, elles ont obtenu tout ce qu'elles voulaient. Moi, j'ai dû me battre pour tout. Étudier à mort. Prendre des petits boulots. C'est trop injuste !

Nous sommes arrivés à l'allée qui menait chez Tom. Une haute clôture ponctuée de caméras de vidéosurveillance entourait le jardin au fond duquel on apercevait une immense villa en béton. Le soleil apparaissait derrière un coin de la maison et se reflétait dans la laque d'une Mercedes noire garée devant.

Je me suis arrêtée.

— Tu as conscience qu'aux yeux du commun des mortels, tu n'as vraiment pas de quoi te plaindre ?

38

Un soir, quelques jours plus tard, Tom et moi étions assis sur les rochers au bord de l'eau à fumer. Les vagues léchaient indolemment la pierre, le soleil chauffait encore, mais la fraîcheur dans l'air annonçait l'automne. La mer était plus froide. On pouvait encore se baigner, bien sûr, mais on ne restait pas très longtemps, et quand l'on s'éloignait du rivage elle était si glacée que les jambes s'engourdissaient.

Je crois qu'on s'ennuyait. L'été avait été long. Peut-être qu'on avait passé un peu trop de temps ensemble.

Peut-être qu'on commençait à se lasser l'un de l'autre.

En tout cas, je commençais à me lasser de Tom, de sa mauvaise humeur et de ses crises de colère. De son côté parano, de son baratin comme quoi j'allais bientôt le quitter et son étrange narcissisme qui se manifestait par un mépris pour les gens qui l'entouraient.

J'ai consulté ma montre.

— Faut que j'y aille. Je commence tôt demain.

Il a écrasé son joint dans une fissure de la roche et m'a contemplée longuement.

Le soleil peignait son corps d'un jaune doré. Ses cheveux mi-longs humides qui reposaient lourdement sur la pierre me faisaient penser à des algues.

— OK.

— Tu fais la gueule ou quoi ?

— Pourquoi je ferais la gueule ?

C'est vrai, pourquoi ? Il n'avait vraiment aucune raison.

— Tu viens ?

J'ai rassemblé mes affaires et enfilé mes tongs.

— Non, je reste un peu.

Je me suis dirigée vers la forêt

Le chemin le plus court pour rentrer chez moi passait derrière le domaine de Kungsudd. Il y avait un petit sentier qui menait directement jusqu'à notre maison.

L'air s'est rafraîchi dès que j'ai pénétré sous les grands pins. À l'ombre des arbres flottait une odeur de résine et de terre humide. Myrtilliers et fougères chatouillaient mes chevilles nues, des oiseaux invisibles chantaient dans les épaisses broussailles. On entendait le moteur d'un bateau au loin.

Je ne l'ai pas vu tout de suite, il était un peu à l'écart du chemin, adossé à un tronc, le portable à la main, l'air nonchalant. Casimir.

— Salut Yasmin !

Il était habillé comme le gendre idéal : polo et short de tennis. Il faut dire qu'il était beau – la peau tannée, les cheveux éclaircis par le soleil, les bras musclés. Même s'il ne m'*intéressait* pas.

Pas encore.

— Qu'est-ce que tu fais là ?

Il a haussé ses larges épaules et souri.

— Rien de spécial. Et toi ?

— Je suis allée me baigner avec Tom.

— Évidemment. (Petit rire) Tu as joué la psy aujourd'hui aussi ?

Il a esquissé un sourire malicieux.

Sa question m'a étonnée, je croyais que Tom n'était comme ça qu'avec moi ; à se plaindre tout le temps.

— Non, pourquoi ?

Il a ri à nouveau.

C'était un rire typique de Casimir : confiant, un peu distant, comme s'il n'avait aucune obligation de s'expliquer, surtout pas à moi.

Il a fait un pas en avant, a levé le bras et m'a caressé la joue.

— Tu es belle.

J'ai été prise au dépourvu, il m'a fallu quelques secondes pour réagir. Je me suis reculée, je devais être un peu choquée. Avant que j'aie le temps de trouver une réplique intelligente, il avait fait volte-face et commencé à s'éloigner.

Il m'a salué de la main.

— À plus !

Je n'ai pas répondu. Je suis restée au milieu du sentier à le regarder disparaître entre les arbres.

Un instant plus tard, j'ai senti une main sur mon épaule. J'ai tourné sur mes talons. Tom se trouvait juste derrière moi, il avait dû me suivre dans les bois. Son visage était tordu de rage ; ses yeux noirs comme le charbon.

— Sale pute ! Espèce de salope !

Le coup a suivi peu après. En plein dans le ventre – il faisait comme ça au début, ne frappait que là où les hématomes ne se voyaient pas. Ça ne m'a pas fait très mal, j'en ai eu le souffle coupé, mais j'ai surtout été surprise.

J'ai reculé de quelques pas au milieu des myrtilliers pour ne pas tomber.

— Qu'est-ce que tu fous ?

Il s'est frotté les mains, m'a dévisagée.

— Tu le sais très bien.

— De quoi tu parles ?

— Vous vous étiez donné rendez-vous dans les bois, c'est ça ?

— Tu es malade ? Bien sûr que non !

J'ai cherché Casimir du regard, mais il avait disparu entre les arbres.

— Avoue !

Il a avancé vers moi. J'ai reculé. Une branche me tailladait la cheville.

— Je n'ai rien à avouer ! C'est toi qui es complètement parano !

J'ai baissé les yeux sur mon pied. Le sang gouttait de mon pied sur le sol couvert d'aiguilles, des taches d'un rouge luisant sur le sol jaune et gris.

— Tu m'as suivi jusqu'ici, espèce de psychopathe ? Tu as fait ça ? Dans ce cas…

— Quoi ?

— Dans ce cas tu peux aller te faire foutre. Personne ne me traite comme ça, tu entends ?

Il a semblé surpris par ma rage. Ses bras sont retombés le long de son corps et son visage s'est adouci. Son regard est devenu implorant.

Il a tendu la main vers moi. Elle tremblait.

— Yasmin. S'il te plaît. Pardonne-moi.

Oui, il m'a supplié.

C'était la même chose chaque fois qu'il pétait les plombs et devenait violent.

Ce n'était pas son intention de me frapper ou de m'accuser, mais il fallait bien que j'essaie de le comprendre ! Je n'avais pas beaucoup d'égards pour lui. J'avais beaucoup parlé avec Casimir quand on a fait un tour de bateau avec lui et Sophia, en plus mon bikini était riquiqui, on voyait quasiment mes tétons. Et puis, j'avais davantage ri aux plaisanteries de Casimir qu'aux siennes.

Ce qui était vrai. Tom avait des qualités, mais il n'était certainement pas drôle.

J'avais beau savoir que c'était son manque de confiance en lui qui parlait, je me mettais sur la défensive. J'essayais de ne pas le faire, mais je finissais toujours par me justifier, comme si j'avais vraiment fait quelque chose de mal.

Mais ensuite je me fâchais. Toujours.

— T'es complètement taré ! Arrête de m'accuser à tort et à travers, sinon je vais vraiment te larguer !

Souvent, il fondait en larmes – franchement, c'était la honte.

— Je sais que tu vas me quitter. Tu es le genre infidèle, je le sais. Je le vois bien. Et Casimir a tout : de l'argent, des maisons à l'étranger…

L'étape de l'auto-apitoiement passée, il redevenait normal.

Ou presque.

Les jours suivants, il était aux petits soins. Il me couvrait de cadeaux – des fleurs, du chocolat, du champagne. Un collier en argent avec un pendentif en forme de cœur.

— Je t'aime, disait-il. Je veux vivre avec toi.

Un jour, je suis rentrée avec un bouquet de roses. Maria et mon père buvaient le thé dans la cuisine.

Mon père a froncé les sourcils, visiblement gêné.

— Il t'offre des fleurs, ce Tom ?

J'ai sorti un vase, je l'ai rempli d'eau et j'y ai enfoncé les tiges, sans même ôter le plastique.

— Apparemment.

J'ai calé le vase derrière les épices sur le plan de travail.

Maria m'a dévisagée en faisant tourner son affreuse bague en argent.

— S'il t'offre de jolies fleurs, tu peux quand même prendre la peine de retirer l'emballage et de les poser sur la table ?

— Pas la force, j'ai dit, puis je suis partie.

Arrivée à l'étage, je les ai entendus parler. Je n'ai même pas fait d'effort pour distinguer leurs mots, je savais déjà. Mon père trouvait que je devais étudier au lieu de faire la fête et de passer du temps avec Tom, et Maria trouvait que j'étais une ingrate qui n'avait même pas la force de bien présenter les fleurs de Tom.

Je me suis consolée en me disant que bientôt, tout irait mieux. Il me suffisait de rompre avec Tom.

Ça ne pouvait pas être si compliqué.

39

Je ne pouvais pas l'avouer à Tom, mais son comportement me poussait vers le chemin qu'il m'accusait de prendre. Toute sa paranoïa, l'idée selon laquelle j'étais amoureuse de Casimir, a fini par m'encourager à m'intéresser à lui.

Casimir en avait toujours pincé pour moi, je le savais.

Je me suis mise à réfléchir : à quoi ma vie aurait-elle ressemblé si j'étais sortie avec lui au lieu de Tom ? Casimir ne faisait jamais la tête, ne se posait pas mille questions sur la vie et toutes les injustices qui s'étaient abattues sur lui. Il avait plein de potes, un château à la place d'une maison et il voyageait tout le temps. Hormis ses vêtements à la noix, c'était le mec idéal.

Pourtant, ces pensées me faisaient me sentir sale – comme si Tom avait eu raison de m'accuser depuis le début, comme s'il voyait vraiment en moi que j'étais du genre infidèle.

C'était hyper frustrant. Et puis, plus je me faisais des nœuds au cerveau à propos de Casimir et de Tom, plus j'étais tendue quand je voyais Casimir. Comme si le fait de savoir à quel point c'était interdit de le regarder faisait battre mon cœur plus vite, faisait brûler ma peau et me faisait baisser les yeux.

En rentrant d'une autre de ces fêtes, à l'automne, Tom m'a gueulé dessus.

— Je vois bien que tu le mates !

Il était bourré, bien sûr. Moi aussi.

— Pas du tout.

J'osais à peine lever la voix parce que le vin m'avait alourdi la tête, et vidé mon corps de toutes ses forces.

— Et ça, a-t-il ajouté en empoignant la robe rouge que j'avais empruntée à Maria. Tu étais obligé de t'habiller comme ça ?

Je ne comprenais plus rien. La robe de Maria n'était pas décolletée pour un sou et descendait presque jusqu'aux genoux. C'est pour ça que je l'avais choisie. Même une nonne aurait pu porter ce truc.

Je ne sais pas vraiment ce qui s'est passé ensuite – peut-être que c'était le mélange de mon stoïcisme et de son alcoolémie élevée qui a déclenché sa furie – mais tout à coup, alors que nous étions presque arrivés au niveau de la haie d'ifs devant chez nous, il m'a décoché un coup de poing dans le ventre.

Il a frappé si fort, c'était si inattendu que je me suis écroulée sur le sol. Tout tournait, l'arrière de ma tête a heurté une pierre avec un bruit sourd. J'ai eu un haut-le-cœur.

Puis il m'a donné un coup de pied dans les côtes. J'ai toussé, vomi dans l'herbe humide à côté de moi.

Même si j'avais voulu protester j'en aurais été incapable.

En plus, je trouvais que je l'avais mérité. C'était bizarre. J'avais effectivement passé presque toute la soirée à discuter avec Casimir. C'est vrai que je l'avais laissé poser sa main sur mon dos alors que Tom nous foudroyait du regard depuis un coin de la pièce.

Oui, j'avais laissé tout cela se produire, j'avais *voulu* que ça se produise, et maintenant j'en payais le prix.

C'était logique, après tout.

Quelques jours plus tard, nous nous étions réconciliés, bien sûr.

Tom avait – dans l'ordre – pleuré contre mon épaule, proclamé son amour, promis qu'il ne me frapperait plus jamais et acheté des places pour les MTV Awards. Je ne sais pas si je le croyais, mais j'avais mauvaise conscience d'être attirée par Casimir au point que j'ai décidé d'attendre encore un peu avant de rompre avec lui.

On était assis sur mon lit. Tom a sorti un truc de sa poche.

— Regarde ce que j'ai chopé !

Il balançait un petit sachet en plastique entre le pouce et l'index.

Je l'ai attrapé, je l'ai ouvert et j'en ai sorti un petit cube marron, de la taille d'un tiers d'une boîte d'allumettes.

Je l'ai sorti, l'ai gratté du bout de l'ongle et je l'ai approché de mon nez.

— Je croyais que tu n'aimais pas le shit.

Au même moment, la voix de Vincent s'est élevée depuis l'entrée.

— C'est la pire journée de ma vie !

Suivie de ses pas déterminés dans l'escalier.

— Planque-le !

J'ai remis le bout de haschich dans le pochon et je l'ai donné à Tom.

— Où ?

J'ai regardé autour de moi dans la chambre bordélique. Tom n'a pas attendu ma réponse. Il s'est levé, a ouvert le tiroir de ma commode et a glissé le sachet sous mes sous-vêtements.

Une seconde plus tard, Vincent a fait irruption dans la pièce.

— Maman, elle est trop trop méchante !

— Viens, mon chéri.

Je me suis décalée pour lui faire un peu de place sur le bord du lit.

Il s'est assis lourdement.

— Salut, a dit Tom avec un sourire, car il était toujours sympa avec Vincent.

Ce dernier lui a fait une grimace et s'est tourné vers moi.

— Maman dit que je n'ai plus le droit de jouer à la Game Boy pendant deux jours !

— Qu'est-ce que tu as fait ?

Je ne pouvais pas m'empêcher de rire.

— Rien.

Il balançait ses pieds au-dessus du sol.

— Tu as bien dû faire quelque chose.

— Ben… C'était pas ma faute, c'était Gustav. Gustav, en CE1. C'est lui qui a commencé.

— Viens là.

Je me suis étendue sur le dos et j'ai écarté les bras.

Vincent a hésité un instant, mais s'est ensuite allongé sur moi. Sa respiration était haletante et humide contre mon oreille, son cœur battait la chamade contre ma poitrine.

Je l'ai serré contre moi.

— Maintenant on est un hamburger, a-t-il dit.

— Oui. Le meilleur hamburger du monde.

C'est comme ça que le haschich s'était retrouvé dans ma commode.

Ça n'avait rien à voir avec Pito, ni avec moi, pour être tout à fait honnête.

Le morceau appartenait à Tom, mais Maria ne m'aurait jamais cru si je le lui avais dit. Dans son monde, Tom était la perfection incarnée et moi une pouffiasse qui ne le méritait pas. J'étais la fille arrogante qui ne prenait pas la peine de retirer le plastique de ses roses, qui n'avait pas envie de lui parler quand il appelait et qui levait les yeux au ciel quand Maria s'extasiait sur son exemplarité, disait à quel point c'était un bon garçon.

Et Pito ?

Pito était un pauvre type de banlieue. Il était gentil, un peu bête – j'ai fini par m'en rendre compte moi aussi –, plutôt barbant. Le mieux avec Pito, la seule raison pour laquelle ça valait quand même la peine de traîner avec lui, c'est que Maria ne pouvait pas le saquer. Elle en perdait quasiment ses capacités langagières dès qu'il passait la porte. Mais j'ai fini par en avoir assez, je n'avais plus la force de continuer à le voir.

Quoi qu'il en soit…

Ce bout de shit. Quand Maria est tombée dessus elle a pété une durite et elle a appelé une copine flic, laquelle m'a assené un cours d'une bonne heure sur les dangers de la drogue. J'ai tellement chialé ! Tout mon corps était secoué de sanglots.

Pas parce que je regrettais quoi que ce soit ou que j'avais peur, comme elles le pensaient, mais parce que c'était vraiment trop injuste. Tout était la faute de Tom, mais je ne pouvais pas le dire. Parce que même si je l'avais raconté, personne ne m'aurait cru.

Je me sentais humiliée, en plus – Maria avait visiblement fouillé dans mes petites culottes. Et après elle s'étonnait que j'installe une serrure à ma porte !

Quand sa pote flic s'est barrée, je pensais que tout était revenu à la normale. Mais ensuite j'ai compris que Maria avait déposé une sorte de plainte contre Pito, parce que quelques semaines plus tard, il a été arrêté et on est venu me chercher pour m'interroger.

C'était horrible. Ça a duré des plombes, ils m'ont posé des tonnes de questions sur Pito et moi. Bien sûr, je n'ai rien dit de négatif sur lui, pourquoi l'aurais-je fait ? Il n'y avait pas d'embrouilles entre nous. Mais il s'est tout de même fait coffrer : apparemment on avait trouvé de la came chez lui.

Après ce coup, j'ai discuté avec mon père, je lui ai expliqué que le shit ne m'appartenait pas, mais je n'ai pas dit qu'il était à Tom. Je ne sais pas s'il m'a crue, mais il a froncé les sourcils quand on a parlé de la copine flic de Maria – même lui était d'accord pour dire que ce n'était pas super malin de mêler des étrangers à nos histoires.

— Maria aurait pu m'en parler directement, hein papa ?

J'ai pris la voix la plus douce possible.

— Elle aurait surtout dû se tourner vers *moi* !

Je le voyais bien, qu'il était fâché contre Maria, et j'en ai ressenti une étrange satisfaction. Comme si j'avais enfin réussi à le bloquer dans un coin et à le forcer à choisir.

Et il m'a choisi, moi, sa fille.

40

L'automne est arrivé cette année-là aussi, un automne différent de tous les autres de ma vie. Le bois de Kungsudd prenait des tons orange, ocre et rouge. Il semblait s'embraser. Les nuits s'allongeaient et dans l'obscurité le givre blanc dessinait des formes alambiquées sur les vitres, comme de la dentelle. La mer devenait chaque jour plus sombre et plus froide, jusqu'à ce qu'on ne puisse plus se baigner.

Et moi, j'étais adulte, et j'avais des problèmes d'adulte.

Bien sûr, j'avais des copines, surtout au basket, mais leur raconter que mon mec me frappait, c'était impossible. Pas que je pensais le mériter, non, il ne m'avait pas lavé le cerveau à ce point. Mais j'avais honte, honte de ne pas l'avoir quitté depuis longtemps – aux yeux des autres, j'étais une femme forte, je ne pliais devant rien ni personne.

Un soir d'octobre, il y a eu une autre fête chez Casimir. Encore une. Les parents de Vegh passaient le plus clair de leur temps en Suisse et leurs enfants en profitaient pour faire la bringue non-stop. Il n'avait même pas besoin de remettre la maison en ordre, l'aide-ménagère de la famille se coltinait le sale boulot. Paola, une fille si timide qu'elle courrait se cacher dès que quelqu'un passait la porte.

Paola était petite et menue comme une enfant. D'ailleurs, la première fois que je l'ai vue, je l'ai prise pour une fillette. Elle avait les cheveux attachés en chignon et portait le plus souvent un jogging plein de bouloches décoré de bandes sur le côté de la jambe. Elle avait les traits fins, les pommettes saillantes et les lèvres pulpeuses. Les garçons devaient la trouver mignonne, d'une manière un peu enfantine. La première fois que je l'ai rencontrée, j'ai essayé de lui adresser la parole en français et en arabe, mais elle a reculé et a quitté la cuisine avec l'éponge à la main et les yeux baissés.

Elle me faisait penser à un chien apeuré.

— Laisse tomber, Yasmin, avait lancé Casimir en décapsulant une bière. Elle est latina, elle ne parle qu'espagnol.

— Comment vous communiquez, alors ? a demandé Tom. Le langage du corps, hein ?

Il a balancé les hanches et a décoché un rictus lourd de sous-entendus à son ami, lequel lui a répondu par un sourire indulgent avant de sortir de la pièce avec une bouteille.

— Il a des vues sur elle, a chuchoté Tom. Depuis longtemps. Mais elle repousse ses avances.

Il y avait plus de monde que d'habitude chez Casimir ce soir-là. On venait d'arriver, Tom était parti chercher à boire, quand Harold, le frère de Casimir s'est approché de moi.

Je l'ai salué d'un signe de tête. Je ne lui avais jamais parlé, je l'avais toujours trouvé assez louche.

Avec ses cheveux blonds et son teint hâlé, il ressemblait à Casimir, mais il était plus petit et plus trapu : sa tête semblait avoir été vissée directement sur son torse, ses jambes étaient épaisses comme des troncs d'arbres et ses manches de chemise moulaient ses biceps trop saillants. Il s'est adressé à moi sans me regarder.

— Tu es Yasmin, non ?

— Euh, oui.

Il a dodeliné du chef et allumé une cigarette.

— D'où tu viens ?

— C'est-à-dire ?

Il a tiré sur sa cigarette et soufflé la fumée dans ma direction.

— Tu n'es pas suédoise, si ?

— Non, enfin, mon père est français, pourquoi ?

Il a contemplé sa clope et froncé les sourcils.

— Ce n'est pas ce qu'on m'a dit.

— Ah bon.

— On m'a dit que tu étais arabe.

Je suis restée bouche bée. Tout le monde savait que Harold était raciste et qu'il avait été membre du parti d'extrême droite Nouvelle Démocratie. Mais qu'il me mette dans la case arabe simplement parce que mes grands-parents paternels étaient marocains ? Surtout que dans sa bouche c'était clairement une insulte.

— Personnellement, je trouve que les Arabes et les Africains n'ont rien à faire dans mon pays. Ils devraient rester en Afrique. En général, hein.

Il a de nouveau tiré sur sa cigarette et a disparu de la pièce sans me laisser le temps de lui envoyer une réplique cinglante.

Après ça, j'ai trouvé qu'il me regardait bizarrement. Peut-être que je me faisais des films, mais j'avais l'impression qu'il aurait voulu me virer de chez lui. J'ai néanmoins décidé de l'ignorer avec ses remarques à la con. Je n'allais pas le laisser me gâcher la soirée.

Enfin, il n'était pas le seul à essayer de me gâcher la soirée – Tom se morfondait dans un coin, évidemment. On aurait dit un gamin qui boudait parce qu'il venait de renverser sa crème glacée.

Paola était là aussi, pas comme invitée bien sûr, elle courait dans tous les sens pour remplir des verres et débarrasser. Quand elle s'est penchée par-dessus Casimir, assis sur un tabouret, pour ramasser quelques bouteilles posées sur la table, il l'a saisi par la taille et l'a attirée sur ses genoux. Puis il a plaqué une main sur ses seins et les a palpés.

J'ai aperçu la panique dans les yeux de la jeune femme qui tentait de se libérer, et j'ai entendu le rire de Casimir – pas méchant, mais joyeux. Il me mettait extrêmement mal à l'aise.

Je n'ai plus vu Paola de la soirée.

Au bout d'une demi-heure environ je me suis levée pour me resservir un verre. Tom m'a attrapée par le poignet.

— Je veux rentrer.

— Pourquoi ? On vient juste d'arriver.

Je l'ai dévisagé.

Il était affalé dans le fauteuil, une cigarette entre le majeur et l'index de la main gauche. Ses cheveux bruns lui tombaient sur le front, dissimulant ses yeux. Ce qui ne m'empêchait pas de voir sa colère. Quelque chose le dérangeait – sans doute que j'attirais trop de regards.

Il a bondi et l'étreinte autour de mon poignet s'est resserrée.

— Allez, on se casse !

— Non !

Je me suis dégagée. Sa main s'est levée et je me suis reculé instinctivement pour esquiver le coup. Mais il ne m'a pas frappée, il est resté figé en plein mouvement, le bras en l'air.

Autour de nous, les conversations s'étaient interrompues, tous les regards étaient braqués sur Tom. La petite amie de Douglas, une blonde potelée en minijupe, a plaqué la main contre sa bouche. Casimir a écrasé son joint dans un verre de grog et Harold a lentement posé son verre sur la table.

Le front de Tom était luisant de sueur, sa poitrine se gonflait et se dégonflait comme s'il avait couru un cent mètres.

— Va te faire foutre, Tom !

Ses lèvres se sont tordues dans une parodie de sourire, puis il a tourné les talons et il est parti nonchalamment, le pas traînant, comme pour souligner qu'il se contrefichait de mon avis.

À peine une minute plus tard, Casimir s'est matérialisé près de moi.

— Des problèmes de cœur ?

— Si on veut.

Il m'a tendu la main.

— Viens danser.

J'ai d'abord décliné. Toucher Casimir était interdit. C'était un péché, une manifestation de l'amoralité que Tom avait visiblement vu prendre racine en moi avant même qu'elle ne s'affirme dans la réalité.

Puis j'ai senti la douleur laissée par les doigts de Tom autour de mon poignet, ma peau me brûlait.

Personne n'a le droit de me contrôler, surtout pas lui.

On est restés ensemble toute la soirée.

Casimir allait me chercher à boire, me faisait rire. Il jouait l'hôte parfait et me détournait de tous mes problèmes d'adulte. Peut-être que je pouvais en parler avec lui. Il connaissait Tom et savait à quel point il pouvait être odieux quand il était mal luné – c'est-à-dire presque toujours, en ce moment.

En même temps, Casimir était l'un des meilleurs amis de Tom et il y avait un risque que ça lui revienne aux oreilles. Sans compter que je n'avais pas la force – ou peut-être pas l'envie – de ressasser mes problèmes ce soir-là.

Tout ce que je voulais c'était être proche de Casimir, il était tout ce que Tom n'était pas – il souriait au lieu de tirer la tronche, caressait dans le sens du poil au lieu de frapper, me couvrait de compliments au lieu de me cribler de reproches.

Casimir m'a raccompagnée après la fête. On a retiré nos chaussures et on a dansé pieds nus dans le parc du domaine. L'herbe était perlée de rosée, le sol était froid et nos pieds s'engourdissaient à mesure qu'on s'éloignait du château.

Arrivé devant chez moi, il m'a attiré vers lui et a ri dans mes cheveux.

J'ai ri aussi, je me sentais libre et joyeuse pour la première fois depuis des mois. J'avais des papillons dans le ventre.

— J'ai envie de toi, Yasmin.

Il a ri à nouveau. Je ne savais pas s'il était sérieux ou non.

Ou plutôt, si. Je le savais. Bien sûr que oui.

Il m'a attirée vers lui et m'a embrassée.

Ce baiser était si différent, pas dur et déterminé comme ceux de Tom, mais doux, comme s'il explorait mes lèvres pour y découvrir quelque chose sur moi.

Je le lui ai rendu, je me suis agrippée à lui plus fort, presque comme si j'avais une crampe, car je pensais réellement qu'il était la solution à mes problèmes. Je crois qu'il s'en est rendu compte parce qu'il m'a délicatement repoussée et m'a regardé, surpris.

— Moi aussi.

C'est à cet instant que j'ai pris conscience que j'étais sincère.

Une seconde plus tard, la porte d'entrée s'est ouverte et mon père a fait irruption, torse nu et en jean déboutonné.

Casimir a bondi en arrière. Je n'ai pas bougé.

— Qu'est-ce que tu fabriques, bordel ? a hurlé mon père en français.

Il s'est précipité vers moi tout en attachant son jean.

Je me suis retournée, j'ai cherché le regard de Casimir, mais il était déjà en train de s'éloigner. Il a disparu dans la forêt et je suis restée seule.

Vous parlez d'un sauvetage.

— Rien.

Mon père m'a empoignée par le poignet, exactement au même endroit que Tom tout à l'heure, et il m'a tirée, non, *traînée*, vers la porte.

— Aïe ! Tu me fais mal !

Mais mon père a continué à me traîner. Les graviers de l'allée m'éraflaient les chevilles et j'ai fait tomber les escarpins que je tenais à la main.

— Tu te comportes comme une vraie salope, tu ne te rends pas compte ?

41

Voilà, c'était officiel : j'étais une salope.

Tom n'était plus le seul à le penser. Maintenant il y avait mon père et Maria aussi. Autant me l'écrire sur le front.

La plus grosse salope de tous les temps.

Tous les soirs, mon père me faisait la guerre. On était dans la cuisine, Vincent et Maria à l'étage. La connaissant, elle devait nous épier et jouir de m'entendre me faire remonter les bretelles.

— Pour l'amour de Dieu, Yasmin, limite-toi à un seul mec. Qu'est-ce que les gens vont penser de toi ?

C'était nouveau. Mon père n'avait jamais eu d'avis sur mon mode de vie. Tant que j'avais de bonnes notes, il était satisfait.

Certaines de mes amies avaient des parents hyper sévères. Dans mon équipe de basket, il y avait une Kurde, Bahar. Sa famille lui interdisait de partir faire des stages sportifs. Et à dix-sept ans, elle avait dû arrêter l'entraînement – apparemment, le basket ce n'était pas pour les filles.

Je n'ai jamais compris comment elle pouvait laisser ses parents décider de ce genre de choses. Moi, je n'accepterais jamais ça. D'ailleurs, c'était quoi le problème avec le basket ?

Et voilà que mon père se permettait des réflexions sur ma vie amoureuse, comme un putain de taliban.

— Casimir voulait juste être sympa, ai-je menti pour tenter de justifier ce qui s'était passé ce soir-là. Son frère, Harold, a été odieux avec moi.

Ce n'était qu'un demi-mensonge – Harold avait vraiment été un connard, même si je ne l'avais pas dit à Casimir.

— *Sympa ?* a répété mon père avec la moue de celui qui vient de croquer dans un fruit amer. Je n'y crois pas. Qu'est-ce qu'il a fait, son frère ?

— Harold ? Il a dit que les Arabes n'avaient rien à faire ici et que je devais rentrer en Afrique.

Mon père a écarquillé les yeux.

— Je vais lui dire deux mots, à ce garçon.

— Non, tu ne vas rien lui dire du tout !

Mon père a pris quelques respirations et son visage s'est détendu.

— Quoi qu'il en soit, ça n'excuse pas ton comportement, si ?

— Non, mais Tom n'est pas gentil.

— Mais quitte-le, alors ! Pourquoi est-ce si difficile ? Tu as dix-huit ans Yasmin. À ton âge, on ne doit pas avoir de petit ami. À ton âge, on doit se concentrer sur sa scolarité. Au lycée, on n'a pas de deuxième chance.

À une occasion, il a demandé :

— Tu m'as dit que Tom n'était pas gentil, qu'est-ce que tu voulais dire par là ?

Et j'ai eu envie de lui raconter, j'ai même essayé, mais j'en étais incapable, les mots restaient coincés dans ma gorge, la honte me bouchait l'œsophage et les empêchait de passer.

— Alors, il n'est pas violent, au moins ?

— Bien sûr que non, ai-je répondu en levant les yeux au ciel.

Nos disputes finissaient toujours de la même façon : mon père pétait un câble et balançait quelque chose – un verre, une assiette, n'importe quoi – à travers la pièce en visant le mur.

Boum !

— Pourquoi tu dois toujours tout gâcher Yasmin ? Pourquoi ?

Une nuit, un bruit m'a tirée du sommeil.

Clic, clic, clic.

On aurait dit que quelqu'un jetait des graviers contre ma vitre. C'était exactement ça. Quand j'ai regardé par la fenêtre dans le noir, j'ai aperçu Tom. Il se tenait dans l'herbe, la capuche de son pull remontée sur la tête, et une main plongée dans la poche de son jean.

Je ne sais pas ce que j'ai pensé, je craignais peut-être qu'il réveille toute la maisonnée et que mon père parte en vrille encore une fois. En tout cas, je suis descendue, j'ai enfilé mes baskets et un gilet, et je suis sortie. À peine dehors, j'ai compris que c'était une connerie – Tom avait le visage blême, l'air résolu et les poings serrés.

— Faut qu'on parle.

— Je t'écoute.

Je me suis enroulée dans mon gilet. Dessous, je ne portais qu'une fine chemise de nuit et il faisait froid, moins que zéro. Dans la baie, l'eau noire s'était couverte d'une mince pellicule brillante. L'herbe crissait sous mes pas, mon souffle se transformait en fumée, augurant un danger, un incendie.

Je savais qui était le feu.

Il a levé les yeux vers la maison, secoué lentement la tête.

— Pas ici, a-t-il dit en s'éloignant vers le domaine et la forêt.

Je suis restée là, je n'arrivais pas à me décider. Il deviendrait fou si je ne le suivais pas, mais je voyais à son attitude – son dos voûté, son regard rivé au sol, ses poings serrés – que ça allait mal se finir.

Au bout du compte, il a décidé pour moi : il s'est retourné, est revenu vers moi, m'a attrapée par les cheveux et m'a tirée vers la pénombre.

— Lâche-moi.

Ma voix était basse, je n'osais pas crier de peur de réveiller mon père et Maria – je craignais cela davantage que je ne craignais Tom.

Ma résistance était vaine, il a continué à me traîner, jusque sous les grands arbres jouxtant la haie d'ifs.

— Aïe ! Qu'est-ce que tu fabriques ?

— Je suis au courant !

— Au courant de quoi ?

— De ce que tu as fait à la fête.

Un grand frisson m'a traversée. Casimir et moi avions passé la soirée ensemble – ça n'avait échappé à personne. Mais on n'avait rien fait d'autre que discuter. Tom ne pouvait pas savoir qu'on s'était embrassés devant chez moi.

Ou peut-être que si ?

— Sale pute !

Il m'a poussée, je suis tombée dans l'herbe.

— Harold m'a tout raconté.

— Raconté quoi ?

Un genou contre mes côtes, des feuilles givrées dans ma bouche. Des graviers contre ma joue.

— Que tu es partie de la fête avec Casimir. Et Maria m'a dit de me méfier de toi, que tu es *instable*.

— Je n'ai rien f…

Bang !

Son poing s'est écrasé contre mon œil et l'espace d'un instant, j'ai cru qu'il l'avait crevé, qu'il n'en restait qu'une bouillie informe et sanglante.

— Instable ! Comme une pute ! Tu as couché avec lui. Avoue !

Je voulais lui dire, j'ai essayé de lui dire, qu'il ne s'était rien passé. Mais pas un mot ne sortait de mes lèvres, elles étaient aussi froides et figées que le sol sous mon dos. La douleur me transperçait la tête, pourtant c'est la surprise qui prenait le dessus ; c'était la première fois qu'il me frappait au visage. Il savait que tout monde le verrait – il savait, mais s'en moquait.

Il pourrait me tuer, me suis-je dit, et j'en étais certaine.

Il a ramassé une grosse pierre, l'a soulevée au-dessus de ma tête des deux mains.

— *Non !*

J'ai détourné le visage. Au même moment, la pierre a percuté l'arrière de mon crâne.

Bang.

Tout est devenu flou. Le froid et l'humidité du sol se sont dissipés. Le sol lui-même s'est estompé, se changeant en coton sous le poids de mon corps.

C'est le froid qui m'a réveillée. Je tremblais comme une feuille.

Tom n'était plus là. Je n'entendais que le vent dans les cimes des arbres qui se découpaient sur le ciel. Les étoiles scintillaient dans le ciel noir, des millions de points lumineux dans des galaxies lointaines.

Je me suis assise, j'ai palpé la bosse à l'arrière de ma tête et mon œil enflé puis j'ai examiné mes doigts. Pas de sang. J'ai passé la main sur mes tempes pour retirer les aiguilles et les graviers qui y étaient fichés.

Mon visage était tuméfié, mais en fermant l'œil indemne j'ai constaté que l'autre semblait fonctionner. Ma tête était sur le point d'exploser, mon cœur battait la chamade, mais le sentiment qui prédominait, c'était la honte.

Mon père avait raison : j'avais tout gâché.

C'était ma faute si on avait dû s'installer dans ce maudit de pays. Et si on n'était pas venus, je n'aurais jamais rencontré Tom et rien de tout ça ne serait advenu.

Une fois rentrée, j'ai nettoyé mon visage tout terreux, je me suis faufilée dans ma chambre et emmitouflée dans mon lit. J'ai entendu des coups discrets à ma porte.

— Je dors !

La porte s'est ouverte et mon père est entré.

Il a appuyé sur l'interrupteur. La lumière crue a brûlé mon œil au beurre noir et a ravivé la douleur qui pulsait dans ma tête.

— Éteins !

Il a obtempéré, mais il est resté sur le seuil.

— Ton œil… Qu'est-ce qui t'est arrivé ?

— Rien. Je me suis cognée au boulot.

— Tu étais où ?

— Au boulot, je te dis.

Bref silence.

— Jusqu'à trois heures du matin ?

— Le restau était privatisé. Pour une soirée d'entreprise. Ça s'est fini tard.

— Yasmin. Dis-moi la vérité. Il s'est passé autre chose ?

Je n'ai pas répondu.

— Yasmin ! Est-ce que ça a quelque chose à voir avec Tom et toi ?

— Qu'est-ce que tu racontes ? Sors ! Laisse-moi dormir !

Quand je suis descendue le lendemain matin, mon père, Maria et Vincent prenaient déjà leur petit déjeuner. Des effluves de café et de pain grillé flottaient dans la cuisine. La radio était allumée et le présentateur de la matinale annonçait la baisse des températures. Il neigerait peut-être dès ce week-end.

Quand il m'a aperçue, mon père a posé sa tartine sur son assiette.

— *Mon Dieu** !

— Qu'est-ce qui t'est arrivé ? a demandé Maria.

Elle avait vraiment l'air inquiète.

— Je me suis cognée à une porte de placard.

J'ai passé la main sur mon œil au beurre noir et j'ai essayé de sourire.

Vincent m'a fixée de ses yeux pâles lorsque je me suis approchée de la cafetière pour me servir. Il a cligné quelques fois des yeux, a ouvert la bouche, puis l'a refermée.

— Ça fait mal ?
— Non, j'ai menti.
— Tu veux que je te console ?
Il a enfoncé son petit doigt plein de beurre dans son nez.
— Non, pas la peine. Ça va aller.
Mon père a posé sa tasse avec une telle force que le café a débordé et coulé sur la table. Puis il s'est levé et a quitté la pièce.

Plus tard ce jour-là, le soir je crois, Maria m'a proposé de prendre le thé avec elle.
Elle m'a dit que je pouvais lui parler s'il y avait quelque chose. Que ça pouvait faire du bien de se confier à quelqu'un d'autre qu'un parent. Qu'elle tenait beaucoup à moi et avait envie de m'aider.
Je savais qu'elle mentait, cette connasse d'hypocrite.
Maria était la dernière personne avec qui je pouvais parler de cela.
Elle qui fouinait dans ma chambre, fouillait dans mes culottes et appelait la police juste parce qu'elle avait trouvé un peu de fumette. Elle qui vénérait Tom, qui le mettait en garde contre moi, qui me qualifiait d'*instable*.
Elle était la dernière à pouvoir m'aider.

42

Quelques jours plus tard, j'ai été réveillée par une violente nausée. J'étais persuadée que c'était à cause du ragoût de poisson que j'avais rapporté la veille du restaurant – l'hygiène laissait souvent à désirer. J'ai traîné au lit, j'ai bu un peu d'eau, j'avais toujours un verre sur ma table de chevet, puis je me suis levée.

Quand je suis arrivée dans la cuisine, je me suis immobilisée devant la table. La vue du pain blanc et du beurre à moitié fondu m'a donné un nouveau haut-le-cœur.

— Tu ne manges pas ? a demandé mon père.

J'ai secoué la tête.

Maria a quitté son journal des yeux, a trituré une mèche de cheveux fourchus entre le pouce et l'index.

— Tu es devenue très fine ces derniers temps. Ce serait bien que tu essaies d'avaler quelque chose.

À l'étage, on a entendu un bruit, comme si quelque chose était tombé dans la chambre de Vincent.

Maria a soupiré, a posé son quotidien sur la table, s'est levée et s'est dirigée vers l'escalier.

— C'est vrai, a renchéri mon père une fois que Maria avait disparu. Mange. Tu es maigre comme un clou.

— Je te dis que je n'ai pas faim.

Il a froncé les sourcils, m'a dévisagée, mais n'a rien dit. Ils avaient raison, bien sûr. Toute cette histoire avec Tom me rongeait nuit et jour. Le problème était entré en moi, dans ma tête. Il n'y avait plus de place pour les choses normales comme l'école, la nourriture ou l'entraînement de basket. Bien sûr que ça se voyait sur moi – j'étais squelettique, j'avais les côtes et les os des hanches saillants, ma peau pelait et mes lèvres étaient sèches et craquelées.

Ma vie était un désastre, un champ de ruines, un accident de voiture. Évidemment, les gens ne pouvaient pas s'empêcher de regarder parce que c'est ce qu'on fait quand on voit un accident. Ils fixent, ils sont choqués, mais sont pourtant incapables de détourner le regard. Pareil pour mes copines. Elles me dévisageaient. Et au travail, plusieurs collègues m'ont demandé comment ça allait.

— Ça va, merci, je répondais.

Qu'aurais-je pu dire d'autre ?

Ça ne va pas trop, non, l'autre jour, je me suis fait tabasser par mon mec.

Il s'est avéré que la nausée, ce matin-là, n'était pas due au poisson du Rialto – elle est revenue avec une force renouvelée le lendemain matin, et tous les matins de la semaine suivante.

Bien sûr, j'ai compris. Je manquais peut-être de discernement, mais je n'étais pas complètement idiote.

J'ai acheté un test de grossesse à la pharmacie du centre-ville – j'avais une peur bleue de rencontrer quelqu'un que je connaissais, je me suis planquée derrière un rayon quand je me suis emparée de la boîte.

Mais mon inquiétude était infondée, il n'y avait dans la boutique que quelques retraités et un pharmacien à la barbe taillée en bouc que je n'avais jamais vu.

À peine rentrée chez moi, je me suis enfermée dans les toilettes, j'ai ouvert l'emballage et j'ai sorti le test. J'ai lu les instructions, uriné sur la bandelette, attendu quelques minutes et vu apparaître deux traits.

Comment cela avait-il pu arriver ?

Une question stupide, je sais. C'était arrivé comme ça arrive toujours. On faisait tellement attention, Tom et moi… Pourtant, mon corps m'avait trahie et s'était fait mettre en cloque par le pire mec imaginable.

La question la plus importante et urgente était bien sûr : que faire à présent ?

Je ne pouvais ni ne désirais un enfant de Tom. C'était hors de question. Il ne voulait sans doute pas non plus devenir père maintenant – pourquoi le voudrait-il ? Il lui restait deux ans d'école de commerce. Puis il allait gagner un tas de pognon et pourrait acheter le domaine de Kungsudd, c'était son projet, non ?

En fait, la question qui me taraudait était la suivante : fallait-il en parler à Tom pour qu'il m'accompagne chez le médecin ou devais-je y aller seule ?

J'ai réfléchi quelques jours. J'ai réfléchi et espéré que cette masse cellulaire qui grossissait en moi se lasserait et lâcherait prise, comme une tique rassasiée. Allongée dans mon lit, j'essayais d'imaginer mon corps stopper l'approvisionnement en sang, couper les vivres à mon petit passager clandestin, qui s'assécherait comme un raisin de Corinthe et finirait par périr.

Ce qui ne s'est pas produit, évidemment.

Avec mon manque de bol habituel.

Le plus juste serait de l'annoncer à Tom, c'était sa masse cellulaire à lui aussi. Il était en droit de savoir. Sans compter que j'avais horreur des hôpitaux. Depuis l'accident de voiture j'avais une sorte de phobie des établissements de soins. Alors, même si j'avais prévu de rompre avec Tom, il pouvait bien m'accompagner chez le médecin d'abord.

En même temps, j'avais une peur bleue de lui en parler. J'avais une peur bleue de lui.

C'est arrivé le samedi 2 décembre.

Tom m'avait convaincue de venir chez Casimir ce soir-là – il n'y avait pas de fête ni rien, on devait juste passer la soirée là-bas, Casimir, lui et moi. Je n'en avais aucune envie, mais je lui avais déjà opposé plusieurs refus quand il m'avait appelée pour qu'on se voie. Il se serait mis hors de lui si j'avais à nouveau prétexté une migraine. Alors, je lui ai promis de venir. Je me suis dit que je ne resterais qu'un petit moment, je trouverais une excuse pour partir au bout d'une heure ou deux.

Je trouvais cela un peu bizarre qu'il veuille me voir en même temps que Casimir, avec qui il m'accusait d'avoir couché. En même temps, ça collait avec son caractère parano – ça lui permettait de nous surveiller et de montrer à son ami à qui j'appartenais.

Il faisait nuit quand j'ai quitté la maison. Le froid était mordant depuis près de deux semaines et la glace s'était solidifiée – le matin, on apercevait des patineurs dans la baie et des promeneurs avec leurs chiens sur la surface scintillante.

Je me suis dirigée vers le château, dans le noir. Le sol était gelé. Mes pas crépitaient dans l'herbe haute et mon haleine se changeait en nuages de vapeur devant mon visage, comme dans les dessins animés. La neige n'était pas encore là, les branches des arbres et des buissons s'étiraient noueuses et nues vers le ciel de jais.

Au moment où Casimir a ouvert la porte, quelque chose s'est allumé dans ses yeux. Je ne pouvais pas passer à côté. Son visage s'est adouci et un sourire est apparu sur ses lèvres.

— Salut toi !

Il m'a fait signe d'entrer.

— Salut.

J'ai pénétré dans l'imposant vestibule, j'ai ôté mes nouvelles bottes en daim et suspendu ma veste en cuir sur un cintre à côté d'un manteau en vison.

On entendait des bruits métalliques dans la cuisine. L'odeur de brioches tout juste sorties du four a fait gargouiller mon estomac, me rappelant que je n'avais rien mangé ce midi – le plat que Maria avait préparé, une sorte de bouillie végétarienne à base de haricots secs, puait la gerbe.

Tom s'est matérialisé derrière Casimir, l'a bousculé pour se frayer un chemin et m'a embrassé sur la bouche.

— Salut Yasmin.

Il m'a entouré les épaules de son bras.

Casimir nous a contemplés, l'air innocent.

— Je suis un peu pressé. Il faut que j'aille chercher mon paternel à l'aéroport dans une heure. (Il a marqué une pause.) Vous voulez une bière ?

— Volontiers, j'ai répondu.

On est allés dans la cuisine.

Devant le grand plan de travail en marbre gris, Paola pétrissait une pâte, vêtue de son éternel jogging à bouloches. Ses cheveux sombres étaient attachés à l'aide d'une pince enfantine ornée de petits nœuds et de strass. Sur une grille auprès d'elle, des roulés à la cannelle refroidissaient.

Elle m'a adressé un de ses sourires craintifs et a levé presque imperceptiblement une main recouverte de farine.

Je l'ai saluée d'un signe de tête et j'ai continué vers le frigo devant lequel un Casimir accroupi fouillait parmi les canettes et les bouteilles. Il s'est redressé et nous a tendu une bière, à Tom et à moi.

Tom a contemplé son ami avec un visage dénué d'expression et a montré Paola du doigt.

— Ça y est, tu as réussi à mettre Miss Colombie dans ton lit ?

Paola s'est tournée vers nous, l'air désemparé.

— Tom, bordel, a marmonné Casimir.

Il s'est dirigé vers le salon et nous lui avons emboîté le pas. On s'est assis dans les fauteuils.

Un silence gêné s'est installé.

— Alors, quoi de neuf ? m'a demandé Casimir.

Il a froncé les sourcils. Il semblait m'examiner, scruter mon visage. Je m'étais efforcée de maquiller mon œil au beurre noir, mais je n'étais pas sûre du résultat.

— Pas grand-chose, j'ai répondu en ramenant une mèche de cheveux devant mes yeux. Et toi ?

— Je vais à Verbier dans deux semaines. (Casimir a avalé une gorgée de bière.) Mon oncle a un chalet là-bas, juste à côté de la remontée mécanique de Médran.

Tom a jeté un coup d'œil dans ma direction, a allumé une clope et a fixé le plafond. Il paraissait nerveux, agité. Il frétillait dans son fauteuil, ne tenait pas en place. Je ne savais pas si ça le dérangeait que Casimir me parle ou s'il se sentait inférieur parce que Casimir une fois de plus lui avait rappelé la richesse de la famille de Vegh.

— Cool. Vous fêtez Noël là-bas ?

— Ouais, a répliqué Casimir, la bouche pleine de bière. Sans Douglas qui va aux Bahamas avec sa nana. Ma grand-mère possède une maison là-bas, sur Harbour Island. C'est…

— Nous, on va à la montagne, l'a interrompu Tom.

Casimir a levé un sourcil.

— Tu pars avec ta famille ?

— Non, Yasmin et moi.

Il a soufflé un nuage de fumée dans ma direction.

— Quoi ? Nous ?

Tom m'a dévisagée sans répondre, a entrouvert la bouche pour laisser s'échapper une mince fumerolle qui s'est élevée vers le plafond.

Que répondre ? Je n'avais aucune envie d'aller à la montagne, d'ailleurs je ne le pouvais pas – je devais fêter Noël et le jour de l'an avec mon père, Maria et Vincent. Sans compter que j'étais enceinte, en cloque, que j'avais un polichinelle dans le tiroir. Or, à ce moment précis, je ne pouvais rien dire sans faire perdre la face à Tom devant Casimir.

— Ah bon, j'ai dit.

Silence.

Tom s'est raclé la gorge et s'est penché en avant.

— Je voudrais vous parler.

Sa voix était basse, ses yeux rivés sur le tapis.

Il a fait craquer les articulations d'une main, puis de l'autre, et j'ai compris : il avait insisté pour qu'on se voie ce soir, tous les trois, pour nous chercher des noises. Il voulait nous mettre devant le fait accompli pour… Pour quoi au fait ? Parce que Casimir m'avait raccompagnée ce soir-là et Tom était convaincu qu'on couchait ensemble ? Parce que Tom était un tel connard que j'avais vraiment commencé à lui préférer Casimir ? Parce que j'étais une imbécile qui avait été incapable de le quitter depuis longtemps ?

J'avais peur au point de ne pouvoir ni parler ni bouger.

J'étais habituée aux disputes avec Tom, mais jamais auparavant il ne s'était attaqué à Casimir.

Une sonnerie de téléphone a brisé le silence. Casimir a posé la bière sur la table, a lâché Tom du regard et s'est dirigé vers le petit bureau pour répondre. Il nous a tourné le dos, son dos large, et a discuté à voix basse.

— Déjà ?… OK. Bien sûr.

J'évitais de regarder Tom, ne voulant pas qu'il découvre ma panique. Je ne pouvais pas non plus regarder Casimir, autrement Tom le remarquerait. Je fixais donc des yeux une pile de magazines sur la table basse. *Country Living*. Et à côté : *Horse & Hound*.

Casimir a terminé la conversation, est revenu se planter devant nous et a haussé les épaules d'un air navré.

— Sorry. On parlera plus tard. Faut que j'aille à Arlanda. Le vol avait de l'avance.

— Pas de problème, j'ai répondu en reposant la bière que je n'avais pas entamée. Je devrais rentrer, j'ai promis à Maria de l'aider à faire un truc.

— Je suis de retour dans quelques heures, on se voit à ce moment-là ?

Sans un mot, Tom a écrasé sa cigarette dans sa canette vide.

43

Postés dans la cour, nous avons vu les feux arrière de la voiture de Casimir disparaître dans le noir. Il faisait encore plus froid que tout à l'heure, je frissonnais dans ma veste en cuir trop légère. J'ai calé mes mains engourdies sous mes aisselles pour les réchauffer.

— Viens, m'a ordonné Tom en se dirigeant vers chez moi.

Maintenant que nous étions à nouveau seuls, il fallait que je lui annonce ma grossesse. Mais comment ? J'ai changé de sujet.

— Pourquoi tu as dit qu'on allait à la montagne ?

— Parce que c'est vrai.

— Je ne peux pas, je dois passer les fêtes avec ma famille.

— J'ai déjà réservé l'hôtel.

Ma peur s'est lentement estompée, remplacée par la colère, la rage, même. C'était tellement son style de faire un truc dans le genre, de prévoir un voyage sans me demander mon avis.

— Tom ! (Mon ton était plus sec que je ne le voulais). Ce n'est tout simplement pas possible.

Il s'est immobilisé, s'est tourné lentement vers moi, le visage lisse et dénué d'expression dans la faible lumière de la cour.

— Putain, arrête de faire la gueule. Tu n'es vraiment qu'une ingrate. Ce n'est que trois jours, tu les verras après, hein ?

Je me suis immobilisée.

— Qu'est-ce qu'il y a, Yasmin ?

Il s'est mis à fouiller dans sa poche de manteau.

— Je ne peux pas je suis…

— *Merde !*

Il a vidé sa poche par terre. Des pièces de monnaie et des petits cailloux sont tombés, quelques morceaux de papier se sont envolés dans la brise.

— Mes clopes ! Je les ai oubliées.

Il a fait volte-face pour retourner vers le château. Ses pas rapides crissaient contre l'allée en gravier, ses bras se balançaient à ses côtés.

— Tu viens ?

Je l'ai suivi, essayant de marcher à son rythme, mais mes talons hauts se fichaient dans le gravier. J'ai commencé à trottiner pour le rattraper, le froid mordant me grignotait les joues.

Quand je suis arrivée à la porte d'entrée, il avait déjà sonné. Paola a entrouvert la porte quelques secondes plus tard. Elle a contemplé Tom avec méfiance.

— *I forgot*, a-t-il commencé. *My cigarettes. Cigarrillos.*

Il a posé plusieurs fois l'index et le majeur sur ses lèvres.

Paola a esquissé un sourire prudent, a ouvert la porte et a reculé d'un pas.

— *Vale. ¡Pasen, por favor!*

On est entrés dans la chaleur et on a refermé la porte. Paola a disparu dans la cuisine, je distinguais une plaque garnie de brioches prêtes à être enfournées.

Tom m'a regardée longuement tout en se dirigeant vers le salon.

— Qu'est-ce que tu allais dire ?

— On peut parler ?

— Vas-y, parle.

Le salon empestait toujours la cigarette et les canettes de bière se trouvaient toujours sur la table basse.

— Je suis enceinte.

Il s'est figé dans un pas et s'est tourné lentement vers moi.

— Tu déconnes ?

L'ombre d'un sourire est passée sur son visage.

— Non, pourquoi ?

Il a effectué quelques pas vers le grand tableau qui surmontait le bureau. Visiblement très ancien, il représentait un homme à cheval pointant son épée vers une colline tapissée de forêt. Ils possédaient beaucoup d'œuvres d'art pompeuses, les de Vegh. Par hasard, j'avais appris qu'ils n'étaient pas issus de la noblesse, comme ils le prétendaient, ce qui rendait ces tableaux, sans doute achetés lors d'une vente aux enchères campagnarde, un peu pathétiques.

— Tu es sûre ? a-t-il demandé en observant le type à cheval comme s'il rêvait à une autre époque, une autre vie.

— J'ai fait un test.

Il s'est penché en avant, a placé ses deux mains sur ses genoux, on aurait dit qu'il allait s'évanouir.

— Tom, ça va ?

Il s'est redressé, a levé une main vers moi sans quitter des yeux la peinture.

— Ta gueule ! Je réfléchis. (Pause.) Depuis quand tu es au courant ?

Que valait-il mieux dire ? Je ne pouvais pas reconnaître que je l'avais découvert il y a plus d'une semaine. Il détestait que je lui dissimule des choses.

— Un jour ou deux.

Il s'est mis à marcher en rond sur le tapis oriental. Il a passé les mains plusieurs fois dans ses cheveux.

— Et, c'est arrivé… quand ?

— Qu'est-ce que tu veux dire ?

Il s'est arrêté et m'a regardée, le visage tordu de rage, les yeux furibonds.

— Tu le sais très bien. Quand est-ce que tu as été engrossée ?

J'ai essayé de sourire.

— Qu'est-ce que j'en sais ? Peut-être la dernière fois qu'on est allés faire un tour en bateau ?

Il a expiré bruyamment et s'est approché de moi. J'ai reculé, fait quelques pas vers la cheminée, mais pas assez vite. Avant que je réagisse, il m'avait attrapée par le bras et tirée vers lui.

— Je sais bien qui est le père de ce bâtard !

Son haleine empestait le cendrier froid et la bière. Une pluie de postillons est tombée sur mon visage et j'ai fermé les yeux instinctivement.

— Mais ça va pas ? T'es complètement malade !

Boum.

Son poing s'est écrasé contre ma bouche. J'ai senti le goût du sang. Le liquide chaud dégoulinait sur mon menton, le long de mon cou pour être recueilli dans le petit creux entre mes clavicules.

— Sale pute !

Il s'est jeté sur moi.

J'ai basculé en arrière. Quand ma tête a heurté le sol, une vague de nausée a déferlé sur moi. La pièce s'est mise à tourner et le cavalier a effectué un petit bond.

Tout à coup, Tom était sur moi, à califourchon sur ma poitrine. Il a empoigné ma tête à deux mains et l'a frappée contre le sol. Il n'arrêtait pas.

Je crois que j'ai crié, j'ai essayé en tout cas.

Putain, ça faisait un mal de chien, même si le tapis amortissait l'impact. Pourtant, ce qui me faisait le plus peur, ce n'était pas la douleur, mais son regard – la folie dans ses yeux était presque palpable. Son regard qui révélait tant de haine et de mépris. Et je supposais, non, je *savais*, qu'il n'était plus là. Que le Tom que j'avais aimé – qui était tendre et ambitieux, qui rêvait d'un avenir commun et avec qui il était possible de discuter – avait disparu à l'instant où le démon s'était emparé de lui.

Le sang coulait dans ma gorge, entravant ma respiration. J'étais soulevée de haut-le-cœur, je voulais vomir, j'ai essayé, mais de mes lèvres ne sortait qu'un gargouillis.

En dépit du chaos et de la panique, mes pensées étaient aussi limpides et froides que la glace dans la baie. J'ai compris que j'allais mourir et j'ai réfléchi à l'absurdité de tout ça, à l'absurdité de toute mon existence.

Qu'avais-je accompli à part bousiller la vie de tout le monde ? J'aurais mieux fait de ne pas naître.

La douleur à la tête s'est calmée. J'ai abandonné, j'ai cédé, et j'ai accueilli l'obscurité.

C'est alors qu'un cri a déchiré la pièce.

44

Je m'en souviens comme d'un hurlement interminable, et déboussolée comme je l'étais, je croyais que le cri sortait de ma bouche. L'instant suivant, j'ai senti un poids – Paola s'était précipitée sur Tom et son corps se pressait contre le mien. Mes poumons se sont vidés de leur air, le sang a giclé de ma bouche et je me suis mise à tousser.

Tom a lâché ma tête et a repoussé Paola, laquelle s'est effondrée sur le sol. Elle est restée là, allongée sur le dos, la tête tournée vers moi. Sa barrette pour enfant ornée de nœuds jaunes et de strass s'était détachée. Elle reposait par terre près de la cheminée.

Nos yeux se sont croisés et j'ai cru voir quelque chose, là, dans son regard, une force, une colère. Une complicité, peut-être.

— *Fuck off!* a hurlé Tom en se redressant.

Paola l'a fixé et a placé ses mains farineuses devant elle comme seule défense.

— *Fuck off!*

Elle s'est recroquevillée, puis elle s'est mise à quatre pattes. Sa longue chevelure brune lui tombait sur le visage. Elle s'est levée, a titubé puis a retrouvé son équilibre.

— *What are you waiting for ?* Dégage, *fucking bitch*. Retourne dans ta *fucking kitchen* !

Mais elle n'est pas partie.

Elle est restée là, plantée sur le tapis, les bras ballants, le visage perlé de sueur, les poings serrés. Elle regardait Tom et moi, alternativement, comme incapable de se décider.

Puis elle a baissé les yeux sur sa barrette par terre. Elle a esquissé un pas pour la ramasser.

Je crois que Tom a interprété la situation de travers, car la pince à cheveux se trouvait juste à côté d'un serviteur de cheminée. Il a dû penser qu'elle essayait d'attraper un tisonnier.

— Tu n'oseras pas ! a-t-il sifflé en lui décochant une gifle.

Le coup n'était pas violent mais il a suffi pour que Paola perde l'équilibre. Elle a basculé en arrière et sa tête a heurté avec un bruit sourd le rebord en brique de la cheminée.

À cet instant, j'ai su, j'ai senti dans tout mon corps que ça allait mal se finir.

Puis tout est devenu calme.

Tout est devenu calme. Bien trop calme.

On n'entendait que les respirations de Tom et le four qui ronronnait dans la cuisine. J'ai craché du sang sur le tapis, je me suis retournée sur le ventre et j'ai rampé jusqu'à elle.

— Paola…

Je l'ai prise par l'épaule et je l'ai remuée doucement. Son bras est tombé sur le côté, s'est étendu le long de son buste.

— Paola.

Je me suis accroupie, j'ai approché l'oreille de sa bouche.

Rien.

J'ai placé deux doigts sur son cou mince, tentant en vain de trouver un pouls.

— Paola !

J'ai hurlé et je l'ai secouée violemment.

Sa tête a bougé, a pivoté sur le côté. J'ai aperçu un cratère béant à l'arrière de son crâne. Du sang et une masse rose apparaissaient sous ses cheveux noirs.

— Ce n'est pas possible, j'ai gémi. Pas possible. Fais quelque chose !

Tom, qui s'était avancé jusqu'à Paola, s'est baissé et a posé l'oreille contre sa poitrine.

Puis il s'est redressé et a empoigné ses cheveux, faisant de nouveau apparaître la blessure.

— Bordel de merde !

Il a lâché prise comme s'il s'était brûlé.

Bordel de merde.

— Faut qu'on appelle une ambulance.

Je me suis levée et me suis dirigée vers le téléphone sur le bureau.

— Elle est morte.

— Comment tu le sais ?

— La moitié du cerveau est…

Sa voix s'est brisée. Il a éclaté en sanglots, de longs sanglots que je reconnaissais de nos disputes.

— C'est tellement injuste… Je l'ai à peine touchée.

— J'appelle.

— Non !

Il a bondi, a couru jusqu'à moi, m'a saisi les bras et m'a fixée.

— Tu ne comprends donc pas ? On ne peut appeler personne. Nos vies vont être foutues. Tu veux mettre au monde notre enfant en taule, Yasmin ?

Mettre au monde son enfant ? Cette pensée ne m'avait jamais effleuré l'esprit. Je ne voulais pas mettre d'enfant au monde, encore moins le sien !

— Et puis, je pourrai dire adieu à ma carrière avant même qu'elle commence. Mon père va me déshériter. Tout le monde va me détester alors que ce n'est même pas ma faute.

À qui la faute, alors ? j'aurais voulu demander – mais je n'osais pas.

— Mais elle a besoin d'aide…

— Plus personne ne peut l'aider, maintenant. Ni toi, ni moi, ni personne. Bordel, Yasmin. Merde ! Tu étais obligée de me provoquer ce soir ?

Il est tombé à genoux, ses pleurs ont redoublé, ses épaules étaient secouées de convulsions.

— Mon Dieu, c'est tellement injuste ! Tellement injuste !

45

J'étais assise sur le sol, incapable de me mouvoir, quand Tom est remonté de la cave, un tapis en plastique jaune et vert enroulé sous le bras. J'avais l'impression que ma tête allait exploser de douleur et j'avais mal au cœur. J'ai essayé de faire le tri parmi les pensées qui tournoyaient dans mon cerveau, mais c'était comme s'il avait cessé de fonctionner, comme si chaque infime réaction exigeait de moi une concentration et une énergie infinie. Tom a déroulé le tapis.

— Aide-moi. Prends-la par les pieds.

— Mais pourquoi ?

Je ne comprenais pas. Même là, je n'avais pas encore compris. Je pensais que nous allions utiliser le tapis pour transporter Paola jusqu'à l'hôpital.

— Obéis.

Il s'est approché d'elle, s'est penché en avant et l'a saisie par les bras.

— Les pieds, Yasmin !

Je me suis levée et j'ai empoigné les chevilles. Elles étaient si fines, si minces que j'ai tout de suite pensé à Vincent.

— Soulève !

Je me suis exécutée. Le petit corps menu pesait plus que je ne l'imaginais, sa tête a basculé en arrière, sa bouche s'est ouverte, ses cheveux traînaient par terre. Des morceaux de chair sanguinolents sont tombés sur le sol.

Nous avons placé le corps à une extrémité du vieux tapis en plastique poussiéreux.

J'ai lâché les jambes et Tom a enroulé le corps, jusqu'à ce que ne dépassent que quelques mèches de cheveux.

Je suis restée là, incrédule, à fixer les mèches sombres. Je ne comprenais toujours pas.

Tom a disparu, les secondes ont passé, les minutes aussi, je crois. J'avais perdu la notion du temps. Ma tête pulsait, la nausée était de retour. J'ai entendu un bruit métallique dans le vestibule, de l'eau couler. Tom est revenu, un balai serpillière dans une main, un seau jaune dans l'autre.

— Essuie le sol ! Et va te laver le visage, tu fais peur à voir.

J'ai obtempéré. Dans les toilettes, je me suis rincé le visage, des lambeaux rouges et visqueux se sont détachés de ma lèvre, ont tournoyé dans le lavabo avant d'être aspirés par le siphon. Je suis retournée dans le salon pour nettoyer le sang qui avait déjà commencé à coaguler. L'eau dans le seau est devenue rose, puis écarlate.

Tom s'est emparé du récipient, l'a emporté. J'ai entendu le robinet, Tom est revenu.

J'ai passé la serpillière en pleurant doucement. Les larmes coulaient dans les entailles profondes de mes lèvres, ça me piquait, mais c'était ce qu'il me fallait.

Ça me semblait juste.

Après avoir changé l'eau deux fois, Tom s'est levé, a examiné la pièce et a jeté un coup d'œil à sa montre.

— Faut qu'on se tire.

Il a empoigné le tapis par un bout, j'ai soulevé l'autre sans qu'il me le demande et nous avons porté le corps jusqu'au vestibule.

Il a enfilé une chaussure, a hésité, puis l'a ôtée.

— Viens !

— Ça sent le brûlé.

— On s'en fout. Bouge tes fesses !

Je l'ai suivi jusqu'à la porte de la cave et dans l'étroit escalier. L'air était plus froid en bas, plus humide. J'ai noté une légère odeur de moisissure et quelque chose d'autre, un parfum fleuri, comme si on avait vaporisé un spray assainissant dans cet espace exigu.

Je n'étais jamais descendue au sous-sol – il était aménagé. Quelques posters sur les murs en béton nu. Un canapé élimé sous une petite lucarne placée en hauteur.

Tom m'a saisie par le bras et m'a tirée vers une porte entrouverte qui donnait sur une minuscule chambre sans fenêtre. Contre un mur, un lit soigneusement fait. Sur la table de chevet, un épais livre noir aux pages cornées – une bible. À côté, la photo d'une fillette d'environ deux ans, assise dans le sable, une enfant souriante, coiffée de couettes, les bras ceints de brassards orange.

Mon cœur s'est serré. La femme enveloppée dans le tapis là-haut était un être humain, en tout cas, elle l'avait été. Elle avait peut-être des parents quelque part, des frères et sœurs, des cousins, des amis.

— On ne sait même pas qui elle est, j'ai marmonné.

— Qu'est-ce que ça peut faire ?

Tom s'est emparé d'un sac de sport noir Nike, floqué du slogan *Just Do It*, posé au sol. Il a ouvert l'armoire au coin de la pièce et a jeté tous les vêtements dans le sac. Puis il s'est dirigé vers la table de chevet, a saisi la bible et la photo et a fait de même. Enfin, il a ouvert le tiroir de la table de chevet et en un seul geste a vidé son contenu sur les vêtements.

Des papiers, des pièces de monnaie et des documents se sont déversés dans le sac.

Il s'est tourné vers moi, le visage luisant de sueur, tordu dans une grimace d'épouvante, les mains tremblantes.

Le démon l'avait quitté. Il était terrifié.

Nous l'avons portée jusqu'au ponton.

Autour de nous, l'obscurité et le froid. On n'entendait que notre respiration et le givre sous nos pieds. Mes paumes me brûlaient, palpitaient, l'effort m'oppressait la poitrine.

Arrivés près de l'eau, on a posé le tapis, on a posé *Paola*, sur le sol à côté du ponton. Tom s'est dirigé vers le hangar à bateau et a disparu derrière la porte en bois de guingois.

J'essayais de me réchauffer en piétinant, et je surveillais les alentours quand une silhouette est apparue sur le sentier qui menait de la forêt au domaine.

Harold.

Il tenait à la main un sac marqué d'un logo du magasin de vins et spiritueux et il se dirigeait vers nous. Instinctivement, je me suis éloignée du tapis, comme pour mettre les événements à distance.

Harold s'est immobilisé, a posé sur moi des yeux inquisiteurs. A réajusté le revers de son manteau de sa main libre.

— Qu'est-ce que tu fais là ?

J'ai haussé les épaules, baissé la tête en espérant qu'il ne remarque pas mon visage défiguré dans le noir.

— J'allais rentrer. J'ai juste fait une balade.

Son regard s'est arrêté sur un point au sol, à côté du cylindre de plastique.

— Qu'est-ce…

Au même moment, la sonnerie de son portable a retenti. Il m'a tourné le dos pour répondre.

— Allô ? (Silence) Tu aurais pu t'en rendre compte un peu plus tôt. Je pensais rentrer. (Silence) Oui, j'arrive. Mais tu me dois déjà un pack de six, n'oublie pas.

Il a glissé son téléphone dans sa poche et il s'est dirigé vers la forêt sans un mot de plus.

Je l'ai vu s'éloigner entre les pins. Tom est ressorti du hangar.

— C'était qui ?

— Harold.

— Merde ! Il a vu quelque chose ?

— Aucune idée. Il est reparti dans les bois. Je crois qu'il allait retrouver un copain.

Au loin, on percevait un bruit de moteur. J'ai aperçu les phares d'une voiture qui entrait dans la cour.

— Bordel ! s'est exclamé Tom. Ils reviennent.

Il a de nouveau disparu dans le hangar. Je l'ai entendu déplacer des objets, il y a eu des bruits métalliques, des bruits de chute.

Au loin, des portières claquaient, on distinguait la voix de Casimir qui s'élevait et s'affaiblissait de l'autre côté de la prairie. Puis la porte d'entrée s'est refermée et la voix s'est estompée.

Tom s'est matérialisé près de moi avec quelque chose de très encombrant dans les bras.

Un objet muni de longs patins d'acier semblables à des javelots. Il m'a fallu quelques instants pour l'identifier : c'était un *spark*, cette sorte de luge-trottinette suédoise – je crois que je n'en avais jamais vu, encore moins utilisé. Je ne savais même pas si ça existait en France.

Il l'a porté jusqu'à la rive, posé sur la glace, et fait glisser sur quelques mètres. Un bruit de frottement me parvenait.

Il est revenu vers moi.

— Aide-moi.

Ensemble, on a soulevé le corps, on l'a transporté jusqu'à l'engin et calé en travers du siège. Tom a esquissé quelques pas puis, poussant le spark avec le pied, il s'est dirigé vers la voie de navigation ouverte dans l'eau gelée une centaine de mètres plus loin.

Ce n'était pas aussi facile qu'il y paraissait : les deux extrémités du tapis, de *Paola*, traînaient de part et d'autre des patins, et Tom déployait des efforts considérables pour faire avancer le véhicule.

Je le suivais dans le noir. Mes nouvelles bottes glissaient. J'ai dérapé, je me suis cognée contre la glace, mais je me suis relevée. Tom a marqué plusieurs pauses pour replacer le corps qui menaçait de tomber.

Ça m'a semblé interminable, mais ça n'a pas pu nous prendre plus de cinq minutes pour atteindre le canal. Près du bord, d'épaisses plaques de glace se heurtaient avec un bruit sourd.

Tom s'est arrêté à quelques mètres de l'eau, a hésité un instant, puis a poussé le spark de toutes ses forces. Le vieux moyen de locomotion a glissé silencieusement jusqu'au bord, a basculé vers l'avant et a été englouti par les profondeurs obscures. S'est ensuivi un gargouillement. Des bulles d'air se sont élevées vers la surface, une vaguelette s'est diffusée sur l'eau noire.

C'est ainsi qu'a disparu cette femme prénommée Paola.

46

Tom m'a tirée, m'a traînée jusque chez moi. Je ne me souviens pas de ce que j'ai pensé, ni même d'avoir pensé quoi que ce soit, mais je me rappelle la sensation qui m'a envahie. Une capitulation, un désespoir, comme si je savais que tout était fini.

Devant ma maison, il a saisi mon visage entre ses doigts, violemment, pinçant mes joues, et ma plaie à la lèvre s'est rouverte.

— Tout cela n'est jamais arrivé.

Il m'a embrassée fort sur la bouche. Sensation cuisante contre ma blessure. Je me suis écartée.

Il m'a mis dans les mains le sac de sport Nike qu'il gardait sur l'épaule.

— Et cache-moi ça.

J'ai posé le sac par terre.

— J'appelle la police. Je raconte ce qui s'est passé.

Il a éclaté d'un rire sec.

— Tu n'as pas intérêt.

— Tu ne décides pas à ma place.

Nouveau rire.

— Alors, vas-y, téléphone ! Mais je te préviens. Je nierai en bloc. (Il a marqué une pause.) Ce n'est pas comme s'il y avait des témoins. Qui te croirait ? Tout le monde sait que tu fumes des joints. Tout le monde sait que t'es qu'une sale petite pute, que tu t'intéresses à Casimir pour son fric. Je dirai que tu es retourné au château. Que tu étais jalouse de Paola parce que Casimir bavait sur elle. Harold peut sans doute confirmer t'avoir vue près de la rive. Il te déteste, tu le sais non ? Toi et tous les autres Arabes !

Puis il a disparu, englouti par la nuit hivernale. On n'entendait plus que les crissements de ses pas dans la neige, qui s'éloignaient entre les arbres.

Tout était sombre, silencieux et familier lorsque j'ai passé la porte d'entrée. Les petites chaussures de Vincent étaient soigneusement alignées, les châles hideux de Maria pendaient aux patères, les baskets de mon père avaient été jetées près de la porte, une chaussette dépassait de l'une d'entre elles.

Oui, tout était exactement comme d'habitude et pourtant rien ne pourrait jamais redevenir comme avant.

J'avais la tête qui tournait, je me sentais faible, j'ai titubé et je me suis appuyée contre le mur. J'ai réussi à ôter mon manteau. Ne trouvant pas où l'accrocher, je l'ai laissé tomber par terre. Puis j'ai retiré mes bottes, je suis rentrée dans les toilettes, j'ai posé le sac de Paola sur le sol et j'ai allumé la lumière.

J'avais une douleur lancinante à la tête et à nouveau des haut-le-cœur. Je me suis penchée au-dessus des toilettes pour essayer de vomir, en vain – il ne devait pas rester grand-chose dans mon estomac vu comme j'avais été malade ces derniers jours.

Je me suis redressée lentement et j'ai aperçu mon reflet dans le miroir.

Ma lèvre inférieure était barrée d'une plaie béante de plusieurs centimètres de long qui suintait encore. Dans ma bouche, une sensation bizarre : une de mes incisives bougeait, je pouvais la pousser avec la langue. Le long de mes clavicules, on distinguait des empreintes de main, comme un dessin réalisé à la peinture aux doigts.

J'ai tourné la tête d'un côté, puis de l'autre. C'est là que j'ai vu.

Une de mes boucles d'oreilles avait disparu.

Ma mère m'avait offert les boucles d'oreilles en or le jour de mes treize ans et je les avais à peine retirées depuis. Sylvie possédait les mêmes.

Mon cœur s'est serré. J'avais dû la perdre tout à l'heure, dans le château.

— Oh mon Dieu, Yasmin !

J'ai fait volte-face.

Mon père était posté dans l'encadrement de la porte, en caleçon et tee-shirt défraîchi à l'effigie de Bob Marley, les yeux écarquillés et les cheveux bouclés grisonnants comme une auréole autour de son visage.

Mon père m'a fait tout avouer, ce soir-là.

Il m'a conduite dans la cuisine, m'a assise sur une chaise, est allé chercher des compresses et du désinfectant. Et tandis qu'il nettoyait ma lèvre, il extirpait tous les petits détails sordides, comme on extrait des bris de verre d'une plaie ouverte.

— Tom m'a frappée, j'ai reconnu, quand mon père m'a demandé ce qui m'était arrivé au visage.

— Je le savais ! a-t-il hurlé en abattant son poing sur la table si fort que quelques morceaux de gaze imbibés de sang se sont échoués par terre à mes pieds.

Puis, un instant plus tard :

— *Enceinte ?* Mais enfin, pourquoi tu n'as rien dit ?

C'est allé de mal en pis. Sa rage et son empathie ont laissé la place à l'incrédulité, à la stupéfaction et au dégoût quand j'ai parlé de Paola.

— Vous avez fait *quoi* ?

Sa voix était à peine audible.

Je ne sais plus bien ce que j'ai dit pour ma défense, que Tom m'avait forcée, que j'étais en état de choc, que de toute façon elle était déjà morte quand on a fait basculer le spark dans l'eau.

Cela avait-il encore de l'importance ?

Est-ce que quelque chose avait encore de l'importance ?

— Ma propre fille, la chair de ma chair, pleurait-il. Comment as-tu pu faire une chose pareille ? Je ne t'ai pas mieux éduquée que ça ? Je n'ai même pas réussi à te transmettre la valeur d'une vie humaine.

Je ne ressentais plus rien, j'étais vide, froide. Mais reconnaître les faits était un soulagement – mon fardeau était à présent partagé, mon problème était aussi le sien.

Il a fouillé dans le sac Nike et en voyant la photo de la petite fille aux brassards, ses larmes ont redoublé.

— J'appelle la police…

— Non ! Tu ne peux pas faire ça. Tom va me tuer. Il en est capable. Et je ne veux pas aller en prison. Pitié !

Des pas devant la porte, une clé dans la serrure. Quelques secondes plus tard, Maria a pénétré dans la cuisine, toujours en manteau et bottes. J'ai entendu Vincent dans l'entrée.

— Qu'est-ce qui s'est passé ?

Oui, tout a commencé avec Tom.

Il était cinglé, il avait vraiment un problème. Il était parano, se sentait constamment lésé, médiocre, inférieur. Pour y faire face, il recourrait à la violence. Mais ce n'est pas une excuse – j'étais complice de ce qui était arrivé ce soir-là. Si seulement j'avais mis le holà plus tôt, si j'avais rompu avec Tom ou demandé de l'aide, Paola serait toujours en vie. Et quelque part de l'autre côté de la planète une famille n'aurait pas perdu sa fille, sa sœur, ou sa mère.

Quand mon père m'a ramenée de l'hôpital ce soir-là, il a mis des mots sur une pensée qui m'avait déjà traversé l'esprit.

— Tu es si jeune, Yasmin. Si jeune et pourtant, c'est comme si tu avais la mort aux trousses.

47

C'était le samedi 16 novembre 1996.

Ma mère, Sylvie et moi rentrions d'une représentation de danse.

C'est Sylvie qui dansait, pas moi. Elle était douée, pas moi. Elle était l'enfant prodige qui dès l'âge de cinq ans s'était produite devant des téléspectateurs conquis.

Mes parents avaient parlé de l'inscrire dans une école préparatoire pour danseurs professionnels.

Mon avenir, personne ne l'évoquait à l'époque.

Sylvie avait douze ans, je crois qu'elle ignorait ce qu'elle voulait faire dans la vie – qu'est-ce qu'on en sait, à douze ans ? Mais elle adorait danser. Et son corps était fait pour le ballet classique – fin, musclé, souple. Quant à moi, je n'avais pas l'oreille musicale pour un sou, et je n'étais pas souple comme Sylvie, j'étais incapable de faire le grand écart ou de me plier en deux. D'ailleurs, je n'en avais pas vraiment envie. Je ne voyais pas trop l'intérêt. Je préférais rester dans ma chambre à faire mes devoirs – j'étais bonne élève – ou passer du temps avec mes copines, parler de garçons et écouter de la musique.

Sylvie était assise à côté de ma mère à l'avant de la voiture, toujours en habits de danse, avec des jambières.

Ses cheveux noirs étaient attachés en chignon serré avec des tas d'épingles.

Dehors, il faisait sombre et brumeux, la circulation était dense et nerveuse comme souvent dans la région parisienne. Les lampadaires au bord de la chaussée se précipitaient vers nous, clignotaient et disparaissaient. Les visages de Sylvie et de ma mère étaient éclairés à chaque pulsation lumineuse, leurs mouvements paraissaient saccadés comme dans un vieux film muet.

— Tu étais superbe, a dit ma mère à Sylvie, en changeant de file sur l'autoroute.

Ce n'était pas de la flatterie, c'était une constatation. Sa performance avait été envoûtante, époustouflante.

Ma mère a accéléré, mes omoplates ont été plaquées contre le dossier – il était en plastique et un peu collant, car j'avais renversé du Coca la veille au soir.

— Hm, a répondu Sylvie en plaçant un chocolat entre ses lèvres.

Elle avait toujours le droit de manger des sucreries après ses représentations. Même moi je n'avais pas d'objections : son régime était habituellement strict, les danseurs doivent garder la ligne.

— J'ai eu vingt sur vingt à mon contrôle de maths, j'ai dit.

— Bravo ! Papa va être content. On fêtera ça à la maison.

On a entendu un rugissement de moteur qui est monté en puissance, et une moto nous a dépassées par la droite, nous a fait une queue de poisson avant de continuer vers la file de gauche pour doubler la voiture suivante. Le feu arrière rouge a disparu dans le noir et le bruit s'est estompé.

— Quel chauffard, a marmonné ma mère.

Elle a jeté un coup d'œil à Sylvie et j'ai vu l'inquiétude dans ses yeux. Ma mère rechignait à prendre le volant. Elle disait que les Français conduisaient comme des voleurs de voitures, qu'on mettait sa vie en danger chaque fois qu'on prenait la route. Mon père en riait, répondait que ma mère avait peur de tout et qu'on ne peut pas vivre comme ça.

« Celui qui vit dans la peur n'a pas de vie », disait-il.

J'étais d'accord avec lui, Sylvie aussi.

C'est vrai, de quoi avait-elle peur ?

— Alors, est-ce qu'on va t'acheter ce manteau la semaine prochaine ? a demandé ma mère à Sylvie. Il commence à faire froid.

— Hm.

— Moi aussi j'ai besoin d'une veste d'hiver.

J'étais un peu jalouse de ma sœur cadette. Je supportais mal toute l'attention qu'elle recevait et j'avais l'impression que tout dans notre famille tournait autour d'elle. J'en souffrais.

Tu es si belle, si douée, Sylvie. Tu iras loin.

— On va te trouver un manteau aussi, Yasmin.

Ma mère a mis son clignotant pour dépasser un poids lourd qui se traînait dans une montée.

— Sylvie peut récupérer le mien si j'en ai un nouveau ?

— Je n'en veux pas de ton vieux manteau pourri.

Sylvie s'est retournée, a trituré sa boucle d'oreille, un petit dauphin en or. Puis elle a laissé ressortir entre ses lèvres le chocolat. Son sourire était provocateur, à la limite de la méchanceté. Mais c'est normal entre sœurs, non ? Je n'étais pas mieux, je me moquais d'elle dès que j'en avais l'occasion.

Animal de foire. Nunuche. T'es tellement minus qu'aucun mec ne te verra. T'as les oreilles décollées, les pieds hideux, les ongles des orteils jaunes.

— J'en veux un, moi aussi !

Je me suis avancée vers le sachet de chocolats qu'elle avait sur les genoux.

— Arrête, a dit maman en s'engageant sur la file de gauche.

Elle n'avait pas l'air fâchée, simplement fatiguée.

Nous sommes arrivées en haut de la montée et la route commençait à descendre. Devant nous dans le noir se découpait un pont autoroutier.

— Donne-le-moi !

Je me suis penchée en avant entre ma mère et Sylvie pour saisir le sachet de chocolats.

— Oublie.

Elle l'a balancé devant moi, tout juste hors d'atteinte.

— Yasmin ! m'a rabrouée ma mère.

Mais je m'en moquais, je me suis jetée en avant le plus loin possible et j'ai réussi à m'emparer du paquet.

J'ai tiré, Sylvie a tiré, le sachet s'est déchiré et les chocolats se sont éparpillés dans la voiture.

— Yasmin ! a crié ma mère.

Elle a lâché le volant de la main droite et m'a saisi le bras tout en se rabattant devant le poids lourd.

— Aïe !

Je me suis dégagée.

C'est alors que c'est arrivé.

Dans ma mémoire, l'événement se décompose en séquences : les lampadaires qui clignotent, jetant leur lumière jaune sur sa joue de ma mère ; Sylvie qui se baisse pour ramasser quelques chocolats et la main gauche de maman qui glisse, qui se détache du volant l'espace d'une seconde.

Puis la voiture qui dévie.

Peut-être que tout se serait bien passé si ce poids lourd ne s'était pas trouvé si près. Peut-être que ma mère aurait repris le contrôle du véhicule si la route sous le pont n'avait pas été si verglacée.

Mais ce soir-là, la chance n'était pas de notre côté.

Le poids lourd a heurté l'aile arrière avec un bruit sourd. Notre vieille bagnole a été légèrement secouée, un peu comme quand on percute à faible vitesse un autre véhicule en effectuant un créneau. Ce n'était pas pire que cela. Puis nous avons commencé à dévier, nous avons dérapé et nous nous sommes retrouvés en travers de la route, juste devant le monstre de métal. Une seconde plus tard, le poids lourd nous est de nouveau rentré dedans. Cette fois, le choc était plus violent. J'ai été projetée en avant, la voiture a fait des tonneaux et le monde s'est mis à tournoyer.

Ma mère a hurlé, le métal s'est froissé, une sorte de long meuglement a envahi l'habitacle. Les vitres ont éclaté. Des bouts de verre et des chocolats dansaient devant mes yeux.

Mes souvenirs s'arrêtent là.

Bien sûr, mon père ne me tenait pas pour responsable de la mort de ma mère et de Sylvie. Pourquoi l'aurait-il fait ? C'était un accident.

Il l'a dit cent fois, peut-être mille.

— Ce n'est pas ta faute, Yasmin.

Il l'a répété comme un mantra pendant les mois qui ont suivi.

L'a martelé tant de fois qu'il a sans doute réussi à se convaincre. Il relatait l'accident à qui voulait bien l'entendre.

— Pauvre Yasmin, disait-il. Ce n'est pas sa faute.

La seule personne qui ne le croyait pas, c'était moi – moi qui avais tué ma propre mère et ma petite sœur et ne méritais pas de vivre. Je restais dans ma chambre, refusais de sortir. Négligeais l'école, ne voulais pas voir mes amis.

C'est la raison pour laquelle nous nous sommes installés en Suède. Il l'a fait pour moi – il a quitté sa vie, son travail, son pays, pour *moi*.

Comment pourrais-je jamais compenser ces sacrifices ?

Et il a continué à se dévouer : avec Maria, par exemple. Je sais que je lui tapais sur le système. Elle me considérait comme une ado à problèmes à qui on devait serrer la vis. Je l'ai même entendue le dire à mon père quelques fois. Mais il m'a toujours défendue, n'a jamais cédé à ses demandes.

— Ça n'a pas été facile pour elle, disait-il. Elle a besoin d'amour, pas de règles.

Et qu'est-ce que j'ai fait de sa confiance ?

Je n'étais pas à la hauteur. Je n'étais pas à la hauteur de la vie que j'avais eue et que j'avais encore. C'est moi qui aurais dû mourir sur cette autoroute, ou être enroulée dans ce tapis. C'est moi qui aurais dû sombrer au fond de l'eau noire et froide de la mer.

48

Maria a tendu le bras pour saisir la bouteille de lait, en a versé un nuage dans son café et a regardé par la fenêtre.

— Il va faire beau aujourd'hui.

Dehors, un pâle soleil de décembre. Le froid avait lâché prise pour cette fois, l'eau dégoulinait des gouttières et la pelouse était boueuse. Çà et là, des flaques scintillaient au soleil.

— Ça fait mal ? m'a demandé Vincent, le regard braqué sur mes lèvres enflées.

J'ai passé les doigts sur les points de suture et j'ai secoué la tête.

— Ça va bien cicatriser, a souri Maria. Mais il va falloir y aller mollo. Un traumatisme crânien, ce n'est pas rien.

Elle avait l'air sincère, comme si elle ne voulait que mon bien, et l'espace d'un instant j'ai eu honte, car je n'avais jamais réussi à l'apprécier.

Mon père m'a regardée sans rien dire. Il a soulevé sa tartine, l'a observée avec une grimace de dégoût et l'a reposée sur l'assiette.

— Vous venez ce soir ?

Maria a incliné la tête, a posé les yeux sur moi, puis sur mon père.

— Ce soir ? Qu'est-ce qu'il y a ce soir ?

— Eh bien, il y a cette exposition, tu sais, les collages textiles réalisés par les enfants africains. C'est Amèlie de Vegh qui l'organise. Ils collectent des fonds à destination d'un village au Mali.

J'ai secoué la tête.

— Pas possible, je dois réviser.

— Et moi, j'ai beaucoup de travail en ce moment, a renchéri mon père.

— *Moi*, je veux venir ! s'est écrié Vincent.

Le visage de Maria s'est éclairé. Elle a embrassé son fils sur la joue.

— Super ! J'aurai de la compagnie.

Près d'une semaine était passée depuis les événements.

On a fait semblant de rien, mon père et moi. Avec pas mal de succès. Maria a tenté de me parler à nouveau, m'a dit qu'elle était là si jamais j'avais besoin de me confier. Je n'en avais pas la force. Je n'en voyais pas l'intérêt.

À quoi bon discuter, maintenant ?

Elle a fini par laisser tomber et elle a retrouvé ses sujets habituels – les enfants en Afrique, les aliments sains, l'importance de s'habiller chaudement l'hiver.

— Ma chérie. Si tu sors comme ça, tu vas attraper une infection urinaire.

Qu'elle était agréable, cette sensation trompeuse de normalité qui apparaissait dès lors que Maria commençait à rabâcher ! C'était réjouissant d'échapper à une réalité où avoir une cystite n'avait absolument aucune importance parce que je ne méritais de toute façon pas de vivre.

Mais ces moments de grâce duraient peu. Dès que mon père et moi nous retrouvions seuls, les disputes éclataient. On se prenait la tête le soir aussi, quand Maria et Vincent étaient couchés. Bien sûr qu'ils nous entendaient, c'est impossible autrement, mais on parlait français, et le français de Maria était pourri.

— Il faut que tu ailles au commissariat. Tu n'as pas le choix.

— Vraiment ? Harold de Vegh m'a vue près du ponton. Avec le tapis. Tom va m'accuser.

Mon père a hésité un instant.

— *Ce* Harold ? Celui qui voulait te renvoyer en Afrique ?

— Oui, lui-même. C'est un sale raciste et il me déteste. En plus, je ne fais pas confiance à la police. C'est sûr qu'elle croira Tom et Harold. Des gosses de riches. Des vrais Suédois.

Ça, ce n'était pas tout à fait vrai, mais je l'ai dit parce que je sais que mon père ne faisait confiance ni aux forces de l'ordre ni aux autorités en général. Il avait été plaqué au sol par des gardes devant son boulot quelques mois plus tôt, juste à cause de sa couleur de peau. Une autre fois, quand il avait essayé de porter plainte parce qu'un type l'avait traité de « sale Arabe », les policiers avaient ricané comme si mon père était le dernier des imbéciles.

Non, mon père se méfiait de la police, suédoise comme française.

— On doit assumer ses actes.

— Et accoucher en prison ?

Mon père m'a dévisagée.

— Ça va pas la tête ! Tu veux garder l'enfant ? Tu ne peux pas avoir un enfant, tu *es* un enfant.

Je ne sais pas pourquoi j'ai dit ça, je n'avais aucune envie de devenir mère, mais il y avait une chose qui m'effrayait encore plus, c'était l'idée que mon père parle aux flics.

— Il va me tuer. Tom va m'assassiner si je dis la vérité à la police.

Je ne sais pas s'il m'a crue, mais j'étais persuadée que c'était vrai : j'avais vu le démon dans les yeux de Tom.

Un jour, mon père m'a fait une suggestion.

— Si tu allais à Marrakech, chez Mohammed et Mona ? Ils s'occuperont bien de toi.

— Pff ! Qu'est-ce que j'irais foutre à Marrakech ?

Il a levé les yeux au ciel.

— Reconstruire ta vie. Suivre des études de médecine, te marier. Mohammed peut te trouver un mari, un bon mari.

— *Sérieux ?*

Mon père a enfoui son visage dans ses mains.

— Bon Dieu ! Tu es si gâtée et si naïve. J'ai tout sacrifié pour toi, Yasmin, et je l'ai fait avec plaisir, parce que tu es mon enfant. Tout ce qui me reste. Mais tu détruis tout – ta vie et celle de ton entourage. Tu as trahi ma confiance, ma bienveillance et mon amour.

J'avais honte, bien sûr, je savais qu'il avait raison.

— La police me trouverait tout de suite si je me tirais. Tout le monde sait que j'ai de la famille au Maroc. Tom aussi. Il n'est pas idiot et il a autant de fric qu'il veut. Je te promets, il me poursuivrait jusqu'au bout du monde si j'essayais de le quitter.

Parfois les yeux de mon père devenaient tristes, et sa voix suppliante.

— Yasmin, tu ne peux pas fuir la vérité. Elle finira par te rattraper. Fais ce qui est juste. Va voir la police tout de suite, avant qu'ils repêchent le corps.

— Pourquoi ils le repêcheraient ? Il est au fond de la mer.

Mon père me fixait longuement.

D'autres fois, il entrait dans une rage folle et balançait des objets.

Une fois, il a même défoncé la porte de la cuisine à coups de pied. Il y avait un trou béant dans le battant et mon père saignait.

J'ai eu peur, j'ai pleuré aussi silencieusement que possible pour que Maria ne m'entende pas. Je gémissais en fixant la porte.

— Je veux mourir. J'aimerais être morte.

Mon père a abattu sa paume sur la table.

— Ne dis plus jamais ça, a-t-il murmuré en se massant le pied.

Tous les jours, je faisais semblant d'aller à l'école. Je me levais, prenais une douche, mangeais mon petit déjeuner, attrapais mon sac et disais au revoir. Mais au lieu de monter dans le bus, j'errais sans but à Kungsudd. Je déambulais des heures dans les bois et le long des falaises – dans la baie, la glace avait fondu, seules quelques plaques flottaient encore près du rivage. Je regardais la mer et pensais à Paola gisant au fond de l'eau.

Mes nuits étaient hantées par des cauchemars.

La main sanguinolente de Paola se frayait un passage à travers une déchirure dans le tapis, saisissait la mienne et m'attirait dans les eaux sombres au moment où le spark basculait dans la mer. Je hurlais, me débattais, mais son étreinte était trop forte, l'eau trop froide et la culpabilité trop grande.

Je me réveillais baignée de sueur, le cœur battant.

Un jour, le visage de Vincent était là, juste à côté de moi.

— Ce n'était qu'un rêve, Yasmin.

Non, ce n'était pas qu'un rêve, mais je ne pouvais pas lui dire.

Tom a appelé quelques fois, mais je n'ai pas répondu. Je n'avais pas la force de l'entendre s'apitoyer sur son sort dans cette complainte pathétique.

Mon Dieu, c'est tellement injuste. Tellement injuste.

Bien sûr que c'était injuste, c'était dégueulasse. Ma mère et ma sœur étaient mortes, mon père avait quitté son pays, sa vie pour son ingrate de fille dévergondée, et une Colombienne innocente gisait au fond de la mer, enroulée dans un hideux morceau en plastique. Et en moi grandissait une masse cellulaire gluante dont je ne voulais rien savoir.

Ça, c'était injuste.

Un soir, mon père est entré dans ma chambre et s'est assis au bord de mon lit. Son expression avait changé. Il semblait soulagé, son regard était plus clair, mais ses yeux étaient en même temps si empreints de chagrin que j'avais presque eu peur.

Maria était en train de coucher Vincent, je l'entendais murmurer de l'autre côté de la mince cloison. Elle aimait les contes, surtout des histoires neuneus délivrant un message moralisateur, par exemple que travailler dur porte ses fruits, que la vérité tient sur la durée ou que celui qui creuse un trou pour piéger les autres finit par y tomber lui-même. Comme s'il existait vraiment une sorte de justice cosmique ou un dieu prétentieux arborant une longue barbe, assis sur un nuage, qui distribuait des récompenses et des sanctions.

Mon père m'a contemplée et a posé la main sur ma joue.

J'ai fermé les paupières, je ne supportais pas la douleur et la compassion dans ses yeux.

Puis il m'a expliqué ce qui allait se passer.

49

Maria a posé son sac sur le sol et a embrassé mon père. Elle a serré Vincent contre elle puis a caressé sa tête rousse.

— Occupe-toi bien de Samir et Yasmin !

Vincent a croisé les bras et a esquissé une petite moue en avançant la lèvre inférieure.

— Pourquoi ?

Elle a froncé les sourcils, a approché la main des crochets sous l'étagère à chapeaux. Elle a un peu hésité.

— Samir, est-ce que tu as vu mon écharpe marron ?

— Non.

— Je trouve ça nul les dîners de filles, a déclaré Vincent. C'est trop injuste que les garçons ne puissent pas venir. Ou les enfants.

Maria a souri et a enfilé son manteau.

— Je reviens vite. Et tu sais quoi ? Samir m'a promis que vous alliez regarder *Le Roi lion* ce soir.

Le visage de Vincent s'est éclairé et ça m'a rendue triste – c'était si facile de le mettre de bonne humeur, il suffisait d'un rien.

— C'est vrai ?

Il a esquissé une petite marche militaire avec les bras en balancier le long de son corps.

Mon père a opiné du chef.

— Youpi ! C'est le meilleur jour de ma vie !

Vincent a saisi ma main, a un peu tiré dessus.

— Tu dois travailler aujourd'hui ?

— Oui, malheureusement. Le Rialto ne s'en sortirait pas sans moi.

Mon père s'est accroupi devant Vincent.

— Mais avant tout, jeune homme, on va aller au parc toi et moi.

Dès qu'ils sont partis, je suis montée dans ma chambre et j'ai commencé à me préparer. J'ai pris une douche, je me suis lavé les cheveux et je me suis assise devant le miroir. J'ai passé délicatement le doigt sur ma lèvre. La plaie béante avait disparu, ne restait qu'une fine boursouflure rouge et de petites croûtes rondes à la place des points de suture.

Maria avait raison, il n'y aurait pas de cicatrice, en tout cas pas une grande.

Il faut dire qu'elle avait été sympa cette semaine, presque comme si elle savait, mais ce n'était pas le cas, bien sûr. Mon père ne lui aurait jamais dit, une chose pareille est tout simplement indicible.

Ses mots me revenaient.

« Je suis désolé, Yasmin. Mais c'est le moment pour toi de prendre tes responsabilités. »

J'ai fermé les yeux.

Merde ! C'était complètement dingue, inimaginable !

Ma vie était finie avant même d'avoir vraiment commencé. Je ne reverrai plus jamais mon père, Vincent et Maria. Je ne retournerai pas à l'école, je ne jouerai plus au basket. Il y avait tant de « plus jamais » que j'ai été prise de vertige et je me suis allongée sur mon lit, j'ai fermé les yeux et j'ai laissé tomber mes mains sur le côté.

L'étoffe lisse de l'oreiller contre ma joue – plus jamais. Le léger ronronnement du radiateur – plus jamais. Les répugnants ragoûts aux haricots de Maria – plus jamais. Les petits doigts vifs de Vincent qui me chatouillaient la plante des pieds – plus jamais.

C'était terminé.

*Fini**.

GUNNAR

Vingt ans plus tard

50

Le taxi s'arrête dans une zone résidentielle, à une vingtaine de minutes au sud de l'aéroport. Manfred paie et nous descendons de la voiture. La température est agréable, autour de dix-sept degrés, et une brise légère froisse les feuilles de palmiers.

Manfred jette un coup d'œil dans ma direction et esquisse un signe de tête. Si je ne le connaissais pas aussi bien, je ne lirais pas sur son visage toute l'excitation contenue.

Je me remémore la nuit que j'ai passée au commissariat central à relire la vieille enquête. Je cherchais une branche à laquelle me raccrocher – n'importe laquelle –, un détail qui nous aiderait à résoudre cette affaire. Je ne m'attendais pas à trouver. J'avais déjà décortiqué ces documents tant de fois. Sans compter que les branches sont plutôt rares dans les *cold cases*. Vingt ans s'étaient écoulés depuis les événements de Kungsudd. Peu de crimes sont élucidés si longtemps après.

Vingt ans, c'est une éternité, du moins d'un point de vue policier.

Pourtant, j'ai remarqué quelque chose sur l'un des documents, quelque chose de déterminant – un nom sur une liste de passagers.

Je me rappelle l'agacement de Manfred quand j'ai téléphoné.

« Ça ne va pas la tête ! Tu as vu l'heure ? »

Et ma réponse :

« Je crois que j'ai compris. Tu peux venir ? »

Depuis, il s'est passé beaucoup de choses. Notre voyage est l'aboutissement de plusieurs semaines de dur labeur : nous avons tenu de nouvelles audiences, mené un nombre incalculable de réunions avec le procureur et pris contact avec les autorités étrangères. Des demandes d'aide juridictionnelle ont été rédigées, le ministère des Affaires étrangères a été informé, et les interprètes se sont relayés au commissariat central.

— Là, fait Manfred en indiquant une construction moderne.

C'est une grande maison de plain-pied à la façade ocre, à l'instar des autres bâtiments de la rue. Le jardin bien entretenu avec pelouse et massifs de fleurs est traversé d'une allée pavée. On entend un bruissement d'eau.

Manfred ôte sa veste, la suspend à son bras et s'essuie le front. Nous sonnons à la haute porte en bois sculpté.

Une jeune fille d'une vingtaine d'années aux longs cheveux bruns, vêtue d'un jean et d'un pull à capuche nous ouvre. Elle tient un livre aux pages cornées d'où apparaissent des Post-it roses. Elle retire ses écouteurs en nous apercevant.

Manfred lui montre sa carte d'identité, se présente en anglais et explique la raison de notre visite.

Le visage dénué d'expression, la jeune fille se penche pour examiner la carte. Elle tripote ses écouteurs puis hausse les épaules.

— Attendez cinq minutes, je vais la chercher, dit-elle dans un anglais parfait, avant de disparaître dans la maison.

Nous sommes installés dans des fauteuils en rotin à l'arrière de la maison. Le vaste jardin ressemble à un parc – palmiers, citronniers et bosquets en fleurs entourent le gazon tondu à ras. Autour de la piscine se dressent des pots en terre cuite d'où dépassent des pétales rouge vif. Au loin se dessinent les sommets enneigés des montagnes.

La femme debout près de la table a négligemment attaché ses longs cheveux poivre et sel. Elle porte une tunique et un long collier en argent serti de turquoises. Elle sert le thé, pose sur la table une assiette de pâtisseries et s'assied en face de nous.

— Je savais que vous finiriez par venir, dit-elle, le regard perdu dans le lointain, vers les montagnes.

Elle pousse vers nous les pâtisseries luisantes de gras et de sucre.

— Servez-vous, elles sont bonnes, quoique très riches.

La fille aux écouteurs nous rejoint dans le jardin, prononce quelques mots et retourne dans la maison.

— Ma fille va à la salle de sport. Ça vous dérange si je fume ?

La femme s'empare de son paquet de cigarettes, que Manfred contemple avec convoitise.

— Pas du tout, répond-il.

Il sort son portable et le pose au milieu de la table.

— Nous devons enregistrer l'audition.

Une porte claque dans la maison et la femme croise mon regard, tire longuement sur sa cigarette, penche la tête en arrière et souffle la fumée vers la voile d'ombrage tendue pour protéger la table et les chaises du soleil. Les volutes s'élèvent et se dissolvent, attrapées par le vent.

Elle secoue la tête et fixe sa cigarette entre ses doigts fins.

— Que voulez-vous savoir ?

— Tout. Absolument tout.

YASMIN

2000

51

Debout dans le noir près de la haie d'ifs, j'observais notre maison. J'avais piqué un des châles de Maria, mais je tremblais de froid.

La lumière était allumée dans la cuisine et dans la chambre de Vincent, éclairant la pelouse boueuse, peignant çà et là les touffes d'herbes couleur or.

J'ai regardé l'heure : vingt heures trente. Mon père devait coucher Vincent.

Au bout d'un moment, la lampe de la chambre s'est éteinte.

Je sautais sur place pour me réchauffer. Je tendais l'oreille, à l'affût du moindre bruit. Tout était calme. Maria se trouvait à deux heures de bateau d'ici et il était très rare que quelqu'un passe devant notre maison.

Pourquoi ce quelqu'un l'aurait-il fait ? Nous habitions au bout du monde.

Quelques minutes plus tard, une silhouette sombre est apparue devant la fenêtre de la cuisine. Mon père.

Parfaitement immobile, il semblait fouiller du regard l'obscurité. J'ai levé la main, consciente qu'il ne pouvait me voir.

Encore un petit moment, me suis-je dit. Une demi-heure tout au plus. Parfois, Vincent avait besoin de temps pour s'apaiser, il pouvait se montrer anxieux et agité, mais, une fois assoupi, il dormait comme une pierre. On pouvait passer l'aspirateur, mettre la télé ou écouter de la musique sans le réveiller.

La silhouette de mon père a disparu et je suis restée là. J'ai glissé mes mains sous la ceinture de mon pantalon à la recherche de chaleur. J'ai fait les cent pas, marché vers le château, puis dans l'autre sens. La bâtisse était plongée dans le noir, la famille de Vegh semblait absente.

J'ai à nouveau consulté l'heure : vingt et une heures trente.

La porte d'entrée s'est ouverte.

Mon cœur a bondi dans ma poitrine et je me suis acheminée vers la maison.

L'heure était venue.

Il m'a attirée à l'intérieur dès que je suis arrivée à la porte. Il m'a retiré mon châle et ma veste en cuir et les a suspendus.

— Il dort ?

— Comme un loir.

Ses mains, des mains paternelles, ont saisi les miennes. Elles étaient sèches, chaudes et rassurantes.

— Tu es gelée.

Il m'a pris par les épaules et m'a guidée jusqu'à la cuisine. M'a assise délicatement sur une chaise.

— Je te prépare un thé.

Je n'ai pas répondu. Ce n'était pas le moment de déguster une boisson chaude, mais quand il a déposé la tasse fumante devant moi, je l'ai acceptée avec reconnaissance. J'ai siroté le liquide brûlant et j'ai réchauffé mes doigts contre l'affreuse tasse en céramique que Maria avait fabriquée l'été dernier pendant un cours de poterie.

Il s'est assis en face de moi, m'a contemplée et a poussé un long soupir.

— Tu peux encore te raviser. On peut appeler la police maintenant, ensemble.

J'ai secoué la tête.

— Non. Je suis décidée.

J'ai fondu en larmes, elles coulaient sans s'arrêter, les pleurs jaillissaient de ma poitrine.

Mon père est allé chercher du papier essuie-tout, j'en ai arraché un morceau, je me suis mouchée, et je l'ai roulé en boule. J'ai recommencé l'opération plusieurs fois.

Nos regards se sont croisés. Il avait l'air dépité : son front était marqué de profonds sillons, dans les yeux on lisait le désespoir, mais pas seulement. La colère, aussi.

— Pardon, papa. Tout est ma faute.

Il n'a pas répondu. Il s'est emparé d'une feuille et d'un stylo et les a poussés vers moi.

— Écris !

En voulant m'emparer du stylo, je l'ai lâché, il est tombé par terre. Je l'ai ramassé. Le mouchoir plein de morve s'est échoué sous ma chaise et je l'y ai laissé. J'ai approché le stylo du papier. J'ai tracé les mots sur lesquels nous nous étions mis d'accord, même si j'arrivais à peine à les voir entre mes larmes.

Pardon, je n'ai plus la force de continuer. Je vous aime. Y

Mon père a pris ma lettre d'adieu, l'a regardée, a hoché la tête et l'a déposée dans le sac en plastique. Il s'est levé et s'est avancé vers moi.

— Ton bras.

J'ai obtempéré. J'ai senti le poinçon et le froid lorsque l'aiguille a perforé ma peau au creux de mon coude. J'ai fermé les yeux. Il a sorti l'aiguille, a appliqué une compresse sur la plaie, et a rangé la seringue dans le sac.

— On doit y aller.

Nous avons traversé la forêt. Une lune pâle jetait une lumière argentée sur le sentier. Je faisais mon possible pour suivre le rythme de mon père, mais mes bottes neuves, les cailloux et les racines me faisaient glisser et tituber comme si j'avais bu. Sa main, cette main paternelle, m'attirait de plus en plus loin entre les grands arbres.

— Je ne veux pas !

Mon père n'a pas répondu. Ses doigts se sont serrés autour de mon bras. La douleur m'a transportée un instant vers un ailleurs, et ce n'était plus mon père qui me tirait, mais Tom.

— Non, non, non !

Plusieurs fois, j'ai cru entendre des pas derrière moi, deviner une ombre sur le chemin quand je me retournais.

— Il y a quelqu'un qui nous suit.

Mon père s'est arrêté, a fait volte-face, scruté l'obscurité.

— Non, tu te fais des idées.

Il a continué à me traîner. Nous sommes arrivés au précipice et avons avancé sur la petite corniche. La mer s'étirait devant nous. Le froid me piquait les joues et les mains.

J'ai repensé à Tom, au soir où nous sommes sortis ensemble. Il m'avait tenu les bras et demandé de me pencher au-dessus de l'abîme. J'avais adoré – la peur qui me titillait le ventre, la conscience que tout pouvait être fini en une seconde.

Mon père a indiqué du doigt mes pieds et j'ai ôté mes bottes sans mot dire. Je les ai placés au bord. Au milieu de tous mes malheurs, je ne pouvais m'empêcher de regretter ces belles bottes en daim toutes neuves.

Comme je suis conne et superficielle ! me suis-je dit. *J'ai ruiné ma vie et celle de mon père et je suis là, à pleurer une pauvre paire de bottes !*

Mon père a sorti le sac plastique, en a extrait la lettre qu'il a disposée dans une des bottes. Un instant plus tard, un nuage est passé devant la lune, nous plongeant dans le noir. On a entendu un bruit, comme une branche qui se brise. J'ai regardé vers la forêt, mais je n'ai rien vu d'autre que les pins qui se découpaient sur le ciel.

— Ta veste.

J'ai retiré ma veste en cuir, et je la lui ai tendue. Il l'a maculée du sang contenu dans la petite seringue. Le liquide rouge a coulé sur ses mains, tachant son pantalon et ses chaussures.

La lune est réapparue et mon père a croisé mon regard avant de jeter le vêtement dans le vide.

Il a pris un torchon de cuisine dans le sac et a essuyé ses mains et ses chaussures. Puis il a indiqué le sac posé à mes pieds.

— Change-toi et mets d'autres chaussures. On doit y aller.

Mon père a enfilé d'autres habits, lui aussi, puis il m'a conduite à l'aéroport. Je me suis couchée sur la banquette arrière pour qu'on ne me voie pas, la tête sur un bonnet que Vincent avait oublié. Il sentait son odeur.

En chemin, mon père s'est arrêté à la déchetterie. Il est descendu de la voiture, a ouvert le coffre et en a sorti le sac contenant ses vêtements, ses chaussures et le torchon. Il s'est dirigé vers les bennes.

Quelques minutes plus tard, une fois sur l'autoroute, il a fait une nouvelle halte sur une aire, a pris le sac Nike de Paola que je dissimulais dans ma chambre depuis le jour de sa mort et l'a fourré dans une poubelle.

— On n'est jamais trop prudent, a-t-il marmonné en revenant.

Puis il a conduit en silence.

Son regard était rivé à la route devant nous, ses deux mains s'agrippaient au volant. À un moment, il s'est tourné vers moi et m'a avoué qu'il craignait que Vincent ne se réveille et découvre son absence, bien qu'il lui ait donné une sorte de calmant.

Je n'ai pas répondu, je refusais de penser à Vincent, tout seul à la maison. Je refusais de penser à mon mensonge.

— *On se voit demain, je commencerai à te lire un nouveau livre.*

— *Un truc qui fait peur ?*

— *Très peur.*

Une fois de plus, j'ai passé en revue le contenu de mon petit sac de voyage : quelques vêtements, un livre de Stephen King, les billets et le passeport. Je l'ai ouvert. J'ai contemplé la photographie de la jeune femme souriante et j'ai lu son nom.

Paola Vargas.

GUNNAR

Vingt ans plus tard

52

Nous avons parlé pendant près de deux heures tandis que le soleil descendait lentement au-dessus de l'Atlas bleuté. L'air est humide et frais, le parfum de fleurs et de terre est intense. Yasmin est allée chercher des couvertures et a allumé les lanternes en vitrail sur la table. D'une voix basse et monotone, elle a narré l'histoire de sa vie – comment elle est arrivée en Suède, a déménagé à Kungsudd et a rencontré Tom. Ses mots se sont faits hésitants lorsqu'elle a raconté comment Paola était morte et comment Tom et elle s'étaient débarrassés du corps.

— Il n'y a aucune excuse pour ce que nous avons fait. Paola m'a sauvé la vie et je l'ai remerciée en la balançant dans la mer.

Ni moi ni Manfred n'avons répondu.

À présent, elle fume, le regard rivé sur les montagnes au loin.

Au bout d'un moment, Manfred cède à la tentation. Il esquisse un geste vers le paquet de cigarettes.

— Je peux ?

— Bien sûr.

— Alors une fois que votre père et vous avez mis en scène votre suicide, vous êtes partie au Maroc avec le passeport de Paola ? s'enquiert-il.

Il approche une cigarette de ses lèvres.

Yasmin acquiesce.

— Je n'ai pas seulement voyagé avec son passeport. J'ai usurpé son identité. C'est comme ça que vous m'avez retrouvée ?

— Oui, dis-je. J'ai vu le nom de Paola sur une liste de passagers d'un vol entre Arlanda et Francfort, quelques heures seulement après votre disparition. Nous avons tout de suite pensé que vous étiez venue ici et nous avons contacté la police marocaine pour vous localiser.

Elle hoche la tête, ne répond pas tout de suite.

— On se croyait si malins, dit-elle ensuite. Bien sûr, en théorie le plan tenait la route, il était mûrement réfléchi. Je devais disparaître, on devait découvrir les bottes et la lettre d'adieu. On commencerait à chercher dans l'eau et, nous l'espérions, on trouverait la veste tachée de mon sang. C'était impossible de ne pas voir que j'avais des problèmes, j'étais déprimée, j'avais perdu du poids. Tous les témoins affirmeraient que Tom et moi nous disputions et que Maria et moi nous entendions comme chien et chat.

Elle se tait, ferme les yeux, et poursuit :

— Nous avions conscience des risques. On pouvait m'arrêter à la frontière marocaine par exemple. Je voyageais avec un passeport colombien sans parler un mot d'espagnol. On craignait aussi que Tom devienne dingue et qu'il réussisse à retrouver ma trace, ou que mon père et moi ne supportions pas de vivre loin l'un de l'autre. Mais on ne pouvait pas imaginer qu'il serait accusé de m'avoir tuée. C'est pourtant ce qui s'est passé. Nous avons dû avoir un manque de pot pas possible ce soir-là. Je veux dire, merde, quelle était la probabilité que cette promeneuse avec son chien nous voie sur la falaise ? Et que quelqu'un remarque la voiture de mon père en route vers la déchetterie ?

— Nous avons trouvé pas mal d'éléments techniques dans cette déchetterie, dis-je. Votre père était chercheur, il devait tout savoir sur l'ADN et les fibres, non ?

Yasmin esquisse un sourire crispé.

— Bien sûr que oui, même si l'ADN n'était pas aussi utilisé que maintenant dans les enquêtes criminelles. Mais comme j'ai dit, nous n'avions même pas imaginé que mon père puisse être accusé de quoi que ce soit. On pensait avoir pris toutes nos précautions.

— Pardon, intervient Manfred, je peux comprendre que vous, qui étiez jeune, qui vous trouviez dans une situation inextricable, ayez trouvé l'idée bonne, mais que Samir, un adulte intelligent et surdiplômé…

Il allume sa cigarette et tire une bouffée avec avidité.

— N'oubliez pas qu'il avait déjà perdu un enfant, il ne supportait pas l'idée que mon avenir soit anéanti. Et puis, je crois qu'il se sentait coupable, c'est lui qui avait exigé qu'on déménage en Suède, qui m'avait traînée dans un autre pays contre mon gré. Qui était tombé amoureux de Maria et avait insisté pour qu'on joue à la famille soudée.

Elle marque une pause puis continue.

— C'est lui qui n'a pas compris que Tom me battait, qui n'a pas vu, alors que ça crevait les yeux. Sans compter que sa confiance dans le système judiciaire était nulle. Sa confiance dans la Suède comme pays aussi, j'imagine. Quand nous sommes arrivés, il avait une vision très romantique d'une société où tout le monde est considéré de la même façon, avec une vraie égalité des chances. Mais après… eh bien… c'est devenu comme en France. Même moi, je me faisais traiter de sale Arabe ! Je crois que ça l'a brisé, de se dire que moi non plus je n'allais pas avoir une vie meilleure en Suède.

Je me tourne vers Yasmin.

— Votre fille…

Yasmin croise mon regard.

— Elle va fêter ses vingt ans. Elle suit des études de médecine à l'université. On peut peut-être dire qu'elle réalise mon rêve – ou celui de mon père.

— Vingt ans ? (J'effectue un rapide calcul mental.) Est-ce qu'elle est ?…

— Oui. Elle est la fille de Tom. Mais elle ne le sait pas et j'aimerais mieux qu'elle ne l'apprenne pas.

— Qu'est-ce qui s'est passé quand vous êtes arrivée au Maroc ?

— Le cousin de mon père, Mohammed, et sa femme m'attendaient à l'aéroport. Ils m'ont ouvert leur maison. Leurs cœurs aussi. Mon père et moi nous étions mis d'accord pour que j'avorte ici, chez un médecin de Marrakech. Mais quand je suis arrivée, je n'ai pas pu, tout simplement. Ce petit être qui grandissait en moi était la seule chose qui me restait de mon ancienne vie, et tant de personnes étaient déjà mortes. J'ai donc choisi de garder Samira. Mohammed et Mona m'ont soutenue. Nous sommes très proches. C'est par eux que j'ai rencontré mon mari.

Je me penche en avant.

— *Samira ?* Vous l'avez appelée Samira ?

Yasmin hoche la tête.

— Une question me taraude : pourquoi n'êtes-vous pas retournée en Suède quand Samir a été inculpé ?

Elle ne répond pas tout de suite.

— Nous en avons beaucoup parlé, mais Mohammed trouvait qu'il valait mieux attendre le jugement. On a décidé que je rentrerais si mon père était condamné, nous pourrions alors tout expliquer et le jugement serait annulé. Mais s'il était acquitté, je devais rester, il n'y avait aucune raison d'aggraver la situation en révélant que j'étais en vie. Nous n'avions pas non plus compris à quel point le procès avait été médiatique et à quel point mon père était détesté.

Elle baisse les yeux sur le plateau de table en mosaïque, caresse les fragments brillants et prend une nouvelle cigarette.

— Et après, il a été assassiné. (Elle frissonne.) Que devais-je faire ? Rentrer et dire à Maria que c'était ma faute si on l'avait tué ? Sans compter que j'étais complètement brisée. Je suis à peine sortie de mon lit pendant longtemps. Mona a dû me nourrir comme un bébé les premières semaines.

— Ce n'est pas votre faute si Samir est mort, affirme Manfred.

Elle éclate d'un petit rire sec qui se change en toux.

— Pas sûr que Maria soit d'accord.

Elle hésite, puis poursuit.

— Notre relation était compliquée. Elle avait de bonnes intentions, elle faisait de son mieux, mais elle ne me voyait pas, pas vraiment. Elle idéalisait Samir et Tom, les mettait sur un piédestal. J'étais très en colère contre elle, et je la traitais en conséquence. Mais avec les années, j'ai révisé mon jugement. Je la comprends. Ça ne peut pas être facile de se retrouver tout à coup avec une belle-fille qui crée des problèmes à tout bout de champ.

La cigarette qu'elle tient à la main se casse en deux et tombe sur la table.

— Qu'est-ce qui va se passer maintenant ? Je vais finir derrière les barreaux ?

— Ce n'est pas à nous de nous prononcer, dis-je. C'est le procureur qui décide si vous devez être jugée. Mais je crois que pour vos crimes, il y a prescription.

— Alors ? Pas de prison ?

— Sans doute pas, non. Quoi qu'il en soit, vous devez rentrer. Nous devons vous auditionner sur place.

— Rentrer… (Le regard de Yasmin balaie le jardin.) C'est ici, chez moi, maintenant. Et personne n'est au courant, à part Mohammed et Mona. Même pas mon mari ou ma fille.

Elle marque une pause et reprend :

— Qui a tué mon père ?

Le taxi roule au pas dans la nuit en direction de l'hôtel central de Marrakech. Ma hanche me fait souffrir après toutes ces heures dans l'avion et dans les fauteuils en rotin de Yasmin. Les rumeurs de la ville nous parviennent – vendeurs ambulants, klaxons de voitures, mobylettes qui se fraient un chemin entre les véhicules.

Manfred se caresse le menton.

— Tu la crois ?

Sa veste est posée sur ses genoux et je devine une grande tache de sueur sous la manche de sa chemise.

— Oui et toi ?

— Oui.

— Sacrée histoire !

— Moui.

— Personne n'avalait la version de Samir à l'époque.

Manfred hésite avant de répondre.

— Pas étonnant. Les crimes d'honneur, ça existe. C'était une supposition crédible, au vu des informations que nous avions à l'époque. S'il avait coopéré et dit la vérité, rien de tout cela ne serait arrivé.

Je ferme les yeux, j'essaie d'envisager toutes les conséquences de cette abracadabrante révélation. Mes pensées se portent immédiatement sur Maria : elle qui était convaincue de l'innocence de son mari jusqu'à ce qu'avec le temps elle reconnaisse la vérité – ou ce qu'elle pensait être la vérité. Elle qui a mis Samir à la porte – je sais, c'était une réaction compréhensible, mais un acte terrible *a posteriori*.

— Elle a fait ce qui lui semblait juste et elle s'est plantée.

— Yasmin ?

— Non, Maria. Maintenant je dois lui annoncer que Samir Foukara était innocent.

53

Quand j'arrive chez elle, Maria est en train de couper du bois, en jean déchiré et manteau trop large. Le soleil bas de l'après-midi colore ses cheveux d'un jaune d'or. Le billot projette une grande ombre sur le sol gelé.

Elle place une bûche sur le support, lève la hache au-dessus de sa tête et l'abat. Elle frappe exactement au bon endroit, fend le bois en deux parties égales qui tombent sur l'herbe couverte de givre.

— Salut !

Elle lève les yeux.

— Hé, salut !

— Je devrais peut-être me méfier de toi !

J'esquisse un signe de tête vers son outil.

Elle éclate de rire, se penche et le dépose au sol. Elle ramasse les bûches, les dispose dans un panier qu'elle soulève. Puis elle se dirige vers moi sans se hâter.

Elle affiche un large sourire qui semble empreint d'espérance.

— Tu prends un café ?

— Volontiers.

Nous entrons dans la maison. Maria retire ses sabots et apporte le bois dans la cuisine. Le feu crépite dans le vieux poêle et une vague odeur de fumée flotte dans l'air.

Elle jette un coup d'œil à l'horloge de la cuisine.

— C'est l'heure de l'apéro. Que dis-tu d'un verre de vin plutôt ?

— Je conduis.

— Tu devras me tenir compagnie un peu plus longtemps, alors.

Je hausse les épaules, bien conscient que c'est exactement ce qui va se passer, et je m'installe à la table de la cuisine.

Elle sort deux verres, une bouteille de vin blanc du frigidaire et verse quelques olives dans un bol en céramique.

Puis elle s'assied en face de moi et s'essuie le front où perlent quelques gouttes de sueur.

— Il faut qu'on parle, lui dis-je en croisant son regard.

Une heure plus tard, le jardin est plongé dans l'obscurité, le feu dans le poêle est depuis longtemps éteint et les verres à vin sont vides.

Maria a les bras croisés sur la poitrine, le visage rougi et baigné de larmes.

— Mais pourquoi n'est-elle pas rentrée quand Samir a été arrêté ?

Je répète l'explication de Yasmin, qu'elle et Mohammed attendaient le jugement.

— Et quand il est mort ?

— Tu demanderas à Yasmin quand tu la verras.

Maria fixe l'obscurité au-dehors.

— Je ne peux pas la voir.

— Bien sûr que si.

Elle secoue violemment la tête.

— Jamais de la vie.

Je comprends sa réaction, ce n'est pas étonnant qu'elle impute à Yasmin la mort de Samir.

— Elle ne pouvait pas se douter de ce qui allait arriver. Elle était jeune, naïve, et dans une situation impossible. Samir n'aurait jamais dû faire ce qu'il a fait. Il était adulte. Il aurait dû comprendre que c'était une erreur, que ça finirait mal.

Maria ricane. Un rire bref et sans joie. J'ai la sensation qu'elle s'étonne de ma bêtise.

— Tu n'as pas d'enfants, Gunnar.

— Non, c'est vrai.

— Pardon ! Je ne voulais pas te blesser. Mais je crois qu'il est difficile de comprendre ce qu'on est prêt à faire pour ses enfants si on n'est pas parent soi-même. Samir aurait fait n'importe quoi pour que Yasmin échappe à la prison.

— Il n'est pas certain qu'elle aurait été incarcérée. Si l'histoire que raconte Yasmin est vraie, la mort de Paola était un accident voire un homicide involontaire. Et le reste… le fait d'avoir jeté le corps dans la mer… C'est une atteinte à l'intégrité du cadavre. Elle aurait été condamnée à un maximum de…

Maria lève une main.

— Merci, me coupe-t-elle avec une grimace de dégoût. Je comprends. Mais ce n'est certainement pas ce que pensait Samir. Il ne faisait pas confiance aux autorités. Et il trouvait que Yasmin dépassait les bornes depuis leur arrivée en Suède.

Pause.

— À raison.

Je regarde discrètement ma montre. Je devrais rentrer, me préparer à dîner et essayer de passer une bonne nuit.

— Et maintenant, qu'est-ce qui va se passer ?

— Une enquête va être ouverte. Le procureur décidera d'engager ou non des poursuites contre Tom et Yasmin, mais leur crime est probablement prescrit.

Elle acquiesce.

— Je devrais y aller.

Elle hésite, se tortille sur sa chaise.

— S'il te plaît, Gunnar.

— Quoi ?

Elle me regarde, elle voit en moi, comme la fois où je lui ai parlé de Li, et quelque chose s'adoucit dans ma poitrine.

— Reste ici ce soir. Dors chez moi. Je ne veux pas être seule.

La chambre est plongée dans l'obscurité. On n'entend que le vent qui souffle derrière la fenêtre. Je suis allongé contre Maria dans le grand lit, mon corps serré contre le sien, mon nez contre sa nuque. Ses respirations sont des vagues régulières, les battements de son cœur des sursauts, des tremblements sous mes doigts.

Pour la première fois depuis vingt ans, je dors avec une autre femme que Li.

Pour la première fois depuis vingt ans, je partage le lit d'une femme sans avoir couché avec elle.

C'est une sensation inhabituelle, mais pas désagréable. Un peu comme rentrer chez soi après un long voyage – les bagages à la main, l'appartement à la fois familier et étranger. Les odeurs enfouies au fond de sa mémoire, les objets oubliés que l'on reconnaît immédiatement. Les bruits rassurants provenant du palier ou de la rue.

C'est une sensation porteuse d'espoir, d'une confiance grandissante en la possibilité d'une autre vie.

— Merci, marmonne-t-elle. Merci d'être resté.

C'est peut-être moi qui devrais la remercier, me dis-je.

— Et merci d'être venu ici me dire ce qui est arrivé à Yasmin.

— Nous ne savons toujours pas qui a tué Samir.

J'ai l'impression de sentir un frisson parcourir son corps. Sa réaction est si subtile que ça peut être le fruit de mon imagination. Pourtant, on dirait que la température de la pièce baisse d'un coup et qu'un froid se diffuse autour de nous.

J'hésite un long moment, mais je finis par poser la question :

— Tu as vu quelque chose le soir de la mort de Samir ? Quelque chose que tu nous aurais caché ?

MARIA

54

— Tu as vu quelque chose le soir de la mort de Samir ? Quelque chose que tu nous aurais caché ?

Je frissonne, tout à coup frigorifiée malgré la couette en duvet et le corps chaud de Gunnar contre le mien.

Que répondre ? Que puis-je répondre ? Un mensonge.

— Non.

Il s'en contente et s'endort peu après. Son bras devient lourd sur mon épaule, sa respiration se change en légers ronflements. Je me libère délicatement de son étreinte et je roule sur le dos. Fixant l'obscurité, j'essaie de comprendre l'incompréhensible.

Étais-je la même personne à l'époque ?

J'étais très réglo, un peu idéaliste peut-être. Il fallait bien présenter, manger bio, fait maison, aider les gens dans le besoin.

J'étais aussi quelqu'un d'intègre – je le suis toujours, d'ailleurs. Je trouve ça important que les gens assument leurs actes, mais aussi qu'on leur donne une seconde chance dans la vie. C'est peut-être un défaut professionnel. Être enseignante implique beaucoup plus que de transmettre des connaissances. Les jeunes ont besoin d'un guide pour apprendre l'art de devenir humain.

Ne frappe jamais quelqu'un au sol. Demande pardon si tu as été méchant. Excuse-toi, serre l'autre dans tes bras. Ne mens pas.

Avais-je été injustement dure envers Yasmin ?

Peut-être. Ou plutôt, oui. Bien sûr.

Pour ma défense, elle était épuisante ! Elle est entrée dans notre vie en se pavanant comme une princesse, et Samir la traitait comme telle – elle qui faisait la fête toute la nuit, ramenait de la drogue à la maison, qui me provoquait consciemment et ignorait mes conseils bienveillants.

Yasmin, tu devrais réfléchir aux signaux que tu envoies quand tu sors en minijupe.

La manière dont elle se comportait avec Tom m'agaçait au plus haut point. Et le soir où elle a embrassé Casimir devant notre porte ! Ça a été la goutte d'eau. Quand je les ai aperçus, quelque chose en moi s'est brisé.

Tom était presque comme mon fils – je le connaissais depuis le berceau, je l'avais aidé à surmonter le harcèlement scolaire et les ruptures amoureuses. Je l'avais vu tomber et se relever. S'épanouir. Grandir et devenir cet arbre puissant dont parlait toujours mon père : avec des racines solides, un tronc robuste et des branchages faits de rêves qui s'étirent vers le ciel.

Je trouvais qu'il méritait mieux.

Jamais, au grand jamais je n'aurais pu me douter que Tom était capable de lui faire du mal. Quand je le regardais, je ne voyais que ce garçonnet rondouillard qui se faisait rosser par ses camarades. Et quand il sortait avec Yasmin, je voyais un jeune homme qui se faisait éconduire, repousser. Un jeune homme trahi et humilié.

S'il t'offre de jolies fleurs, tu peux quand même prendre la peine de retirer le plastique et de les poser sur la table ?

Pas la force.

Mon Dieu ! Pauvre Yasmin !

C'était peut-être encore plus dur pour Vincent – il avait perdu la sœur dont il avait toujours rêvé. La meilleure amie qu'il ait jamais eue. Si Yasmin n'était pas morte – pardon, si elle n'avait pas disparu –, il n'aurait sans doute jamais sombré dans le mutisme. Il serait resté le garçon gai et insouciant qui s'affairait dans la cuisine. Qui faisait des gâteaux, qui bavardait.

Et Samir ?

J'avais eu le coup de foudre. J'étais tombé raide dingue de lui. Sa sensualité, son regard sur moi et le sentiment qu'il éveillait dans mon cœur. La passion. Ce côté bohème irrésistible, son fort accent français et sa façon de maltraiter la langue suédoise.

Viens. On sort d'ici. On va se baigner à la suédoise.

Samir, mon amour. Je ne voulais pas lui faire de mal. Jamais de la vie.

Excuse-toi, serre l'autre dans tes bras. Ne mens pas.

Pourtant, c'est précisément ce que j'ai fait.

Le soir où Samir est mort.

Amèlie m'a fait ses adieux de la main et je l'ai imitée. Je suis sortie dans le noir, soulagée de m'être enfin livrée, et reconnaissante à celle qui avait prêté attention à mon récit de ces mois terribles où l'incertitude et l'effroi étaient devenus mes compagnons d'infortune.

J'avais tout raconté : la mort de Yasmin, le procès contre Samir et le plus indicible, ma conviction croissante de sa culpabilité.

Mon mari était un assassin.

Amèlie était une bonne confidente. Elle avait été patiente, ne m'avait pas jugée, ne m'avait pas fait tout un tas de propositions pour m'aider à aller mieux. Elle était restée à m'écouter en buvant son calvados à petites gorgées, et m'avait serrée dans ses bras quand la situation le requérait.

Amèlie avait fermé la porte et le silence s'était fait. On n'entendait que le vent dans les feuilles – c'était presque la tempête, ce soir-là.

Lorsque j'ai distingué les cris en provenance du bois, je me suis arrêtée et j'ai tendu l'oreille. Je me suis frayé un chemin entre les arbres, entre les branches tombées au sol et les cailloux, guidée par le clair de lune intermittent.

Je crois que j'ai crié.

— Hého !

On aurait dit que quelqu'un était en train de mourir. Oui, j'ai crié.

C'est là que j'ai aperçu la basket. La chaussure de Samir. Puis les jambes. L'un des pieds tressautait, des taches de sang s'étalaient sur la neige.

Alors j'ai couru, j'ai couru vers l'homme que j'avais aimé, que j'aimais peut-être encore. Avec l'espoir qu'il soit encore vivant, que tout s'arrange – une espérance bien vaine je le sais, mais l'espoir est la dernière chose que l'être humain abandonne.

Deux pas, trois. Peut-être quatre, je ne me rappelle plus très bien, puis j'étais dans la clairière.

Tom était à califourchon sur Samir. Il lui avait attrapé la tête et la frappait contre une pierre. Le bruit sourd résonnait entre les arbres.

— Tom ! (Je me suis précipitée jusqu'à lui.) Tom, arrête !

Il s'est figé, sans lâcher la tête de Samir.

Il a levé les yeux, étonné presque, et a marmonné une phrase inaudible.

Je me suis accroupie.

— Mon Dieu, Tom ! Qu'est-ce que tu as fait ?

Son visage était dénué d'émotions, son regard vide.

— Il a tué Yasmin…

Puis il a laissé tomber la tête, s'est redressé lentement, a esquissé quelques pas à reculons. Ses mains étaient couvertes de sang, du sang de Samir. Je me suis penchée vers celui qui était encore mon mari, j'ai tenté de percevoir une respiration, mais il n'y avait plus rien. J'ai cherché le pouls. En vain. Autour de la tête grandissait une flaque de sang fumant.

Les larmes tapies dans mon cœur depuis la discussion avec Amèlie se sont remises à couler.

— Qu'est-ce que tu as fait, Tom ? Qu'est-ce que tu as fait ?

Des souvenirs sont remontés à la surface : Tom enfant, ce garçon si susceptible, si sensible. Le visage indifférent de Yasmin, au maquillage outrancier. Le procès contre Samir et le désespoir dans ma poitrine lorsque j'ai compris qu'il était coupable.

Je me rappelle mon raisonnement, là-bas, dans la clairière, il me semblait logique et juste à ce moment-là, comme si j'étais autorisée à rendre la justice. Tom avait toute sa vie devant lui, il avait droit à une seconde chance. Samir ne pouvait pas être sauvé. Peut-être a-t-il eu ce qu'il méritait ? Peut-être était-ce le destin ? Parce qu'on ne peut pas tuer sa fille impunément.

La voix de Tom a résonné derrière moi :

— Je ne voulais pas lui faire du mal. C'est lui qui a commencé… Il…

En un instant, je me suis décidée. Pourquoi détruire une vie de plus ? N'avions-nous pas assez souffert ?

Je me suis levée, me suis avancée vers le jeune homme, et lui ai décoché une gifle violente.

Il a reçu le coup sans broncher, n'a même pas tenté de l'éviter.

— Ressaisis-toi ! Maintenant, tu vas rentrer. Tout ça n'est jamais arrivé.

Il n'a pas répondu.

Je me suis retournée, j'ai fouillé des yeux le sol autour de Samir. À quelques mètres de nous, le bonnet de Tom se détachait sur la neige. Une tache bleu clair sur la couche blanche.

— Prends-le !

J'ai montré le bonnet du doigt et il s'est exécuté.

Je me suis mise à genoux, j'ai rampé sur le sol, j'ai palpé la mousse gelée. J'ai passé au peigne fin les feuilles et les branches d'épineux.

Du métal sous mes doigts – des pièces de monnaie. Je les ai ramassées. Et un peu plus loin, quelques tickets de caisse que le vent avait poussés sous une touffe de bruyère. Je les ai attrapés, froissés au creux de ma main.

— Tiens !

Je me suis levée. Tom m'a regardée, incrédule, a saisi les objets et les a mis dans sa poche.

— Et maintenant, file ! Disparais !

Il s'est éloigné en traînant les pieds, une silhouette dégingandée dans la lumière argentée.

Tu as vu quelque chose le soir de la mort de Samir ? Quelque chose que tu nous aurais caché ?

Oui, bien sûr que j'ai vu quelque chose. Je n'ai pas seulement vu, j'en ai été partie prenante.

Néanmoins, j'ai menti. Parce que toutes les vérités ne sont pas bonnes à dire.

55

— C'était délicieux, Vincent, dis-je en posant la cuillère sur l'assiette.

Il sourit et signe un merci.

— Tu as mis des pois chiches et des épinards ?

Il hoche la tête et continue à signer : et des tomates, et des épices.

J'observe mon fils : ce n'est plus un enfant, mais un homme de trente ans, corpulent, aux cheveux grisonnants de plus en plus clairsemés. Pourtant il est toujours le même – cette étincelle dans les yeux, cette passion pour la bonne chère et la pâtisserie. Cette empathie presque infinie et cette obstination qui peut encore me faire péter les plombs.

— Je débarrasse. Tu peux aller regarder ta vidéo.

Il esquisse une grimace et signe rapidement : pas vidéo, Netflix.

— Oui, pardon. Je suis vieille, mon cœur.

Il affiche un large sourire, se lève et quitte la table.

Dehors, le soleil commence déjà à descendre derrière la cime des arbres bien qu'il ne soit que quatorze heures. Quelques fins voiles nuageux se colorent en orange et rose, le givre scintille sur la pelouse. Des taches humides luisent là où le soleil a chauffé le sol. Au moment où je me lève et tends la main vers l'assiette bien saucée de Vincent, j'aperçois une silhouette dans le pré. Elle se dirige vers chez moi.

Une fillette.

Elle court, tombe, se relève et continue. Quand elle approche, je remarque qu'elle ne porte qu'un tee-shirt et un jean, et je la reconnais.

Ebba, la fille de Tom et Nicole.

Je me précipite vers l'entrée.

— Vincent ?

On entend des pas, Vincent sort du séjour, l'air interrogateur.

— Je passe au château un instant. Je dois vérifier un truc.

Je sprinte vers Ebba qui est déjà au milieu du pré. L'herbe jaunie m'arrive aux genoux, s'entortille autour de mes pieds. Mes bottes en caoutchouc s'enfoncent dans le sol détrempé, deviennent luisantes d'humidité.

Je presse le pas. L'état de l'enfant n'augure rien de bon. Je ne suis pas allée au château depuis la visite de Gunnar – je n'ai pas eu beaucoup de travail, mais ce n'était pas la seule raison. Je n'aurais pas su quoi dire à Tom si je l'avais croisé, maintenant que je connais la vérité sur lui et Yasmin.

Désormais, je n'ai plus le choix.

— Ebba !

Elle s'arrête, reste immobile à quelques mètres de moi, silhouette sombre dans le soleil couchant.

Je la rejoins et m'accroupis auprès d'elle, essoufflée. Ses joues sont baignées de larmes, son jean humide et boueux autour des chevilles.

— Qu'est-ce qui s'est passé ?

— Maman est tombée !

Elle évite mon regard.

— Viens !

Je lui attrape la main, direction le château. Nous sautons par-dessus les irrégularités du sol, franchissons le parterre de roses, accélérons en atteignant l'allée.

La petite Adrienne est assise sur le perron devant l'entrée. Recroquevillée sur elle-même, la tête sur les genoux, les mains sur les oreilles, comme si elle voulait se couper du monde, elle se balance doucement d'avant en arrière.

— Adrienne, tout va bien ?

Je pose la main sur son épaule. Elle sursaute, lève la tête et louche vers moi.

Je n'attends pas sa réponse – dès que je vois qu'elle est indemne, j'ouvre la porte et j'entre. Ebba me suit dans le vestibule, mais s'arrête près de l'étagère à chapeau, tire un peu sur le manteau en fourrure de sa mère.

— Là !

Elle montre la cuisine.

Son indication est inutile, car au même moment on entend un fracas : on dirait une casserole qui heurte le sol.

Je pénètre dans la pièce que je connais si bien, dans la maison que j'ai parcourue enfant, chez des gens dont je crois tout connaître, qui sont presque aussi proches que ma famille.

Je vois, et quand je vois, le monde autour de moi se met à tanguer, les contours de la pièce deviennent flous. Mon cœur se serre et un cri reste coincé dans ma gorge lorsque je comprends à quel point j'ai été aveuglée, naïve, même après que Gunnar m'a raconté l'histoire de Yasmin.

La scène est si familière que je suis projetée vingt ans en arrière, dans les bois : cette rage effrénée, l'odeur du sang et de la peur, le bruit sourd des coups. J'entends presque le vent dans les pins au-dessus de moi, je sens presque les branches me griffer les chevilles et l'humidité s'insinuer dans mes chaussures. Et je vois Samir dans la neige, son pied secoué de spasmes.

Mais ce n'est pas Samir qui gît là, dans la cuisine. C'est Nicole.

Au-dessus d'elle, Tom.

Il roue de coups de pied le corps de sa femme qui semble sans vie. Le sol est couvert de sang, jonché de casseroles et de vaisselle brisée. Une brique de lait est tombée de l'îlot central, le liquide blanc s'est renversé et se mélange avec le sang formant de répugnantes flaques roses.

Il marmonne quelque chose, mais j'ai du mal à discerner toute la phrase.

— *... ale pute...*

Je me mets à hurler :

— Tom !

Mais c'est comme s'il ne me remarquait pas. Il continue à s'acharner sur la masse inerte. Sur sa femme – ou ce qui fut sa femme.

Je bondis vers lui, lui attrape le bras.

— *Tom !*

Il sursaute, fait volte-face et décoche un coup de poing dans ma direction. Ses yeux sont noirs, son regard semble aveugle et son visage est défiguré, comme s'il se trouvait ailleurs, dans un autre monde.

— Tom, *arrête* !

Je jette un coup d'œil à Nicole ; impossible de savoir si elle vit encore. Son visage n'est que chair sanglante. Des mèches rouges gluantes collent au carrelage.

Les secondes passent. Une minute, peut-être.

Et Tom se détend, son visage change, s'adoucit, en quelque sorte, et il baisse la main. La rage est remplacée par autre chose, on dirait de la peur. Il passe lentement la main dans ses cheveux, elle laisse une trace sanglante sur son front. Puis il s'effondre au sol et reste assis en tailleur par terre.

Ebba court jusqu'à sa mère.

— Maman, sanglote-t-elle en regardant son père à la dérobée, la tête basse.

Je m'approche de Nicole, m'agenouille auprès d'elle et pose la tête contre sa poitrine. J'entends des respirations. Rauques et faibles, mais bel et bien présentes. Je sens la poitrine monter et descendre au rythme du souffle.

— Ta maman va se remettre, dis-je à Ebba, essayant d'avoir l'air convaincante.

Puis je me tourne vers Tom.

Il croise mon regard, mais détourne le visage sans rien dire.

— Pourquoi ? (Ma voix est à peine audible et je me rends compte que je pleure.) Pourquoi, Tom ? Tu avais tout.

Assise dans la cuisine, je regarde le jardin.

La nuit est tombée. Seul l'horizon rougeoyant témoigne que le soleil du soir submergeait il y a peu les prés.

Dès que l'ambulance est partie avec Nicole et que la police a arrêté Tom, j'ai appelé la grand-mère des fillettes. Elle est arrivée, j'ai été interrogée par les agents et je suis rentrée chez moi. J'ai tenté de mettre de l'ordre dans mes pensées.

J'aurais dû comprendre, bien sûr. Gunnar m'avait dit que Tom frappait Yasmin. Pourquoi aurait-il changé avec une autre femme ?

Et pourquoi n'ai-je jamais vu Tom pour celui qu'il était, *ce* qu'il était, même si je le connaissais depuis toujours ? Un monstre. Comment ai-je pu passer à côté de ça ? Cela devait se voir. On ne peut pas traverser la vie en agressant les gens, en les détruisant, sans que cela se remarque, si ? Est-ce vraiment possible ?

Et puis, j'avais été témoin de sa violence, mais je croyais que c'était un phénomène unique, une erreur qui ne pouvait pas, ne devait pas, gâcher sa vie.

Je repense au soir où Gunnar est venu me rendre visite, quand le jeu des filles avait dégénéré. Je me rappelle qu'Ebba avait décoché des coups de pied à Adrienne qui gisait sur le sol du séjour. Je me rappelle la rage dans les yeux d'Ebba lorsqu'elle avait prononcé les mots.

Sale pute.

Non, elle n'avait pas entendu ça à la télévision.

Non, les blessures des Nicole n'avaient rien à voir avec l'alcoolisme. Elle ne tombait pas dans l'escalier, ne glissait pas dans la salle de bains, ni ne se cognait à l'étagère.

Je plonge le visage dans mes mains. Ça ne s'arrête donc jamais ?

Et pourquoi dois-je me retrouver dans ce bourbier ? Tout ce que je voulais, c'était être quelqu'un de bien.

Tu as vu quelque chose le soir de la mort de Samir ? Quelque chose que tu nous aurais caché ?

J'attrape mon portable posé devant moi sur la table, cherche le numéro de Gunnar et lui téléphone avant de changer d'avis.

— C'est Maria. Tu peux passer ? J'ai quelque chose à te raconter.

VINCENT

56

Le jour où j'ai recommencé à parler, c'était un dimanche.

J'étais chez maman pour le week-end et elle m'a réveillé vers neuf heures. Nous avons mangé les petits pains que nous avions faits la veille, ils étaient encore super bons, surtout avec du beurre et de la confiture de framboises dessus.

Après, j'ai regardé une série sur Netflix qui parle d'un tueur en série qui ne tue que des méchants.

Après, j'ai cuisiné pour le déjeuner.

Après, on a mangé.

— C'était délicieux, Vincent, a dit maman, et je voyais qu'elle était sincère parce qu'elle avait terminé toute son assiette et l'avait saucée avec un bout de pain.

Ça m'a fait très plaisir.

Elle m'a demandé ce que j'avais mis dedans et je lui ai expliqué.

Généralement, je respecte les recettes au pied de la lettre. J'aime bien savoir à l'avance quel goût ça va avoir, et j'aime bien doser les ingrédients avec différents ustensiles de mesure.

Je cuisine aussi dans la résidence. Même si parfois je me fais aider par Mimmi, la responsable.

— Tu es tellement doué, Vincent. Tu devrais peut-être travailler comme cuistot.

Mais je ne suis pas cuistot, et je ne veux pas le devenir, car j'ai déjà un travail.

Je travaille cinq heures par semaine chez Ica, le supermarché derrière chez nous. Je trie les fruits et les légumes pourris et je les jette dans des sacs-poubelle noirs. Après je noue les sacs. Et après je les descends dans le local poubelle qui est très grand et plein de sacs et de cartons vides qui sont devenus tout plats après leur passage dans le compacteur. Parfois je range des marchandises dans les rayons, par exemple des céréales, de la farine, de l'huile, du chocolat et des boîtes de conserve.

C'est important de disposer les marchandises bien droites pour qu'elles aient suffisamment de place et ne tombent pas par terre, sinon elles peuvent se casser. Ça créerait un *manque à gagner*, ce qui veut dire que le magasin perd de l'argent, et ce n'est pas bien, parce qu'il n'aura peut-être plus les moyens de payer mon salaire. Et c'est pratique d'avoir de l'argent, surtout quand on habite avec quelqu'un et qu'on veut acheter des trucs pour l'appartement.

Ma compagne s'appelle Bianca.

Elle a les cheveux bruns un peu bouclés et les yeux bleus. Elle n'aime pas cuisiner, mais manger, oui, surtout les brioches, les gâteaux et la glace à la vanille.

Il y a beaucoup de choses que j'aime chez Bianca. Je ne peux pas tout écrire sur une feuille, il n'y aurait pas la place, même si la feuille était gigantesque, comme une serviette de bain ou le sol de mon appartement. Mais il y a trois choses que j'aime tout particulièrement :

Un : elle est presque toujours contente et elle aime qu'on fasse des choses ensemble, comme s'occuper du potager, se promener, ou regarder des films d'horreur. Quand on en regarde un, elle n'a presque jamais peur, elle ne ferme pas les yeux. Au lieu de cela, elle dit :

— Vincent, pas de panique, c'est pour de faux.

Deux : elle a des seins magnifiques, surtout quand elle est allongée sur le dos.

Trois : elle est aussi amoureuse de moi, que moi d'elle, et c'est important, car ce n'est pas bien si une personne est plus amoureuse que l'autre. Nous avons commencé à nous aimer il y a deux ans, mais nous n'avons osé le dire qu'au bout d'un an.

— Tu me plais beaucoup, a dit Bianca un jour que nous nous trouvions dans la salle télé à enfiler des perles – Bianca raffole des perles.

Je n'ai pas répondu, parce que ça m'a stressé, j'étais tout transpirant, et en plus Bianca ne comprend pas bien la langue des signes. Mais je lui ai écrit une lettre ce soir-là.

Tu me plais aussi. Je crois que je suis amoureux de toi. Toi aussi ?

Après, on est devenu un couple.

Au bout d'un moment Bianca s'est installée dans mon studio qui a une salle de bains et une chambre avec un lit, un bureau bleu, et une fenêtre ornée de rideaux à carreaux. Si on regarde dehors, on voit le potager de la résidence, même si actuellement il n'y a que de la terre et pas de légumes, parce que c'est encore l'hiver et presque toutes les plantes dorment.

Étant donné que Bianca ne connaissait pas la langue des signes, je lui chuchotais parfois quelques mots à l'oreille, quand personne ne nous voyait. Chuchoter, ce n'est pas pareil que parler, ça ne veut donc pas dire que je me suis remis à parler pour de vrai.

— Tu es bizarre, toi, riait-elle. Tu sais parler, pourquoi tu utilises la langue des signes ?

Je ne répondais pas, ce serait beaucoup trop long à expliquer. Il m'aurait fallu plusieurs jours, peut-être même plusieurs semaines, pour lui raconter toute l'histoire de papa Samir et de Yasmin. D'ailleurs, je n'avais pas envie d'aborder ce sujet, parce que quand je pensais à eux j'avais du mal à respirer et j'avais des picotements dans les bras et les jambes comme si on m'avait injecté de l'eau savonneuse dans les veines.

Parfois, je ne pouvais pas m'empêcher de penser à eux. Ça me rendait triste et j'étais obligé d'aller chercher Mimmi. Elle me serrait contre elle et me disait que tout allait s'arranger et au bout d'un moment ça allait généralement mieux.

Un jour, après m'avoir consolé, elle m'a conduite dans son bureau.

— Assieds-toi, on va discuter un peu.

Je me suis assis.

— Tu te plais, ici ?

J'ai signé « oui » parce que vivre ici, c'était génial. Le seul inconvénient de la résidence c'est qu'on ne peut pas avoir de chien, parce que plusieurs membres du personnel sont allergiques. Je trouvais ça vraiment dommage. Je voulais vraiment avoir un chien. Un tacheté, comme Ella.

— Tu trouves que tu te développes ?

J'ai signé : comment ça ?

— Est-ce que tu apprends de nouvelles choses ? Est-ce que ta vie… change ? S'améliore, peut-être ?

Je ne comprenais pas.

Je ne voulais pas que ma vie change. Elle ne pouvait pas non plus s'améliorer, parce qu'elle était quasi parfaite. J'adorais la résidence, mon boulot, et Bianca.

La seule chose que je n'aimais pas, c'était penser à Yasmin et papa Samir.

Quoi qu'il en soit. Ce jour-là, chez maman.

Elle est montée au château et elle est revenue au bout d'un long moment.

Je ne l'ai pas *vue* rentrer, parce que je regardais Netflix, mais j'ai entendu la porte s'ouvrir et ses bottes crisser contre le paillasson.

Je suis resté devant ma série. J'ai vu trois épisodes et je n'ai appuyé sur pause qu'une seule fois pour aller faire pipi. J'avais quasiment fini le troisième épisode quand ça a sonné à la porte.

Maman a ouvert, quelqu'un est entré et j'ai entendu une voix d'homme.

Au bout d'un moment, je me suis demandé de qui il s'agissait et je suis allé voir. Je n'avais pas pensé les espionner ou écouter aux portes, cela faisait longtemps que je n'avais pas fait ça, mais au moment d'entrer dans la cuisine, je me suis rendu compte que maman pleurait. En plus, j'ai reconnu l'homme avec qui elle parlait et je me suis souvenu de ce qu'il avait dit.

Je m'appelle Gunnar et je suis policier. Nous nous sommes rencontrés il y a longtemps, à la mort de Yasmin.

Quand je l'ai aperçu, j'ai eu à nouveau du mal à respirer, et j'ai commencé à avoir ces picotements bizarres dans les mains, alors je ne suis pas entré dans la cuisine, je me suis placé derrière la porte et je les ai épiés par la fente.

Gunnar se tenait juste à côté de maman et il avait sa main dans la sienne.

— Je n'ai pas raconté à Vincent que Yasmin est vivante, a dit maman. (Elle s'est mouchée.) Je ne sais pas comment le lui dire.

J'étais si choqué que j'en suis presque tombé à la renverse.

Yasmin ? Vivante ?

En même temps, j'étais fou de joie, aussi heureux que quand Bianca et moi on s'est mis ensemble, parce que Yasmin était ma sœur et ma meilleure amie.

— Dis-lui la vérité. Il comprendra. Mieux que la plupart des gens, je pense.

Maman a hoché la tête et s'est essuyé le nez avec un mouchoir.

— Mais ce n'est pas pour ça que tu m'as appelé, si ?

Maman a secoué la tête et a gardé le silence quelques instants. Elle a regardé par la fenêtre, son visage était triste.

— C'est Tom qui l'a fait, a-t-elle articulé très bas – mais je l'ai entendue quand même, j'entends presque aussi bien qu'un hamster, un animal qui a une ouïe super fine et qui utilise ses oreilles à la place des yeux la nuit quand il fait noir.

Après, elle a raconté qu'elle avait vu Tom tuer papa Samir dans les bois, mais qu'elle n'avait rien dit à la police parce qu'elle trouvait cela injuste que Tom aille en prison.

Ça m'a mis très en colère contre maman, tellement en colère que j'ai eu envie de donner un coup de poing dans le mur. Moi qui croyais que papa Samir était mort à cause de moi. Voilà que j'avais été silencieux tant d'années pour rien !

— Tout est ma faute, sanglotait maman, la tête posée sur la table. Et Tom vient de frapper sa femme quasiment à mort. C'est aussi ma faute ! J'aurais dû faire cesser ça plus tôt. J'aurais dû…

Gunnar a levé la main comme s'il allait caresser la tête de maman, mais il s'est ravisé et s'est gratté le menton – consoler, ça n'avait pas l'air d'être son truc.

— Tout va s'arranger. On va traverser ça ensemble, au jour le jour. C'est de plus en plus facile, avec le temps. Tout devient plus facile avec le temps. J'en sais quelque chose.

Mais maman n'arrêtait pas de pleurer.

Et en la voyant si triste, toute ma rage s'est envolée. Évaporée. Un peu comme quand on fait bouillir de l'eau si longtemps que la casserole devient vide et que ça sent le brûlé. En plus, je me suis rendu compte que j'avais fait la même chose. Je n'avais pas raconté ce que j'avais vu : Yasmin et Samir avec la seringue, sur la falaise, parce que je ne voulais pas qu'il se retrouve en prison.

Ça n'avait pas que des inconvénients d'être muet, je n'avais pas besoin de parler avec tout un tas de personnes barbantes. J'avais appris la langue des signes aussi, et peut-être qu'un jour je rencontrerai quelqu'un qui sera sourd et aura besoin d'aide, et je pourrai communiquer avec lui. Sans compter que Bianca trouvait ça fascinant que je ne dise rien.

— Tu es *énigmateux*, Vincent, me disait-elle.

Une fois que Gunnar a eu fini de consoler maman, ils sont restés un long moment en silence.

Quand les gens restent silencieux ensemble, cela peut vouloir dire deux choses : qu'ils s'ennuient beaucoup ou qu'ils se connaissent très bien et n'ont pas besoin de parler.

Je me suis demandé dans quel cas ils se trouvaient.

Gunnar a regardé maman longtemps. Il lui a caressé la tête, sans se gratter le menton. Puis il s'est penché vers elle et l'a embrassée sur la bouche – ce n'était pas un bisou, mais un *vrai baiser*. Comme ceux que Bianca et moi échangeons.

C'est là que j'ai compris qu'ils étaient amoureux.

Bianca ajuste ma chemise.

— Tu as oublié un bouton.

Maman recule d'un pas et me contemple.

— Vincent, comme tu es élégant !

— Je sais, je dis – car je me suis déjà regardé dans le miroir deux fois.

Maman s'arrête brusquement, comme si elle venait d'apercevoir quelque chose. Elle fronce les sourcils, s'approche de mon bureau et se penche vers mon tableau d'affichage.

— Cette photo… (Elle indique le cliché de Yasmin enfant avec les brassards orange.)

— Oui ?

— Qui est-ce ?

— Yasmin. Quand elle était petite. Elle allait se baigner.

Maman s'avance encore plus et l'observe longuement.

— Non, ce n'est pas elle.

Elle retire la punaise et s'empare de la photo. Elle la retourne, scrute le verso et reste immobile, dos à moi.

— Qu'est-ce que tu fais, maman ?

— Où as-tu trouvé cette photo ?

— Nulle part.

— *Vincent !*

Je ne réponds pas, je veux redevenir muet.

— Vincent. C'est important. Je ne suis pas en colère, mais tu dois me dire d'où vient cette photo.

— Je l'ai trouvée dans la chambre de Yasmin.

Maman ne dit rien pendant longtemps. Puis elle range le cliché dans son sac.

— J'en ai besoin. Je vais faire en sorte que tu aies une autre photo de Yasmin. On pourra même l'encadrer ensemble, OK ?

Je ne dis rien. Je suis toujours fâché.

— On y va ? Je vous dépose devant son hôtel et je reviens vous chercher à quatorze heures. Ça vous convient ?

— Tu nous l'as déjà dit.

— Tu as réglé ton réveil à quatorze heures ?

— Pas mon réveil, maman, mon portable.

Nous sortons de l'appartement, descendons l'escalier et montons dans la voiture de maman.

Je regarde Bianca, elle est splendide dans sa robe bleue et son manteau rouge. C'est une très belle journée aussi, le ciel est super clair, il y a zéro nuage, les arbres et les buissons sont couverts de petits bourgeons verts qui scintillent au soleil.

Ça me rappelle les perles de Bianca.

La neige a disparu et il fait si chaud qu'on peut presque retirer son manteau.

Maman m'a expliqué que Tom va être *traduit en justice*, à la fois parce qu'il a tué Samir et parce qu'il a tapé sa femme tellement fort qu'elle a failli mourir. Mais il n'y aura pas de procès contre Yasmin, parce qu'il y a *prescription* pour ce qu'elle a fait. Ça veut dire que ça n'a plus d'importance et que tout le monde s'en fiche.

Il y a aussi *prescription* pour ce que Tom a fait à Paola, mais je trouve que c'est injuste : ça a de l'importance qu'elle soit morte et qu'elle ait été enroulée dans un tapis et jetée à la mer, même si ça fait longtemps.

Maman est un peu plus gaie.

Je pense que c'est parce que je me suis remis à parler ce jour-là, il y a quelques mois. Mais pas seulement, je crois, parce qu'elle m'a dit autre chose aussi, le soir du Nouvel An.

— J'ai fait quelque chose de difficile et depuis, tout paraît plus facile, même si tout aurait dû être plus dur.

Elle a ajouté :

— Pardon, c'est tordu ce que je raconte... Bah ! Oublie ça.

Mais je ne trouvais pas ça tordu. Je comprenais tout à fait.

Maman s'arrête devant l'hôtel, un bâtiment en briques jaunes aux grandes fenêtres dissimulées par des auvents rayés beige et blanc un peu sales et un tapis rouge sur l'escalier.

— Tu ne veux pas venir ?

Elle secoue la tête et sourit, mais elle n'a pas l'air heureuse.

— J'ai besoin d'un peu plus de temps, chéri. Plus tard, je la rencontrerai, je t'assure.

Je la reconnais immédiatement, même si ses cheveux grisonnent et son visage semble plus mince, peut-être un peu plus anguleux. Installée dans un fauteuil, elle regarde par la fenêtre. Un sac à main décoré de perles multicolores est posé sur ses genoux.

— Là ! (Je montre Yasmin du doigt et serre la main de Bianca.) C'est ma sœur.

— Waouh ! Canon, le sac !

Yasmin nous aperçoit, se lève d'un bond et se précipite vers nous.

— Vincent !

Elle m'étreint de toutes ses forces.

Je fais de même.

Nous restons longtemps comme ça. Un peu comme si on voulait se consoler mutuellement, même si on n'a pas besoin de consolation, on est déjà super contents.

Après notre câlin, elle dit bonjour à Bianca, puis se tourne vers une fille en veste en cuir debout juste derrière elle.

Quand je vois la fille, je prends presque peur : elle ressemble comme deux gouttes d'eau à Yasmin au moment de sa disparition. Ses cheveux, ses yeux, même ses vêtements… C'est presque comme si elles étaient jumelles, même si Yasmin est bien plus âgée, évidemment.

— Vincent, je te présente Samira. Ma fille !

Samira tend la main. Je la saisis.

— Félicitations, dit Yasmin. Tu es tonton, Vincent.

Je me tourne vers Bianca.

— Tonton ! Tu entends ça ? C'est le plus beau jour de ma vie.

MARIA

57

Installée dans un salon de thé de l'autre côté de la rue, je regarde vers le lobby de l'hôtel par la baie vitrée. Malgré la distance, je vois Yasmin serrer Vincent dans ses bras.

Ils restent longtemps enlacés.

Derrière Yasmin, j'aperçois une jeune fille fluette aux longs cheveux noirs. Sans doute Samira – celle qui aurait pu être ma petite-fille par alliance si la vie en avait voulu autrement.

À cette pensée, mon cœur se gonfle et je détourne la tête. Je contemple les clients du salon de thé, assis autour de petites tables rondes, à déguster des pâtisseries en buvant du café au lait – des vieilles dames, un couple d'amoureux qui se dévorent des yeux, une mère avec une poussette qui ressemble à un vélo de course.

Ça vibre dans ma poche et je sors mon portable. Je lis le message.

Ça s'est bien passé ?

Je lui écris que tout s'est parfaitement bien passé et que je me cache dans un salon de thé. J'hésite. J'ajoute un émoji cœur et j'envoie.

Il répond tout de suite.

Un jour, bientôt, il faudra que tu la rencontres.

Je lis le message et range mon portable. Chaque chose en son temps.

Dans une semaine, je dois témoigner contre Tom.

Pour mon infraction, le fait d'avoir protégé un criminel, ça fait plusieurs années qu'il y a prescription. D'un point de vue moral, ma culpabilité va plus loin – erreurs de jugement, mensonges et bévues qui sont impossibles à juger pénalement.

Je vais être sincère devant le tribunal, je vais raconter la vérité, sans rien omettre, sans rien altérer. Je ne le ferai pas pour moi, mais pour Samir, pour Paola Vargas et pour Nicole Borgmark qui vient seulement de quitter l'hôpital.

J'ouvre mon sac à main et en sors la photo pâlie que Vincent avait affichée sur son tableau. J'examine la fillette au sourire radieux.

L'ai-je déjà vue, cette image, sans comprendre qui était la petite ? Peut-être.

Je retourne la photo et je lis à nouveau les mots écrits en lettres rondes.

Marcela, Junio 1998

Je pense à Paola Vargas, la femme qui a probablement sauvé la vie de Yasmin en cette soirée de décembre vingt ans plus tôt. Je pense à tous les événements qui me lient à elle, aux fils qui traversent le temps et l'espace, créant la toile d'araignée qui nous a emprisonnés, paralysés, pendant des années.

Tant de vies perdues ou brisées, tant de personnes affectées.

Casimir est passé me voir hier soir. Les yeux rouges, le regard fuyant.

Durant toutes ses années, il se croyait responsable de la disparition de Paola. Quand la police lui a annoncé qu'elle était morte, il a d'abord pensé au suicide. Apparemment, il avait essayé de la séduire. Enfin, *séduire* n'est peut-être pas le bon terme. Si j'ai bien compris, elle avait repoussé ses avances – il l'avait tripotée, alors qu'elle avait indiqué clairement qu'elle n'était pas intéressée.

Sans compter qu'il n'avait pas réagi quand Amèlie avait accusé Paola d'avoir volé des bijoux, alors qu'il savait que Harold les avait dérobés pour rembourser une dette.

Je crois que Casimir avait honte. À raison, bien sûr. Ça ne devait pas être facile pour elle – une femme pauvre sans contrat de travail – de se défendre contre le fils de ses employeurs. Et ça a dû être terrible d'être accusée à tort de vol.

Les parents de Paola ont eu du mal à accepter que Tom ne puisse pas être jugé pour la mort de leur fille. Ses crimes – homicide involontaire et atteinte à l'intégrité du cadavre – sont prescrits. En revanche, le procureur estime que Tom a assassiné Samir, crime pour lequel il n'y a pas de délai de prescription. Il est donc inculpé pour avoir tué Samir et avoir commis des violences envers sa femme. Les parents de Paola seront présents au procès, ils veulent voir l'homme qui a ôté la vie de leur fille. Comme ils n'avaient pas les moyens de venir, Amèlie de Vegh a financé leur voyage. Je me demande si elle a honte de ne jamais avoir compris ce qui était arrivé à Paola – ou de ne jamais s'y être intéressée.

J'ai à nouveau regardé la photo. Je dois donner aux parents de Paola le cliché représentant leur petite-fille. Je la glisse dans la poche intérieure de mon sac à main, entre mes cartes de crédit, et je sors le petit sac en plastique caché derrière mon portefeuille. Je le lève vers la lumière : la petite boucle d'oreille en or en forme de dauphin scintille d'un éclat mat.

Gunnar a raison.

Un jour, bientôt, je reverrai Yasmin.

Ensemble, nous descendrons sur les grands rochers plats au bord de l'eau, nous nous assiérons sur la surface lisse et nous discuterons jusqu'à ce que soleil se couche sur la mer et que les mots s'épuisent. Je lui rendrai sa boucle d'oreille et je lui raconterai tout ce que je sais. Je serai aussi sincère que devant le juge – mais là, avec la mer comme seul témoin, c'est pour moi que je dirai la vérité. Parce que j'ai désespérément besoin d'une conclusion.

Une réconciliation, si elle est possible.

Je n'ai pas de vains espoirs, je ne rêve pas que nous redevenions une famille. Yasmin et moi ne serons jamais proches. Nous ne fêterons jamais Noël ensemble, ne nous appellerons jamais pour les anniversaires, ne partirons jamais en vacances toutes les deux – les mensonges proférés sont trop nombreux, la souffrance infligée l'une à l'autre trop profonde. Le fossé qui s'est ouvert il y a vingt ans restera, et nous séparera à jamais.

Car même le temps ne guérit pas toutes les blessures.

Les mots de Samir me reviennent, ceux qu'il a prononcés le soir de notre mariage, lorsque nous étions sur la plage à attendre le lever du soleil.

Le bonheur est fugace. Il est comme un été suédois. Soudain, il apparaît. Aussitôt il s'en va, sans prévenir.

REMERCIEMENTS

Je voudrais remercier chaleureusement celles et ceux qui ont contribué à L'Horizon d'une nuit, *en particulier ma relectrice Katarina Ehnmark Lundquist et mon éditrice Sara Nyström de Wahlström & Widstrand, ainsi que mon agente Christine Edhäll et ses collègues chez Ahlander Agency. Par ailleurs, je souhaiterais remercier Åsa Torlöf qui m'a épaulée pour les questions policières, Anna Stråth qui a généreusement partagé ses connaissances juridiques, Martina Nilsson qui a répondu patiemment à mes questions sur les analyses ADN, Martin Csatlos qui a m'a aidée sur le thème de la médecine légale, ainsi que Bengt Hennings qui m'a parlé de la vie avec un enfant porteur de trisomie 21. Enfin, merci à ma famille et à mes amis pour leur indulgence et leurs mots d'encouragement. Sans votre amour et votre patience, ce livre n'aurait pas pu voir le jour !*

PAPIER À BASE DE FIBRES CERTIFIÉES

Le Livre de Poche s'engage pour l'environnement en réduisant l'empreinte carbone de ses livres. Celle de cet exemplaire est de :
350 g éq. CO_2
Rendez-vous sur
www.livredepoche-durable.fr

Composition réalisée par Belle Page

Achevé d'imprimer en janvier 2023 en Espagne par
Liberdúplex - 08791 Sant Llorenç d'Hortons
Dépôt légal 1re publication : février 2023
LIBRAIRIE GÉNÉRALE FRANÇAISE
21, rue du Montparnasse – 75298 Paris Cedex 06

58/0735/1